Susan Meissner

Nie werde ich dich vergessen

Roman

Über die Autorin

Susan Meissner ist eine vielfach ausgezeichnete Zeitungskolumnistin, Ehefrau eines Pastors und lehrt Journalismus an einer Highschool. Sie lebt mit ihrem Ehemann Bob und den vier gemeinsamen Kindern in Minnesota.

Fünf ihrer Romane wurden bereits erfolgreich ins Deutsche übersetzt: „Leih mir deine Flügel", „Die Stimme meines Herzens", „Die Weite des Himmels", „Die Farben des Lebens" und „Ein Garten voller Träume".

Susan Meissner

Nie werde ich dich vergessen

Roman

Aus dem Englischen übersetzt von Antje Balters

Gerth Medien

FSC
www.fsc.org
MIX
Papier aus verantwortungsvollen Quellen
FSC® C014496

Verlagsgruppe Random House FSC-DEU-0100
Das für dieses Buch verwendete FSC®-zertifizierte Papier *Super Snowbright*
liefert Hellefoss AS, Hokksund, Norwegen.

Die Originalausgabe erschien im Verlag WaterBrook Press,
an imprint of The Crown Publishing Group,
a division of Random House, Inc., 12265 Oracle Boulevard, Suite 200,
Colorado Springs, Colorado 80921, USA,
unter dem Titel „The Shape of Mercy" (Susan Meissner).
All non-English language rights are contracted through:
Gospel Literature International,
P.O. Box 4060, Ontario, California 91761-1003, USA
This translation published by arrangement with WaterBrook Press,
an imprint of The Crown Publishing Group,
a division of Random House, Inc.

1. Auflage 2011
Bestell-Nr. 816 578
ISBN 978-3-86591-578-7

Umschlaggestaltung: Michael Wenserit, Kelly L. Howard
Umschlagfoto: Chip Simons
Lektorat und Satz: Nicole Schol
Druck und Verarbeitung: GGP Media GmbH, Pößneck
Printed in Germany

Zur Erinnerung an Connie Durough,
die ohne Bedenken geliebt hat.

Furcht ist der Feind der Liebe.
Augustinus

Eins

Man hat mir schon unzählige Male die Geschichte erzählt, dass ich den Arzt bei meiner Geburt am Kittel gepackt hätte, als er mir in das Universum der Familie Durough hineinhalf, welches mir Chancen eröffnete, aber auch Pflichten mit sich brachte. Mein Vater pflegt zu sagen, dass ich bereits in dem Augenblick, als ich aus dem Körper meiner Mutter geglitten sei, mit Nachdruck darauf bestanden hätte, ernst genommen zu werden. Ich hätte dem Arzt, der mich an meinen glitschigen Beinchen gehalten habe, auf diese Weise gleich kundgetan, dass ich kein hilfloses weibliches Wesen sei, sondern durchaus in der Lage, mich in einer Männerwelt zu behaupten.

Ich habe auch schon oft das entsprechende Video gesehen. Mein Vater hat nämlich den Camcorder laufen lassen, als meine Mutter mich damals in die wartenden Hände des Arztes presste. Gott sei Dank ist Vater dabei taktvoll vorgegangen, denn wenn er die Geschichte erzählt, zeigt er manchmal zusätzlich auch noch das Video. Sogar auf seinen iPod hat er es kopiert. Ich habe also schon meinen beim Plärren weit aufgerissenen Mund gesehen, habe die heiseren Schreie meiner Mutter gehört und die Worte der Hebamme: „Es ist ein Mädchen." Mein Säuglingskörper glänzt in einem wütenden dunkelrosa, und ich habe den Arzt tatsächlich am Kittel gepackt, so als ob ich bereit wäre, ihn zu Boden zu ringen. Mein Vater liebt das.

Flüsternd geführte Gespräche, die ich seither immer wieder mitbekommen habe – die eigentlich nicht für meine Ohren bestimmt waren –, deuten aber eher darauf hin, dass mein Vater diese Geschichte so gerne erzählt, weil er sich immer wieder selbst davon überzeugen muss, dass es kein Weltuntergang ist, von Gott nicht mit einem Sohn gesegnet worden zu sein. Und dass er die Geschichte außerdem erzählt, damit ich gar nicht erst auf die Idee komme, dass mein Griff nach dem Arztkittel kein „Aus dem Weg! Hier komme ich!“ gewesen sei, sondern bloß der lautstarke Hinweis: „Hilfe, ich falle!“

Ich frage mich schon lange, ob die flüsternden Leute recht gehabt haben, und zwar in Bezug auf beides.

Stellen Sie sich vor, Sie sind sechs, haben sich unter dem Esstisch versteckt – gut verborgen durch das Damasttischtuch, das darauf liegt –, und alles, was Sie sehen können, sind die glänzenden Schuhspitzen von Frauen in Stilettos, die von Zimmer zu Zimmer klackern. Ihre Röcke rascheln, die Kaffeetassen aus Porzellan machen zerbrechlich wirkende schabende Geräusche, wenn sie von der Untertasse hochgenommen und einen Moment später wieder darauf abgestellt werden. Die Damen haben gerade hört, wie Bryant Durough die Geschichte von der Geburt seiner Tochter erzählt.

Seiner einzigen Tochter. Seines einzigen Kindes.

Die schon bei der Geburt nach der Macht griff.

Eine von ihnen zwitschert: „Typisch Mann, das so zu sehen.“

„Ich habe gehört, dass Bryant und Julia wirklich alles versucht haben, um noch ein Kind zu bekommen“, eine andere.

„Ach, wirklich?“

„Wie traurig! Sie sind so wunderbare Eltern.“

„Was ist mit in vitro?“

„Sie haben dreimal in vitro versucht, aber es hat dreimal nicht geklappt.“

„Wie schade."

„Meint ihr, sie denken auch über eine Adoption nach?"

„Du liebe Güte, nein!"

„Nein, das glaube ich auch nicht."

„Ich kann mir vorstellen, dass es für Bryant nicht leicht ist, dass in seiner Linie der Familie der Name Durough aussterben wird."

„Die Duroughs haben *immer* Söhne gehabt. Er ist der Erste, der keinen hat."

„Und wenn man dann noch bedenkt, dass sein Bruder gleich vier Söhne hat. Vier!"

„Bryant lässt sich zwar nichts anmerken, aber in Wirklichkeit macht es ihn bestimmt völlig fertig."

„Na ja, wenigstens haben sie Lauren."

„Mhm. Aber für einen Mann wie Bryant Durough ist das nicht dasselbe."

Man hört als Kind so etwas, hat keine Ahnung, was „in vitro" bedeutet, und man weiß auch nicht, was nicht geklappt hat, was hätte klappen sollen und warum das so entsetzlich traurig sein soll.

Wer Bryant und Julia sind, weiß man allerdings sehr wohl.

Und man weiß auch, was die Worte „noch ein Kind bekommen" bedeuten.

Und die Worte „wenigstens haben sie Lauren".

Unbemerkt kriecht man wieder unter dem Tisch hervor, verkrümelt sich irgendwohin und grübelt dann stundenlang über die Vorstellung nach, dass da noch ein weiteres Kind sein könnte.

Man fragt sich, ob „noch ein Kind zu bekommen" bedeutet, dass irgendjemand ein neues kaufen will. Und man fragt sich, was dann mit dem alten passiert.

Den ganzen Tag denkt man darüber nach, aber man sagt nichts. Man lässt alles nur in seinem sechs Jahre alten Kopf herumpurzeln. Man schaut sich in seinem Zimmer das Bild mit dem Jesus darauf an, der über einen Jungen und ein Mädchen wacht, die einen düsteren Waldweg entlanggehen, und man fragt sich, ob der Junge und das Mädchen Geschwister sind und ob Jesus sie wohl beide gleich lieb hat.

Wenn einen dann die Mutter später ins Bett bringt und sich über einen beugt, um einem noch einen Gutenachtkuss zu geben, und sie diesen Duft nach Äpfeln verströmt, dann schaut man ihr ins Gesicht und entdeckt dort nur Liebreiz. Die Sorgen fallen von einem ab, und man streckt seine Hand aus und berührt ihren Bauch an der Stelle, wo die Babys wachsen. Er ist flach und weich. Sie schaut hinunter auf die Hand und ihre Augen werden ganz groß.

Man zieht seine Hand wieder weg.

Die Mutter bleibt noch einen Augenblick länger und streichelt einem über die Stirn, auf der eine widerspenstige Locke liegt, und flüstert: „Träum was Schönes."

Dann entfernt sie sich von dem Himmelbett und dem dazu passenden Nachttischschränkchen und der Kommode im Landhausstil. Ein Nachtlicht in Form einer Muschel leuchtet zu ihren Füßen, als sie in der halb geöffneten Kinderzimmertür steht und einem ein letztes Küsschen zupustet.

Es wird etwa ein halbes Jahr vergehen, bis man erneut die Geschichte von der eigenen Geburt zu hören bekommt.

Jahre wird es noch dauern, bis man erfährt, was „in vitro" bedeutet.

Und man wird nie genau wissen, warum man den Arzt beim Kittel gepackt hat.

Als ich Abigail Boyles kennenlernte, die Frau, die mich engagierte, um das Tagebuch eines Mädchens abzuschreiben, das jung verstorben war, da sagte sie zu mir: „Sie sind auch ein Einzelkind, oder?"

Ich fragte sie, woher sie das wisse.

Sie entgegnete: „Ich bin auch eins."

Als ob das als Antwort genügte.

Ich bin nicht der Mensch, für den mich mein Vater hält.

Ich bin nicht die entschlossene Tochter, die sich aufmacht, um zu beweisen, dass sie all das ist, was der nie geborene Sohn gewesen wäre, der sie eigentlich hätte sein sollen.

Mein jüngster Akt der Auflehnung – ein staatliches College zu besuchen, statt an die private Eliteuni nach Stanford zu gehen und in einem Studentenwohnheim zu wohnen, in dem ich mir das Bad mit einer Kommilitonin teilen muss, statt in einem umzäunten und bewachten Wohnkomplex – ist nämlich kein Indiz für mein entschlossenes Arztkittel-packendes Wesen. Ich will gar nichts beweisen. Ich wurde dazu erzogen, genau so zu werden, wie alle Duroughs geworden sind: fleißig, geschäftstüchtig und clever – eine, die Reichtum anhäuft, und zwar nicht aus Freude am Geldausgeben, sondern wegen des Prestiges, das Besitz mit sich bringt.

So ist mein Vater, so waren mein Großvater, mein Urgroßvater und auch mein Ururgroßvater. Und so sind auch mein Onkel Laurence und seine Söhne.

Aber ich bin nicht so.

Nicht die Tatsache, dass ich eine Frau bin, unterscheidet mich von allen vorherigen Durough-Erben. Es gibt jede Menge Frauen in der Familie, die sich mit großer Anmut und Eleganz völlig auf ein privilegiertes Leben eingestellt und darin eingerichtet haben. Auch für meine Mutter war das zum Beispiel nicht besonders schwer. Sie kam durch Heirat in den Genuss eines Lebensstils, den sie im Grunde bereits kannte. Meine Großmutter – auch sie wurde durch Eheschließung eine Durough – wurde von ihrer Schwiegermutter in das Leben der Reichen eingeführt, von einer Frau, deren eigener Reichtum das Vermögen der Duroughs bei Weitem übertraf. Man muss kein Mann sein, um Reichtum und Überfluss zu schätzen zu wissen, und man muss auch kein Mann sein, um eine Bestimmung zu erben.

Aber es ist nun mal so, dass ich keine Bestimmung erben möchte. Ich möchte sie mir selbst aussuchen.

Das ist der Schatz, von dem arme Menschen vergessen, dass sie ihn besitzen: die Fähigkeit, sich für einen neuen Weg zu entscheiden – eine Wahl zu haben. Vielleicht müssen sie ihr Leben lang kämpfen, um auf dem Weg zu bleiben, aber wenigstens haben sie ihn sich selbst ausgesucht.

Deshalb habe ich mich auf Jobsuche begeben, um Geld zu verdienen, das ich eigentlich gar nicht brauche. Nicht um zu beweisen, dass ich mein eigenes Geld verdienen kann, sondern weil niemand damit gerechnet hat, dass ich es tun würde. Wenn man nur das tut, was von einem erwartet wird, dann erfährt man nie, was man getan hätte, wenn man selbst eine Wahl gehabt hätte.

Sehen Sie es doch mal so: Stellen Sie sich vor, sie hätten die Wahl zwischen Reichtum und Armut. Nehmen Sie einmal an, es gäbe nichts dazwischen, kein Mittelding. Wofür würden Sie sich entscheiden?

Ich bin jung, aber ich habe die zwei Jahrzehnte, die mein Leben jetzt schon dauert, als Einzelkind in der abgeschirmten Obhut wohlhabender Erwachsener zugebracht. Ich habe sie beobachtet, habe ihre Sprache gelernt und beobachtet, wie sie ihre Umwelt gewissenhaft einer Prüfung unterziehen. Und ich habe herausgefunden, dass die Reichen und die Armen eine ungeheuer wichtige Eigenschaft gemeinsam haben. Genauso, wie der Ankläger und der Angeklagte, der Geliebte und der Ungeliebte, der Freie und der Gebundene. Sie alle glauben – wir alle glauben –, dass wir den anderen verstehen und dass wir wissen, wer er ist.

Aber das ist ein Irrtum.

Wie wahr das ist, erkenne ich an Abigail Boyles' vertanem Leben und am völlig überflüssigen und unnützen Tod eines jungen Mädchens. Und ich erkenne es auch an mir selbst, und zwar jedes Mal, wenn ich in den Spiegel schaue und das reiche Mädchen sehe, das mich daraus anblickt.

Wir nehmen wahr, was wir wahrnehmen wollen. So ist das. Und so ist es auch schon immer gewesen.

Zwei

Manchmal glaube ich, dass nicht ich Abigail Boyles gefunden habe, sondern sie mich. Dann kommt mir ein verrückter Gedanke: Wenn ich sie fragen würde, wie lange sie nach jemandem gesucht hat, der der zu Unrecht der Hexerei angeklagten und zum Tode verurteilten jungen Frau aus den britischen Kolonien wieder Leben einhaucht, dann würde sie zweifellos antworten: „Mein ganzes Leben lang."

Abigail hatte genau auf mich gewartet, damit ich Mercy Hayworths Geschichte erzähle – sie hat auf eine Frau gewartet, die schreiben kann. Es war nämlich eine Geschichte, die unbedingt erzählt werden musste.

Ich lernte Abigail kennen, als ich nach den langen Sommersemesterferien, die ich zu Hause bei meinen Eltern in Pacific Palisades verbracht hatte, wieder an die Universität von Kalifornien zurückkehrte, frisch dem Schoße des Luxus entsprungen, aber mit dem unbändigen Wunsch, genauso zu sein wie die anderen Drittsemester in meinem Wohnheim. Abigails Jobangebot, das zusammen mit Dutzenden von anderen am Schwarzen Brett des Fachbereichs für Englische Literatur hing, war der einzige handgeschriebene Aushang. Die unglaublich akkurate, fast gedruckt wirkende Handschrift fiel mir gleich ins Auge, und ich fand den Aushang auch deshalb sympathisch, weil er so persönlich wirkte.

Ich hatte an diesem Tag beschlossen, nicht länger von den monatlichen Taschengeldzahlungen meines Vaters abhängig zu sein. Schon mein gesamtes erstes Studienjahr hindurch hatte es mich gewurmt, dass ich dieses Geld annahm. Mir stand sowieso ein Riesenbottich Geld zur Verfügung, in den ich jederzeit, wenn mir danach war, einfach hätte hineingreifen und mich bedienen können. Das war schon immer so gewesen. Clarissa, meine Mitbewohnerin, brauchte zwei Jobs, um ihr Studium zu finanzieren. Sie arbeitete in der Buchhandlung auf dem Campus und außerdem noch in einem Coffee-Shop. Das Lernen und die schriftlichen Arbeiten fürs Studium musste sie immer irgendwie dazwischenquetschen. Das war auch der Grund, weshalb ich sie fast nie sah. Ich weiß nicht, ob sie mir übelnahm, dass meine Kreditkarte unerschöpflich war – gesagt hat sie dazu jedenfalls nie etwas –, aber vielleicht war es genau das, was mich am meisten wurmte: dass sie nie etwas sagte.

Abigail hatte ihr Jobangebot mit schwarzem Füllfederhalter auf lavendelfarbenes Briefpapier geschrieben. Das „G" in ihrem „Gesucht – literarische Assistentin" war perfekt geformt und hatte exakt den richtigen Schwung und die richtige Rundung. Der Aushang war schon ein wenig verblichen und undatiert – das hätte mir schon zu denken geben sollen. Er hing zwischen unzähligen anderen professionell gestalteten und gedruckten Jobangeboten, von denen im Vorbeigehen hier und da bereits Telefonnummern oder andere Informationen abgerissen worden waren.

Der handgeschriebene Zettel war der einzige, der die unsichtbaren Fingerabdrücke einer menschlichen Berührung trug: zartlila Briefpapier, das eher für persönliche Mitteilungen gedacht schien, und mit einer ebenmäßigen Handschrift geschriebene Worte. Mercys Tagebuch wurde darin mit keinem Wort erwähnt, nur folgende Zeilen standen da und eine Telefonnummer: „Gesucht – literarische Assistentin für ein Transkriptionsprojekt. Für die Dauer von etwa vier Monaten, etwa zehn Stunden pro Woche. Elf Dollar pro Stunde. Bevorzugt wird eine Person mit Kenntnissen der Literatur des 17. Jahrhunderts."

Das Wort „Literatur" war der Auslöser dafür, dass ich mir Abigails Telefonnummer notierte. Bei den anderen Stellenangeboten ging es um Assistenz bei irgendwelchen Rechercheaufgaben, um Aushilfe bei redaktionellen Aufgaben, um Korrekturlesen oder die Unterstützung beim Erstellen wissenschaftlicher Arbeiten. Das also und die menschliche Note, die das Angebot hatte – das kunstvolle G und das unausgesprochene Wissen, dass dieser technisch völlig minderbemittelte Arbeitgeber ein Projekt zu bieten hatte, das sich von den Projekten all der anderen Jobanbieter unterschied.

Als ich mir Abigails Telefonnummer auf der Rückseite eines Kassenbons von *Starbucks* notierte, den ich in meinem Rucksack gefunden hatte, kam Lira vorbei, eine Kommilitonin.

„Du suchst 'nen Job?"

Die Frage war gar nicht unfreundlich gestellt, aber ich spürte trotzdem, dass ich rot wurde. Ich hatte mich oft genug mit Lira unterhalten – wenn auch meist nur kurz –, um zu wissen, dass sie ihr gesamtes Studium, einschließlich der Studiengebühren und ihrem Lebensunterhalt, selbst finanzierte. Und sie wusste, was inzwischen die meisten von meinen Bekannten auf dem College mitgekriegt hatten, obwohl ich damit nicht hausieren ging: Meine Eltern waren reich.

„Äh, ja."

Lira, die im Hauptfach Journalistik belegt hatte, beugte sich vor, um Abigails lavendelfarbenes Briefpapier genauer in Augenschein zu nehmen. Wahrscheinlich wollte sie wissen, für welche Art Job sich jemand interessiert, der gar keinen Job braucht.

„Hmmm", sagte sie, „was meinst du, worum es da geht?"

Es war ganz klar, dass Lira keinerlei Interesse an einem Stellenangebot wie dem von Abigail hatte. Wenn dieser Aushang überhaupt etwas bei ihr weckte, dann nicht Interesse, sondern Misstrauen.

Ich tat so, als interessierte mich der Aushang nur am Rande. „Könnte vielleicht ganz interessant sein", entgegnete ich, zuckte die Achseln und steckte meinen Stift wieder ein.

„Dies hier sieht gut aus", sagte Lira und zeigte auf einen hellrosa Flyer mit einem Angebot für ein Redaktionspraktikum bei einer Werbeagentur. Die Hälfte der Telefonnummerzettelchen war bereits abgerissen worden.

Ich wusste, dass Lira es nur gut meinte, und inzwischen weiß ich auch, dass die Studenten des Fachbereichs für Englische Literatur bereits Witze darüber rissen, wie lange der ominöse handgeschriebene Aushang dort schon hing. Mittlerweile weiß ich außerdem, dass viele Studenten, die Englisch studierten, schon bei Abigail angerufen hatten. Aber sie hatten dann entweder von sich aus das seltsame Jobangebot abgelehnt oder konnten Abigail nicht von ihrer Qualifikation überzeugen.

Zu dem besagten Zeitpunkt wusste ich das alles jedoch noch nicht.

„Ich probier's mal bei dem hier", sagte ich und deutete mit dem Kopf auf Abigails Aushang. „Mehr als eine Absage kann ich ja nicht bekommen."

Lira rückte sich ihre Büchertasche auf der Schulter zurecht und lächelte. „Na, dann hoffe ich, dass es klappt." Ihr Blick, der freundlich war, aber auch Durchblick signalisierte, besagte, wenn jemand einen Job brauchte, um sich seinen Lebensunterhalt zu verdienen und gleichzeitig Pluspunkte für den Lebenslauf bei einer späteren Bewerbung zu sammeln, dann wäre das Praktikum bei der Werbeagentur auf jeden Fall die erste Wahl gewesen. Wenn aber ein reiches Mädchen ein paar Stunden in der Woche ein wenig Abwechslung brauchte und Geld dabei keine Rolle spielte, dann passte dieses Angebot wirklich perfekt.

Wir verabschiedeten uns voneinander und gingen unserer Wege.

Ich fragte mich den ganzen Nachmittag, ob sie mit ihrer Annahme wohl recht hatte, dass ich gar nicht auf Jobsuche war, um die Befriedigung zu erleben, mein eigenes Geld zu verdienen, sondern weil ich etwas anderes brauchte.

Zurück in meinem Wohnheimzimmer rief ich die Nummer an, die ich auf dem Kassenbon notiert hatte. Eine Frau mit einem leichten spanischen Akzent meldete sich und sagte, sie müsse mir zunächst ein paar Fragen stellen, bevor sie einen Termin für ein Vorstellungsgespräch mit Miss Boyles vereinbaren könne. Ich konnte hören, wie sie im Hintergrund mit irgendwelchen Papieren raschelte.

„Was ist Ihr Hauptfach?“, fragte sie.

„Englisch mit Schwerpunkt auf Literatur und Kulturwissenschaften.“

Das musste ich noch einmal wiederholen.

„Und im wievielten Semester sind Sie?“

Ich nahm an, dass sie versuchte, durch diese Frage möglichst höflich und unauffällig mein Alter herauszubekommen.

„Ich bin im dritten Semester.“

„Und wo haben Sie Ihren Schulabschluss gemacht?“

Wie ich später erfuhr, diente diese Frage dem Zweck, herauszufinden, woher ich kam, wo ich aufgewachsen war und wo ich gelernt hatte, wie ungerecht die Welt sein kann.

„‚Palisades Point Academy‘.“ Auch das musste ich noch einmal wiederholen.

„Könnten Sie bitte einen Moment warten?“, fragte die Frau. Sie legte mich auf Warteschleife, war aber schon einen Augenblick später wieder am Apparat.

„Miss Boyles lässt fragen, ob Sie am Donnerstag zu einem Vorstellungsgespräch kommen könnten. Um 17 Uhr. Würde Ihnen das passen?“

„Doch, das müsste gehen.“

„Gut. Haben Sie einen Stift zur Hand? Ich gebe Ihnen die Adresse.“

Die Straße, die sie nannte, war mir unbekannt. Es klang aber eher nach einer Privat- als nach einer Büro- oder Geschäftsadresse. Also würde das Vorstellungsgespräch bei Abigail zu Hause stattfinden.

„Läuten Sie einfach am Tor. Ich lasse Sie dann herein."

Es handelte sich also um ein eingezäuntes Anwesen wie das meiner Eltern.

„In Ordnung?"

„Einen Moment noch", sagte ich. „Darf ich fragen, um welche Art Transkriptionsprojekt es sich handelt?"

Die Frau zögerte. Ich hörte, wie sie mit der Hand den Hörer zuhielt. Sie fragte bei jemandem nach. „Es handelt sich um ein dreihundert Jahre altes Tagebuch. Es hat einer Vorfahrin von Miss Boyles gehört, die zur Zeit der Hexenprozesse in Salem gelebt hat."

Ich hatte sofort einen Draht zu Mercy Hayworth, obwohl ich zu diesem Zeitpunkt noch nicht einmal ihren Namen kannte, und mein Interesse war augenblicklich geweckt. Ein Tagebuch also, Literatur der persönlichsten, ja intimsten Art und drei Jahrhunderte lang erhalten. Irgendwie wusste ich, dass es sich um das Tagebuch einer Frau und nicht um das eines Mannes handelte, um das Tagebuch einer Frau mit Geheimnissen. Dieser Gedanke war beherrschend: ein Tagebuch war etwas, worin Geheimnisse niedergeschrieben wurden.

Ich wollte diesen Job. Ich selbst hatte ja auch Geheimnisse.

„Okay?", fragte die Frau.

„Ja", antwortete ich. *Ja, ja, ja!*

„Okay." Dann legte sie auf.

Ich starrte einen Moment lang den Zettel mit der Adresse in meiner Hand an und ging dann zu meinem Computer, um im Internet nachzuschauen, wo sie sich befand. Ich schaute mir eine Karte an und stellte fest, dass Abigail in einer älteren vornehmen Gegend wohnte, wo die reichen Familien im alten Santa Barbara ihre Villen errichtet hatten.

Ich war mir nicht sicher, wie mein Vater auf einen Teilzeitjob reagieren würde, der nichts mit *Durough Enterprises* zu tun hatte, aber ich wusste, dass er eines ganz sicher gut finden würde: Meine zukünftige Arbeitgeberin pflegte einen Lebensstil, der ihm vertraut war und dem er vertraute.

Ich wartete so lange, bis ich sicher war, dass meine Eltern schon zu Abend gegessen hatten, und rief dann meinen Vater an, um ihm mitzuteilen, dass er mir nicht länger monatlich Geld zu überweisen bräuchte. Ich übte ein paar Mal, bevor ich dann tatsächlich anrief, damit ich ruhig und selbstsicher klang, so als wäre es das Selbstverständlichste auf der Welt, dass ich mein eigenes Geld verdiente.

Er nahm die Neuigkeit besser auf als manch andere Entscheidung, die ich getroffen und die er unsinnig gefunden hatte, zum Beispiel, dass ich an einer staatlichen Uni in Santa Barbara studierte und nicht in Stanford und dass ich nicht Betriebswirtschaft als Hauptfach gewählt hatte, sondern Englische Literatur. Mein Vater war ein bisschen belustigt, ein bisschen irritiert, aber unterschwellig auch ein bisschen stolz auf mich. Ich tat etwas – wenn auch ohne viel Anmut und Eleganz –, was alle Duroughs in der Vergangenheit getan hatten, nämlich Dinge anzustoßen, statt sie einfach nur hinzunehmen.

Ich wollte mein eigenes Geld verdienen. Ich traf eine geschäftliche Entscheidung, und das fand er gut.

Mein Vater übt nicht dadurch Kontrolle nicht aus, dass er andere beherrscht, sondern indem er überzeugt. Das ist ein Riesenunterschied. Ich kam mir ihm gegenüber noch nie unwissend oder unterlegen oder gar minderwertig vor. Ich empfinde nur ständig den Drang, mich zu fügen, und zwar einen sehr starken Drang. Mein Vater besitzt die ausgeprägte Eigenschaft, Menschen dazu zu bringen, das zu tun, was er will. Das in Verbindung mit gutem Aussehen, einer ruhigen Art und einer entwaffnenden Selbstsicherheit – und es ist nicht mehr weiter verwunderlich, dass ich schon allein bei dem Gedanken, nicht mit ihm einer Meinung zu sein, zittere. Ich hatte zwar den Kampf um die Frage gewonnen, wo ich meinen Bachelor-Abschluss machen würde, aber ich hatte so meine Zweifel, dass es mir gelingen würde, darüber hinaus noch weitere eigene Pläne für meine Ausbildung durchzusetzen.

Als ich ihm von dem Job erzählte, konnte ich förmlich hören, wie er dachte: *Das ist sicher gut für Lauren. Dadurch wird sie erkennen, dass es nur einen Weg zum Erfolg gibt – den Weg der Duroughs.*

Er wollte Einzelheiten wissen.

„Du wirst also nach Stunden bezahlt?"

„Ja."

„Wie viel?", erkundigte er sich, obwohl uns beiden klar war, dass das im Grunde völlig egal war.

„Elf", entgegnete ich so selbstsicher ich konnte. Ich wusste, dass sein Gärtnergehilfe mehr dafür bekam, dass er Schnecken von dem Durough'schen Blumenbeeten aufklaubte.

„Und was genau hast du da zu tun?"

„Ich soll ein Tagebuch transkribieren."

„Na, das ist ja mal was Besonderes. Was für eine Art von Tagebuch ist es denn und wem gehört es?"

„Es hat einer Frau gehört, die vor dreihundert Jahren gelebt hat. Ich glaube, es wird ziemlich interessant."

Einen Moment lang sagte er gar nichts. „Du weißt, dass du auch ein paar Stunden die Woche für mich arbeiten könntest, oder? Das ginge auch online – du könntest irgendwo in beratender Funktion tätig sein. Das habe ich dir ja schon vor einiger Zeit angeboten."

Ja, das wusste ich. „Ich möchte aber gern mal selbst etwas ausprobieren."

„Na ja, wenn du das wirklich willst, dann habe ich natürlich nichts dagegen."

Ich verkniff mir die Bemerkung, dass ich ihn ja auch gar nicht um Erlaubnis gebeten hatte.

„Und wenn du so wild entschlossen bist, dir dein Taschengeld selbst zu verdienen, dann weiß ich das natürlich zu schätzen. Das kann ich nur unterstützen“, fuhr er fort.

Ich zuckte innerlich zusammen. Das Wort „Taschengeld“ relativierte mein Experiment sofort. Es war uns beiden völlig klar, dass ich in Bezug auf alles andere immer noch von seinem Reichtum abhängig war. Doch er wollte gar nicht herablassend klingen. Er wollte mich nur an die große weite Welt erinnern, die mich erwartete – seine Welt. Mein kleines Projekt war nicht mehr als eben das: klein.

„Danke, Papa.“

„Viel Glück bei deinem Vorstellungsgespräch.“

Meine Wangen glühten. „Danke.“

„Mama möchte auch noch gern kurz mit dir sprechen.“

„Okay.“

„Lass uns wissen, wie es ausgegangen ist, ja? Ich würde gern irgendwann mehr darüber hören.“

„Klar. Tschüss.“

Ich hörte, wie der Hörer von einer Hand in die andere wechselte. Ich hob meine freie Hand zum Gesicht, um damit die Schamröte über diese Demütigung wegzureiben.

„Lauren! Du nimmst einen Job an?“ Meine Mutter klang weder beunruhigt noch verärgert, sondern einfach nur überrascht.

„Nur ein paar Stunden die Woche, Mama. Und außerdem ist ja noch gar nicht klar, ob ich den Job überhaupt bekomme. Das Vorstellungsgespräch ist erst morgen.“

„Also, wenn du schon zum Vorstellungsgespräch eingeladen wirst, dann bekommst du den Job auch bestimmt“, sagte sie so, wie nur eine Mutter es kann, um dann einfach das Thema zu wechseln. So als wollte sie dadurch unterstreichen, dass sie keinerlei Zweifel daran hegte, dass ich den Job bekommen würde, wenn ich ihn wollte.

Sie erinnerte mich noch einmal daran, dass die Feier zum fünfzigsten Geburtstag meines Onkels um eine Woche verschoben worden sei. Ein paar Tage zuvor hatte sie mir erzählt, dass das zweitägige Spektakel jetzt erst in drei statt wie ursprünglich geplant in zwei Wochen stattfände. Mein Onkel Laurence hatte nämlich überraschend geschäftlich nach Singapur reisen müssen. Ich versprach ihr, auf jeden Fall zu kommen.

Ich glaube nicht, dass meine Mutter Angst hatte, ich könnte das Fest vergessen. Sie wollte mich einfach nur daran erinnern, wohin ich gehörte.

Drei

Mein erster Eindruck von Abigail Boyles war, dass sie unverwüstlich war. Trotz ihres zierlichen dreiundachtzig Jahre alten Körpers, ihrer fast durchscheinenden Haut und den glänzenden, wässrigen Augen, stand sie aufrecht und hoch erhobenen Hauptes da, als sie mich in der Diele ihres Hauses begrüßte. Nichts an ihr verriet auch nur einen Hauch von Gebrechlichkeit. Ein feines Gespinst aus Falten in ihrem Gesicht ließ es eher härter als weicher wirken, so als wären die Furchen durch schlaflose Nächte, unzählige Stunden der Reue und ein permanentes Stirnrunzeln dort eingegraben worden. Ich wusste sofort, dass sie eine Frau war, die immer allein gewesen war, was allerdings nicht bedeuten musste, dass sie nie geliebt hatte oder nicht geliebt worden war. Sie hatte etwas Trauriges an sich, auch wenn ihr Lächeln echt war. Es war allerdings eine Art von Traurigkeit, die sie offenbar eher unbeugsam als verletzlich gemacht hatte.

Auf mein Läuten hin hatte mir Esperanza die Tür des im Tudor-Stil erbauten Hauses geöffnet, die Frau, mit der ich zwei Tage zuvor auch am Telefon gesprochen hatte. Sie stellte sich selbst als Miss Boyles' Haushälterin vor. Abigail stand direkt hinter ihr. Sie war mit einer lavendelfarbenen Hose bekleidet, die fast den gleichen Farbton hatte wie das Papier mit dem Jobangebot am Schwarzen Brett in der Uni. Sie stand so nah am Eingang, dass sie mir auch durchaus selbst hätte öffnen können, und ich fragte mich, wieso sie wohl ihre Haushälterin vorgeschickt hatte. Später erfuhr ich dann, dass sie an mir vorbei auf die Auffahrt vor dem Haus geschaut hatte, um festzustellen, welchen Wagen ich fuhr.

Ich fahre einen BMW.

Wenn Abigail sprach, war ihre Stimme leise, kontrolliert und bedächtig, und sie wirkte viel jünger, als sie war. Sie gab mir die Hand.

„Abigail Boyles", sagte sie.

„Lauren Durough", stellte ich mich vor. Ich drückte ihre Hand, die kühl und weich war, so als hätte sie sie gerade aus einem Gefäß mit Formaldehyd gezogen. Ich hielt sie nur gerade so lange fest, dass es nicht unhöflich wirkte.

„Esperanza, Miss Durough und ich setzen uns in die Bibliothek." Abigail sah mich unverwandt an, während sie das sagte.

„Hier entlang." Esperanza schloss die Haustür hinter mir und deutete auf eine geschlossene Flügeltür am anderen Ende der gefliesten Halle. An der entgegengesetzten Seite des großen Vorraumes sah ich noch eine Flügeltür, die allerdings offen stand und den Blick in ein Wohnzimmer freigab, das ganz in Kastanienbraun und in Cremetönen gehalten war. Schon von der Eingangstür aus konnte ich erkennen, dass der Raum wunderschön, aber sparsam eingerichtet war und unbewohnt wirkte. Vor mir befand sich eine Treppe ins Obergeschoss mit einem Läufer mit Paisleymuster. Weitere Türen lagen hinter dem Treppenaufgang am Ende des langen Flures. Auch von diesen Türen stand eine offen und gewährte einen Blick auf schwarz-weiße Bodenfliesen, viel glänzenden Edelstahl und makellos aufgeräumte Arbeitsflächen. Die Nachmittagssonne fiel auf eine Schüssel mit Erdbeeren, die am Rande einer Kochinsel mit einer polierten Granitplatte stand.

Esperanza öffnete die Doppeltür gegenüber dem Wohnzimmer, hinter der sich ein Raum befand, der nicht im Geringsten zu dem Wenigen passte, was ich bislang von dem Haus gesehen hatte. Abigails Bibliothek war völlig überladen mit Möbeln, explodierte förmlich durch die Masse an Bildern, Kandelabern, Vasen mit Blumen sowie unzähligen Polstern und Kissen – und war zum Bersten vollgestopft mit Büchern. Während das Wohnzimmer offenbar nur zur Zierde da war, sah die Bibliothek aus, als würde Abigail darin jeden Augenblick des Tages verbringen, umgeben von Stapeln und Haufen und Regalen voller Bücher.

Es war das erste Mal in meinem Leben, dass ich von Büchern umgeben war und mich dabei nicht wohlfühlte, sondern Unbehagen empfand. Nur etwa die Hälfte aller Bücher in dem Raum war in Regalen untergebracht. Der Rest lag einfach so herum, ungebändigt, wie zum Angriff aufgestellt.

„Setzen Sie sich doch bitte", sagte Abigail und deutete auf einen Lehnstuhl, um den Türme von Büchern wie ein Baugerüst emporragten.

Ich ging zu dem Stuhl, setzte mich und achtete dabei sorgfältig auf meine Füße, so als bestünde die Gefahr, dass die Bücher, die mir am nächsten standen, gleich anfangen würden, meine Füße anzuknabbern. Abigail setzte sich mir gegenüber auf einen ganz ähnlichen Stuhl, auf dem sie von Shakespeare, Milton, Chaucer und Sokrates umgeben war. Esperanza schloss die Tür und ich bekam auf der Stelle Platzangst. Abigail lächelte mich aufmunternd an, so als ob sie mir mein Unbehagen anmerkte und mir versichern wollte, dass schon nichts Schlimmes passieren würde.

„Was reizt Sie an dieser Aufgabe, Miss Durough?"

Ich hatte mir die Antwort auf eine Frage dieser Art schon zurechtgelegt, nachdem ich mich am Vorabend im Internet über Vorstellungsgespräche informiert hatte, und wollte eigentlich sagen, dass der Job eine interessante Mischung aus Fertigkeiten und Fähigkeiten erfordere, über die ich verfügte. Aber dann kamen plötzlich ganz andere Worte aus meinem Mund.

„Das Tagebuch."

Abigails Lächeln vertiefte sich; offenbar gefiel ihr meine Antwort. Innerlich formulierte ich bereits Antworten auf die Frage, die Abigail höchstwahrscheinlich als Nächste stellen würde. *Warum?*

Aber das fragte sie nicht, sondern sie sagte: „Sie mögen also Geheimnisse."

Ich wurde rot. „Ich mag Autobiografien. Ich mag Literatur aus dem 17. Jahrhundert."

„Hmmm." Sie wartete auf mehr.

„Und mich reizt es zu erfahren, was eine Frau vor dreihundert Jahren wohl aufgeschrieben hat in der Gewissheit, dass niemand es jemals zu Gesicht bekommen würde."

Abigail nickte einmal. Ich hatte sie in diesem Punkt zufriedengestellt, aber auch noch in einem weiteren: Ich war korrekt davon ausgegangen, dass es sich um das Tagebuch einer Frau handelte.

„Erzählen Sie mir von sich", meinte Abigail.

Die entsprechenden Anweisungen aus dem Internet besagten, dass man sich bei der Antwort auf diese Frage an Fakten halten solle, die zur Jobbeschreibung passten.

„Ich studiere Englisch und Kulturwissenschaft im Hauptfach, habe gute Noten, und in meiner Freizeit schreibe ich gern. Ich lese für mein Leben gern. Ich mag Jane Austen, die Brontë-Schwestern, George McDonald und einige Sachen von Hemingway und Steinbeck. Im Rahmen des Studiums habe ich mich schon mit vielen unterschiedlichen Schriftstellern befasst: Shakespeare, Dickens, Dostojewski, Tolkien."

„Also ein echter Literaturfan", kommentierte Abigail, so als verkünde sie das dem Publikum all der Bücher, von denen wir umgeben waren, um sie davon zu überzeugen, dass man mir trauen könne. Ein weiterer Pluspunkt für mich. „Ich glaube, Literatur offenbart mehr über uns, als es die Geschichte tut", fuhr sie fort und lehnte sich auf ihrem Stuhl zurück. Ich hatte bis zu diesem Moment gar nicht bemerkt, dass sie die ganze Zeit ein wenig vorgebeugt dagesessen hatte.

Sie hatte recht, und das sagte ich ihr auch.

„Sie haben sich einen ziemlich interessanten Schwerpunkt als Hauptfach ausgesucht", meinte sie als Nächstes.

Ich wusste nicht so recht, ob das als Kompliment gemeint war, und ging deshalb nicht weiter auf diese Bemerkung ein.

„Ich glaube, Santa Barbara ist die einzige Hochschule in Kalifornien, wo man Literatur und Kulturwissenschaften studieren kann", fuhr sie fort. „Das ist eine sehr interessante Mischung."

„‚UC Merced' bietet auch so etwas Ähnliches, glaube ich."

„Aber Sie haben sich entschieden, hier zu studieren."

„Mir hat der Campus hier gefallen und in Merced hätte mir das Meer gefehlt."

„Und ich nehme an, dass Merced auch ein bisschen arg weit weg von zu Hause gewesen wäre, oder?"

Sie legte den Kopf ein wenig schräg, so als ob sie meine Reaktion auf ihre Neugier abschätzen wollte. Sie hatte sich nämlich ganz offensichtlich darüber informiert, wo sich meine ehemalige Schule befand, die *Palisades Point Academy*. Jetzt wusste sie es – nämlich nur einen Steinwurf von Malibu entfernt in einem umzäunten Hort der Sicherheit, wo die Reichen bei Nacht ihr Haupt zur Ruhe betteten.

Einen Moment lang nur fragte ich mich, ob sie wohl schon herausbekommen hatte, wer mein Vater war. Natürlich hatte sie das. Und schon war ich wieder eine Durough.

„Haben Sie noch Fragen zu meiner Herkunft und wo ich aufgewachsen bin, Miss Boyles?"

Ich versuchte, dabei genau so locker zu klingen wie sie.

Sie grinste mich breit und genüsslich an. „Nein, ich glaube nicht, dass ich dazu noch Fragen habe."

Ich wartete.

„Wie wäre es, wenn ich Ihnen ein bisschen von mir erzähle?", bot sie an. „Ich bin dreiundachtzig Jahre alt und bis zu meiner Pensionierung Bibliothekarin gewesen. Meine Familie stammt ursprünglich aus Boston, aber ich wohne in diesem Haus schon, seit ich fünf war. Ich habe nur noch einen lebenden Verwandten in Maine, der ganz fest damit rechnet, dass er meinen Besitz einmal erbt. Was das angeht, sollte er sich allerdings auf eine Überraschung gefasst machen." Sie betrachtete die mit dicken alten Schmökern bedeckte Wand zu ihrer Linken. „Ich habe nämlich vor, ihm nur die Bücher zu vererben, denn ich weiß, dass er es kaum erwarten kann, das Haus zu bekommen und sie als Erstes hinauszuwerfen."

Ich wusste nicht, was ich dazu sagen sollte und beschloss zu schweigen.

„Ich kam in den Besitz des Tagebuches, als ich dreizehn war", fuhr sie fort und drehte sich wieder zu mir um. „Es wird schon seit acht Generationen in meiner Familie weitervererbt und hat einmal einer Vorfahrin von mir gehört. Ihr Name war Mercy Hayworth. Sie war eine Cousine achten Grades und hat Ende des 17. Jahrhunderts in Salem gelebt."

Abigail hielt kurz inne und ließ mir genügend Zeit, um die Zeitangabe und den Namen der Stadt mit dem in Verbindung zu bringen, was ich mit Sicherheit über das koloniale Zeitalter der amerikanischen Geschichte wusste.

„Ich möchte gern, dass Sie das Tagebuch für mich abschreiben und um der Verständlichkeit und Klarheit willen auch redigieren. Ich möchte es in verständliche Sprache übertragen haben für den Leser von heute, und ich hätte es gern auf Computerdiskette gespeichert. Außerdem werde ich Hilfe dabei benötigen, es irgendwo drucken und binden zu lassen. Arbeiten Sie lieber mit Mac oder einem PC?"

„Wie bitte?" Ich hatte den Eindruck, dass sich das Vorstellungsgespräch bereits dem Ende näherte.

„Ich möchte wissen, ob Sie gern einen Mac hätten oder einen PC bevorzugen?"

Vor Verblüffung ein wenig stotternd, sagte ich ihr, dass ich einen eigenen Laptop besäße.

Abigail schüttelte den Kopf. „Nein, nein, den Computer stelle ich. Haben Sie da irgendeine Vorliebe? Ich kaufe genau das Modell, das Sie gern haben möchten."

„Na ja, wenn das so ist, dann hätte ich am liebsten einen Mac."

Sie nickte. „Glauben Sie, dass Sie diesen Job übernehmen können, Miss Durough?"

Ich konnte nicht glauben, dass wir schon fertig waren. Abigail hatte mir so gut wie gar keine Fragen gestellt, die ihr Aufschluss darüber geben konnten, ob ich auch die nötige Qualifikation für die beschriebene Aufgabe mitbrachte. Ja, im Grunde hatte sie mich so gut wie gar nichts gefragt. Ich wusste noch nicht einmal, weshalb sie eigentlich wollte, dass das Tagebuch abgeschrieben wurde, denn allem Anschein nach hatte sie ja nicht vor, es zu veröffentlichen.

Die Worte „Einfach so?" kamen mir in den Sinn, und während ich sie noch dachte, kletterten sie auch schon aus meinem Kopf in meinen Mund.

„Ich sehe nichts, was dagegen spräche, Sie einzustellen, Miss Durough. Sie?" Abigail lächelte.

„Ja. Nein. Also, ich meine, nein, ich sehe keine, und ja, ich hätte den Job gern."

„Gut. An welchen Tagen könnten Sie denn kommen? Ich hatte gehofft, dass Sie dreimal pro Woche jeweils für ein paar Stunden hier arbeiten könnten."

„Montags, dienstags und donnerstags habe ich immer schon um halb vier Vorlesungsschluss. Danach könnte ich dann kommen."

„Hervorragend. An diesen Tagen könnten Sie hier bei mir zu Abend essen und dann bis zum frühen Abend, vielleicht bis gegen sieben, arbeiten. Wäre Ihnen das recht?"

„Ja."

Sie stand auf. „Ich sehe Sie dann am Montag. Esperanza gibt Ihnen noch den Code für das Tor, damit Sie nicht jedes Mal extra zu läuten brauchen."

Ich stand jetzt ebenfalls auf, aber Abigail machte keinerlei Anstalten, mich zur Tür zu begleiten. Es folgte ein etwas unbehaglicher Moment, in dem wir beide einfach nur dastanden und uns ansahen.

„Auf Wiedersehen", sagte sie. Ihre Stimme klang merkwürdig freundlich.

„Auf Wiedersehen, Miss Boyles."

Als ich ein paar Schritte Richtung Tür gegangen war, rief sie mich noch einmal zurück

„Miss Durough, wäre es Ihnen vielleicht auch recht, wenn ich Sie ‚Lauren' nennen würde? Natürlich dürften Sie mich dann auch ‚Abigail' nennen. Die Förmlichkeit, uns beim Nachnamen zu nennen, würde mich völlig plemplem machen."

Ich musste lächeln. „Aber sicher. Das ist mir recht."

„Dann sehen wir uns also am Montag, Lauren."

Ich nannte sie aber an diesem Tag noch nicht „Abigail".

Ich ging zu der großen Flügeltür und öffnete sie, drehte mich aber noch einmal kurz um, bevor ich das Zimmer verließ, weil ich nicht wusste, ob ich die Tür schließen sollte oder nicht. Abigail stand vollkommen entspannt in ihrem Meer von Büchern und sah zu, wie ich sie verließ.

Ich schloss die Tür hinter mir.

Als ich wieder in meinem Wagen saß, rief ich zu Hause an. Ich wusste, dass mein Vater donnerstags ab fünf immer auf dem Golfplatz war und ich deshalb nur seine Mailbox erreichen würde.

Es dauerte nur wenige Sekunden, ihm eine Nachricht zu hinterlassen, die besagte, dass ich den Job bekommen hätte.

Vier

Ich träumte von Mercy, noch bevor ich sie auf den Seiten ihres Tagebuches kennenlernte. In der Nacht vor meinem ersten Arbeitstag bei Abigail träumte ich von einer Frau, die die gleiche Kleidung trug, wie ich sie in der vierten Klasse bei einer Theateraufführung zu Thanksgiving angehabt hatte – einen groben Wollrock mit einer Musselinschürze darüber und auf dem Kopf eine weiße Haube mit einer Rüschenborte. Die Frau saß an einem Tisch und schrieb bei Kerzenlicht. Ich wusste, dass es Mercy war, und ich wusste auch, dass sie in ihr Tagebuch schrieb. Sie saß über eine Seite gebeugt da. Ihre eine Hand glitt beim Schreiben der Wörter mit einem Federkiel in Bögen und langsamen Schleifen über das Papier. Ihre Gesichtszüge waren sanft und im dämmrigen Kerzenschein unscharf und sie schien tief in Gedanken versunken. Ich ging zu ihr hin, und sie hörte mich auch, denn sie hob den Kopf, und unsere Blicke trafen sich. Den Federkiel immer noch über die Seite haltend, sah sie mich mit freundlichem, aber auch traurigem Blick an.

Sie fragte mich nicht, wer ich denn sei oder was ich dort täte. Ich hätte es gern gehabt, wenn sie gefragt hätte, aber sie tat es nicht.

Stattdessen sah sie an mir vorbei. Ich drehte mich um und sah in einem anderen Teil des abgedunkelten Raumes eine weitere Frau inmitten eines Bücherstapels sitzen. Weil es dunkel war, konnte ich die Titel der Bücher nicht erkennen. Die Frau schlief.

Es war Abigail.

Ich drehte mich wieder zu Mercy um, aber sie war verschwunden. Das Tagebuch lag immer noch da, und auch die brennende Kerze stand noch auf dem Tisch, aber der Stuhl, auf dem sie gesessen hatte, war leer. Der Federkiel lag auf den aufgeschlagenen Seiten des Tagebuches und die Federspitze zeigte auf mich.

Wie eine Einladung, die Feder zur Hand zu nehmen.

Die Kerze erlosch und ich wachte auf.

Ich fühlte mich allein, obwohl meine Mitbewohnerin Clarissa im Schlaf vor sich hin murmelte. Es dauerte eine Weile, bis ich wieder einschlafen konnte, und als ich schließlich einschlief, träumte ich nichts mehr.

Die erste Frage, die Abigail mir stellte, als ich das nächste Mal in ihr trauriges Haus kam, überraschte mich. Wir ließen uns an einem stabilen Holztisch in ihrer erdrückenden Bibliothek nieder, und statt mich zu fragen, ob ich eine Tasse Tee wollte – sie war nämlich gerade dabei, ihren Nachmittagstee zu trinken –, erkundigte sie sich, ob ich mit Gott spräche.

„Sie meinen, ob ich bete?“, fragte ich, und es kann sein, dass ich dabei gestottert habe.

„Was ist denn Gebet anderes, als mit Gott zu reden?“ Sie hob eine ihrer welken Hände und machte aus dem Handgelenk eine wegwerfende Bewegung, so als wollte sie mit dieser Geste eine Riesenportion Naivität verscheuchen.

Dieses faltige Abwinken ärgerte mich. Ich mag zwar nicht die typische Durough'sche Antriebskraft und Dynamik haben, aber an Durough'scher Würde fehlt es mir keineswegs. Wir sind immer ziemlich fix, wenn es darum geht, unseren Intellekt zu verteidigen. Es vergingen ein, zwei Sekunden, in denen ich überlegte, wie ich ihr darauf antworten sollte. Wie antwortet eine gerade frisch eingestellte Angestellte auf eine etwas unangemessene Frage der neuen Arbeitgeberin? Ich war noch nie zuvor eine Angestellte gewesen. Ich redete zwar mit Gott, aber für mich gab es keinen erkennbaren Grund, wieso das für sie von Interesse sein sollte. Und was das mit der Übertragung eines dreihundert Jahre alten Tagebuches zu tun haben sollte, war mir ebenfalls schleierhaft. Die leichte Verärgerung wich einem Moment der Unerschrockenheit. Ich sah ihr direkt in die Augen und sagte selbstsicher: „Ja, ich rede mit Gott." Menschen in meinem Alter erleben einen Anflug von innerer Befriedigung, wenn sie älteren Besserwissern mit Selbstsicherheit entgegentreten können.

Abigails Mundwinkel verzogen sich langsam symmetrisch nach oben. Meine Antwort belustigte sie.

Meine Verärgerung wuchs. „Ich wüsste nicht, was ..."

„Und glauben Sie, dass Gott auch mit Ihnen spricht? Dass er Ihnen antwortet?", unterbrach sie mich.

„Wie bitte?"

„Wissen Sie, was mit Johanna von Orléans passiert ist?" Abigail stellte die Frage genauso leichthin, als hätte ich gerade gesagt: „Sicher glaube ich, dass Gott mit mir spricht."

„Johanna von Orléans?"

„Ja."

„Sie wurde hingerichtet. Auf dem Scheiterhaufen verbrannt, glaube ich." Das war alles, woran ich mich aus dem Geschichtsunterricht der Highschool noch erinnern konnte. Johanna von Orléans war also weit weg.

„Ja, das wurde sie. Und wissen Sie auch, weshalb sie hingerichtet wurde?"

Ich kratzte mich am Hals, obwohl es nicht juckte. „Also, wenn ich mich recht erinnere, dann lag Frankreich mit England im Krieg, und sie führte das französische Heer an. Sie wurde von den englischen Truppen gefangen genommen. Warf man ihr nicht Hochverrat vor?"

Abigail neigte den Kopf. Offenbar fühlte sie sich durch meine kurze Zusammenfassung gut unterhalten. „Dann erinnern Sie sich nicht richtig."

„Sie hat das Heer angeführt und sie wurde gefangen genommen. Ich bin sicher, dass dieser Teil stimmt", wandte ich ein und leckte innerlich die Wunden meines verletzten Egos.

„Ja, das stimmt alles, aber sie wurde nicht wegen Hochverrats hingerichtet."

Ich wollte gerade fragen, wie die Anklage denn dann gelautet hätte, als mir plötzlich wieder einfiel, weshalb Johanna von Orléans hingerichtet worden war. „Sie glaubte, dass Gott zu ihr spräche."

Abigails Miene hellte sich auf. Ich hatte sie überrascht.

„Sie war ungefähr in Ihrem Alter, als sie starb, haben Sie das gewusst? Sie sind neunzehn, oder?"

„Zwanzig."

„Man hat sie als Ketzerin bezeichnet, als Hexe. Und dann hat man sie angezündet."

Ich rutsche unruhig auf meinem Platz hin und her.

„Aber natürlich war sie gar keine Hexe", fuhr Abigail fort. „Inzwischen weiß das jeder. Sie ist sogar eine Heilige."

„Ja, daran kann ich mich auch erinnern", murmelte ich.

„Das ändert natürlich nichts daran, wie sie gestorben ist, wie die Flammen an ihrem Körper emporzüngelten, der an einen Pfahl gefesselt war."

„Nein, das ändert daran nichts mehr", sagte ich.

Abigail schwieg einen Moment lang und sah mich einfach nur an. Dann beugte sie sich vor. „Sehen Sie all diese Bücher?", fragte sie mit gesenkter Stimme, als ob sie mir gerade ein Geheimnis anvertraute, das ich für mich behalten sollte. Abigails Bücher waren überall – in Regale gestopft, stapelweise auf dem Fußboden, unter Tischen hervorquellend. Ich hätte schon blind sein müssen, um sie nicht zu sehen. Ich war fasziniert davon, aber es machte mir auch Angst – beides aus demselben Grund: weil es so viele Bücher waren.

Und es war mir gleichgültig, dass sie in unserem Gespräch schon wieder in eine völlig neue Richtung marschierte. Den brennenden Körper einer unschuldigen Frau ließen wir dabei hinter uns.

„Ja“, sagte ich und sah mich dabei um.

„Sie lieben Bücher so, wie ich es tue, und Sie schreiben gerne. Das weiß ich. Das ist einer der Gründe, weshalb ich Sie eingestellt habe.“

Ich nickte und wartete.

„Mercy Hayworth hat auch gerne geschrieben“, sagte Abigail und neigte den Kopf. „Geschichten vom Typ ‚Es war einmal‘. Die Männer, die ihre Hinrichtung forderten, haben behauptet, dass sie die Worte des Teufels niederschriebe, dass ihre Geschichten aus der Hölle kämen, dass sie eine Handlangerin des Teufels sei. Das, was sie schrieb, sei der Beweis dafür, dass sie eine Hexe wäre. Es waren einfach nur Geschichten, Lauren. Die Art von Geschichten, wie Sie und ich sie gern lesen, und die Art von Geschichten, wie Sie sie gern schreiben.“

Sie lehnte sich auf ihrem Stuhl zurück. „Deshalb möchte ich, dass Sie Mercys Geschichte erzählen“, erklärte sie mir. „Mercy war ein wunderschönes junges Mädchen, das das Gute liebte. Sie wurde zu Unrecht angeklagt, verurteilt und gehängt, und niemand erinnert sich an sie.“

„Ich verstehe.“ Ich schluckte und hatte das Gefühl, nur mit Mühe Luft zu bekommen.

„Ich wollte, dass Sie wissen, warum Sie das hier tun.“

„Gut“, antwortete ich.

Abigail saß mir schwer ein- und ausatmend gegenüber. Es war ein reinigendes Atmen. Jetzt war sie bereit fortzufahren.

Ich spürte kaum, dass ich selbst auch Luft holte, weil die Geister von Johanna von Orléans und Mercy über mir schwebten und darüber klagten, dass man sie umgebracht hatte.

„Also“, meinte Abigail, „hätten Sie vielleicht noch gern eine Tasse Tee, bevor wir anfangen?“

Fünf

Die Tagebuchseiten hatten an manchen Stellen die Farbe von Toast, an anderen die von nasser Asche. Die Tinte, die vor langer, langer Zeit aus zerstoßenen, mit Essig und Salz vermischten Walnussschalen hergestellt worden war, war so verblasst, dass man das Gefühl hatte, sie einfach wegpusten zu können, wenn man sich nur darüber beugte und atmete. Die vergilbten Buchstaben auf der ersten Seite waren kaum noch lesbar und sahen aus, als seien sie geflüstert worden – wenn man Flüstern in Schriftform denn darstellen könnte. Ein so altes Buch hatte ich bisher nur im Museum gesehen. Ohne es zu berühren, war mir klar, dass Mercys Tagebuch zu empfindlich war, um es in die Hand zu nehmen, zu zerbrechlich, um auch nur das Gewicht meiner Finger auszuhalten. Der Gedanke machte mich traurig.

Als ich die Tagebuchseiten betrachtete, hatte ich das Gefühl, nur wenige Zentimeter, nur einen Atemzug von dieser Frau entfernt zu sein. Dreihundert Jahre Zeit und Raum schienen einfach ausgelöscht. Mercy hatte dieses Buch berührt, es war der letzte Überrest ihrer Existenz.

Abigail erzählte mir, dass Mercy ihre erdachten Geschichten in einem anderen Buch aufgeschrieben hätte, einem Kontobuch, das ihr Vater ihr bei *Ingersoll's Ordinary* – der kolonialen Version einer Gaststätte – gekauft hatte. Darüber sprach sie allerdings mit niemandem, weil sie es dem Vater versprochen hatte. Doch Mercys Ankläger fanden das Versteck, als sie das ganze Haus auf der Suche nach Beweisen für ihren Bund mit dem Teufel auf den Kopf stellten. Sie fanden das Buch mit den Geschichten und verbrannten es, nachdem der Prozess gegen Mercy beendet war.

Das Tagebuch jedoch, das fanden sie nicht.

Die einzigen Worte, die Mercy dieser Welt hinterlassen hatte, standen jetzt auf diesem Papier, das zu brüchig war, um es auch nur berühren zu können. Und ich hätte es so gerne angefasst.

Abigail zeigte es mir an diesem ersten Nachmittag, nachdem sie mir schließlich eine Tasse Tee gereicht hatte. Sie holte das Tagebuch aus einem anderen Raum. Es befand sich in einem Kasten, der ein zischendes Geräusch von sich gab, als sie ihn öffnete. Er hatte eine Staubschutzschleuse.

„Ich nehme es nicht oft heraus", sagte sie, während sie sich ein Paar dünne weiße Handschuhe überstreifte. Dann hob sie behutsam das eingeschlagene Buch aus einer schaumstoffgepolsterten Hülle. „Ich habe Angst, dass es mir in den Händen zerfällt."

„Es überrascht mich ein wenig, dass Sie es hier zu Hause aufbewahren", meinte ich. „Wenn ein Feuer ausbrechen würde …" Ich hielt inne. Das ging mich nun wirklich nichts an.

„Ich bewahre es in einem feuerfesten Tresor auf", entgegnete Abigail, die meine Bemerkung offenbar unberührt ließ. Sie legte das Buch vor mir auf den Tisch und entfernte behutsam die Plastikabdeckung. Der Ledereinband sah aus wie eine Schicht dünner Schokolade. Ein leicht muffiger, fast modriger Geruch stieg mir in die Nase.

„Der Einband ist in bemerkenswert gutem Zustand", sagte Abigail, als sie mit einer geschickten Bewegung das Tagebuch aufschlug. „Die Seiten sind allerdings sehr brüchig."

Die erste Seite, datiert auf den 4. Januar 1692, lag jetzt aufgeschlagen vor mir.

Ich konnte die ersten Zeilen sehen. Die Handschrift war mir fremd und doch auch vertraut. Mercys Buchstaben hatten Striche, die ich nicht so leicht erkennen konnte. Ihre Worte zu entziffern würde so sein, als wollte man einen Code entschlüsseln, einen vergrabenen Schatz freilegen oder einen Schleier zurückschlagen. Sie lockten mich.

Während ich diese Worte in mein kleines Buch schreibe, verstecke ich mich ganz oben in meiner Ulme. Es ist wohl wahr, dass man mir gesagt hat, ich dürfe nicht mehr auf Bäume klettern. Papa hat gesagt, die Ältesten des Dorfes würden mich für verrückt halten, wenn sie mich so sähen. Welche gottgefällige Frau, die bei Sinnen ist, klettert schon auf einen Baum? Zumal auf eine Ulme, also einen Baum, der keine Früchte trägt, die gepflückt werden müssten? Aber ich kann einfach nicht auf dem Boden bleiben. Es verlangt mich danach, hoch oben zu sein. Es verlangt mich …

Die Tinte wurde blasser. Den Rest der ersten Seite konnte ich nicht mehr entziffern. „Sehen alle Seiten so aus wie diese hier?“ Ich blickte auf, um Abigail anzusehen.

„Viele sind so, aber nicht alle. Manche sind besser, aber manche sind auch noch schlechter.“

Ich saß da, das Tagebuch nur ein paar Zentimeter von mir entfernt, eingekesselt von Abigails Büchermassen. Ich konnte nicht anders, ich musste das Offensichtliche fragen. „Sie lieben doch Geschichten. Wieso schreiben Sie das Tagebuch nicht selbst ab?“

Abigail sah mich nicht an. „Ich kann nicht so schreiben, wie es geschrieben werden muss. Man kann auch Gefallen an Malerei haben, aber trotzdem nicht das Talent besitzen, ein Bild zu malen. Und außerdem bin ich dazu zu alt.“

Ich war mir ganz sicher, dass sie mir nicht die ganze Wahrheit sagte. Eine Bibliothekarin im Ruhestand, die geradezu besessen war von Büchern, hatte ganz sicher auch das Talent, ein Tagebuch abzuschreiben oder zu übertragen. Und es hatte nicht den Anschein, dass Abigails Alter sie in irgendeiner Weise beeinträchtigte. Irgendetwas enthielt sie mir vor.

Sie griff in ihre Tasche und reichte mir schweigend ein Paar weiße Handschuhe wie das Paar, das sie selbst trug.

Ich streifte mir die Handschuhe über und legte Daumen und Zeigefinger an den Rand der ersten Seite. Mein Puls ging schneller, so nervös war ich jetzt. Und plötzlich sah ich vor meinem inneren Auge, wie die Seite bei meiner Berührung zu Staub zerfiel. Ich schob meinen Finger unter die untere Ecke der Seite, schob dann meine Hand ganz langsam nach oben und hielt die Luft an, als die Seite sich aufrichtete. Die Bindung gab ein leise knisterndes Geräusch von sich, so als gähnte sie; ich hatte sie aufgeweckt. Ich presste die Lippen aufeinander – als ob das diesen Schatz intakt halten konnte – und ließ die Schwerkraft diese Seite auf der anderen Seite des Buches wieder herunterziehen. Die Seite knarzte in ihre Ruhestellung zurück und blieb so liegen. Ich konnte wieder ausatmen.

Seite 2 von Mercys Tagebuch war fast vollständig leserlich. Ich beugte mich über die altertümlichen Wörter und eine seltsame Liebesgeschichte nahm ihren Anfang. Anders lässt es sich nicht beschreiben. Ich verschlang die ersten Worte, als sei ich ausgehungert.

Ich freue mich so, dass Papa mir dieses kleine Buch geschenkt hat, damit ich meine Gedanken darin niederschreiben kann. Manchmal finden diese Gedanken dann auch ihren Weg in die Geschichten in meinem anderen kleinen Buch, aber diese Seiten hier sollen mit dem gefüllt werden, was mich bewegt, mit allem, worüber ich staune. Es wird keine Geschichte sein. Es sei denn, ich nenne es „meine Geschichte“.

Papa geht es heute besser, obwohl ich finde, dass er immer noch blass ist. Ach, käme doch die Sonne heraus und schiene auf ihn und wärmte ihn. Aber heute gibt es nicht viel

Sonne. Das Bisschen, das wir von ihr gesehen haben, schien heute Morgen während der biblischen Unterweisung des Reverend durch die Fenster des Versammlungshauses. Mit aller Kraft habe ich versucht, ihm zuzuhören, als er über das Buch Jesaja sprach, aber meine Augen wanderten wie von selbst zu dem Lichtkegel, der auf den Boden fiel. Staubteilchen wirbelten darin, und ich konnte beinahe die Musik hören, nach der sie tanzten. Goody Colliers Sohn John Peter wurde Zeuge, wie ich über das kleine Sonnenballett lächelte, als er von der Männerseite zu mir herüberschaute. Ich fürchtete, dass er es vielleicht meinem Vater erzählen würde, aber er lächelte so, als ob es ihm gefiel, dass ich den Tanz im Sonnenlicht gesehen hatte, weil er ihn auch betrachtet hatte.

Er durchbohrte mich beinahe mit seinen dunklen Augen und ich musste den Blick abwenden.

Jetzt ist es kurz vor Einbruch der Dunkelheit. Ich höre unsere Milchkuh Lily, wie sie mich zu sich ruft. Morgen werde ich eine Geschichte über ein Feenmädchen schreiben, das für die Himmelskönigin und den Feenprinzen tanzt, der sie heimlich liebt. Er wird …

Bei dem Wort „Feenprinzen“ war die Tinte verblasst, als wollte dieser nicht entdeckt werden. Ich wollte weiterlesen, wusste aber nicht, wie ich mit der Anspannung fertig werden sollte, dann noch einmal eine Seite umblättern zu müssen. Abigail sagte etwas, und ich erschrak, als ich ihre Stimme hörte.

„Ich möchte nicht, dass Sie das Tagebuch einfach nur abschreiben, Lauren. Ich möchte, dass Mercys Leben in einer Sprache in Erinnerung bleibt, die auch heute verständlich ist. Ich möchte, dass es eine Geschichte ist. Mercy ist nämlich mehr als dieses Tagebuch.“

„Mehr?“

„Natürlich ist sie mehr.“ Abigail verzog das Gesicht, als wollte sie fragen, wie man nur glauben könnte, dass eine Frau nicht mehr sei als das, was sie über sich sagt.

„Da ist außerdem noch all das, was ich von dem behalten habe, was im Laufe der Jahrzehnte über sie erzählt und was von Generation zu Generation weitergegeben wurde – was ich alles Ihnen erzählen werde, Lauren, weil ich keine Tochter habe."

In diesem Augenblick begriff ich, dass Abigail an einem Punkt angelangt war, an dem sie eine Entscheidung treffen musste. Und all das, was ihr über die geliebte Cousine überliefert worden war, war ihr an diesem Punkt sehr gegenwärtig. Da sie die einzige Erbin war, musste Abigail entscheiden, ob Mercy Hayworth in der Anonymität verschwinden sollte oder ob sie, Abigail, als diese Erbin die Gruft entsiegeln sollte, um die Erinnerung an Mercy am Leben zu halten, damit um sie geweint werden konnte.

Sie wollte für Mercy, was Johanna von Orléans fünfhundert Jahre zu spät bekommen hatte – einen Heiligenkranz auf ein aus tragischen Gründen geneigtes Haupt.

Mir hätte klar sein müssen, dass es hier nicht nur um Mercy ging.

Sechs

5. Januar 1692

Ein Vogel in der Farbe des Himmels kam heute in unsere Scheune geflogen. Einer seiner Flügel ist verletzt. Er muss schon vor dem ersten Schnee verletzt gewesen sein und hat deshalb nicht mit seinen Brüdern die Reise in den Süden antreten können. Papa glaubt, dass er auf der Suche nach einem warmen Plätzchen, wo er den Winter verbringen kann, in der Siedlung von Scheune zu Scheune zieht. Das arme Tier. Ich darf wohl sagen, dass er in diesem Winter kein warmes Plätzchen finden wird. Ich kann mich an keinen Januar erinnern, der so kalt gewesen wäre wie dieser. Die Wolken türmen sich schon wieder auf, und ich fürchte, dass uns ein schrecklicher Schneesturm bevorsteht. Das höre ich am Wind. Auch Lily spürt es. Als ich sie gemolken habe, hat sie ihre Nase in die Luft gehalten und wie ein Hund geschnuppert.

Goody Dawes hat heute im Gasthaus ein seltsames Gesicht gemacht, als ich ihr erzählt habe, dass der Wind mir heute Nacht von schweren Schneefällen gekündet hat. Ich glaube nicht, dass sie auf irgendetwas anderes hört als auf Klatsch und Tratsch. Und beim Tratsch geht es selten ums Wetter.

Ich habe gehört, wie sie Goody Wyndham erzählt hat, 's sei eine Schande, dass John Peter Collier nicht zusammen mit den anderen jungen Männern aus dem Dorf in der Bürgerwehr ist. Natürlich meinte sie zusammen mit ihren eigenen Söhnen. Fast hätte ich sie daran erinnert, dass John Peters Mutter seit dem Tod von John Collier senior beim Betreiben der Mühle ganz auf ihn angewiesen ist. Wenn er fortginge, bliebe als Hilfe niemand mehr außer seinen jüngeren Schwestern. Keine von John Peters Schwestern könnte mit dem Mühlstein umgehen.

Aber ich hütete meine Zunge. Nicht weil ich selbst es wollte, sondern weil Papa es sich so von mir gewünscht hätte.

Ach, während ich diese Worte niederschreibe, sehe ich die ersten Schneeflocken. Eine weiße Wand senkt sich herab.

Ich hoffe wirklich, dass der kleine Vogel heute Nacht in der Scheune bleibt.

Er wird nicht sicher sein, wenn er unterwegs ist.

7. Januar 1692

Alles ist mit Schnee bedeckt. Ich habe den Weg zur Scheune freigeschaufelt, aber noch während ich dorthin gehe, sind meine Fußspuren auch schon wieder verschwunden. Lily wollte ins Freie. Es gefällt ihr nicht, den ganzen Tag im Pferch in der Scheune eingezwängt zu sein. Sie gab nur wenig Milch, weil sie draußen in der Sonne sein wollte. Ich habe ihr gesagt, dass es heute keine Sonne gibt. Sie senkte ihren Kopf zu mir herab, als wollte sie sagen: Wenn es draußen hell ist, dann scheint auch die Sonne. Ich sagte ihr, dass das Licht, welches sie wahrnähme, nur die endlose weiße Weite des Schneesturms der vergangenen Nacht sei. Schnee hat ein ganz eigenes Licht, wenn er wütend ist. Ein kaltes Licht. Bedrohlich.

Der kleine Vogel saß da und schaute mich an, während ich Lily molk. Er zirpte. Ich warf ihm Brotkrumen hin, die ich in der Schürzentasche hatte. Ich nenne ihn „Wanderer“.

John Peter gefällt der Name.

Mama hätte er auch gefallen.

Der erste Nachmittag, den ich mit Mercy verbrachte, begann mit diesen beiden Januartagen, von denen der eine Tag einen Sturm verhieß, der auf allem, was ihm in den Weg kam, seinen eisigen Stempel hinterließ. Der andere deutete schon darauf hin, dass es kein Entrinnen gab, nicht einmal für das kleinste und zerbrechlichste Wesen.

Als ich die ersten Einträge von Mercy übertragen hatte, kam es mir so vor, als wäre ich in einen Zeittunnel hineingesaugt und dann wieder ausgespuckt worden. Manche Begriffe waren ungewohnt gewesen, wie beispielsweise „Goody", was einfach nur „Schwester" hieß. Ich lehnte mich auf meinem Stuhl zurück und rieb mir die rechte Schulter. Der Umgang mit den brüchigen Seiten von Mercys Tagebuch führte dazu, dass meine Nacken- und Armmuskulatur vor Sorge völlig verspannt war. Ich hatte eine Stunde gebraucht, um den ersten Eintrag in heute verständliche Sprache zu übertragen, ohne dabei zu verändern, was Mercy geschrieben hatte. Und dann brauchte ich noch eine weitere Stunde für den zweiten Eintrag.

Ich wollte, dass es perfekt wurde.

Ich wollte genau die Atmosphäre heraufbeschwören, in der Mercy geschrieben hatte. Das kalte Weiß des Winters, das Flattern winziger Flügel und bittersüße Erinnerungen an die verstorbene Mutter. Das harte Leben einer jungen Frau in den Kolonien, einer jungen Frau, die schon so viel Verlust erlitten hatte. Und über all diesen Bildern lag mein Wissen, dass Mercy etwas zustoßen würde, das weitaus schlimmer war als ein Schneesturm. Ich wollte es ihr durch die Jahrhunderte hindurch zurufen und sie warnen, obwohl mir aus dem, was Abigail erzählt hatte, natürlich völlig bewusst war, dass Mercys Schicksal längst besiegelt war.

Ich hatte auf der Highschool das Theaterstück „Hexenjagd" von Arthur Miller gelesen und erinnerte mich noch gut genug daran, um zu wissen, dass die kommenden Tage Mercy in einen Albtraum stürzen würden, einen der finstersten Augenblicke in der Geschichte unseres Landes. Während ich mir den schmerzenden Nacken rieb, verspürte ich ganz plötzlich den Wunsch, mich genauer über die Hexenprozesse von Salem zu informieren, noch einmal nachzulesen, was ich schon bald durch Mercy Hayworths Augen zu sehen bekommen würde. Sicher gab es in einer so umfangreichen Bibliothek wie der von Abigail auch Bücher über die Prozesse von Salem, vor allem, da ja Abigails längst verstorbene Cousine diesen zum Opfer gefallen war.

Ich blickte von meiner Arbeit auf und drehte mich zu Abigail um, die hinter mir saß, während ich las und tippte. Abigail stand nicht über mich gebeugt da, während ich auf dem Laptop herumhackte. Ja, offenbar schaute sie nicht einmal ab und zu auf den Text von Mercys Tagebuch. Wenn sie mit mir zusammen in der Bibliothek war und mir dabei half, Textlücken zu entziffern oder sinngemäß zu ergänzen, wo Seiten fehlten oder nicht lesbar waren oder wo Mercys altertümliche Ausdrucksweise der Klärung bedurfte, stand sie immer ein Stück seitlich hinter mir. Nie schaute sie mir über die Schultern auf die verblichenen Seiten.

Sie spürte, dass ich sie ansah, und blickte auf. „Brauchen Sie etwas, Lauren?“

„Ich habe mich nur gerade gefragt, ob Sie vielleicht Bücher über die Hexenprozesse von Salem haben, die Sie mir ausleihen könnten, damit ich sie zu Hause lesen kann.“

Sie blinzelte mich an. „Wozu?“

„Ich würde mich gern ein bisschen ausführlicher darüber informieren. Das könnte doch hilfreich sein, die Zeit, in der Mercy gelebt hat, und auch das, was sie durchgemacht hat, besser zu verstehen.“

Abigail befeuchtete sich mit der Zunge ihre Unterlippe. „Ehrlich gesagt ist das Tagebuch alles, was Sie brauchen, um Mercy zu verstehen und auch das, was sie durchgemacht hat.“ Einen kurzen Moment blickte sie nach unten, so als ob es ihre ganze Konzentration erforderte, die richtigen Worte zu finden. „Mehr Informationen über die Arbeit, die Sie hier tun, würden sogar stören. Es gibt so viele Hypothesen darüber, wodurch diese Hysterie damals ausgelöst wurde und warum. Niemand weiß das ganz genau. Die Gründe könnten ziemlich verworren sein und sogar politischer Natur."

Abigail machte eine kurze Pause und fuhr dann fort: „Ich möchte Sie bitten, sich nicht in anderen Büchern oder im Internet über die Prozesse zu informieren. Überhaupt nicht. Tun Sie das bitte erst dann, wenn Sie mit dem Tagebuch fertig sind. Dann leihe ich Ihnen auch gerne jedes Buch, das ich zu diesem Thema habe – und das sind viele. Aber wirklich erst dann. Konzentrieren Sie sich lieber ausschließlich auf das Tagebuch."

Abigail sah mir direkt in die Augen und verlieh ihrer Bitte dadurch Dringlichkeit. Es war ein merkwürdiges Gefühl, als mir klar wurde, dass ich mich ihr gegenüber in einer Machtposition befand. Solche Momente gab es nicht allzu viele.

„Können wir uns darauf einigen? Nur so lange, bis Sie mit dem Tagebuch fertig sind?", fragte sie.

In diesem Augenblick kam mir der Gedanke, dass das Tagebuch vielleicht eine Fälschung sein könnte. Es sah zwar nicht so aus, aber Abigails offensichtliche Ängstlichkeit weckten bei mir Zweifel an seiner Echtheit.

„Ist das Tagebuch echt?", erkundigte ich mich deshalb.

„Ich versichere Ihnen, dass es echt ist. Gott ist mein Zeuge."

Einen Moment lang sahen wir uns an.

„Können wir uns also auf meinen Vorschlag einigen? Es ist von ganz grundlegender Bedeutung, dass wir uns darin einig sind." Ihr Blick traf unerbittlich auf meinen.

Ich spürte, dass mein Job an einem seidenen Faden hing. Sie war bereit, mir das Tagebuch wieder aus der Hand zu nehmen und mich wegzuschicken, wenn ich mich weigerte, auf ihre Bitte einzugehen, so wichtig war ihr diese Angelegenheit.

Aber nicht, dass es ihr so wichtig war, bereitete mir die größte Sorge. Ich dachte daran, was wohl mein Vater sagen würde, wenn ich ihm mitteilte, dass ich aus einem Job gefeuert worden sei, den er von Anfang an für völlig unsinnig gehalten hatte. Und ich verspürte nicht das geringste Bedürfnis, es herauszufinden.

„Wenn Sie es für nötig halten", willigte ich daher ein.

„Das tue ich. Nicht nur wegen des Tagebuches, sondern auch Ihretwegen."

Sie schaute wieder in ihr Buch hinab. Das Gespräch war damit beendet.

Ich hatte nicht die leiseste Ahnung, was sie damit meinte.

Sieben

Irgendwie brach ich das Versprechen, das ich Abigail gegeben hatte, schon in dem Augenblick, als ich in mein Zimmer im Wohnheim zurückkam. „Irgendwie", weil ich ihr ja nicht versprochen hatte, kein *Theaterstück* über die Hexenprozesse von Salem zu lesen, sondern nur, keine historischen Berichte zu lesen und mich nicht im Internet zu informieren.

Ich konnte einfach nicht in mein leeres Zimmer gehen – Clarissa jobbte wahrscheinlich gerade oder lernte in der Bibliothek oder sonst wo –, ohne in das Buch „Hexenjagd" zu schauen, das in meinem Bücherregal stand.

Natürlich konnte ich mein Verhalten auch problemlos begründen und vor mir selbst rechtfertigen. Erstens hatte ich das Stück schon einmal gelesen und zweitens handelte es sich dabei nicht um einen historischen Bericht. Es beruhte zwar auf Tatsachen, aber mehr auch nicht.

Ich hatte zum Studienanfang ziemlich viele Bücher von zu Hause mitgenommen. Viel mehr als ich brauchte und auch viel mehr als man in einem durchschnittlichen Wohnheimzimmer unterbringen konnte. Die Hälfte der Bücherkisten, die ich mitgenommen hatte, fuhr noch am Abend meines Einzugs wieder mit meinen Eltern zurück nach Hause. Als mein Vater die überschüssigen Bücher wieder in den Firmentransporter lud, konnte er sich nicht verkneifen, mich noch einmal daran zu erinnern, dass ich problemlos so viele Bücher hätte unterbringen können, wie ich wollte, wenn ich mir ein Apartment gemietet hätte, wie er es vorgeschlagen hatte.

Er hielt nämlich nicht viel von meiner Idee, während meiner Zeit auf der Uni in einem Studentenwohnheim zu leben. Nicht sicher genug (er macht sich immer noch Sorgen, dass ich entführt werden könnte), zu viele Partys (obwohl ich gar keine Partygängerin bin und er das auch weiß) und zu viel Ablenkung vom Studium. Clarissa, die Frau, der all das gelang – sicher zu sein, ihre Jobs, Partys und das Studium unter einen Hut zu bekommen –, und zwar gleichzeitig, hatte er bis dahin noch nicht kennengelernt.

Ich bin sicher, er fragte sich, wieso ich mich mit weniger zufriedengeben wollte als meinem gewohnten Lebensstandard, wo mir doch die nötigen Mittel zur Verfügung standen. Rein historisch gesehen gaben sich die Duroughs nämlich nicht einfach zufrieden.

Clarissa war tatsächlich nicht da, als ich von Abigail zurückkam, und abgesehen von den dröhnenden Bässen aus dem Nachbarzimmer war es im Raum still. Meine Aufgaben für die Seminare am nächsten Tag hatte ich schon erledigt, also machte ich mir eine Tasse grünen Tee und zog „Hexenjagd" aus seinem schmalen Plätzchen auf dem Bücherregal.

Ich schlug es auf und bemerkte beim Durchblättern die hingekritzelten Notizen aus meinem Englisch-Leistungskurs. Ich hatte Dialogpassagen unterstrichen, ein paar Erkenntnisse meines siebzehn Jahre alten Verstandes notiert und kleine Gänseblümchen an den Rand gemalt.

In dem Moment, als ich das Buch in den Händen hielt und meinen Blick über die Zeilen schweifen ließ, fielen mir auch die Einzelheiten der Geschichte wieder ein. Die Namen, die Orte, die Angst, dass jemand etwas Unwahres über einen behaupten könnte und man tatsächlich das ist, was diese Person behauptet, sofern sie noch eine weitere Person findet, die es ebenfalls glaubt.

Ich erinnerte mich jetzt auch wieder an die Namen der Beteiligten: John Proctor, Betty Parris, Abigail Williams, Martha Corey, Tituba und Rebecca Nurse.

Und plötzlich wurde mir bewusst, dass das nicht nur die Namen von Figuren in einem Theaterstück waren. Sie alle waren reale Personen gewesen. Arthur Miller hatte zwar Einzelheiten verändert oder hinzugefügt – zum Beispiel indem er sich eine eher unwahrscheinliche Affäre zwischen dem Angeklagten John Proctor und der heimgesuchten Abigail Williams ausgedacht hatte, denn die reale Abigail war erst elf Jahre alt gewesen –, aber diese Menschen hatte es alle wirklich gegeben. Wahrscheinlich hatte Mercy sie sogar alle persönlich gekannt.

Und sie hatten Mercy gekannt.

In dem Buch fand ich kurz vor der ersten Szene einen gefalteten Zettel. Es war ein Arbeitsblatt mit Anmerkungen meines Literaturlehrers. Ich las sie und erinnerte mich sofort wieder:

1692 hatten mehrere junge Mädchen in Salem, Massachusetts, Halluzinationen und Krampfanfälle. Weil der hinzugezogene Arzt ihre Beschwerden nicht erklären konnte und weil er wie die meisten Puritaner glaubte, dass alles Unerklärliche und Schreckliche vom Teufel käme, erklärte er sie für verhext. Rasch breitete sich Angst aus, und die Mädchen wurden bedrängt, ihre Peiniger mit Namen zu nennen. Das taten die Betroffenen dann auch, vielleicht willkürlich, vielleicht auch auf Anweisung ihrer Eltern. Als Erste wurden diejenigen beschuldigt, die von der gesellschaftlichen Norm abwichen, aber schon bald wurde jeder, der die Aussagen der betroffenen Mädchen infrage stellte, die herrschenden Autoritäten hinterfragte oder die Beschuldigten verteidigte, ebenfalls bezichtigt. Scheinbar frommen Menschen wurde plötzlich Hexerei zur Last gelegt, und als sich in der Kolonie Panik breitmachte, begannen andere zu behaupten, sie wären ebenfalls verhext. Vergangener Unmut wurde hervorgekramt, alter Groll wieder ausgegraben, und ganz gewöhnliche Menschen wurden angeklagt, verhaftet und viele von ihnen auch verurteilt auf der Grundlage von kaum mehr als den Behauptungen junger Mädchen, die sich auf den Fußböden von Gerichtssälen wälzten. Insgesamt wurden mehr als hundert Menschen der Hexerei angeklagt, auch wenn nicht alle eingesperrt oder vor Gericht gestellt wurden. Allein in Salem wurden neunzehn Menschen hingerichtet.

Die erste Diskussionsfrage ist bis zum Freitag zu bearbeiten. Bereiten Sie sich auf die Diskussion folgender Fragen vor:

- *Inwiefern entzieht sich Hysterie jeglicher Logik?*
- *Welche Auswirkungen hat die Gleichsetzung von moralischem Gesetz und staatlichem Gesetz?*
- *Wodurch bekamen die betroffenen Mädchen solche Macht und welche unmittelbaren Auswirkungen hatte diese Macht?*
- *Was ist die Grundlage gesellschaftlicher Intoleranz?*
- *Was ist das Gegenteil von Abweichung?*

Mein Handy klingelte, und ich zuckte zusammen, als wäre Abigail ins Zimmer gekommen und hätte mich beim Schummeln ertappt. Ich griff nach meinem Handy und sah das Wort „Papa" auf dem Display. Schon bevor er die Frage stellte, wusste ich, weshalb er anrief.

„Hallo, Papa."

„Lauren. Und – wie ist dein Job?"

Mein Vater ist nicht der Typ für Smalltalk, weil er davon überzeugt ist, dass man mehr erreicht, wenn man möglichst schnell zur Sache kommt.

„Hmm. Gefällt mir. Es ist wirklich interessant." „Interessant" war wahrscheinlich nicht das treffendste Wort, aber es kam mir als Erstes über die Lippen.

„Erzähl mal."

Das sind die Lieblingselternworte meines Vaters und vielleicht auch seine Lieblingsworte als Firmenchef. Sie klingen wie eine Einladung, gehört zu werden, und genau das sind sie auch. Aber sie stellen auch eine Methode dar, um Wissen zu sammeln. Mein Vater liebt Informationen. Er will alles wissen, was es zu wissen gibt. „Erzähl mal" bedeutet dasselbe wie „Vermehre mein Wissen", was wiederum so viel bedeutet wie „Gib mir Macht". Mein Vater war sich schon immer bewusst, dass Wissen Macht ist.

„Also", begann ich, „das Tagebuch ist noch in wirklich gutem Zustand. Abigail hat einen Spezialkasten mit einer Art Luftschleuse, in dem sie es aufbewahrt. Und ich trage Handschuhe beim Hantieren mit dem Buch. Manche Seiten fehlen, manche sind zerrissen und manchmal ist die Schrift auch schwer zu entziffern. Und natürlich ist auch die Sprache teilweise eine echte Herausforderung. Abigail möchte, dass die Abschrift einfach zu lesen ist, also baue ich manche Sätze um und ersetze altertümliche Redewendungen, besonders auch Anreden, durch moderne."

Mein Vater war einen Moment lang still. Offenbar verarbeitete er das Gehörte.

„Wieso will diese Abigail denn die Sprache verändern? Eigentlich sind Abschriften doch eine exakte Wiedergabe des Originals."

„Na ja, sie möchte, dass es für die heutige Zeit lesbar ist."

„Lesbar für wen?"

Meine Augen wurden ganz groß, während ich mir das Handy ans Ohr hielt. Ich hatte keine Ahnung, wer es lesen sollte, wenn ich fertig war. Abigail hatte nicht gesagt, was sie mit der Abschrift vorhatte. Sie wollte verhindern, dass Mercy in Vergessenheit geriete, hatte sie mir gesagt.

„Lesbar für wen, Lauren?", wiederholte mein Vater.

„Na ja, für jeden eben, nehme ich an."

„Aber wer soll es denn lesen?"

Mein Vater war gar nicht aggressiv oder penetrant neugierig oder sogar vorwurfsvoll. Er sammelte einfach nur Informationen. Erweiterte nur sein Wissen und Verständnis.

Ich kam schnell zu dem Schluss, dass mir gleichgültig war, welche Pläne Abigail mit dem abgeschriebenen Tagebuch verfolgte. Ich war einfach nur zum Abschreiben und Übertragen der Texte eingestellt worden.

Statt also einfach zu antworten: „Ich weiß es nicht", sagte ich: „Das ist mir eigentlich egal."

Und im selben Augenblick wusste ich, dass das nicht stimmte.

„Sie muss doch irgendetwas damit vorhaben", wandte mein Vater ein. „Schließlich lässt sie sich das Projekt ja einiges kosten. Wozu? Wenn sie vorhat, es zu veröffentlichen, dann solltest du dir schriftlich geben lassen, dass du zumindest Mitherausgeberin bist, denn eigentlich bist du ja sogar Herausgeberin. Vielleicht solltest du sie konkret fragen, welche Pläne sie hat."

„Ich glaube nicht, dass sie irgendwelche Pläne hat."

„Und nebenbei bemerkt ist es vielleicht auch noch nicht zu spät, ihr zu sagen, dass du ein Zeilenhonorar möchtest und keinen Stundenlohn."

„Na ja, aber eigentlich ist es ja Mercys Geschichte und nicht meine."

„Würde es sich denn lohnen, sie zu veröffentlichen?" Mein Vater, der Unternehmer, der immer groß denkt.

„Möglicherweise. Ja, wahrscheinlich schon. Mercy wurde damals in Salem als Hexe gehenkt. Aber sie war unschuldig, genau wie die meisten Leute, die damals wegen Hexerei hingerichtet wurden."

„Gehenkt? Als Hexe?" Er klang entsetzt.

„Sie war unschuldig, Papa. Das ist der springende Punkt. Sie war unschuldig."

„Kein besonders schönes Thema."

„Nein, nicht schön, aber ein Teil unserer Geschichte. Es ist tatsächlich passiert."

„Irgendwie auch eine traurige Art, deine Nachmittage zu verbringen." Er sagte das in väterlichem Tonfall. Ich weiß nicht, wie ich es sonst beschreiben soll.

„Manchmal ist Geschichte eben traurig."

„Hmmm."

Einen Moment lang schwiegen wir beide.

„Weißt du eigentlich viel über die Hexenprozesse von Salem, Papa?"

„Wahrscheinlich nicht mehr als alle anderen auch."

„Ein paar Teeniemädels haben damals angefangen sich seltsam zu verhalten, und dann Personen beschuldigt, sie verhext zu haben. Und jeder hat ihnen geglaubt, obwohl es keinerlei Beweise gab. Wie kann jemand Menschen davon überzeugen, Dinge zu glauben, die er nicht beweisen kann?"

Mein Vater hatte schnell eine Antwort parat. „Das ist doch ganz einfach: Die Menschen glauben immer das, was sie glauben wollen. Hitler hat niemanden gezwungen, auf seinen Zug aufzuspringen. All diese jungen Männer, die damals mitgemacht haben, haben ihre eigenen Beine dazu benutzt."

„Aber *wie* hat er sie dazu gebracht aufzuspringen?"

„Wie überzeugt man jemanden von etwas? Man erwischt ihn in einem Augenblick der Schwäche, wenn er allein ist oder Angst hat, und dann bietet man ihm Sicherheit oder Solidarität an. Werbeleute benutzen diese Strategie ständig: ‚Kauf dies und du bist dabei. Kaufe es nicht, und du bist der Loser, der von niemandem respektiert wird.'"

„Dann gehe ich also mal davon aus, dass der Schlüssel darin besteht, niemals zuzulassen, dass man sich allein fühlt oder Angst hat."

„Nein", antwortete er. „Der Schlüssel liegt darin, sich nie von jemandem sagen zu lassen, was man zu denken hat."

Acht

8. Januar 1692

Habe den Tag in der Hütte verbracht. Papa hat fast den ganzen Morgen gehustet. Ich habe ihm einen heißen Trank aus getrockneten Kräutern zubereitet, damit sich seine Lunge beruhigt. Er hat mir gesagt, der Trank schmecke nach Sommer.

Den Nachmittag über habe ich Garn gesponnen, sodass meine Finger jetzt ganz wund sind. Das ist eine der Aufgaben, auf die ich gern verzichten würde. Ich würde lieber wie Eva Feigenblätter tragen, statt Garn zu spinnen. Papa hat mich daran erinnert, dass in der Kolonie keine Feigenbäume wachsen und auch Feigenblätter zusammengenäht werden müssten – mit Garn.

Es sieht also ganz so aus, als ob eine Welt ohne Garn nicht möglich sei. Und obwohl meine Finger rot und wund sind, muss noch das Abendessen gekocht werden.

Papa hätte gerne Kanincheneintopf. Ich nicht, aber ich werde es trotzdem kochen, weil ich weiß, dass er dann etwas essen wird.

Und weil ich zu John Peters Haus gehen muss, um Kaninchen zu bekommen. Ich werde es gegen Garn tauschen.

Es ist kein langer Fußweg.

Abend

Das Kaninchen hat heute Abend ein bisschen anders geschmeckt.

John Peter hat darauf bestanden, mich auf seinem Pferd nach Hause zu bringen, nachdem ich das Kaninchen geholt hatte. Also saß ich mit einem toten Kaninchen auf dem Schoß mit ihm auf dem Pferd, die Arme um seine Taille geschlungen.

Vielleicht bekomme ich ja doch noch Appetit auf Kaninchen.

11. Januar 1692

Mama fehlt mir sehr, denn heute ist ihr Geburtstag. Papa hat gesagt, es wäre ihr siebenunddreißigster Winter gewesen, wenn sie noch am Leben wäre. Es ist ein seltsamer Gedanke, dass sie in meinem Alter schon Mutter war.

Ich bin achtzehn. Die meisten von meinen Freundinnen sind schon verheiratet. Papa macht sich Sorgen, weil die Krankheit ihn daran hindert, einen passenden Mann für mich zu finden. Er geht nicht sehr oft aus.

Ich möchte verheiratet sein, aber ich möchte nicht einfach irgendeinen Mann heiraten.

Und ich habe Angst vor dem, was vor zwei Jahren passiert ist.

Ich war nämlich schon einmal verlobt.

Als ich sechzehn war, sollte ich einen Mann aus Marblehead heiraten, der James Luddy hieß. Er war zwei Jahre älter als ich, und sein Vater besaß ein Schiff, genau wie mein Onkel. Daher kannte mein Vater ihn auch. James war groß und rothaarig, und an dem Tag, an dem wir uns vorgestellt wurden, sprach er kaum ein Wort mit mir. Seine Augen waren grau wie eine stürmische Nacht und sehr groß. Sie sahen so aus, als ob sie ihm gleich aus dem Kopf springen wollten. Ich glaube, er hatte genauso viel Angst vor mir wie ich vor ihm.

Als James und sein Vater unsere Hütte wieder verließen, sagte ich zu Papa, ich glaubte nicht, dass ich James Luddy heiraten sollte. Er sagte: „Warum um alles in der Welt denn nicht?“ Und ich sagte, weil ich in meinem Inneren keine Spur von Zuneigung, ja noch nicht einmal das Gegenteil davon verspüren würde. Ich fühlte gar nichts. Papa sagte, dass die Ehe nicht durch Zuneigung aufrechterhalten werde, sondern durch ein Gelöbnis. Nicht Zuneigung bewirke das Gelöbnis, sondern das Gelöbnis bewirke Zuneigung. Wenn zwei Menschen ein Leben und ein Heim und ein Bett miteinander teilen, dann werden aus den beiden Seelenverwandte, so sicher wie aus Sahne und Bewegung Butter wird. Papa sagte, dass James Luddy ein guter Mann sei, ein frommer Mann, der mir ein guter Ehemann sein würde.

Und so begann ich, mir mein Leben an der Seite von James Luddy vorzustellen. Ich stellte mir vor, Butter zu sein.

Aber noch bevor ich auch nur ein Tischtuch für meinen künftigen Tisch nähen konnte, erkrankte James Luddy an Hirnhautentzündung und starb.

Ich wusste nicht, wie ich um ihn weinen sollte.

Vater hat seither noch nicht wieder versucht, eine andere passende Verbindung für mich zu finden. Ich glaube, dass James' Tod ihm mächtig zugesetzt hat. Vielleicht hat er es ja auch schon versucht, aber kein anderer Mann möchte James' Platz einnehmen und dort enden, wo er ist: in Abrahams Schoß.

Ich frage mich, ob ich Papa sagen soll, dass ich John Peter gernhabe. Kann es nicht bei manchen auch so sein, dass die Zuneigung ein Gelöbnis bewirkt?

Dass Mercy verliebt gewesen war, hatte Abigail nicht erwähnt. Aber ich wusste in dem Augenblick, als ich den 11. Januar beendet hatte, dass es so gewesen war. Die Form der Worte auf dem Papier, der Tonfall, der Schwung in ihrer Handschrift.

Mercy war verliebt gewesen.

Die Geschichte nahm schon jetzt eine schmerzliche Wendung und es war erst mein fünfter Nachmittag mit dem Tagebuch. Da war eine verliebte Frau, die bald gehenkt werden würde. Eine unschuldige Frau.

Ich drehte mich zu Abigail um, die wie immer hinter mir saß und die Nase in ein Buch gesteckt hatte. Es war kurz vor sechs und Esperanza hatte uns noch nicht zum Essen gerufen.

„Sie ist in John Peter verliebt", sagte ich.

„Das merkt man schon nach vier Seiten, nicht wahr?" Abigail blickte nicht auf, sondern schaute unverwandt in das Buch auf ihrem Schoß. Ich wusste nicht, was sie da gerade las.

Ich wandte mich wieder ab, um Mercys Tagebuchseiten anzuschauen. „Es überrascht mich nur."

Abigail hob den Kopf. „Und wieso?"

„Weil ...", begann ich, aber mir fiel kein guter Grund dafür ein zu glauben, dass sich eine Frau in meinem Alter, die in den Kolonien gelebt hatte, nicht hätte verlieben sollen.

„Sie haben sich doch sicher auch schon einmal zu jemandem hingezogen gefühlt, oder?" Abigails Stimme klang müde. Sie wartete auf eine Antwort.

Natürlich hatte ich mich schon zu Jungen hingezogen gefühlt. Zu Tyler Prindell in der sechsten Klasse und zu Adam Bosch in der zehnten. Steve Lynde war mein Begleiter beim Debütantinnenball gewesen, als ich siebzehn war. Ich mochte ihn. Wir hatten gemeinsame Freunde und ein paar Mal spielten wir zusammen Tennis. Er war attraktiv, und einmal hatte er mich sogar geküsst, aber ich war nicht in ihn verliebt gewesen.

Ich wäre jedenfalls nicht zu Fuß durch den Schnee zu ihm nach Hause marschiert, um selbstgesponnenes Garn gegen ein totes Kaninchen einzutauschen.

Anziehung war das eine, aber Liebe war doch wirklich etwas anderes.

„Ja, das habe ich. Ich habe nur ..."

„Das macht es schwerer, nicht wahr?" Wieder bemerkte ich die Müdigkeit in ihrer Stimme. Sie meinte zwar, dass mein Wissen um Mercys Verliebtheit die Arbeit an der Abschrift emotional noch schwieriger machen würde, weil ich wusste, dass Mercy dem Tod geweiht war. Aber unter der Oberfläche ihrer Worte lauerte noch eine weitere Aussage: Verliebtheit macht alles kompliziert.

Ich dachte an den Augenblick vor zwei Wochen zurück, als ich Abigail zum ersten Mal getroffen und schon rein äußerlich ihre körperliche Unverwüstlichkeit wahrgenommen hatte. Irgendwie hatte ich gewusst, dass sie allein war, dass sie immer allein gewesen war, dass sie aber auch wusste, wie es war, verliebt zu sein.

„Haben Sie sich denn schon einmal zu jemandem hingezogen gefühlt?" Ich stellte ihr nur die gleiche Frage, die sie auch mir gestellt hatte, aber es war mehr als nur das, und das war uns auch beiden klar. Ich fragte sie, ob sie jemals verliebt gewesen sei.

Sie sah auf das Buch auf ihrem Schoß. „Ja. Ein Mal."

„Und wer war er?", fragte ich leise in der Hoffnung, dass sie seinen Namen nennen würde. Wenn er tot war, würde sie es vielleicht tun. Wenn er sie wegen einer anderen verlassen hatte, dann vielleicht nicht.

Sie strich abwesend mit dem Finger das Lesezeichen entlang, das in ihrem aufgeschlagenen Buch lag. Ich rechnete damit, dass sie sagen würde: „Ach, das war nur jemand, den ich auf dem College kennengelernt hatte", „Er war Bibliothekar im Nachbarbezirk" oder: „Er hat nicht einmal gewusst, dass ich ihn mochte."

Doch als ihr Finger jetzt an dem Lesezeichen entlangglitt, sagte sie: „Er war der Mann, den ich hätte heiraten sollen."

Dann schlug sie das Buch zu.

„Zeit fürs Abendessen", meinte sie und blickte auf.

Esperanza hatte uns noch gar nicht gerufen.

Es war nie vorauszusehen, wie die Mahlzeiten mit Abigail verlaufen würden. Manchmal schwieg sie während des gesamten Essens. Wenn ich an solchen Abenden eine Frage stellte oder den Versuch unternahm, ein Gespräch anzufangen, dann war ihre Reaktion eine einsilbige Antwort, die eindeutig signalisierte: „Ich möchte nicht reden." Dann wieder diskutierten wir während des gesamten Essens über Bücher. Besonders gerne sprach sie über Bücher, die wir beide gelesen hatten. Ihre Augen leuchteten auf, wenn sie von ihrem Teller aufblickte und fragte: „Haben Sie das gelesen?", und ich darauf dann antwortete, ja, das hätte ich.

Am Anfang schrieb ich ihre kommunikativen Launen dem Umstand zu, dass sie eine pensionierte Bibliothekarin war und ihr einfach nur der Umgang mit bücherliebenden Menschen fehlte. Und ich glaube, dass ich damit zumindest teilweise auch recht hatte. Aber es gab noch andere Gründe, weshalb Abigail jede Gelegenheit nutzte, um über Bücher zu sprechen, die wir beide gelesen hatten. Ein Buch zu sezieren ist das Gleiche, wie das Leben zu verstehen. Man muss einen Weg finden, das Leben zu interpretieren, sonst wird man verrückt. Das ist ihre Methode. Und es ist auch meine.

Als wir an diesem Abend ins Esszimmer gingen, konnte ich förmlich das schwere Gewebe von Abigails lebenslanger Enttäuschung rascheln hören. Es würde wieder eine schweigende Mahlzeit werden. Ich fürchtete mich schon jetzt davor.

Esperanza, die eine wirklich wundervolle Köchin war, hatte ein Gericht zubereitet, das sie *Bifana* nannte – eine Art Schweinebraten, der langsam mit Ingwer, Nelken und Knoblauch gegart und mit Rhabarber-Chutney serviert wird. Schon als wir die Diele erst halb durchquert hatten, wehte uns der süß-scharfe Duft bereits entgegen. Ich machte eine Bemerkung über den wundervoll aromatischen Duft, aber Abigail reagierte darauf nicht.

Das Esszimmer lag am hinteren Ende des langen Eingangsbereiches, direkt neben der Küche. Es war mit dunklem Holz getäfelt, und auch der Tisch, der sich über die gesamte Länge des Raumes erstreckte, war aus dunklem Holz, wahrscheinlich Kirsche. Die Vorhänge und Volants waren tiefrot und hatten Borten aus Goldbrokat. Ein paar Familienporträts sowie eine Seelandschaft zierten die Wände. Der Perserteppich unter dem Tisch hatte den gleichen tiefroten Farbton wie die Vorhänge und hellbeige Fransen. Diese Fransen waren der einzige Farbton im Raum, der darauf hindeutete, dass es noch andere Farben im Farbspektrum gibt als dunkle.

Abigail saß am Kopfende des langen Tisches und ich nahm zu ihrer Rechten Platz. Sie sprach ein Tischgebet, ein auswendig gelerntes Gebet, aber eines, von dem ich spürte, dass sie es wirklich ehrlich meinte. Und dann fingen wir an zu essen.

Ich unternahm nicht einmal den Versuch, ein Gespräch in Gang zu bringen. Das schien mir relativ sinnlos, denn Abigail befand sich eindeutig wieder im Schweigemodus. Ich würde einfach nur mein Abendessen verzehren, mich danach noch eine oder zwei Stunden mit dem Tagebuch befassen und dann ins Wohnheim zurückfahren. Clarissa hatte mich bei einer Hausarbeit um Unterstützung gebeten, und ich hatte versprochen, ihr zu helfen.

Aber nach zwei Bissen von Esperanzas Bifana blickte Abigail von ihrem Teller auf und sah mich an.

„Haben Sie den Roman ‚Große Erwartungen' von Charles Dickens gelesen?", erkundigte sie sich.

Meine Gabel war gerade unterwegs in Richtung Mund, und ich hatte darüber nachgedacht, was wohl zwischen Abigail und ihrer verlorenen Liebe vorgefallen sein mochte, und da kam sie mit „Große Erwartungen".

Nicht gerade eine Liebesgeschichte, aber ganz sicher eine Geschichte zum Thema „Reue".

„Ja." Ich schob das Essen in meinen Mund, kaute und wartete.

„Haben Sie ein Lieblingszitat daraus?"

Ich leckte mir einen Klecks Rhabarber-Chutney von der Unterlippe. Ich gehöre nicht zu den Leuten, die Zeilen aus irgendwelchen Büchern auswendig lernen. Ich kenne nur die Zeilen, die wohl jeder auswendig kennt. „Nennt mich Ismael", „Es war die Beste aller Zeiten, es war die Schlechteste aller Zeiten" oder: „Auch du, mein Sohn Brutus?" Aber ganz bestimmt hatte ich keine Sammlung von Zitaten aus „Große Erwartungen" abrufbereit parat.

„Nein, tut mir leid", antwortete ich deshalb wahrheitsgemäß.

Ich rechnete mit einem leicht bestürzten Blick, aber Abigail schaute an mir vorbei auf die unzähligen leeren Stühle, die um den Tisch herumstanden, und lächelte, als ob ich gerade ein großartiges Zitat aus dem achten Kapitel des Klassikers heruntergerasselt hätte.

„Mein Lieblingszitat steht schon relativ am Anfang", sagte sie. „Bevor aus Pip ein Mensch wird, der Menschen nach dem Äußeren beurteilt. ‚In der kleinen Welt, in der Kinder leben, wird nichts so genau wahrgenommen und registriert wie Ungerechtigkeiten. Es mag nur eine kleine Ungerechtigkeit sein, der das Kind ausgesetzt ist, aber das Kind ist klein und seine Welt ist klein.'" Sie wandte sich mir zu. „Mir gefällt diese Aussage. Es geht nämlich um etwas, das ich schon immer geglaubt habe: Wir haben einen angeborenen Sinn für Gerechtigkeit. Und wenn wir sterben, wissen wir, dass wir ein Leben lang so getan haben, als hätten wir ihn nicht."

Ich hielt inne. Mit meinen zwanzig Jahren würde ich ganz sicher nicht anfangen, mit ihr über dieses Thema zu streiten. Vielleicht wusste sie das, und vielleicht war das auch der Grund, weshalb sie gleich fortfuhr: „Was glauben Sie, weshalb Pip Estella liebt und nicht Biddy?"

Ich zuckte die Achseln. „Estella ist schön, reich und begehrenswert."

„Aber sie ist grausam zu ihm."

Wieder hatte ich das Gefühl, dass Abigail damit etwas von sich preisgab. War auch sie zu dem Mann, von dem sie wünschte, sie hätte ihn geheiratet, grausam gewesen?

„Na ja, dann liebt er wahrscheinlich das, wofür sie steht oder was sie darstellt", sagte ich.

Abigail neigte den Kopf leicht zur Seite und musterte mich. „Und das war auch der Grund, warum er die arme, einfache Biddy nicht liebt? Obwohl sie freundlich zu ihm ist? Nur aufgrund dessen, was sie darstellt und wofür sie steht?"

„Ja, ich glaube schon." Das schien mir keine besonders clevere Beobachtung zu sein. Ich fand es sogar ziemlich offensichtlich. Aber Abigail sah mich immer noch an, als hätte ich etwas sehr Aufschlussreiches gesagt.

„Wussten Sie eigentlich, Lauren, dass in der ursprünglichen Version der Geschichte von Charles Dickens die Gartenszene am Ende, in der Pip und Estella Hand in Hand weggehen, gar nicht vorkam?"

„Nein."

„In der ersten Version erfährt Pip eines Tages, dass Estella wieder geheiratet hat. Sie treffen sich nur ganz kurz und geben sich die Hand. Und dann gehen sie wieder auseinander."

„Das habe ich nicht gewusst."

Abigail nickte. „Das weiß kaum jemand."

Sie begann, den Rest ihres Fleisches zu zerschneiden.

Ich wartete darauf, dass sie noch etwas sagen würde, aber der Rest der Mahlzeit verlief schweigend.

Neun

15. Januar 1692

Papa war heute ein Weilchen draußen und hat beobachtet, wie die Eiszapfen sich in Matschpfützen verwandeln. Er wollte den Stall ausmisten, aber ich habe ihm gesagt, das hätte ich schon erledigt.

Gott möge mir vergeben, aber ich habe gelogen.

Als er später geschlafen hat, habe ich es dann wirklich erledigt.

Heute Nachmittag wollte Papa einen Brief an seinen Freund Reverend George Burroughs schreiben, der vor einigen Jahren hier im Dorf Pfarrer war, aber er war zu schwach, um die Feder zu halten und die Worte zu Papier zu bringen. Das habe ich dann für ihn getan. Reverend Burroughs ist ganz anders als unser Reverend Parris. Ich glaube, dass er auch ganz anders ist als die meisten Verkündiger des Evangeliums. Er ist laut und ungeheuer groß, und ich glaube, wenn er wollte, könnte er mir den Arm brechen, indem er ihn einfach nur anschaut. Ich glaube zwar nicht, dass er das wollen würde, aber wenn er wollte, könnte er es. Papa redet mit ihm gerne über Theologie. Nicht, weil sie sich in geistlichen Fragen einig wären, sondern weil Papa sich gern mit Leuten unterhält, die keine Angst davor haben, zu sagen, was sie denken. Papa hat mir erzählt, dass George Burroughs unter schwierigen Umständen aus Salem weggegangen ist. Er schuldete jemandem Geld oder vielleicht schuldete auch jemand ihm Geld. Ich war damals noch zu jung, als dass mich gekümmert hätte, was denn nun der wirkliche Grund war, und Papa spricht nicht darüber. Sein heutiger Brief an George Burroughs war kurz. Papa hat darin berichtet, dass ihn seine Krankheit oft mutlos macht, und er erwähnt, wie sonderbar er es findet, dass Lots Frau zur Salzsäule erstarrte. Wenn ich morgen ins Dorf gehe, um meinen Apfelmost zu verkaufen, werde ich auch den Brief aufgeben.

Von allen Dingen, über die ich froh bin, freue ich mich am meisten darüber, dass Papa mich schreiben gelehrt hat.

Was sollte ich nur mit all den Geschichten in meinem Kopf anstellen, wenn ich sie nicht in Worte fassen könnte? Papa hat mir gesagt, ich solle nicht damit prahlen, dass ich lesen und schreiben kann. Die Ältesten im Dorf finden es nicht klug, dass ich mich auf Buchstaben verstehe. Von meinen Freunden aus der Kinderzeit können nur ein paar wenige ihren Namen schreiben. Ich habe meiner Freundin Mary Graham beigebracht, ihren Namen zu schreiben, als wir noch jünger waren. Auch andere Worte habe ich ihr gezeigt. Aber sie wurde vor zwei Jahren verheiratet und wohnt jetzt in Gloucester und wir sehen uns nicht mehr. Prudence Dawes tut so, als ob sie gar nicht mehr können und wissen will. Sie tut so, als wäre lesen und schreiben können so ähnlich, als ob man Kautabak spucken oder Hufeisen werfen könnte. Und Esther Harding denkt immer genau das, was Prudence ihr sagt.

Aber ich glaube, ich würde verrückt werden, wenn ich nicht schreiben könnte. Papa sagt, dass wir nie Essig im Haus haben, weil ich alles verbrauche, um Tinte daraus zu machen!

Heute habe ich eine Geschichte über ein Mädchen geschrieben, das mit einem Mann verlobt wird, der nicht sprechen kann. Er muss ihr alles in Bildern erzählen, die er mit einem Stock auf den Boden zeichnet. Nachdem sie verheiratet sind und nachdem aus dem Gelöbnis Zuneigung wurde, fängt sie an, sich in seine Zeichnungen zu verlieben. Und so ist der freie Platz vor ihrem Haus irgendwann ganz und gar mit Zeichnungen bedeckt, die sie nicht entfernen mag.

Mein kleiner Vogel Wanderer ist jetzt schon seit zehn Tagen da. Ich glaube, es gefällt ihm hier. Ich glaube, er wird bleiben.

17. Januar 1692

Heute gab es Neuigkeiten von Papas Schwester in Maine. Mein Vetter Samuel wird im Herbst heiraten. Er holt seine Braut in diesem Sommer aus England. Ich habe meine Tante schon in Maine besucht. Papas Freund George Burroughs lebt auch dort, und er und Papa reden gern über Gott, wenn sie zusammen Bier trinken. Als wir das letzte Mal in Wells zu Besuch waren, haben Papa und Reverend Burroughs wieder einmal darüber debattiert, warum unser allwissender Gott die Schlange erschaffen hat, von der Eva dann verführt wurde. Sie können sich dabei nie auf eine Antwort einigen. Viele Liter Bier und viele Jahre später sind sie immer noch nicht weitergekommen.

Ich hoffe, dass es Samuels Braut hier gefällt. Wahrscheinlich wird ihr die Kolonie sehr primitiv vorkommen. Ich hoffe, sie mag Bäume und Vögel und Weite. Und dass es ihr nichts ausmacht, Leinen und Wolle statt Seide zu tragen.

Mir geht schon wieder die Tinte aus.

Mercys Einträge von Mitte Januar waren schwer zu entziffern und zu übertragen. Die Tinte war hier besonders stark verblasst. Mercys langer Eintrag vom 15. Januar war für mich eine Art Puzzle. Ich hatte verschiedene Lupen mitgebracht, unter anderem sogar eine Juwelierlupe, die Abigail unbedingt bezahlen wollte, und eine Speziallampe, die ich mir von einem Kunststudenten ausgeliehen hatte. Ich hatte mir außerdem in der Bibliothek noch andere Handschriften aus der betreffenden Zeit angeschaut. Deshalb war ich auch ziemlich sicher, dass ich Mercys ursprüngliche Gedanken richtig wiedergegeben hatte, selbst wenn ich die bis zur Unleserlichkeit verblassten Worte sinngemäß ergänzt hatte. Ich las Abigail die Übertragung vor, als ich damit fertig war, woraufhin sie mich bat, ihr den Abschnitt über das Mädchen, das den stummen Mann geheiratet hatte, noch einmal vorzulesen. Als ich ihr den Abschnitt vorlas, konnte ich förmlich sehen, wie sie sich die Linien im Sand vorstellte. Dieses kleine Stückchen der Geschichte war ganz neu für sie, weil sie es zuvor nicht hatte entziffern können. Ich blickte zu Abigail auf, als ich mit dem zweiten Vorlesen fertig war, und offenbar zufriedengestellt, nickte sie.

„Sie fahren also am Wochenende nach Hause“, meinte sie unvermittelt.

Ich hatte eigentlich damit gerechnet, dass sie etwas sagen würde wie: „Das haben Sie ganz hervorragend übertragen.“ Und weil dieser Themenwechsel wieder einmal so abrupt war, dauerte es einen Moment, bis ich antworten konnte: Ja, ich führe nach Hause. Das Spektakel anlässlich des fünfzigsten Geburtstages meines Onkels fände am Samstag statt.

„Und wie feiern die Duroughs fünfzigste Geburtstage?“ In Abigails Worten schwang eine seltsame Mischung aus Sarkasmus und Sehnsucht mit, so als wüsste sie nur zu gut, wie in reichen Familien solche runden Geburtstage zelebriert werden – nämlich pompös.

Nachdem ich den übertragenen Text auf dem Computer gespeichert hatte, beschloss ich, das zu tun, was ich in Gesellschaft Erwachsener, die sich selbst für besonders clever halten, immer getan habe – und das war in meiner Kindheit und Jugend ziemlich oft vorgekommen: Ich reagierte auf ihren leisen Sarkasmus ebenfalls mit leisem Sarkasmus.

„Na, mit Blindekuh Spielen und einer Wasserbombenschlacht.“ Ich klappte den Laptop zu und hörte Abigail hinter mir glucksen.

„*Touché,* meine Liebe“, meinte sie.

Ich lächelte sie an.

„Ach, ich vermisse die Partys.“ Der Sarkasmus in ihrer Stimme war jetzt verflogen, nicht aber die Sehnsucht.

Behutsam schloss ich das Tagebuch und schob es wieder in seine Plastikhülle. Ich versuchte, mir Abigail als junge Frau vorzustellen, wie sie in Chiffon oder Organza gewandet in einem Rosengarten voller Partygäste umherschlenderte, jeder mit einem Punschglas in der behandschuhten Hand, aber es gelang mir nicht. Seltsamerweise fiel es mir viel leichter, mir Mercy so vorzustellen.

„Wirklich?“, fragte ich, während ich das Buch wieder in den mit Schaumstoff ausgeschlagenen Kasten legte.

„Glauben Sie mir nicht?“

Ich drehte mich um und sah sie an. Sie saß an ihrem üblichen Platz, einem limonengrünen Sessel. Neben ihr stand ein Teeservice und auf ihrem Schoß lag, mit den Seiten nach unten, ein aufgeschlagenes gebundenes Buch. Sie strich über den zerbrechlichen Henkel der Royal-Doulton-Teetasse, auf der geradezu eine Explosion von Rosen prangte.

„Das sollte nicht so klingen, als hätte ich Zweifel an dem, was Sie sagen“, wagte ich mich vor. „Sie sprechen nur sonst nicht viel über Ihre Vergangenheit. Ich kann mir nur ganz schwer vorstellen, wie Sie wohl als Kind und junges Mädchen waren.“

Sie blickte auf ihre welke Hand hinab, in der sie die Teetasse hielt. „Es muss Ihnen so vorkommen, als wäre ich schon immer alt und wunderlich gewesen.“

„Ich habe nie behauptet, dass Sie wunderlich sind.“

„Ach, Lauren, du liebe Güte, wer würde denn auch schon zu jemandem sagen: ‚Sie sind aber wunderlich‘?“ Sie lachte. „Sie jedenfalls nicht.“

„Und – wie waren dann Ihre Partys damals so?“, fragte ich, weil ich weiterarbeiten wollte.

Abigail hob ihr Kinn ein wenig, so als wollte sie auf Zehenspitzen in ihr früheres Leben spähen. Die eben noch spürbare Erheiterung wich einer Art Versonnenheit, als schwelgte sie in schönen Erinnerungen. „Meine Eltern haben im Sommer fast jedes Wochenende in unserem Garten Partys gegeben. Auf der Terrasse, auf die man durch die große Flügeltür dort hinaus gelangt.“ Sie deutete mit dem Kopf in Richtung der mit Vorhängen verhängten Türen ganz am anderen Ende des Raumes, die ich bisher noch gar nicht bemerkt hatte, weil jede Menge hoher Bücherstapel davor lagen. „Meine Cousine Dorothea und ich durften immer lange aufbleiben, wenn die Gäste bis zum späten Abend blieben. Dorothea verbrachte jeden Sommer bei uns, weil ihre Eltern geschäftlich viel auf Reisen waren. Sie war in meinem Alter und hatte wunderschönes kastanienbraunes Haar. Wir hatten immer traumhaft schöne Kleider an und machten uns gegenseitig die Haare. Manchmal schlichen wir uns auch in das Schlafzimmer meiner Mutter und benutzten ihr Parfüm oder ihren Puder. Nach Sonnenuntergang streiften Dorothea und ich unsere Schuhe ab und tanzten barfuß auf der Terrasse. Manchmal war auch ein Streichquartett oder ein Gitarrenspieler da. Dorothea war eine großartige Tänzerin. Manchmal ließ mein Vater sie für die Gäste tanzen. Sie hatte nämlich Ballettstunden. Ich wollte auch Unterricht haben, aber das erlaubte mein Vater nicht.“

Sie hielt einen Moment inne. Ich erkundigte mich, wieso ihr Vater ihr nicht erlaubt hätte, Ballettunterricht zu nehmen, aber offenbar hörte sie meine Frage gar nicht. Ihr Blick blieb an den Vorhängen vor den Türen hängen, aber auch in irgendeinem fernen, für mich unzugänglichen Augenblick.

„Ich konnte nicht so gut tanzen wie sie, aber dafür konnte ich Gedichte vortragen“, fuhr sie nach einem kurzen Moment des Schweigens fort. „Ich konnte Teile aus ‚Das Lied von Hiawatha' auswendig. Mein Vater hatte einen Geschäftsfreund, der es gern hatte, wenn ich Gedichte vortrug. Wenn er und seine Frau zu den Partys meiner Eltern kamen, bat er mich immer, ihm doch noch mehr von der Indianerprinzessin zu erzählen. Ich stand dann barfuß in ihrer Mitte – zwischen all seinen Freunden, die Gläser mit teurem Bourbon in der Hand hielten – und trug ihnen jeweils den Teil des Gedichtes vor, den ich in der betreffenden Woche auswendig gelernt hatte. Nach einer Weile sagte mein Vater dann: ‚Das genügt.' Das sagte er auch zu Dorothea, wenn seine Freunde sie gebeten hatten zu tanzen. Dann schaute er ihr mit einem leicht gequälten Lächeln zu und meinte nach einer Weile: ‚Das genügt.'"

Ihr Tonfall wurde zögerlicher. Da war etwas, das sie sich auszusprechen scheute. Ich wollte den Bann nicht brechen, denn dies war das erste Mal, dass ich Abigail verletzlich erlebte, und das faszinierte mich.

„Der äußere Schein war alles und mein Vater mochte keine Angeber", fuhr sie fort, aber nicht an mich gewandt. „Die Leute verfolgen jeden unserer Schritte und daher darf man ihnen keinen Grund zum Reden geben. Wenn man Schwäche zeigt, dann verwenden sie es sofort gegen einen. Man muss immer den Schein wahren."

Vor der Tür der Bibliothek fiel irgendetwas zu Boden. Esperanza musste draußen auf dem Gang etwas fallen gelassen haben.

Der seltene Augenblick der Offenheit verflüchtigte sich wieder.

Abigail zuckte zusammen und blinzelte kurz. Ihre Verletzlichkeit verschwand und an ihre Stelle trat die vertraute Unverwüstlichkeit.

„Ich frage mich, ob Sie solche Feste vermissen werden", sagte sie, den Blick wieder auf mich gerichtet, und ich fragte mich, ob sie sich gerade vorstellte, meine Zukunft würde genauso sein wie ihre – leer und einsam.

„Wer sagt denn, dass es keine mehr geben wird?“, entgegnete ich und griff nach meiner Büchertasche, die auf dem Boden stand.

„Ach, glauben Sie mir, irgendwann sind die Partys vorüber.“ Sie erhob sich, machte aber keinerlei Anstalten, mich hinauszubegleiten. Das tat sie nie.

„Ich wünsche Ihnen ein schönes Wochenende, Abigail.“ Ich glaubte zwar nicht, dass sie eines haben würde, aber ich wünschte es ihr dennoch.

„Fahren Sie vorsichtig.“

Ich drehte mich um und ging zur Tür der Bibliothek. Als ich die Hand bereits an der Klinke hatte, vernahm ich noch einmal ihre Stimme.

„Lauren.“

Ich drehte mich um.

„Ihre Arbeit an dem Tagebuch war heute hervorragend.“

Zehn

Mein Vater und sein Bruder sind Vorzeigeexemplare der Spezies Durough. Sie sind erfinderisch, clever, scharfsinnig und strukturiert. Sie scheuen keine Risiken, aber sie zocken auch nicht. Sie sind großzügig, aber nicht verschwenderisch. Sie lieben die Ökonomie, weil diese für sie sowohl Kunst als auch eine Wissenschaft ist. Mein Vater und mein Onkel sind ihr verfallen. Ich weiß nicht, wie viele Gespräche am Durough'schen Esstisch mit Ludwig von Mises' Konzept des Liberalismus begannen und mit dem Durough'schen Leitsatz endeten, dass Reichtum nun mal nicht frei Haus geliefert wird, sondern erarbeitet werden muss. Menschen, die frei entscheiden können, werden sich für die beste Verwendung dessen entscheiden, was sie besitzen. Reichtum und Wohlstand beginnen mit Entscheidungsfreiheit.

Ich weiß weder genau, ob das schön ist noch ob es wirklich stimmt.

Die Duroughs häufen meiner Meinung nach Reichtum an, weil das ihrer Vorstellung von Reichtum entspricht. Sie wollen etwas haben, weil etwas da ist, um gehabt zu werden. Das ist der Grundgedanke des Besitzerstolzes. Zu besitzen heißt, erfolgreich zu sein.

Mein Vater hat einmal auf dem Parkplatz unserer Kirche mit einem anderen Gemeindemitglied über diesen Grundgedanken diskutiert. Mein Vater argumentierte, dass man ohne Besitz nicht reich sein kann. Der andere Mann, ein ganz normaler Typ mit einem ganz normalen Bankkonto, entgegnete, dass man auf jeden Fall auch ohne Besitz reich sein könne. Mein Vater wandte ein, das sei unmöglich. Der Kern und das Wesen des Begriffes „Reichtum“ enthielten doch bereits den Aspekt des Besitzes. Der andere Mann gab zu bedenken, dass viele arme Leute schon zufrieden wären, wenn sie gesund wären und die Liebe ihrer Familie besäßen. Woraufhin mein Vater sagte: „Dann sagst du also, dass gute Gesundheit und die Liebe der Familie nichts sind? Nichts? Also nichts bedeuten?“ Und der Mann sagte: „Das habe ich nicht gesagt.“ Mein Vater lächelte schlitzohrig und machte eine kurze Pause, bevor er dann sagte: „Mein Fehler. Einen schönen Tag noch, Felix.“

Und dann stiegen wir in unseren Bentley und fuhren in den Country Club, um dort auf der Terrasse an Tischen mit Leinendecken und silbernem Besteck belgische Waffeln zu essen. Damals muss ich ungefähr elf gewesen sein. Ich erinnere mich noch, wie ich mir die Erdbeersoße von den Fingern leckte und zu meinem Vater sagte, meiner Meinung nach sei Mr Turney – also Felix – wahrscheinlich nur neidisch darauf, dass wir so viel Geld hätten und er nicht. Worauf mein Vater entgegnete, Mr Turneys Problem sei, dass er nicht zufrieden sei mit dem, was er hätte, und deshalb so täte, als wäre ihm das, was er hätte, nicht wichtig.

An diesem Punkt fragte meine Mutter meinen Vater, ob er ihr bitte die Marmelade reichen könne und ob wir nicht um Himmels willen über etwas anderes reden könnten. Und an diesem Punkt hörten auch die anderen Gäste an den Nebentischen auf, unser Gespräch zu belauschen.

Das Interessante daran ist, dass mein Vater in seinem ganzen Leben nie in der Position eines Felix Turney gewesen ist. Im Genpool der Familie ist schon immer Geld geflossen. Er kann vielleicht annehmen oder vermuten, wie es wohl sein mag, wenn man mehr und größere Wünsche hat, als das Portemonnaie erlaubt, aber wissen kann er es nicht. Wie sollte er auch? Ururgroßvater Abel Durough hätte es vielleicht noch gewusst. Er war der Sohn eines Aristokraten von der Ostküste und einer bürgerlichen Geliebten. Man erzählt sich, dass Abel mit sechzehn von zu Hause fortging, weil er die Anerkennung und Zuneigung seines Vaters nicht gewinnen konnte. Er sprang auf einen Zug, der in Richtung Westen fuhr, und landete – damals befand sich der Goldrausch gerade auf seinem Höhepunkt – im Norden Kaliforniens. Er tat sich mit einem Goldsucher namens Sam Cabot zusammen, der sehr viel mehr Ahnung vom Goldsuchen hatte als Abel, aber ein paar starke Arme und eine gesündere Lunge brauchte, als er selbst sie hatte. Nur wenige Tage bevor Abel auf eine riesige Goldader stieß, starb Sam Cabot an einem Herzinfarkt. Der Claim und damit auch das Geld – *sehr viel* Geld – gingen an Abel, der damals erst achtzehn Jahre alt war.

Er kaufte Land, eine Transportgesellschaft und Eisenbahnaktien. Mit dreißig war er einer der reichsten Männer von San Francisco, viel reicher als der Mann in Boston, der ihn zwar gezeugt, sich aber geweigert hatte, ihm seinen Nachnamen zu geben. „Durough" war der Nachname der Waschfrau, von der die Wäsche des reichen Mannes gewaschen wurde und die Abel unehelich zur Welt gebracht hatte. Der Name des reichen Mannes war Fellowes.

Abel hatte inzwischen längst seine Mutter zu sich nach Kalifornien geholt, als Fellowes geschäftliche Probleme bekam und auf Knien in San Francisco angerutscht kam, um seinen unehelichen Sohn um Mitleid anzuflehen. Der Geschichte zufolge gab Abel Fellowes genau das, was Fellowes ihm gegeben hatte, als er Abel gesagt hatte, er würde es nie zu etwas bringen – nämlich fünf Dollar und eine Dose billigen Tabak –, und schickte ihn wieder fort.

Fellowes ging zurück zum Bahnhof, öffnete dort die Tabakdose aus Blech und fand darin ein walnussgroßes Goldstück und einen Zettel von seinem Sohn, auf dem stand: „Mach was aus dir."

Ich war schon immer der Meinung, dass wir Duroughs, die wir so gern auf Abel Durough als Vorbild für Findigkeit und Biss verweisen, offenbar vergessen, dass sein Leben diese gigantische Kehrtwendung nicht durch etwas nahm, was er geleistet hätte, sondern einfach dadurch, dass er zur richtigen Zeit am richtigen Ort war. Der gesamte Erfolg, den Abel danach hatte, beruhte auf dem Geld, an das er durch den besagten Umstand gekommen war. Es war das Geld, das ihm die Selbstsicherheit gab, das zu tun, was er tat. Selbstsicherheit bewirkt meines Erachtens, dass man nicht länger zu schätzen weiß, wie wertvoll die Freiheit zu wählen ist.

Als ich meinen Vater in dem Sommer, als ich vierzehn wurde, darauf ansprach, sagte er, es sei doch nichts falsch daran, zur richtigen Zeit am richtigen Ort zu sein. Und um überhaupt an diesen Ort zu gelangen, sei die Freiheit nötig, eine Wahl zu treffen, aber man müsse dann auch die Verantwortung für diese Wahl übernehmen.

Als ich anlässlich von Onkel Laurences Geburtstagsfeier nach Hause fuhr und Mercy mich irgendwie die ganze Zeit begleitete, da war mir sehr bewusst, dass es ebenso gefährlich wie schön ist, eine Wahl zu haben. Ich wusste, dass Mercy schon bald vor eine furchtbare Wahl gestellt sein würde, die über ihr Schicksal entschied. Die Wahl, entweder zu gestehen oder zu sterben.

Es ist ein Glücksfall – vielleicht von der Vorsehung bestimmt –, zur richtigen Zeit am richtigen Ort zu sein, wie es bei Abel Durough damals der Fall war.

Aber was ist, wenn man zur falschen Zeit am falschen Ort ist? Wie kann man dann etwas aus sich und seinem Leben machen? Wie kann man dann beweisen, dass man ist, was man tut, und nicht das, was mit einem getan wird? Welche Wahl hat man dann noch?

Zwei Räume im Haus meiner Eltern werden vom Rest des Haushalts weitgehend ignoriert. Einer davon ist die kleine Bibliothek.

Der Raum wird „kleine Bibliothek“ genannt, weil Bücher darin stehen – überwiegend vergriffene Erstausgaben, die wegen ihres Alters wertvoll sind und nicht wegen der Weisheit, die darin steckt. Und als „klein“ wird sie bezeichnet, weil sie kleiner ist als die Hauptbibliothek in der ersten Etage, die gleichzeitig auch das Büro meines Vaters ist. In der kleinen Bibliothek bewahren mein Vater und meine Mutter auch Ausgaben ihrer Lieblingszeitschriften auf sowie Aktenordner und Karteikästen mit Papieren und Unterlagen. Darüber hinaus haben sie dieses Zimmer vergessen.

Für mich war es immer eine Art Gebetsraum, obwohl ich darin nie wirklich gebetet habe. Dorthin ging ich, wenn ich besonders wütend oder traurig war oder wenn ich ganz schlimme Angst hatte. In solchen Zeiten war es schwierig, wirkliche Gedanken in Gebete zu fassen. Ich kenne kaum Menschen, die wortreiche und schön formulierte Gebete hinbekommen, wenn sie innerlich sehr aufgewühlt oder verletzt sind. In solchen Zeiten kommen keine Worte, Tränen aber umso leichter. Ich empfinde meine Tränen eigentlich immer als Gebete. Als Abigail mich fragte, ob ich mit Gott rede, habe ich als Erstes an die kleine Bibliothek gedacht, obwohl ich dort eigentlich nie besonders viel geredet habe. Meine Gutenachtgebete, die ich vor dem Einschlafen zusammen mit meiner Mutter gebetet habe, bis ich ungefähr zwölf war, und die ich mittlerweile für mich allein bete, sind jedenfalls sehr viel wortreicher. Aber nicht diese Gebete kamen mir an dem besagten Nachmittag bei Abigail als Erstes in den Sinn, sondern als Erstes dachte ich an meine Tränen.

Die kleine Bibliothek befindet sich im zweiten Obergeschoss neben zwei selten benutzten Gästezimmern und einem großen Wandschrank, in dem meine Mutter die Weihnachtsdekoration aufbewahrt. Meine Mutter ist ganz wild aufs Dekorieren. Der Schrank ist jedenfalls größer als mein gesamtes Zimmer im Studentenwohnheim und er ist pickepackevoll. Die Bibliothek liegt direkt daneben und das Schreibzimmer ebenfalls.

Die Bezeichnung „Schreibzimmer“ habe ich diesem Raum gegeben. Es handelt sich dabei um ein ehemaliges Wohnzimmer, das ganz früher in den 1930er Jahren von Gästen benutzt wurde, als das Haus noch neu und es unüblich, ja sogar unschicklich war, mit den anderen Gästen in demselben Zimmer zu plaudern, in dem man auch schlief. Meine Mutter erlaubte mir, meine Tagebücher, Bücher und halbfertigen Geschichten im Schreibzimmer unterzubringen, und ich durfte den Raum ganz nach meinem Geschmack einrichten und gestalten. Mit meinem Zimmer im ersten Obergeschoss war das schon wieder etwas anderes. Es war ebenso wie der Rest des Hauses von Innenarchitekten und Raumgestaltern professionell eingerichtet und gestaltet worden. Wenn ich nicht zu Hause war, hielten die Bediensteten dieses „offizielle“ Zimmer ständig so sauber und aufgeräumt, dass man davon Fotos für eine Wohnzeitschrift hätte machen können. Das Schreibzimmer hatte ich in einem sonnigen Gelb gestrichen und weiße Korbmöbel von der großen Hauptterrasse hineingestellt, die ihre besten Zeiten längst hinter sich hatten. Am Anfang hatte ich alle Wände mit Katzenbildern behängt (ich durfte keine Katze haben), ging dann in meiner „Ich-will-Delphine-dressieren-Phase“ zu Delphinen über, gefolgt von Schwarzweißpostern der Straßen von Paris, wohin meine Eltern anlässlich meines sechzehnten Geburtstag mit mir gereist waren. Diese Poster hängen bis heute dort.

Wenn ich vom College nach Hause kam, begrüßte ich als Erstes meine Eltern, umarmte unsere Haushälterin und ging dann nach oben in die kleine Bibliothek und ins Schreibzimmer. In ersterer weinte ich zwar nicht mehr, und ich schrieb auch nicht in letzterer, aber es hatte etwas Tröstliches, diese beiden Räume aufzusuchen, in denen ich beides getan hatte.

Es war deshalb eine seltsame Erfahrung, als ich am Tag vor Onkel Laurences Geburtstagsparty zu Hause ankam – Mercy von meiner Arbeit mit dem Tagebuch praktisch noch im Schlepptau – und meinen Blick durch das Schreibzimmer schweifen ließ. Ich sah Mercy förmlich in meinem weißen Korbsessel am Dachfenster sitzen. Das Sonnenlicht fiel auf ihr Gesicht, während sie die Geschichte über das Mädchen aufschrieb, das einen stummen Mann liebt. Das Zimmer hätte Mercy gefallen.

Als ich später nach unten kam, waren meine Cousins – die Söhne von Onkel Laurence – schon angekommen und kickten mit einem Fußball auf unserer riesigen Terrasse herum, während meine Mutter und Tante Denise herumhuschten und den Spanisch sprechenden Angestellten vom Partyservice Anweisungen gaben. Der dreiundzwanzig Jahre alte Tyler, der als braver Sohn in Stanford seinen Abschluss in Betriebswirtschaft gemacht hatte, war mit einer Begleiterin namens Bria gekommen, die mit ihrem Handy am Ohr dasaß und den Jungen beim Kicken zuschaute. Es dauerte etwa eine Stunde, bis es mir gelang, ein paar Worte mit ihr zu wechseln. Der zweiundzwanzig Jahre alte Cole nickte mir einen wortlosen Gruß zu, und Blaine, der in meinem Alter war, und zusammen mit Cole an der Universität Stanford vor sich hin studierte, begrüßte mich mit einem freundschaftlichen Knuff und erinnerte mich dann daran, dass er in seinem Literaturseminar durchfallen würde, weil ich nicht da wäre, um ihm zu helfen. Der siebzehnjährige Kip, der in der folgenden Woche die Aufnahmeprüfungen fürs College vor sich hatte, rief mir im Vorbeirennen zu, dass er mein Testergebnis um mindestens zwei Punkte toppen würde. Dann sauste er wieder davon.

Das war sie also, die Zukunft von Onkel Laurences gigantischem Logistikunternehmen. Vier junge Männer in unterschiedlichen Semestern des Kurses „Aufbau eines Imperiums“ für Anfänger. Selbstsicher, forsch, zielstrebig – mit dem

Blut von Abel Durough in den Adern. Und da war ich mit demselben Blut, die Alleinerbin der „Durough Planungs- und Investment GmbH“ – einem monströs großen Planungs- und Investmentunternehmen für Immobilien, die ganz normales Land und Grundstücke in Feriengebiete, Wolkenkratzer und ganze Städte verwandelte –, und schaute zu, wie meine Cousins draußen herumtollten, während die weiß gekleideten Leute vom Partyservice sich den Wünschen meiner Mutter fügten, von denen sie die meisten nur halb verstanden.

Ich blieb ein Weilchen draußen auf der Terrasse und ging dann ins Haus zurück. Als ich im gefliesten Eingangsbereich ankam, trat ich mit meinen Sandalen auf eine nasse Stelle auf dem Boden und rutschte aus. Ein junger Lateinamerikaner, der ein weißes Hemd locker über einer schwarzen Hose trug und gerade an mir vorbeiging, packte mich am Arm und hielt mich fest, sodass ich nicht hinfiel.

„Das war aber knapp“, sage er lächelnd. „Alles in Ordnung?“ Er hatte einen Akzent, der aber wunderschön und melodiös klang. Die anderen Angestellten des Partyservice beherrschten die Sprache längst nicht so gut wie er. *Mutter sollte mit ihm sprechen*, dachte ich.

„Alles in Ordnung. Danke.“ Ich bückte mich, um meinen Knöchel zu massieren, den ich mir beim Ausrutschen ein bisschen gezerrt hatte.

„Nichts zu danken.“ Er wollte weitergehen, nachdem seine Sorge um mich sich wieder verflüchtigt hatte.

Ich rief hinter ihm her. „Hey! Könnten Sie den Leuten in der Küche bitte sagen, sie sollen dafür sorgen, dass hier nicht noch jemand ausrutscht?“

Er blickte erst die nasse Stelle und dann mich an. Danach sah er an mir vorbei, als wollte er sich vergewissern, ob ich mit jemand anderem rede, sah wieder mich an und verzog langsam die Mundwinkel zu einem entspannten Lächeln.

„Klar, mach ich.“ Er drehte sich wieder um und ging zurück in die Küche. Ich war bereits leicht humpelnd unterwegs in die Bibliothek meines Vaters, als er Augenblicke später mit einem Stück Küchenrolle zurückkam.

„Die haben alle genug zu tun“, sagte er, als ich ihn ansah. „Ich kümmere mich selbst darum.“ Er kniete sich hin und legte das Papier auf die feuchte Fläche.

„Danke.“

Hinter uns ging die Terrassentür auf und Cole kam herein.

„Was machst du denn da, Raul?“, erkundigte er sich und blickte auf ihn hinunter.

„Ich wisch hier nur was Verschüttetes weg. Wir wollen ja nicht, dass jemand darauf ausrutscht.“

Der junge Mann namens Raul drehte sich um und zwinkerte mir zu.

Ich merkte, wie meinem Gesicht jegliche Farbe und Fassung abhandenkam.

„Aber wir haben doch jede Menge Leute, die das machen können, Mann“, wandte Cole ein. „Weißt du überhaupt, wie man etwas aufwischt? Wenn ja, dann ist es dir bis jetzt aber richtig gut gelungen, das vor mir zu verbergen.“

„Ich glaube, das kriege ich noch gerade hin“, entgegnete Raul lächelnd und wischte den Boden mit dem Küchentuch trocken.

Cole sah mich an. „Hey, Lars. Hast du meinen Mitbewohner schon kennengelernt?"

Ich versuchte, mithilfe der Wand das Gleichgewicht wiederzufinden. Sein Mitbewohner ...

„Wir sind uns eigentlich noch nicht richtig vorgestellt worden“, sagte Raul, während er sich wieder erhob und einen Schritt auf mich zukam. „Hallo, ich bin Raul.“ Er schaute auf seine rechte Hand hinunter, in der er noch das feuchte Papiertuch hielt, blickte dann wieder auf und zuckte mit den Achseln. „Ich nehme mal nicht an, dass du mir die Hand geben willst, oder?“

Ich brachte kein Wort heraus.

„Das ist meine Cousine Lars. Ich meine, Lauren“, sagte Cole. „Wir haben sie immer ‚Lars‘ genannt, damit sie einer von uns Jungs war.“

„Freut mich, dich kennenzulernen, Lauren“, meinte Raul, immer noch mit dem breiten Grinsen, immer noch mit der ruhigen und gefassten Haltung. In diesem Augenblick erkannte ich, dass sein Hemd mit Sicherheit maßgeschneidert war und wahrscheinlich mindestens 200 Dollar gekostet hatte.

„Freut mich auch“, flüsterte ich.

Cole sah mich an. „Du siehst richtig scheiße aus, Lars. Bist du krank oder was?“

„Mir geht's gut.“

„Aber du siehst nicht gut aus.“ Cole nahm Raul das Papiertuch ab und ging in Richtung Küche. „Das Bad ist den Gang runter gleich rechts, Raul, falls du dir die Hände waschen willst.“

Raul blieb noch einen Moment lang stehen.

Ich musste schwer schlucken. Ich hatte mich gerade zum Narren gemacht, aber ich war die Einzige, die es wusste.

„Ich glaube, ich muss mich bei dir entschuldigen“, sagte ich.

„Mach dir darüber mal keine Gedanken, ist schon gut.“ Er legte den Kopf ein wenig schräg, warf mir ein schiefes Lächeln zu, folgte Cole den Gang hinunter und verschwand dann im Gäste-WC.

Ich stand einfach nur da und massierte mir stumpf und irgendwie sinnlos den Knöchel.

Eine für den Anlass angeheuerte Servierkraft kam mit einem Tablett leerer Gläser aus dem Esszimmer.

„Kann ich irgendetwas für Sie tun, Miss?“

Ich sagte ihr, es sei alles in Ordnung, ich bräuchte nichts.

Elf

23. Januar 1692

Heute war Papa ein Weilchen draußen. Nach drei Wochen Bettruhe war er ganz wild auf Neuigkeiten und die Gelegenheit, sich endlich wieder etwas bewegen zu können. Er kam mit der Nachricht aus dem Gasthaus zurück, dass das Schiff seines Bruders in der kommenden Woche erwartet wird. Aber auch ein paar seltsame Neuigkeiten hat er mitgebracht. Er hat mir erzählt, dass zwei Mädchen aus dem Dorf von einer schrecklichen Krankheit befallen wurden, durch die sie furchtbare Anfälle bekommen. Betty Parris ist die Tochter des Pfarrers. Ich kenne sie. Sie ist erst neun. Das andere Mädchen, Abigail Williams, ist elf Jahre alt und ihre Base. Papa sagt, dass die beiden sehr krank sind. Er hat mir auch gesagt, dass ich mich vom Dorf fernhalten soll. Er möchte, dass ich nur zum Gottesdienst ins Versammlungshaus gehe, aber sonst hier zu Hause bleibe.

Ich habe Angst um die Mädchen. James Luddys Krankheit hat auch mit solch schrecklichen Anfällen begonnen.

Wanderer ist heute weggeflogen. Die Sonne schien.

Er glaubt wohl, der Winter sei vorüber.

24. Januar 1692

Ich fand die Predigt heute nicht gut. Reverend Parris legt immer besonders viel Wert darauf, vor der Verdammnis und der Aussicht aufs Höllenfeuer zu warnen. Er redet vom Satan, als ob der Teufel Gott ebenbürtig wäre und nicht ebenfalls nur ein Geschöpf. Gott könnte den Satan mit einem Flüstern einfach auslöschen, aber das weiß Reverend Parris ja sicher auch.

Und es war so kalt im Versammlungshaus. Zu kalt, um sich vorzustellen, wie das Höllenfeuer unsere sündigen Seelen verzehrt.

Der Mann, der in der Gemeinde den Zehnten einsammelt, hat gesehen, wie ich zu John Peter hinübergeschaut habe. Aber John Peter hat auch zu mir geschaut. Und weil der Mann näher bei John Peter saß als bei mir, hat er John Peter mit seinem langen Stock geknufft. Ich musste wegschauen, um nicht loszulachen.

28. Januar 1692

Papa war heute wieder im Dorf, um die Ankunft des Schiffes ‚Marblehead' vorzubereiten. Er kam mit der Neuigkeit nach Hause, dass der König einen neuen Gouverneur für uns ernannt hat. Papa sagte, dass es bei dem Gerede im Gasthaus darum ging, ob der neue Gouverneur wohl versuchen würde, zu verhindern, dass die Gründungsurkunde der Kolonie erneuert wird. Doch ich habe andere Sorgen als die Gründungsurkunde. Wer kann schon mit Gewissheit sagen, dass wir niemanden brauchen, der sich um unsere Angelegenheiten kümmert?

Betty Parris und Abigail Williams sind immer noch von ihrer Krankheit befallen. Auch die noch jüngere Ann Putnam ist krank geworden. Es heißt, dass die Mädchen von demselben Leiden heimgesucht werden wie die Goodwin-Kinder vor fünf Jahren.

Papa hat gesagt, dass er den Bericht über die Goodwin-Kinder gelesen hat. Cotton Mather, ein Geistlicher aus Boston, hat etwas darüber aufgeschrieben.

Papa hat gesagt, man hätte geglaubt, dass die Kinder verhext worden wären. Ich mag das Wort ‚verhext' nicht. Ich wollte eigentlich nichts mehr davon hören, aber Papa wollte, dass ich ihm Most einschenke, und dabei hat er mir erzählt, was Cotton Mather geschrieben hat. Das älteste Goodwin-Mädchen war als Erste befallen worden und danach auch ihre Geschwister. Reverend Mather schrieb, dass ihre Kiefer ausgerenkt gewesen seien, dass sie gebellt hätten wie Hunde und ihr Hals im einen Moment völlig entspannt gewesen wäre und im nächsten so steif, dass sie geschrien hätten wie am Spieß und dass eines der Goodwin-Kinder vom einen Ende des Raumes in den anderen geflogen wäre. Eine Wäscherin namens Mary Glover sei damals angeklagt worden, die Goodwin-Kinder verhext zu haben. Sie sei vor Gericht gestellt, verurteilt und gehenkt worden.

Ich habe Papa gesagt, dass ich nichts mehr davon hören will.

Stattdessen bin ich nach draußen zu meinem Baum gegangen, um meine Geschichte vom Wind und dem Regen und wie die beiden Freunde wurden, zu Ende zu bringen, aber mir gingen immer wieder Bilder von Kindern durch den Kopf, die wie Hunde bellten und wie Fledermäuse durch Räume flogen, und mir fielen einfach nicht die richtigen Worte für meine Geschichte ein.

Als ich ins Haus zurückkam, hustete Papa wieder. Ich fürchte, dass die Krankheit in seiner Brust nur geruht hat.

Ich verbrachte den größten Teil des Wochenendes damit, Raul, so gut es ging, aus dem Weg zu gehen.

Als Kind und Jugendliche habe ich viel Zeit mit meinen Cousins auf den „Sorrys" verbracht, wie wir sie nannten.

Das war unsere Kinderbezeichnung für die Familiensoireen. Wir fanden diese Feste stinklangweilig und spielten deshalb Tischbowling mit den Horsd'oeuvres, stibitzten kleine Schlucke Champagner, spielten Verstecken, als wir noch ganz klein waren, und später dann Computerspiele oder Poker. Meine Cousins waren es gewohnt, dass ich dabei war, ja sie bestanden sogar darauf. Wenn sie mich in Ruhe ließen, verdrückte ich mich nach oben oder wurde an den Gesprächen mit den Freunden meiner Eltern beteiligt. Die Freunde meiner Eltern waren offenbar alle der Meinung, dass ich mich für mein Alter schon recht erwachsen benähme. Meinen Cousins passten meine kleinen Fluchten nach oben oder Sorry-Gäste, die Freude an meiner Gesellschaft hatten, nicht.

Bei Onkel Laurences zweitägigem Geburtstagsevent wurde deshalb auch von mir erwartet, dass ich für spontane Spiele unterschiedlichster Art zur Verfügung stand, und weil Tyler sich kaum blicken ließ – er, Bria und Brias Handy blieben ziemlich unter sich – und Kip für seine Aufnahmeprüfung lernen musste, war ich für jedes Spiel mit Zweierteams eingeplant. Blaine und ich gegen Cole und Raul – dem Nicht-Partyservice-Angestellten.

Jedes Mal, wenn ich merkte, dass ich Raul ansah, schaute er mich genau in dem Augenblick auch an. Dann grinste er, sah zur Seite und tat so, als hätte ich ihn gar nicht verstohlen angeschaut. Das passierte mehrmals – ich sah zu Raul hin, ohne dass es mir bewusst war, und er ertappte mich dabei. Und jedes Mal war es mir peinlich.

Raul und Cole schliefen in den beiden Gästezimmern im zweiten Obergeschoss, weil bei Coles Eltern so viele Verwandte untergebracht waren. Ich lief Raul mehrmals auf der Treppe über den Weg, sodass er wahrscheinlich dachte, ich legte es bewusst darauf an, ihm zu begegnen. Er wusste, dass mein Schlafzimmer nicht ganz oben, sondern im ersten Obergeschoss war. Deshalb hätte ich mich also absichtlich dort oben aufhalten müssen, um ihm „versehentlich" zu begegnen.

Ich konnte ihn nicht ansehen, ohne gleichzeitig wieder vor meinem inneren Auge zu sehen, wie er auf Knien lächelnd den Boden wischte. Und jedes Mal, wenn sich unsere Blicke begegneten, war ich ganz sicher, dass er immer noch über mich lachte. Ich wünschte, er wäre beleidigt gewesen, weil ich ihn für einen Angestellten vom Partyservice gehalten hatte – oder zumindest ein bisschen sauer. Damit hätte ich umgehen können. Ich war jedoch überzeugt, dass er es genoss, zu merken, wie ich mich innerlich wand, und das ärgerte mich.

Am Sonntagmittag, als alle anderen Leute im Haus ein Nickerchen machten, ein Fußballspiel in Papas riesigem Heimkino anschauten oder auf der Terrasse tratschten, machte ich mir eine Tasse Tee, schnappte mir ein übriggebliebenes Croissant vom Frühstücksbüfett und ging hinauf ins zweite Obergeschoss. Ich traf unterwegs keine Menschenseele. Weil ich Angst hatte, meine Teetasse oder das Croissant fallen zu lassen, hatte ich die ganze Zeit den Blick fest darauf geheftet, auch als ich die Tür zur kleinen Bibliothek aufstieß und sie dann hinter mir mit dem Fuß wieder zuschob. Ich drehte mich um und da stand mit einem aufgeschlagenen Buch in der Hand Raul vor mir.

Ich war so überrascht, dass ich zusammenzuckte, was wiederum dazu führte, dass der Inhalt meiner Teetasse überschwappte und über meine Hände und auf die Hartholzdielen unter mir lief. Es tat scheußlich weh – und dabei trinke ich meinen Tee noch nicht einmal brühendheiß –, aber trotzdem schnappte ich nach Luft und Raul trat einen Schritt auf mich zu.

„Alles in Ordnung?“

„Ja, ja“, antwortete ich mit zusammengebissenen Zähnen. Mit der Serviette, in die ich das Croissant eingeschlagen hatte, tupfte ich mir das nasse Handgelenk ab, wobei das Gebäck zu Boden fiel. Raul bückte sich, um es aufzuheben, und hockte erneut vor mir auf dem Boden, um ihn herum auf dem Fußboden überall verschütteter Tee.

„Kannst du mir bitte mal die Serviette geben?" Er strahlte mich an, als hätte er gerade eine witzige Pointe von sich gegeben.

„Nein!", antwortete ich verärgert und bückte mich dann ebenfalls, um den verschütteten Tee selbst aufzuwischen.

Er neigte den Kopf ein wenig schräg, sah mich an und lächelte dabei die ganze Zeit. „Ach so, du bist also diejenige, die Grund hat, beleidigt zu sein?", sagte er scherzhaft. „Ich dachte, das wäre ich."

„Ja, eigentlich müsstest du auch beleidigt sein", fuhr ich ihn an und wischte mit heftigen Bewegungen den verschütteten Tee auf.

Ich stand wieder auf und er ebenfalls. Er reichte mir das Croissant.

„Ich habe ja nicht gewusst, dass es dir so viel ausmacht", meinte er.

„Es ist ja gar nicht so, dass es mir etwas ausmacht, sondern dass es etwas ausmacht."

Er blinzelte. „Wow. Na gut. Tut mir leid."

Ich schnaubte. „Wie wäre es, wenn ich die Sache mit dem Entschuldigen übernähme und nicht du?"

„Wenn es dir so wichtig ist ..."

„Ja, ist es. Es tut mir leid, dass ich dich für einen Angestellten vom Partyservice gehalten habe. Das war einfach unhöflich und ..."

„Na, so unhöflich war es ja nun auch wieder nicht."

„Könntest du mich bitte erst mal ausreden lassen?"

„'Tschuldigung."

„Kannst du bitte aufhören, dich dauernd zu entschuldigen?"

„Ach ja. 'Tschuldigung."

Einen Moment lang standen wir nur beide einfach da. Ich musste als Erste ein ganz klein wenig lächeln. In dem Augenblick, als ich das tat, verzogen sich auch seine Gesichtszüge zu einem entspannten Grinsen. Er hatte sein Spielchen mit mir getrieben – schon wieder. Ich kam mir wieder wie ein Trottel vor, aber aus irgendeinem Grund machte es mir nicht mehr so viel aus wie beim zweiten Mal.

„Es tut mir wirklich leid, Raul.“ Ich strich mir eine Haarsträhne hinters Ohr, bei mir immer ein Zeichen von Nervosität.

„Entschuldigung angenommen.“

Es folgte ein seltsames Schweigen.

„Wolltest du hier oben lieber allein sein?“, fragte er schließlich.

Das hatte mich noch nie zuvor jemand gefragt. Ich war in der kleinen Bibliothek einfach immer allein.

Ich fragte mich, woher er wohl wusste, dass er in meine kleine private Rückzugsecke eingedrungen war. Ob Cole es ihm verraten hatte? Nein, eher nicht. Cole hatte ihm wahrscheinlich gesagt, dass der Raum nur ein Wandschrank für alte Bücher sei, für die sich kein Schwein interessiere. Oder er hatte gar nichts gesagt, weil der Raum ihn selbst kein bisschen interessierte. Ich fand es auf jeden Fall merkwürdig, dass Raul überhaupt in das Zimmer hineingeschaut hatte. Noch nie zuvor hatte ich einen von Coles Freunden dort angetroffen. Raul war der erste.

Er hatte immer noch das Buch in der Hand. Es war „Robinson Crusoe“ von Daniel Defoe.

„Wenn du willst, kannst du gern hierbleiben.“ Eigentlich wäre ich gern für mich gewesen, aber ich wollte ihn auch nicht vor die Tür setzen.

Er verstand sofort, was los war, drehte sich zu dem Regal um und stellte das Buch zurück.

„Ich gehe lieber. Der Raum hier gehört dir“, bot er an.

Ich spürte, wie ich rot wurde. „Hat Cole dir das gesagt?“

Raul zuckte mit den Achseln. „Ich wusste es einfach. Ich habe dich das ganze Wochenende über immer wieder hier heraufkommen sehen.“ Er deutete auf das Buch, das er gerade ins Regal zurückgestellt hatte. „Mein Vater hat mir ‚Robinson Crusoe' vorgelesen, als ich zehn war. Hast du es mal gelesen?"

Das hatte ich nicht. Mich hatte die Geschichte eines reichen Mannes, den es für den größten Teil seines Lebens auf eine einsame Insel verschlagen hatte, nie besonders gereizt.

„Tolles Buch", fuhr Raul fort. „Hier sind 'ne Menge tolle Bücher. Mein Vater würde wahrscheinlich in Tränen ausbrechen, wenn er das hier sehen könnte."

Raul betrachtete die Regale mit dem antiken Inhalt. Ich versuchte, den Raum jetzt mit seinen Augen zu sehen. Langweilige Eichenregale, langweilig beigefarbene Wände, ein ovaler Teppich in einem schwer zu beschreibenden blassen Farbton und reihenweise Bücher mit mattblauen, braunen oder weinroten Buchrücken. In diesem Augenblick verwandelte sich der Raum vor meinem inneren Auge und wurde zu einer Erweiterung von Abigails verblasster Bibliothek. Ich hatte nie daran gedacht, dass die beiden Räume in irgendeiner Form Ähnlichkeit miteinander haben könnten oder sogar gleich waren. Aber in meinen Gedanken verschmolzen sie jetzt miteinander und waren nicht mehr voneinander zu unterscheiden. Mausoleen vergangener Leben, von denen die meisten erfunden waren. Ich atmete tief ein.

Raul drehte sich um und sah mich an. „Wolltest du etwas sagen?"

„Nein", flüsterte ich. Ich ordnete meine Gedanken und versuchte, meine Fassung wiederzuerlangen. Ich musste den Raum unbedingt wieder als etwas Schönes und nicht als etwas Morbides in Besitz nehmen. Ich platzte mit dem Erstbesten heraus, das mir in den Sinn kam. „Bring deinen Vater doch mal irgendwann mit und zeige ihm diese kleine Bibliothek."

Raul lächelte. „Mein Vater ist vor drei Jahren gestorben."

„Das tut mir leid."

„Also die Entschuldigung war jetzt aber wirklich total unnötig."

„Aber es tut mir wirklich leid. Ich meine es so. Es tut mir leid, dass er nicht mehr da ist."

„Ja, mir auch." Raul ging an mir vorbei zur Tür und ergriff die Klinke.

Ich trat an das nächste Bücherregal und griff nach dem „Robinson Crusoe". Ich zog das Buch heraus und hielt es Raul hin. „Wolltest du das hier ausleihen?"

Raul schaute die über hundert Jahre vergilbte Ausgabe an.

„Ich muss nicht unbedingt diese Ausgabe lesen", sagte er lachend.

„Ich weiß, dass du das nicht musst, aber würdest du es gern?"

Er sah das Buch an und dann mich und vielleicht auch kurz die Stelle auf dem Fußboden, an der ich den Tee verschüttet hatte.

„Vielleicht ein anderes Mal." Raul öffnete die Tür und ging. Ich hörte seine Schritte erst auf dem Gang vor dem Raum und dann auf der Treppe, die er immer zwei Stufen auf einmal nehmend hinunterging.

Ich stand mit dem „Robinson Crusoe" in der Hand da und starrte bestimmt eine ganze Minute lang auf die Tür, bevor ich das Buch ins Regal zurückstellte.

Ich nahm das Croissant und das, was von meiner Tasse Tee noch übrig war, und ging stattdessen nach nebenan ins Schreibzimmer. Dort setzte ich mich an meinen kleinen Korbtisch mit der Glasplatte, trank schlückchenweise meinen Tee und schaute mir die Schwarzweißdrucke von Paris an. Die fliegenden Putten an Notre Dame, den Latona-Brunnen in Versailles, den Eiffelturm bei Sonnenuntergang, die sanft abfallenden Rasenflächen des Schlosses von Sceaux.

Auf keinem der Bilder war ein Mensch zu sehen. Ich hatte die Drucke selbst ausgesucht und hatte sie auch immer wieder gern betrachtet, aber noch nie zuvor war mir aufgefallen, dass auf den Fotos keine Menschen abgebildet waren. Wahrzeichen von Paris ohne auch nur eine einzige Gestalt irgendwo im Hintergrund. Keine Menschenseele.

Ich saß allein in meinem Schreibzimmer und schaute mir die Fotografien an, die ich so liebte. Schließlich sah mein Vater, der nach mir suchte, zur Tür herein.

Meine Cousins wollten sich auf den Rückweg nach Stanford machen. Es wurde Zeit, sich zu verabschieden.

Ich griff nach meiner leeren Teetasse, dem nicht verzehrten Croissant und der durchweichten Serviette und folgte meinem Vater die Treppe hinab. Aber ich kehrte noch einmal um, betrat die kleine Bibliothek und nahm „Robinson Crusoe“ aus dem Regal. Ich klemmte mir das Buch unter den Arm und schloss die Tür hinter mir.

Ich kehrte mit ziemlich schlimmen Kopfschmerzen, einem leicht lädierten Ego und einer einhundert Jahre alten Ausgabe von „Robinson Crusoe“ von Onkel Laurences Geburtstagsfeier nach Santa Monica zurück. Die beiden ersten Dinge erschwerten mir die Übertragungsarbeit am ersten Nachmittag bei Abigail. Als ich etwa eine Stunde dort war, musste ich Esperanza um eine Kopfschmerztablette bitten. Abigail nahm glücklicherweise an einer Bibliothekseröffnung teil, sodass ich meine Stimmung nicht zu erklären brauchte. Der Druck in meinem Kopf schien sich trotz der Tablette noch in dem Augenblick zu verstärken, als ich in dem Tagebuch las, dass das Drama in Salem begonnen hatte.

Für Mercy sollte sich bald alles ändern.

Und sie war sich dessen noch nicht einmal bewusst.

Zwölf

5. Februar 1692

Goody Trumball, die auf der Nachbarfarm wohnt, kam heute vorbei, um mir beim Apfelpressen für den Most zu helfen. Meine Mutter und sie waren enge Freundinnen. Goody Trumball ist vor fünfzehn Jahre als junge Braut hierhergekommen, und meine Mutter war die Erste, die sich damals mit ihr anfreundete. Bei Mama konnte Goody Trumball weinen, wenn sie Heimweh nach Topsfield hatte, dem Ort, an dem sie bis dahin ihr ganzes Leben verbracht hatte. Sie hat sie nie deshalb gescholten. Zu Goody Trumballs Heimweh kam noch der Kummer darüber hinzu, dass die Arme jahrelang kein lebendes Kind zur Welt bringen konnte. Vier Kinder kamen tot zur Welt oder starben kurz nach der Geburt. An zwei dieser furchtbaren Ereignisse kann ich mich noch erinnern. Ich war beide Male nicht mit im Geburtszimmer, ja, ich war nicht einmal im Haus der Trumballs, aber zweimal war ich noch wach, als Mama von den Trumballs nach Hause kam und Papa erzählte, dass man Goody Trumball wieder ein totes Kind in die Arme gelegt hätte.

Mama verbrachte Tag um Tag bei Goody Trumball und saß bei ihr, während diese nur weinen konnte. Sie nahm mich mit, damit ich mich bei den Trumballs um das Feuer kümmerte und Brot backte und die Wäsche wusch. Das erle-

digte ich auch alles, aber ich bekam ebenfalls mit, wie meine Mutter Goody Trumball zuflüsterte, dass sie sich nicht von der Verzweiflung unterkriegen lassen sollte. Goody Trumball war dankbar für das Mitgefühl meiner Mutter, aber ich erinnere mich auch daran, wie sie einmal sagte, Mama wüsste ja gar nicht, wie es sei, ein totes Kind zur Welt zu bringen. Ich hörte auf zu fegen, als ich das hörte. Mit gedämpfter Stimme – ich konnte sie fast nicht verstehen – erzählte meine Mutter Goody Trumball dann, dass sie sich da irre. Bevor mein Bruder Thomas geboren wurde und ich drei Jahre alt war, brachte meine Mutter nämlich eine Tochter zur Welt, die nie den ersten Schrei ausstieß. Meine Schwester wurde zwar rosig geboren, konnte aber nicht atmen. Sie wurde blau, dann grau und schließlich starb sie. Das war ein Jahr bevor die Trumballs unsere Nachbarn wurden. Meine Mutter wusste also ganz genau, wie es war.

Und dann bekamen meine Mutter und Goody Trumball in einem Sommer beide ein Baby und beide Babys überlebten. Mein Bruder Thomas wurde im Juli geboren und Goody Trumballs erster Sohn Charles kam im August zur Welt. Im darauffolgenden Jahr bekam Goody Trumball dann noch einen Sohn. Das waren glückliche Zeiten. Mama und Goody Trumball spannen Wolle und unterhielten sich über die Neuigkeiten im Dorf. Ich kümmerte mich um die kleinen Jungen und wir spielten auf dem Fußboden am Feuer. Mama und Goody Trumball sprachen davon, noch mehr Kinder zu bekommen, sie hofften es beide, aber danach bekamen sie beide keines mehr.

Thomas und meine Mutter fielen dann in dem Sommer, als Thomas vier wurde, beide den Pocken zum Opfer. Tagelang quälten sie sich, aber ich durfte nicht zu ihnen, um mich um sie kümmern. Papa schickte mich damals nach Maine zu den Verwandten, damit ich mich nicht ansteckte und auch noch krank wurde. Dafür hasste ich ihn. „Hass" ist ein schreckliches Wort, eine schreckliche Leidenschaft.

Mein Hass war für mich wie die Pocken. Ich wollte bei Mama und bei Thomas sein, aber Papa verbot es, sogar noch als er schon wusste, dass die beiden im Sterben lagen. Es dauerte sehr lange, bis ich verstehen konnte, dass Papa sich so verhalten hat, um mich zu schützen und mein Leben zu retten. Ich mag nicht an den Tag denken, an dem Mama und Thomas starben, beide innerhalb einer Stunde. Ich mag an das ganze Jahr nicht denken.

Seit dieser furchtbaren Zeit kümmert sich Goody um mich, und sie zeigt und sagt mir auch immer wieder, dass ich selbst mit Frauenangelegenheiten zu ihr kommen kann. Sie findet es ausgesprochen merkwürdig, dass ich Geschichten schreibe, aber sie schaut mir gern beim Schreiben zu. Ich habe ihr gezeigt, wie sie mit einem Stock ihren Namen auf den Boden schreiben kann. Ihr Vorname ist „Patience“ – was „Geduld“ bedeutet –, aber davon hat sie auch nicht das kleinste Bisschen, wenn es darum geht, die Buchstaben zu formen.

Heute beim Apfelpressen hat Goody Trumball mir erzählt, dass auch Elizabeth Hubbard die seltsamen Anfälle bekommt. Damit sind es jetzt schon vier Mädchen.

Ich habe Goody Trumball gefragt, ob sie glaubt, dass die Mädchen Hirnhautentzündung haben, und sie hat geantwortet, dass niemand weiß, worunter die Mädchen leiden.

Ich wollte dann nicht weiter über die von der seltsamen Krankheit befallenen Mädchen sprechen und fragte Goody Trumball, was sie von John Peter Collier hält. Sie lächelte mich an und sagte, sie hielte ihn für sehr gutaussehend.

Ich lehnte mich in meinem Sessel zurück. Der Eintrag vom 5. Februar war lang und schwierig zu übertragen gewesen. Mercy hatte die Buchstaben ganz eng aneinander gequetscht, zweifellos um Papier zu sparen, aber dadurch wurde es sehr schwer, ihre altmodische Handschrift zu entziffern. An manchen Stellen war die Tinte auch verlaufen, sodass man sich gut vorstellen konnte, wie sie bei der Schilderung des Verlustes ihrer Mutter und ihres Bruders geweint hatte.

Abigail hatte irgendwann die Bibliothek verlassen, während ich noch bei der Arbeit war, aber als ich mich dann einmal auf meinem Stuhl ein bisschen aufrichtete und streckte, merkte ich, dass sie wieder da war und ganz dicht neben mir stand. Ihr Blick ruhte auf dem Computerbildschirm, wo Mercys dreihundert Jahre alten Gedanken in der Schriftart *Times New Roman* auf dem Flachbildschirm offen dalagen. Abigail stand nicht dicht genug am Bildschirm, um die Worte lesen zu können; zumindest glaubte ich das. Ihr Blick war auch nicht auf die Worte selbst oder ihre Bedeutung gerichtet, sondern sie betrachtete nur ihre hell erleuchtete Existenz.

Abigail kannte das Tagebuch. Sie merkte, wenn ich einen Gedanken ausließ oder in einem Satz Fehler machte. Daher wusste ich, dass sie das Tagebuch schon zuvor gelesen haben musste, und zwar viele Male. Ich sah sie jedoch nie darin lesen.

Sie spürte, dass ich sie ansah. „Esperanza hat heute auf der Terrasse den Tisch für uns gedeckt“, sagte sie ganz ruhig. „Ich hoffe, Sie haben nichts dagegen, draußen zu essen.“

Ich speicherte die Datei und erhob mich. „Nein, im Gegenteil.“

Abigail drehte sich, ohne noch etwas zu sagen, um, und ich folgte ihr aus dem Raum. Wir betraten die Eingangshalle, und als wir das Esszimmer durchquerten, von dem aus die hohen französischen Fenster hinaus auf die Terrasse führten, bemerkte ich, dass die Tür zum Wohnzimmer geschlossen war.

Während wir gemeinsam auf die Terrasse gingen, schwieg Abigail. Esperanza füllte gerade Wassergläser, als wir den schmiedeeisernen Tisch mit der Glasplatte erreichten. Eine Zitronenscheibe und mehrere frische Brombeeren schwammen zwischen den perfekt gerundeten Eiskugeln in unseren Gläsern. Abigail deutete mit dem Kopf auf einen der Platzteller. Das war die Einladung, mich zu setzen. Sie selbst nahm mir gegenüber Platz.

„Spinatsalat mit Kirschen, Balsamico und Gorgonzola", sagte Esperanza und stellte einen Salatteller vor mich auf den Platzteller.

Ich bedankte mich bei ihr. Sie stellte auch Abigail ihren Teller hin und verschwand dann wieder durch die Tür, die in die Küche führte.

Abigail nahm ihre Serviette. „Es ist so ein wunderschöner Abend", meinte sie, als ob sie den Abend selbst ansprach und ihm ein Kompliment für seine Schönheit machte.

Ich stimmte ihr zu. Ja, das sei es wirklich.

„Würden Sie heute Abend bitte das Tischgebet sprechen, Lauren?"

„Äh, ja klar." Ich stolperte unbeholfen durch ein freies Gebet mit Dank für das Essen und den Segen, den Gott unseren Familien gewährte. Mein Gebet war nicht annähernd so schön formuliert wie Abigails routinierte Tischgebete, aber sie hatte mich mit ihrer Bitte überrascht.

Als ich meine Augen wieder öffnete, sah ich, dass Abigail amüsiert grinste.

„Was ist?", fragte ich ein wenig peinlich berührt.

„Sie beten zu Gott, als wären Sie beide alte Kumpels."

Ich konnte nicht genau sagen, ob sie erheitert, neidisch oder entsetzt war.

„Ist das schlimm?", fragte ich und versenkte dabei meine Gabel in dem Salat.

„Nein, nur eine Warnung, meine Liebe." Abigail nahm ihre Gabel und das Messer ebenfalls zur Hand und zerschnitt ein zartes Spinatblatt in zwei Hälften.

Ich war so erstaunt über ihre Aussage, dass meine Gabel auf halbem Weg zwischen Teller und Mund verharrte. „Eine Warnung?"

„Ich möchte nur nicht erleben, dass Ihnen wehgetan wird." Sie schob ihre Gabelspitze mit dem Salatblatt in den Mund und fing an zu kauen.

Meine Gabel schwebte immer noch kurz vor meinen Lippen in der Luft. Ich hatte keine Ahnung, was sie meinte. „Wie denn ‚wehgetan'?"

Sie kaute zu Ende, sah mich einen Moment lang an und zog dann ganz langsam ihre Schultern hoch. „Ach, egal."

Aber es war mir kein bisschen egal. „Wie meinen Sie das?", insistierte ich.

Abigail spitzte die Lippen und schnitt ein weiteres Spinatblatt in zwei Hälften. Sie sagte nichts.

Da dämmerte mir, dass Abigail gar nicht mich meinte, sondern von sich selbst sprach. Ja, sie redete nicht einmal von Gott. Nachdem ich fast einen Monat mit ihr verbracht hatte, begann ich endlich zu begreifen, dass ich genau auf diese Weise entdecken würde, wer sie war und wieso das Tagebuch so wichtig für sie war – durch solche sporadischen Augenblicke bei Tisch.

Ganz tief in meinem Inneren wusste ich, dass sie meinte, es könnte gefährlich sein, eine zu lockere Beziehung zu einer höheren Macht zu haben. Ich hatte gerade eine Chance verpasst, eine weitere ihrer vielen Schalen abzupellen. Statt zu sagen: „Wie denn verletzt werden?", hätte ich das sagen sollen, was mein Vater gesagt hätte, wenn er an Abigails Esstisch gesessen hätte.

Erzähl mal.

Ich fragte mich, ob es wohl schon zu spät war, diese Worte trotzdem noch zu sagen.

Abigail holte Luft und sagte: „Wie war das Geburtstagsfest Ihres Onkels?"

Es war zu spät.

„Es war eine recht nette Feier." Ich schob mir die Gabel in den Mund, aber wenigstens war ich jetzt etwas klüger.

„So schlimm?"

Ich kaute zu Ende. „Nein. So schlimm nicht, aber einfach nicht mein Ding."

Abigail griff nach ihrem Wasserglas. „Und was ist Ihr Ding?"

Ich überlegte einen Moment lang. „Ich glaube, ich mag kleinere Zusammenkünfte. Weniger Aktivität und Hektik, weniger Alkohol, weniger Essen, weniger Glitter."

„Glitter?"

„Glitzernde Juwelen. Diamanten. So Zeugs eben."

Abigail lächelte. „So Zeugs eben."

Ich hatte nicht den Eindruck, dass Abigail sehr oft das Wort „Zeugs" verwendete, aber ich war sehr sicher, dass sie wusste, was ich meinte. Und das sagte ich ihr auch.

„Ausschweifung beunruhigt Sie also", meinte sie.

„Nein, sie stört und ärgert mich", korrigierte ich sie.

Sie neigte den Kopf ein wenig zur Seite. „Ich frage mich, woran das wohl liegen könnte." Aber sie erwartete keine Antwort. „Sie haben keine alten Freunde von der Highschool getroffen, während Sie zu Hause waren, oder?"

Ich war gerade mit dem Versuch beschäftigt, eine glitschige Kirsche auf meine Gabel zu bugsieren, und schwieg. Ich hatte das seltsame Gefühl, Abigail wusste ganz genau, dass ich keine engen Freunde aus der Highschoolzeit hatte, ja, dass ich im Grunde gar keine engen Freunde hatte; dass ich lieber allein war als mit anderen Menschen zusammen; dass ich eine Einzelgängerin war und es schon immer gewesen war.

Genau wie sie.

Die Kirsche kullerte auf meinen Teller zurück. „Nein."

„Das müssen ja dann ein paar recht einsame Tage gewesen sein."

Ich verfolgte meine Kirsche mit der Gabel über eine Schicht olivengeölten Spinats. „Meine Cousins waren auch da."

Und Raul.

„Und ein paar Freunde von ihnen", fügte ich hinzu und warf damit auch Bria und ihr Handy noch mit in die Runde.

„Ach. Wie viele Cousins haben Sie denn?“ Ich spürte, dass Abigail an ihre singende Cousine Dorothea dachte und dass das eine schöne Erinnerung war.

„Vier. Mein Vater hat einen jüngeren Bruder, der vier Söhne hat. Wir sind mehr oder weniger zusammen aufgewachsen.“

„Vier Söhne.“ Abigails Stimme klang wehmütig, genau wie bei vielen anderen Menschen, wenn die Söhne von Laurence erwähnt werden.

„Ja.“

„Und Sie sind das einzige Mädchen?“

„Ja.“

Abigail lächelte. „Jetzt weiß ich auch, woher Sie Ihre Muskeln haben.“

Ich war nur etwas über 1 Meter 60 groß und wog ein bisschen mehr als 50 Kilo. „Wie bitte?“

„Sie werden mal eine perfekte Firmenchefin.“ Abigail spießte ihre Kirsche mit einem einzigen gezielten Stich auf.

Mir fehlten die Worte. Ich wollte ihr widersprechen, aber ich wusste gar nicht, wo ich damit anfangen sollte. Tatsache war, dass ich sicher eine gute Firmenchefin abgeben würde, vorausgesetzt, ich wollte überhaupt eine sein. Ich sah sie nur wortlos an.

Es herrschte einen Moment lang Schweigen, während Abigail kaute. Dann sah sie mich an. „Sie haben heute den 5. Februar aus dem Tagebuch übertragen?“

„Ja.“

„Das, was mit Mercys Mutter und ihrem kleinen Bruder passiert ist, ist schrecklich traurig.“

„Ja, das ist es wirklich.“

„Danach war sie ganz allein. Nur sie und ihr Vater und die Hütte.“

Der Vergleich, den sie zwischen mir, sich selbst und Mercy zog, war klar.

Drei Töchter. Drei Väter. Keine Söhne.

Doch das waren nur mathematische Spielereien. Andere Ähnlichkeiten gab es nicht.

Außerdem waren Abigail und ich ja gar nicht ohne Mutter aufgewachsen, so wie Mercy.

Ich beschloss, Abigail daran zu erinnern. „Es wäre doch für Mercys Mutter furchtbar schwer gewesen, wenn sie noch am Leben gewesen wäre und hätte mit ansehen müssen, was mit ihrer Tochter geschah. Ich stelle mir vor, dass es schon für den Vater allein schwer genug war."

Abigail warf mir einen seltsamen Blick zu und nickte dann.

Sie hatte vergessen, dass es in Mercys Leben Dinge gab, die ich noch nicht wusste.

Dreizehn

14. Februar 1692

Mir ist die Tinte ausgegangen und auch die Walnussschalen, um sie zu zerstoßen und mehr Tinte daraus zu machen. Papa ist schon ein paarmal am Hafen gewesen und hat nachgeschaut, ob das Schiff schon eingetroffen ist. Dabei hat er mir Tinte aus Boston mitgebracht. Es ist sehr schöne Tinte und sie ist schwarz wie die Nacht. Papa sieht blass aus und kommt mir schwach vor, aber er behauptet steif und fest, dass Arbeit und frische Luft ihm guttun. Ich frage mich, ob er nicht lieber am Hafen wohnen sollte, dann wäre er nicht gezwungen, so viel auf den Beinen zu sein, wenn das Schiff seines Bruders im Hafen liegt, aber er möchte das Häuschen, in dem er mit meiner Mutter glücklich war, nicht aufgeben.

Während der Predigt ist heute im Versammlungshaus etwas Seltsames passiert. Prudence Dawes hat mich die ganze Zeit angestarrt und gar nicht wieder aufgehört. Sie hat mich angeschaut und dann John Peter und dann wieder mich. Als sich unsere Blicke begegneten, hat sie nicht weggeschaut. Ich habe sie angelächelt, aber sie hat nicht zurückgelächelt. Sie hat nur ganz langsam ihren Kopf weggedreht und wieder nach vorn geschaut.

Als die Versammlung zu Ende war, haben John Peter und seine Mutter Papa und mich noch an der Tür begrüßt und sind dann hinausgegangen. John Peter hat gefragt, ob wir ihnen jede Woche Eier verkaufen könnten, weil die Familie, von der sie bis jetzt ihre Eier gekauft hätten, weggezogen sei. Papa sagte, dass wir das natürlich tun könnten und dass er gleich morgen welche hinbringen könne. Aber John Peter sagte, er würde sie selbst abholen. Papa sah überrascht aus und John Peters Mutter auch. Und ich bestimmt auch. Es hätte auch eine von John Peters Schwestern die Eier holen kommen können.

Aber Papa sah mich an, und ich glaube, er wusste, weshalb John Peter die Eier selbst bei uns abholen will.

Auf dem Heimweg schwieg Papa, bis wir fast zu Hause waren. Und als er dann etwas sagte, sagte er es nicht zu mir, sondern ich glaube eher zu Gott.

„S' ist so, wie es sein sollte", meinte er.

Ich glaube, er wird mich vermissen, wenn ich eines Tages heirate. Ich glaube, der Gedanke, dass er allein in der Hütte zurückbleibt, bereitet ihm Kummer.

18. Februar 1692

John Peter ist schon wieder da gewesen, um Eier zu holen. Man könnte meinen, dass er seine Mutter jeden Abend bittet, Eier zum Abendessen zu machen. Er hat gefragt, ob er irgendwann einmal meine Geschichten lesen kann.

„Wer hat dir denn gesagt, dass ich Geschichten schreibe?", habe ich ihn gefragt. Ich brachte kaum ein Wort heraus, so überrascht war ich. Eigentlich rede ich nämlich nicht darüber. Papa hat mich darum gebeten, und ich selbst möchte auch nicht, dass andere Leute es wissen.

„Du selbst", war seine Antwort, „als du zehn warst."

Vor acht Jahren also. Ich kann mich selbst nicht daran erinnern, dass ich es ihm erzählt habe, aber er weiß es noch.

Er hielt den Korb und schaute mir zu, wie ich im Hühnerstall die Eier einsammelte. Ich sagte ihm, dass ich auch beides zusammen könnte, Eier einsammeln und dabei den Korb halten, aber er sagte: „Es macht mir nichts aus, den Korb zu halten."

Als ich von der Hühnerstange zurücktrat, habe ich ihn kurz gestreift. Das habe ich gar nicht absichtlich getan; ich habe einfach nicht daran gedacht, dass er ja auch noch da ist, denn normalerweise bin ich ja alleine im Hühnerstall. Ich entschuldigte mich bei ihm, woraufhin er sagte, dass es nichts zu entschuldigen gäbe, wenn kein Vergehen vorliege. Dann streckte er die Hand aus und griff mir ganz behutsam ins Haar. Angesichts seiner sanften Berührung, bekam ich ganz weiche Knie. Er zog mir einen Strohhalm aus dem Haar und warf ihn auf den Boden.

Ich blickte hinunter auf seinen Korb. Er war voll.

„Ich werde mir wohl einen größeren Korb besorgen müssen", sagte er.

„Ich werde mir wohl mehr Hühner besorgen müssen", entgegnete ich.

Und dann haben wir beide gelacht.

Mein Herz will sich gar nicht mehr beruhigen.

Wenn ich jetzt in der Versammlung säße und einer der Ältesten mein klopfendes Herz bemerken würde, dann würde er es zwicken, damit es damit aufhört.

20. Februar 1692

Ich weiß nicht, was ich von den Neuigkeiten halten soll, die Papa heute Abend mit nach Hause gebracht hat. Dr. Griggs ist im Fall der unglücklichen Mädchen jetzt zu einer Diagnose gelangt: Hexerei. Der Doktor findet für ihre Anfälle keine andere Erklärung. Er hat alles versucht, was er kennt, aber nichts hat sie geheilt. Er hat daher erklärt, dass sie unter dem Bann einer Hexe stehen müssen. Als Papa mir das erzählt hat, habe ich in Gedanken das Bild von Mary Glover heraufbeschworen, obwohl ich gar nicht weiß, wie sie aussah. Ich sah, wie sie an einer Bütte mit eingeweichter Wäsche stand, während Männer sie beschuldigten, Kinder gewürgt und sie dazu gebracht zu haben, zu fliegen und wie Hunde zu bellen. Was mag sie gedacht haben, als ihr das alles vorgeworfen wurde? Ist es wirklich möglich, dass sie all das getan hat, was man ihr vorwirft? Hat sie wirklich Teufelswerk getan? Schon allein der Gedanke lässt mich schaudern.

Papa hat Zweifel daran, dass die Mädchen aus dem Dorf verhext worden sind, aber auch er kann sich die Anfälle nicht erklären. Das kann keiner. Und jetzt, wo die Ursache festgestellt worden ist, wird man die Mädchen drängen, die Namen ihrer Peiniger zu nennen. Wie weiß man so etwas?

Der kleine Vogel mit dem gebrochenen Flügel ist wieder da. Der Winter ist noch längst nicht vorüber. Das weiß er jetzt sicher auch.

Ich habe wieder von Mercy geträumt. Dieses Mal habe ich geträumt, dass sie zu Hause an dem Tisch saß, an dem ich immer schreibe, genauso wie ich es mir vorgestellt habe, als ich zu Hause war. Sie schrieb in ihr Tagebuch – das, mit dem ich meine Nachmittage verbringe –, saß mit dem Federkiel in der Hand darüber gebeugt dar. Ich konnte sogar das leise Kratzen der Feder auf dem Papier vernehmen.

Ich hatte Angst, dass sie verschwinden würde, wenn ich sie anspräche, deshalb sagte ich nichts. Ich stand einfach nur da und schaute ihr zu. Sie trug ein Kleid aus dem Theaterstück, in dem ich in der vierten Klasse mitgespielt habe. Ihr braunes Haar war am Hinterkopf mit einer Spange zu einem Pferdeschwanz zusammengefasst, wie ich selbst es einmal getragen habe. Ich konnte den knallpinkfarbenen Schimmer unter ihrer Haube erkennen. Ihre Gesichtszüge konnte ich nicht so genau ausmachen. Sie hatte Augen, Nase und einen Mund, aber alles war unscharf. Ich konnte nichts richtig erkennen. Der Raum war auch anders. So wie Räume in Träumen eben sind. Die Wände waren zwar auch gelb gestrichen, aber es waren mehrere Räume, so als ob sich der Raum ausdehnte, um sich mehr Platz zu verschaffen.

Meine Bilder von Paris waren ebenfalls da, aber jetzt waren Menschen darauf zu sehen, und alles war sehr lebendig. Die Menschen auf den Bildern bewegten sich, gingen, sich ihrer Betrachter unbewusst, ihren Angelegenheiten nach.

Die Fotos bereiteten mir Unbehagen. Aus irgendeinem Grund wollte ich nicht, dass Mercy sie sah. Ich entfernte mich von den Wänden und diese zogen sich ebenfalls zurück, aber die Fotos schienen dadurch noch größer zu werden. Bestimmt würde Mercy sie sehen.

Dann vernahm ich ein Geräusch. Etwas schlug gegen das Fenster. Ich drehte mich um und auch Mercy hatte es gehört. Ein Vogel flog gegen das Fenster, unter dem der Schreibtisch stand, und zwar immer und immer wieder.

Mercy stand auf und beugte sich über den Tisch. Sie griff nach dem Fensterhaken und bemühte sich, ihn zu lösen, um das Fenster zu öffnen. Sie rief dem Vogel zu, er solle warten, sie würde ihm helfen, aber der Vogel flog immer wieder gegen das Glas, und es gelang Mercy nicht, das Fenster zu öffnen.

Ich wusste, dass ich ihr hätte helfen müssen. Ich wusste, dass das Fenster manchmal klemmte und dass man dagegendrücken musste, um es öffnen zu können.

Aber ich stand einfach nur da.

Mercy mühte sich weiter mit dem Fenster ab und rief fast panisch dem Vogel zu, er solle warten, er solle doch aufhören und ihr einen Moment Zeit geben.

Und der kleine Vogel flog immer wieder mit seinem kleinen Körper gegen das Fenster.

Als auf der Scheibe Blut zu sehen war, schrie Mercy laut auf, und ich erwachte.

Es war kurz vor Sonnenaufgang.

Ich nahm den Duft von starkem Kaffee wahr und stand auf. Es brannte Licht und Clarissas Bett war leer. Sie saß in unserem Arbeitsbereich an ihrem vollgemüllten Schreibtisch und tippte wie wild auf ihrem Laptop herum.

Sie hatte die ganze Nacht durchgearbeitet und blickte nun zu mir herüber. „Könntest du den Text Korrektur lesen, wenn ich damit fertig bin? Ich muss ihn heute abgeben."

„Klar." Ich nahm mir eine saubere Tasse und goss mir Kaffee ein, der pechschwarz war.

„Wird der mich umbringen?", fragte ich.

„Wohl kaum. Er wird dich wach halten, Schwester."

Ich trank einen Schluck, der erdig und intensiv schmeckte. Ich zwang mich, noch einen weiteren Schluck zu trinken.

„Hey, du wirkst, als könntest du ihn gebrauchen", sagte Clarissa und lächelte, während sie weitertippte.

„Was soll das heißen?"

„Du hattest gerade einen Albtraum oder so was."

„Ach ja?"

„Etwa nicht? Du hast dich herumgewälzt und gewimmert."

Vor meinem inneren Auge sah ich plötzlich wieder das Bild von dem blutbespritzen Fenster und dem toten Vogel und hörte erneut den hohen schrillen Schrei von Mercy. Ich legte meine Hände fest um den Kaffeebecher, um möglichst viel von seiner Wärme in mich aufzusaugen.

„Wahrscheinlich war es wirklich ein Albtraum", entgegnete ich.

„Wurdest du von einem Wahnsinnigen mit einem Messer verfolgt?"

„Nein."

„So was träume ich auch nie", sagte Clarissa. „Ich träume immer, dass ich brenne; dass ich zum Beispiel in einem brennenden Haus bin oder so. Ich hasse diesen Traum."

Ich löste meine Finger von der heißen Tasse.

„Bist du im Traum von 'ner Klippe gefallen?", fuhr sie fort und hackte dabei weiterhin auf den kleinen Tasten ihres Laptops herum.

„Nein, so was nicht."

Clarissa wirbelte zu mir herum. Das winzige glitzernde Piercing am linken Nasenflügel funkelte im Licht ihrer Schreibtischlampe und blinzelte mir zu. „Oh nein, du hast nicht etwa geträumt, dass du in Unterwäsche den Rodeo Drive entlanggeschlendert bist, oder?"

Aaah, ein Reiche-Mädchen-Witz.

„So was war es nicht, Clarissa." Ich ließ mich in ihren Segeltuchliegestuhl sinken und trank noch einen Schluck von dem starken Kaffee.

„Was dann?"

Mit meiner freien Hand spielte ich an einem Band des Sitzpolsters herum. „Ich habe geträumt, ich wäre mit einem Mädchen im Haus meiner Eltern, das seit fast dreihundert Jahren tot ist, und ein Vogel ist immer wieder gegen die Fensterscheibe geflogen. Ich bin aufgewacht, als er angefangen hat zu bluten."

„Ein totes Mädchen? Du hast von einem toten Mädchen geträumt?" Der Vogel interessierte Clarissa auch nicht im Geringsten.

„In dem Traum war sie nicht tot", sagte ich. „Sie hat gelebt, aber in Wirklichkeit ist sie seit dreihundert Jahren tot. Es war das Mädchen, dessen Tagebuch ich übertrage."

„Die Hexe?"

„Sie war keine Hexe."

„Aber du hast mir doch erzählt, dass sie als Hexe in Salem gehenkt wurde."

„Aber sie war keine Hexe. Das ist der springende Punkt. Vermutlich war keine von den Verurteilten damals eine."

Einen Moment lang schwieg Clarissa, dann meinte sie: „Und woher weißt du, dass sie keine war?" Dann drehte sie sich wieder um und tippte weiter.

„Sie war keine."

„Aber warum haben die Leute sie denn dann für eine gehalten?" *Tipp, tipp, tipp.*

„Das weiß ich noch nicht. Ich habe erst zwei Monate von dem Tagebuch übertragen."

Tipp, tipp, tipp.

„Fragst du dich denn nicht, weshalb?", sinnierte Clarissa weiter. „Sie muss doch irgendwas Seltsames oder Verrücktes gemacht haben."

Ich betrachtete Clarissas lila gesträhntes Haar, ihr glitzerndes Nasenpiercing und das Engel-Tattoo auf ihrem Unterarm und sagte nichts.

„So. Fertig!" Clarissa drückte ein paar Tasten auf dem Laptop und der Drucker fing an zu summen.

Ich saß da und wartete ab, ob Clarissa wirklich wissen wollte, wieso Mercy meiner Meinung nach am Galgen gelandet war. Aber sie nahm einfach die fertigen Seiten aus dem Drucker und reichte sie mir.

„Weißt du eigentlich, wie viele von meinen Freunden mich glühend darum beneiden, dass ich eine Mitbewohnerin habe, die im Hauptfach Englisch studiert?", sagte sie.

Sie schnappte sich ihren Kulturbeutel und ging zur Tür, offenbar auch an einer Antwort auf diese Frage nicht das kleinste Bisschen interessiert. Aber bevor sie das Zimmer verließ, drehte sie sich noch einmal zu mir um. „Wenn du mal in Unterwäsche den Rodeo Drive entlangschlendern willst, schrei einfach. Ich mach sofort mit. Das wäre der Hammer. Kannst du dir das vorstellen?"

Clarissa lachte und verschwand.

Vierzehn

24. Februar 1692

Betty Parris hat Tituba, ihre Sklavin von den Inseln, als die Person genannt, von der sie verhext wurde. Das überrascht eigentlich niemanden. Tituba ist keine Engländerin. Sie kommt aus einer ganz anderen Welt, die „Barbados“ genannt wird, wo das ganze Jahr Sommer ist und wo man keine Angst vor Zauberei hat. Aber warum sollte Tituba wollen, dass Betty so leidet? Sie ist eine Sklavin im Haus der Familie Parris und kümmert sich um die Kinder, wenn Reverend Parris weg und Goody Parris unpässlich ist. Was sollte Tituba damit bezwecken?

26. Februar 1692

Die besessenen Mädchen sagen jetzt, dass Goody Goode und Goody Osborne sie ebenfalls peinigen! Sarah Goode ist wirklich eine wunderliche Frau, aber sie ist nicht böse. Sie hat viel Schweres zu ertragen. Vielleicht würde ich auch vor mich hinmurmeln und seltsame Gesichter machen, wenn ich für mich und mein Kind mitten im Winter um Essen und Kleidung betteln müsste. Und Sarah Osborne ist krank.

Mein Most ist trüb und sauer. Er setzt sich nicht gut ab.

29. Februar 1692
Papa ist besorgt und zornig aus dem Dorf zurückgekehrt. Männer aus dem Dorf haben jetzt offiziell gegen die beschuldigten Frauen Anklage erhoben. John Hathorne und Jonathan Corwin, die Friedensrichter der Stadt, haben Haftbefehle gehen Tituba, Sarah Goode und Sarah Osborne ausgestellt. Die drei werden morgen zu Ingersoll gebracht und sollen dort öffentlich verhört werden.

Papa sagt, wir müssen auch hin.

Mein Vater hat mich angerufen, um mir ein geschäftliches Angebot zu unterbreiten. So nannte er es jedenfalls. Er hat gefragt, ob ich einem seiner Angestellten bei der Abfassung eines Angebotes für den Bau einer multifunktionalen Galerie helfen würde.

„Ben ist ein echter Crack, was technische Texte angeht, aber dieses Projekt soll eine Investorengruppe ansprechen, die in der Welt der Kunst zu Hause ist und nicht in der des Kommerzes", erklärte mein Vater mir. „Du beherrschst beide Sprachen. Der Wortlaut dieses Angebotes wird sie in der einen oder anderen Weise beeinflussen, und ich möchte, dass sie sich für den Bau entscheiden. Deshalb brauche ich dafür eine besonders gute Texterin."

Ich hatte auf Abigails Auffahrt in meinem Wagen gesessen, als mein Handy klingelte. In Gedanken war ich immer noch bei den drei Frauen – Tituba, Sarah Osborne, Sarah Goode. Alles, was ich über diese Frauen wusste, war das Bisschen, woran ich mich aus Arthur Millers Theaterstück und Mercys aufgewühlten Gedanken erinnerte.

Ich bekam deshalb das Angebot meines Vaters nur mit halbem Ohr mit.

„Was soll ich schreiben?", hakte ich deshalb nach.

„Ich brauche nur deine Hilfe. Du sollst gar nicht alles allein texten, Lauren. Ich brauche in dieser Angelegenheit nur dein Wissen und Können. Die technische Schönheit dieses Projektes kann Ben selbst beschreiben, aber ich brauche außerdem einen Texter, der sich mit Kunst und Ästhetik auskennt."

Ich habe meinen Vater noch nie für einen guten Lügner gehalten. Er lügt nicht. Das braucht er nämlich gar nicht. Ich hätte meinem Vater in diesem Moment auch nicht unterstellt, dass er mich belog, aber irgendetwas verschwieg er mir. Ihm standen eine Unmenge künstlerischer Leute zur Verfügung, die für ihn arbeiteten, sich mit Ästhetik auskannten und auch texten konnten.

Ich fuhr ganz langsam von Abigails Auffahrt auf die Straße. „Ich verstehe nicht, wieso du mich fragst. Dir stehen für so etwas doch jede Menge Fachleute zur Verfügung."

„Ich frage dich, weil du es kannst. Und weil die potenziellen Investoren zu einer Familie gehören, die Kunst und Literatur zu schätzen und zu würdigen weiß. Ich weiß, es würde ihnen gefallen, einen Entwurf präsentiert zu bekommen, den meine ebenfalls Kunst und Literatur liebende Tochter gestaltet hat. Wir hätten dadurch allen anderen eingereichten Entwürfen und Angeboten gegenüber einen Vorteil und es wäre ein wunderbares Einstiegsprojekt für dich, Lauren. Es ist wie für dich gemacht."

Ich glaube, dass er das als Kompliment gemeint hatte, aber „wie für dich gemacht" fand ich doch etwas zu dick aufgetragen.

„Wie kommst du denn darauf?", fragte ich. „Ich habe keine Ahnung von Bodennutzung und Bauplanung, Papa."

„Und ich brauche dich auch gar nicht für all die Dinge, die damit zu tun haben. Dafür habe ich Architekten und Ingenieure und Ben kümmert sich wie gesagt um die technische Seite des Entwurfes. Ich möchte nur, dass du ihm dabei hilfst, die Fakten, die wir recherchiert haben, auszuwerten und dafür zu sorgen, dass das Angebot den Wünschen und Vorlieben der Investorengruppe entspricht. Wie der Entwurf bei ihnen ankommt, hängt nicht von technischen Finessen ab, sondern maßgeblich von der Ästhetik und davon, in welcher Weise wir den künstlerischen Aspekt des Ganzen beleuchten. Wir wollen eine Galerie bauen, die ganz der Kunst und der Literatur gewidmet sein soll. Sie wird etwas ganz anderes und Besonderes sein. Ich weiß, dass dir diese Art von Projekt liegen würde, Lauren. Erzähl mir nicht, dass dem nicht so ist."

Ich fuhr durch eine dämmrig beleuchtete Unterführung. „Wieso hast du dieses Projekt denn nicht erwähnt, als ich anlässlich von Onkel Laurences Geburtstag zu Hause war?"

„Da habe ich dich doch kaum zu Gesicht bekommen. Ich musste mich die ganze Zeit um die Gäste kümmern und deine Mutter und deine Tante unterstützen, und ich hatte nur ein paar Minuten für mich. Und du warst auch nie irgendwo zu finden, wenn ich das noch hinzufügen darf."

Ich habe mich vor Raul versteckt, Papa, weil er mir das Gefühl gegeben hat, dass ich mich wie der letzte Idiot aufführe, ich ihn aber aus irgendeinem Grund trotzdem sehr anziehend fand.

Mein Vater fuhr fort: „Außerdem wussten wir letzte Woche noch nicht ganz genau, ob wir an dem Projekt überhaupt weiterarbeiten würden. Jetzt ist es aber beschlossene Sache. Es ist ein wirklich fantastisches Projekt, Lauren. Du wirst davon begeistert sein, was diese Galerie alles zu bieten haben wird."

„Um wie viele Stunden Arbeit geht es denn da?", frage ich nach, immer noch nicht völlig überzeugt.

„Das kommt ganz auf dich an. Ich würde sagen, höchstens zehn bis fünfzehn für das gesamte Projekt, wenn du nur redigierst und für den Feinschliff der Texte sorgst. Länger, wenn du mehr einbringen willst, und ich glaube, du wirst das wollen. An ein paar Wochenenden könntest du es schaffen. Ich weiß ja, dass du an den Wochenenden nicht für Abigail arbeitest. Du könntest entweder nach Hause kommen, um daran zu arbeiten, oder es auch dort im Wohnheim machen, wenn du unbedingt willst. Alle Zeichnungen, Modelle und Grafiken sind allerdings hier."

Unbehagen beschlich mich. Ich wollte schon gern an dem Projekt mitarbeiten, aber gleichzeitig wollte ich es auch nicht. Mein Vater hatte recht damit, dass ich interessiert war, und genau das verunsicherte mich am allermeisten. Ich wollte mich nicht in die berufliche Laufbahn hineintricksen lassen, die er für mich vorgesehen hatte, praktisch als Papas vielversprechender Sohnersatz-Erbe.

„Ist das Ganze Teil eines größeren Planes, Papa?"

Eine Weile schwieg er.

„Alles ist Teil eines größeren Planes, Lauren. Hast du daran jemals auch nur den geringsten Zweifel? Glaubst du, ich wüsste nicht, dass du einen größeren Plan damit verfolgst, dass du dich für eine staatliche Hochschule entschieden hast? Glaubst du nicht, dass auch Abigail mit der Übertragung des Tagebuches, an der du arbeitest, etwas Größeres vorhat? Alles Kleine ist Teil von etwas Größerem. So ist es nun mal."

„Du gibst also zu, dass du versuchst, mich dazu zu bekommen, für dich zu arbeiten?", sagte ich, ein wenig pikiert über seinen Mini-Vortrag.

Mein Vater lachte. Es war ein sanftes, gutmütiges Lachen und erinnerte mich an Rauls weiches Lachen, so als wäre er über meine Ahnungslosigkeit oder Naivität erheitert.

„Ich zahle dir dreißig Dollar die Stunde", meinte er, „und von mir aus kannst du alles für gute Zwecke spenden."

Er hatte nichts zugegeben.

„Komm doch dieses Wochenende nach Hause und schau dir mal die Pläne und die Zahlen und die Fakten an", fuhr er fort. „Wenn du dann nicht beeindruckt bist, suche ich mir jemand anderen, und ich verspreche dir, dass ich dir eine Absage nicht übelnehmen würde."

Ich zuckte zusammen, als hätte mich jemand gekniffen. *Jemand anderen suchen.* Er würde jemand anderen suchen.

Dieser Gedanke wurmte mich.

„Schon dieses Wochenende?“, fragte ich.

„Hast du was anderes vor?“

Nein. Nein, das hatte ich nicht.

„Ich könnte kommen“, willigte ich ein.

„Gut. Ich sag’s deiner Mutter. Sie hat sich schon darüber beklagt, dass sie dich bei Onkel Laurences Geburtstagsfeier kaum zu Gesicht gekriegt hat.“

„Da waren ja auch so viele Leute im Haus“, wandte ich ein und bog auf den Parkplatz meines Wohnheimes.

„Ich hatte noch nicht einmal Gelegenheit, dich zu fragen, wie die Arbeit an dem Tagebuch vorangeht.“ Er schien echt interessiert.

„Es läuft ganz gut.“

„Erzähl mal.“

„Die Arbeit ist faszinierend und verfolgt mich manchmal richtig. Heute habe ich Mercys Eintrag über die ersten Verhaftungen übertragen. Ursprünglich wurden drei Frauen angeklagt.“

„War sie eine davon?“

„Nein. Eine war eine Sklavin von den Westindischen Inseln namens Tituba und die anderen beiden waren ältere Frauen. Die eine hieß Sarah Goode und die andere Sarah Osborne.“

„Und diese Personen haben wirklich gelebt? Ihre Namen stehen in den Geschichtsbüchern?“

„Ja, es waren Frauen, die Mercy persönlich gekannt hat, und sie war schockiert, als sie erfuhr, dass sie verhaftet worden waren. Jedenfalls konnte sie nicht glauben, dass die Frauen Hexen waren.“

Mein Vater sagte nichts.

„Papa?“ Ich schaute auf mein Handy, um nachzuschauen, ob die Verbindung noch bestand.

„Ich bin noch dran. Sarah Goode. Ja. Es gab eine Sarah Goode. Es gab eine Sarah Goode, die das Klappbett erfunden hat.“

„Das Klappbett, Papa?“

„Das ist aber nicht deine Sarah Goode. Diese wurde nämlich erst 1850 geboren.“

„Was machst du da, Papa?“

„Ich google ihren Namen.“

Ich schnappte nach Luft.

„Ah, hier ist deine. Hier ist ein Bericht über ihren Prozess und die Hinrichtung.“

„Papa!“

„Was?“

„Ich darf nicht ...“ Aber ich sprach nicht zu Ende. Ich konnte ihm doch nicht sagen, dass ich Abigail versprochen hatte, mir so lange keine Informationen im Internet zu beschaffen, bis ich mit der Abschrift des Tagebuchs fertig war.

„Du darfst was nicht?“

„Ach nichts.“ Aber dann übermannte mich die Neugier. „Was steht denn da über Sarah Goode?“

„Die Grammatik ist furchtbar. Konnten die denn damals nicht richtig schreiben? Ach, sie ist als Wolf erschienen, und zwar als Wolf mit einem ‚e‘ am Ende.“

Mich schauderte. „Das ist unmöglich. Sie war keine Hexe.“

„Hier steht, dass ihr Name im Buch des Teufels stand. Sie hatte drei Vögel, zwei schwarze und einen gelben – und diese Vögel verletzten Kinder. Welche Kinder das waren, steht nicht da. Ich habe noch nie einen so erbärmlichen Satzbau und so furchtbare Rechtschreibung gesehen. Wie kannst du das Zeugs nur entziffern? Ist das ganze Tagebuch so?“

Ich wollte nicht mehr hören.

„Nein, das Tagebuch ist nicht so“, sagte ich.

„Also, es gibt nur diese eine Sarah Osborne. Ihr Name taucht schon auf der ersten Seite mit Treffern auf. Hier steht, dass sie den gesamten Prozess hindurch ihre Unschuld beteuert hat. Und sie wurde nach einer Hexenzitze abgesucht – was auch immer das sein mag. Die Sklavin Tituba hat bezeugt, dass Sarah Osborne eine Hexe sei."

„Das war sie aber nicht."

„Osborne ist im Gefängnis gestorben. Du solltest Abigail wirklich fragen, was sie mit dem Tagebuch vorhat, wenn du damit fertig bist, Lauren. Du solltest auch deine eigenen Interessen im Blick haben."

Meine Interessen. „Ich werde sie irgendwann fragen."

„Und wie lautet der Nachname des Mädchens? Des Mädchens, an dessen Tagebuch du da arbeitest?"

Wenn ich ihm Mercys Nachnamen nannte, würde er auf der Stelle im Internet suchen, und ich würde nicht widerstehen können, ihn zu bitten, mir alles zu erzählen.

„Papa, ich habe Abigail versprochen, nicht selbst zu recherchieren, bevor das Tagebuch nicht fertig übertragen ist."

„Warum denn das?" Jetzt klang er wirklich erstaunt.

„Nun ja, es könnte Einfluss auf die Art haben, wie ich die Tagebuchtexte übertrage, wenn ich zu viel weiß."

„Das ergibt keinen Sinn, Lauren. Du weißt doch ohnehin schon, wie es ausgeht. Außerdem schreibst du doch letztlich nur ab und nimmst nur geringfügige Veränderungen vor. Ich verstehe nicht, wieso Abigail dir ein solches Versprechen abgenommen hat."

„Ich weiß es auch nicht. Sie ist alt und in manchen Dingen ein bisschen wunderlich. Dieses Tagebuch ist ihr sehr wichtig. Alte Leute tun ja manchmal Dinge, die ein bisschen übertrieben und kauzig wirken."

„Ein Grund mehr, in Erfahrung zu bringen, welche Pläne sie hat. Ich möchte, dass du mir versprichst, es herauszufinden."

„Ich versprech's. Ich werde sie fragen."

Wir schwiegen beide kurz.

„Dann kommst du also dieses Wochenende?", fragte mein Vater schließlich.

„Ich fahre Samstagmorgen hier los."

„Okay. Vielen Dank, meine Kleine."

„Schon gut, Papa."

Wir beendeten das Gespräch.

Ich hatte die Autofenster heruntergelassen und hörte, wie die Vögel ihr Abendlied zwitscherten. Vor meinem inneren Auge sah ich drei Vögel. Zwei schwarze und einen gelben.

Fünfzehn

Während ich ein paar Sachen für das Wochenende zusammenpackte, das ich bei meinen Eltern verbringen würde, war ich in Gedanken noch einmal ganz bei dem Traum, den ich vor ein paar Nächten gehabt hatte. Ich sah, wie meine menschenleeren Paris-Poster plötzlich nur so vor Menschen wimmelten. In Gedanken hörte ich, wie Abigail mich fragte, ob ich mich auch mit Freunden von der Highschool getroffen hätte, als ich neulich zu Hause gewesen war. Auch meine Antwort – nein, das hätte ich nicht – konnte ich hören.

Ich musste an Robinson Crusoe denken – ich hatte nämlich angefangen, das Buch zu lesen –, allein auf seiner Insel mit nichts als Ziegen und einem plappernden Papagei als Gesellschaft. König seines eigenen kleinen Universums, aber ohne Untertanen, die ihn verehrten oder auch zu stürzen versuchten.

Ganz allein.

Ich beschloss, mir selbst zu beweisen, dass ich Freunde hatte.

Ich wandte mich an Clarissa, die im Schneidersitz auf ihrem ungemachten Bett saß, ungekochte Nudeln knabberte, als seien es Erdnüsse, und dabei in einem Lehrbuch las.

„Muss du dieses Wochenende arbeiten, Clarissa?"

„Na klar", antwortete sie, ohne aufzublicken.

„Hast du Lust, mal rauszukommen?“

Sie blickte auf. Eine gedrehte Nudel hatte sich an ihrer Unterlippe verhakt. „Wieso?“

„Na ja, ich dachte, vielleicht hättest du ja Lust, übers Wochenende mit zu mir nach Hause zu kommen.“ Ich konnte sie dabei nicht ansehen, sondern faltete weiter Unterwäsche zusammen und wartete auf ihre Antwort. Ich war auf alles vorbereitet.

„Wirklich?“

Sie klang ungläubig. Ich wusste nicht, ob das daran lag, dass sie keine Lust hatte, mitzukommen, und nicht wusste, wie sie mir das möglichst taktvoll beibringen sollte, oder daran, dass sie über meine Frage so überrascht war. Ich hatte sie nämlich noch nie zuvor gefragt, obwohl wir jetzt schon seit über einem Jahr zusammenwohnten.

„Ist okay, wenn du keine Lust hast“, fügte ich rasch hinzu.

„Ich müsste aber am Sonntagabend um sechs wieder hier sein. Da komme ich nicht drum herum. Ich muss von sieben Uhr bis Mitternacht arbeiten.“

„Du kommst also mit?“ Jetzt klang ich richtig ungläubig.

„Wenn du es wirklich willst.“

„Klar möchte ich, dass du mitkommst.“

„Du hast mich noch nie gefragt.“

„Ich weiß“, sage ich.

Wir sahen einander einfach eine Weile schweigend an. Wir wussten beide, dass wir außer unserer Adresse nichts gemeinsam hatten. Sie hatte mich auch noch nie zu sich nach Hause eingeladen.

„Klar komme ich mit.“ Clarissa stand auf und schüttelte sich die Nudelstückchen von ihrer durchlöcherten abgeschnittenen Jeans. „Was muss ich denn mitnehmen?“

Ich zuckte mit den Achseln. „Eigentlich nichts Besonderes. Einen Badeanzug, wenn du im Pool schwimmen willst.

Und wenn du Lust hast, können wir am Samstagabend ausgehen."

Clarissa prustete. „Ja, aber dafür brauchen wir doch keine Klamotten. Wir werden nämlich nackt den Rodeo Drive hinunterschlendern. Vergiss also die Unterwäsche."

Ich stopfte gerade einen Schlafanzug in meine Tasche. „Sehr witzig."

Sie zerrte einen Segeltuchbeutel von ihrem Bettpfosten und stopfte ihr riesiges Schlafshirt hinein. „Das wäre echt saukomisch. Und du könntest deinen Namen auf der Gesellschaftsseite der Zeitung lesen." Sie drehte sich zu mir um, damit sie mich ansehen konnte, und fügte noch hinzu: „Aber da bist ja sicher schon oft drauf gewesen!"

„Ja, klar. Schon oft. Ständig."

Clarissa lachte und warf noch ein paar paillettenbesetzte Flip Flops in den Beutel.

„Und habt ihr auch einen Butler und Hausmädchen und so was?"

„Klar doch, und einen Schuhputzer und einen Chauffeur und eine Spülmagd und einen Lakaien."

Clarissa feixte. „Nun sag schon, welche Bediensteten habt ihr denn so?"

„Wir haben ein paar Gärtner."

„Wirklich? Das ist alles?"

„Wir haben auch eine Haushälterin." Ich seufzte. Eleanor war für mich eher so etwas wie eine völlig vernarrte Tante.

„Bringt sie euch das Essen auf Tellern mit so Silberhauben darüber?"

Ich fragte mich langsam, ob es vielleicht doch ein Fehler gewesen war, Clarissa zu mir nach Hause einzuladen.

„Nur wenn man Geburtstag hat", witzelte ich.

„Ich fand es schon immer cool, das Essen so versteckt zu bekommen. Dann ist die Überraschung größer." Clarissa warf ihren Kulturbeutel und ein Schminktäschchen in den Beutel. „So, ich wäre dann fertig."

Ich sagte ihr nicht, dass man Gloschen nicht verwendete, um sich als etwas ganz Besonderes zu fühlen, sondern einfach um das Essen warm zu halten.

„Muss du nicht anrufen, um zu fragen, ob du frei bekommst?“, fragte ich.

„Ach, ich kann von unterwegs anrufen. Ich sage einfach, dass ich krank bin. Ich kann eine Pause auch wirklich gebrauchen.“

„Du willst dich krank melden?“

„Jap. Ich bin doch auch krank. Es macht mich krank, so viel zu arbeiten.“

Clarissa warf den Rest ihrer trockenen Nudeln in den Müll.

Ich schnappte mir meine Tasche und meinen „Robinson Crusoe“ und dann machten wir uns auf den Weg.

Das Haus meiner Eltern liegt auf einem Hügel, den sich zwei Filmproduzenten aus Hollywood, ein *Oscar*-Gewinner, ein Schauspieler, der für den *Golden Globe* nominiert ist, und sieben oder acht Leute wie mein Vater teilen – Männer und Frauen also, die nicht nur die Wirtschaft in der Gegend beherrschen.

Das geräumige cremeweise Haus ist im mediterranen Stil gebaut und hat ein rotes Ziegeldach. Ausgedehnte Rasenflächen, viele Palmen und Bougainvilleen, überall schwere Eichentüren und schmiedeeiserne Fenstergitter und Zäune.

„Ich kann nicht glauben, dass du hier wohnst“, sagte Clarissa und pfiff bewundernd, als wir aus dem Auto stiegen.

„Es ist nur ein Haus, Clarissa.“

„Ja, klar.“ Sie schnappte sich ihren Beutel und lächelte breit. „Gott, ich wünschte, du hättest ein paar Brüder!“

Ich griff nach meiner eigenen Tasche. „Ich habe vier Cousins.“ Ich glaube nicht, dass sie den Tonfall deuten konnte, in dem ich das sagte.

„Echt jetzt? Wirklich?“

„Einer von ihnen ist zu jung für dich, Clarissa. Er ist erst siebzehn.“

„Wer sagt denn, dass das zu jung ist?“, gab sie augenzwinkernd zurück.

„*Ich* sage das“, flüsterte ich ihr zu, so leise ich konnte. Was Geld alles bei Menschen anrichten kann ...

Meine Eltern freuten sich, Clarissa endlich kennenzulernen. Meine Mutter wollte wissen, ob wir gefrühstückt hatten. Als sie hörte, dass wir uns unterwegs nur einen Müsliriegel geteilt hatten, ging sie sofort in die Küche, um Eleanor Bescheid zu sagen, dass sie uns etwas zubereiten sollte.

„Eigentlich habe ich gar keinen Hunger, Mama“, rief ich ihr hinterher.

„Ich schon!“, schrie Clarissa und meine Mutter drehte sich um und lächelte.

„Und was ist Ihr Hauptfach, Clarissa?“, fragte mein Vater, als wir ihm in die Frühstücksecke folgten.

„Politikwissenschaften. Ich möchte als Lobbyistin in Washington arbeiten. Das Land braucht frische Visionen. Irgendwie fällt ja alles auseinander.“

„Haben Sie etwas gegen freien Handel?“, erkundigte mein Vater sich ganz locker, und ich merkte, wie mein Herz einen Schlag aussetzte. *Bitte, bitte, Clarissa, sag nicht, dass du etwas dagegen hast.*

„Ich habe nichts gegen den Freihandel. Mir ist es egal, wie Geld verdient wird. Mich interessiert viel mehr, wie es ausgegeben wird.“

„Interessant“, meinte mein Vater. „Setzen Sie sich doch.“ Er deutete zum Tisch und räumte eine aufgeschlagene Zeitung beiseite.

Ich hingegen war absolut dafür, mich von diesem gefährlichen Terrain weg zu bewegen, und überlegte gerade fieberhaft, worüber man sonst noch reden konnte, als ich hinter mir eine Bewegung wahrnahm.

Es war Cole. Er trug eine graue Sweathose und ein ärmelloses T-Shirt und sein Haar stand in alle Richtungen. Es war ganz offensichtlich, dass er bei meinen Eltern übernachtet hatte und gerade erst aus dem Bett kam.

„Lars! Was machst du denn hier?“, fragte er. Bevor ich antworten konnte, sah er Clarissa und trat einen Schritt zurück. „Oh, ich wusste nicht, dass Besuch da ist.“

„Hallo, ich bin Clarissa, Laurens Mitbewohnerin.“ Clarissa streckte ihre Hand aus, wobei eine Unmenge von Armreifen klimperten. Sie lächelte von einem vielfach gepiercten Ohr zum anderen.

„Hallo, ich bin Cole, Laurens Cousin.“ Er schüttelte ihr die Hand und wandte sich dann wieder an mich. „Ist ja witzig. Wir haben beide unsere Mitbewohner mitgebracht.“

„Raul ist auch hier?“, fragte ich.

„Ja, er ist gerade joggen, glaube ich.“

„Ihr seid also fünfeinhalb Stunden gefahren, um herzukommen? Warum?“ Ich konnte nicht glauben, dass Cole und Raul schon wieder den weiten Weg von Palo Alto gefahren waren.

„Ich habe vergangenes Wochenende einen Kumpel aus der Highschool wiedergetroffen, der heute umzieht, und da habe ich ihm angeboten, ihm zu helfen. Deine Eltern haben gesagt, ich könnte bei euch wohnen, weil meine Eltern ja in Singapur sind und es bei uns zu Hause nichts zu essen gibt. Raul wollte auch helfen. Aber keine Sorge: Wir sind nicht gefahren, wir sind hergeflogen.“

„Ihr seid geflogen?“

„Ja.“ Cole lachte.

„In einem Flugzeug?“

Er bedachte mich mit einem abschätzigen Blick. „Ja, normalerweise fliegt man in einem Flugzeug. Ich weiß nicht, was daran so besonders sein soll, Lars. Es gibt viele Leute in unserem Alter, die einen Flugschein haben.“ Dann wandte er sich an meinen Vater. „Kann ich heute deinen ‚Expedition‘ benutzen?“

„Klar“, sagte mein Vater. „Die Schlüssel sind im Windfang. Du müsstest aber tanken.“

„Alles klar, Onkel Bryant.“ Er drehte sich noch einmal zu Clarissa um und sagte: „War nett, dich kennenzulernen, äh ...“

„Clarissa“, sagte meine Mitbewohnerin, und ich hätte schwören können, dass sie dabei mit den Wimpern klimperte.

„Clarissa.“ Cole wandte sich zum Gehen, drehte sich dann aber noch einmal um und sagte: „Hey, Leute, fahrt ihr heute Abend wieder zurück?“

„Nein“, antwortete Clarissa rasch.

„Habt ihr Lust, mit uns auf eine Party zu gehen?“, fragte Cole weiter. „Wir sind auf eine Strandparty in Malibu eingeladen. Das wird bestimmt ein Riesenspaß. Meine Exfreundin veranstaltet sie.“

„Das wäre super!“, antwortete Clarissa, bevor ich überhaupt reagieren konnte.

„Cool. Wir sind wahrscheinlich so gegen sieben wieder hier.“

Cole verschwand und Clarissa drehte sich wieder zu mir. Das Piercing in ihrer Nase glitzerte in dem sonnendurchfluteten Raum. Genau wie ihre perlweißen Zähne.

Es war schon halb sieben, als ich Raul schließlich zu Gesicht bekam.

Ich hatte es wohlweislich so eingerichtet, dass ich mir am Vormittag, als Raul vom Joggen zurückkam, gerade im Büro meines Vaters die Pläne und Zeichnungen ansah. Später versuchte ich noch, die Zusage für die Party in Malibu wieder rückgängig zu machen, als er und Cole von dem Umzug zurückkamen, aber Clarissa wollte absolut nichts davon wissen.

Sie verbrachte den Tag sonnenbadend am Pool, plauderte mit meinem Vater darüber, weshalb der Kommunismus nicht funktioniert, und half meiner Mutter, ein Softwareproblem an ihrem Computer zu beheben. Zum Mittagessen, als Clarissa sich auf der Terrasse sonnte, brachte Eleanor ihr ein Lachssteak mit Knoblauchbutter unter einer Glosche aus Edelstahl. Ich hatte sie extra darum gebeten.

Ich erzählte Clarissa nicht, weshalb ich so ungern mit nach Malibu auf die Party wollte. Sie hatte keine Ahnung, dass es irgendetwas mit Raul zu tun hatte, sondern hielt mich einfach grundsätzlich für eine „Spaßbremse", wie sie es nannte – und ich unternahm auch keinen Versuch, sie vom Gegenteil zu überzeugen. Und dabei war es noch nicht einmal so, dass ich Raul nicht gern wiedersehen wollte. Ich wünschte mir nur, ich hätte ihn unter anderen Umständen kennengelernt.

Als Cole uns rief, schleppte Clarissa mich nach unten. Sie trug eine transparente limonengrüne Babydoll-Bluse, zerschlissene Jeans, ihre Pailletten-Flip-Flops und riesige silberne Kreolenohrringe. Sie sah toll und hip aus. Ich trug eine gelbe Caprihose und einen passenden Blazer, in dem ich aus irgendeinem Grund Model-dünn aussah.

„Das Outfit sieht echt heiß aus", meinte Clarissa auf dem Weg nach unten. Auf dem Treppenabsatz hielt sie mich kurz an, griff mir an den Hinterkopf und zog mir die Haarspange aus dem Haar, sodass es mir offen über die Schultern fiel. „Und dein Haar sieht besonders gut aus, wenn es dein Gesicht umspielt. Du solltest es nicht dauern zurückgebunden tragen, Lauren. Dann siehst du aus wie deine eigene Oma."

Sie warf die Spange auf die oberste Stufe hinauf und schwebte dann die Treppe hinunter.

Raul und Cole warteten schon in der gefliesten Eingangshalle. Raul stand da, wo ich ihn aufgefordert hatte, den nassen Fleck aufzuwischen. Er blickte mich an und lächelte.

„Hey, ich bin Clarissa, Laurens Mitbewohnerin." Clarissa ging direkt auf Raul zu und strahlte ihn an.

„Raul San Domingo." Sein Akzent ließ seine Worte wie Musik klingen.

„Raul, du erinnerst dich noch an Lars?", fragte Cole.

„Ja. Ja, ich erinnere mich." Raul lächelte mich erneut an.

„Lars! Das ist ja ein cooler Spitzname. Wieso hast du mir nie gesagt, dass man dich so nennt?", fragte Clarissa und knuffte mich in die Seite.

Ich konnte nicht länger in Rauls braune Augen schauen. „Außer meinen Cousins nennt mich auch niemand so."

„Fertig?", fragte Cole und wandte sich in Richtung Haustür. Clarissa stürzte hinter ihm her. Ich wusste, was sie wollte. Sie wollte im Auto neben ihm sitzen.

Ich folgte den beiden also mit Raul. Was blieb mir auch anderes übrig?

„Ich wusste gar nicht, dass du eine Fluglizenz hast", sagte ich.

„Na ja, woher hättest du das auch wissen sollen?"

Mir stieg ein Hauch seines Aftershaves in die Nase. Der Geruch war unaufdringlich und rein. Ich erkannte nicht, was es war. Vor uns plapperte Clarissa Cole voll.

„Das war nett, dass ihr Coles Freund beim Umzug geholfen habt", wagte ich mich vor.

Raul nickte nur.

Dann wandte er sich mir zu, sah mich an und sagte: „Ich mag es, wenn du dein Haar so offen trägst."

„Ach!" Clarissa drehte sich um und sah uns an, als wir gerade zur Haustür hinaus in die kühle Abendluft traten. „Ich verstecke ihre Haarspangen schon seit Monaten und hoffe, dass sie sie irgendwann aufgibt. Aber sie kauft einfach immer neue."

„Ja, Lars ist schon immer ein bisschen altmodisch gewesen", warf Cole ein, spielte mit den Autoschlüsseln meines Vaters herum und hielt Clarissa die Autotür auf.

Ich merkte, dass ich errötete. „Vielen Dank auch, Cole."

„Nichts zu danken."

„Stimmt! Sie liest immer dieses alte Zeugs. Ich meine wirklich richtig altes Zeugs", fuhr Clarissa beim Einsteigen fort. „Was liegt im Wohnheim gerade rum?"

Ich antwortete nicht. Raul hielt mir die Autotür auf.

„Ach ja", redete Clarissa weiter. „‚Robinson Crusoe'. Wurde das nicht ungefähr vor einer Milliarde Jahren geschrieben?"

Raul sah mich an. „Du liest ‚Robinson Crusoe'?"

Bevor ich die Möglichkeit hatte, etwas zu entgegnen, bestätigte Clarissa ihm noch einmal, dass ich wirklich „Robinson Crusoe" läse und dabei müsste ich das noch nicht einmal für mein Studium machen, sondern täte es freiwillig. Und als Raul und Cole beide eingestiegen waren, berichtete sie ihnen auch noch, dass ich meine gesamte Freizeit mit einer alten Frau verbrächte und an dem Tagebuch eines als Hexe angeklagten Mädchens aus Salem arbeitete.

„Einer Hexe?" Cole klang angewidert.

„Sie war gar keine Hexe", warf ich schnell ein und schloss mit Schwung meinen Sicherheitsgurt, wobei ich mir den Finger klemmte. Vor Schmerz zuckte ich zusammen und steckte den gequetschten Finger in den Mund.

Raul sah mich an.

„Na ja, sie hat behauptet, sie wäre keine", sagte Clarissa.

„Du hast ein Tagebuch aus der Zeit der Hexenprozesse von Salem?", fragte Raul.

Ich zog den schmerzenden Finger wieder aus dem Mund. „Es gehört nicht mir. Ich übertrage es nur in den Computer und bearbeite es ein bisschen."

„Wenn du mich fragst, ist die ganze Sache ganz schön unheimlich. Ich bin froh, wenn sie damit fertig ist. Und wir gehen ja auch gerade aus, um den altmodischen Lifestyle über Bord zu werfen, oder, Lars?" Clarissa drehte sich zu Raul und mir um. „Wir haben uns schon alles genau überlegt.

Lauren und ich wollen nämlich nackt den Rodeo Drive entlangschlendern!"

Cole brach in schallendes Gelächter aus. Raul bedachte mich nur mit einem schiefen Grinsen.

Der Rest des Abends gehörte dann Clarissa, die ganz in ihrem Element war. Ich nicht. Raul wurde schnell von Coles Freunden in ihren Kreis aufgenommen, genau wie Clarissa. Ich landete irgendwo an einem ruhigeren Ort, wie fast immer, wenn ich auf Partys war, und verbrachte die erste Hälfte des windigen Abends damit, mein Haar zu bändigen, das mir ohne die Spange ständig ins Gesicht wehte.

Irgendwann im Laufe des Abends kamen Cole, Raul und noch ein paar andere Leute auf dem Weg zu einem Beachvolleyball-Spiel an mir vorbei. Ich saß in einem Liegestuhl in der Nähe des Feuers und hörte einem Mädchen zu, das ich gerade kennengelernt hatte. Sie erzählte mir und einem anderen Mädchen, wie oft sie sich im Vorjahr an Feuerquallen verbrannt hatte. Ich nickte ab und zu, hörte aber nur mit halbem Ohr hin. Als ich Rauls markante Stimme vernahm, blickte ich auf, und er sah im Vorbeigehen zu mir hinunter. Das Mondlicht und der Feuerschein spielten auf seinen Schultern. Er lächelte mir zu, scheinbar amüsiert darüber, wie mein Haar immer wieder munter seinen Weg in meine Augen und meinen Mund fand. Ich senkte den Kopf und schleuderte mir mit einer ruckartigen Bewegung das Haar aus dem Gesicht. Als ich wieder aufblickte, sah ich nur noch seinen Rücken, der sich in Richtung des Netzes immer weiter von mir entfernte. Etwas rechts vor ihm stand Clarissa in einem Pulk von Leuten, die offenbar an ihren Lippen hingen und jedes Wort von ihr verschlangen. Lachend warf sie den Kopf zurück und verschüttete dabei das Bier, das sie in der Hand hielt. Jemand ging zu ihr hin, um sie zu stützen.

„Meine ganzen Beine waren voller Brandblasen!", sagte das Mädchen neben mir gerade. „Ich sah aus, als sei ich einem Horrorfilm entsprungen."

Ich kämpfte erneut mit meinen Haaren und fragte mich, wie ich dem Quallenmädchen entkommen konnte, ohne unhöflich oder grob zu sein. Ich schob einen Fuß in einen meiner Flip-Flops, den anderen, der halb im Sand verbuddelt war, zog ich heraus und schüttelte ihn vorsichtig aus. Sand rann von meinen Zehen. Ich streifte ihn mir über den Fuß, und als ich aufblickte, stand Raul vor mir.

„Hey."

„Hey", erwiderte ich. Wieder wehte mir eine Haarsträhne in die Stirn. Ich ließ es einfach geschehen.

Raul hockte sich neben mich, während das Quallenmädchen erklärte, dass die Salbe, die ihr der Rettungsschwimmer gegen die Schmerzen gegeben hatte, absolut nicht geholfen hätte, aber der Typ sei so süß gewesen, dass es ihr egal gewesen sei.

„Was machst du hier?", fragte er leise. Qualle erzählte weiter minutiös ihr Quallenerlebnis. Sein Grinsen besagte: *Bist du eigentlich verrückt? Das hier ist eine Party. Wieso sitzt du hier herum?*

„Nichts", flüsterte ich zurück.

„Hast du Lust, mit uns Volleyball zu spielen?"

Es war noch nicht oft in meinem Leben vorgekommen, dass ich mir gewünscht hätte, etwas sportlicher zu sein, aber das hier war eine dieser seltenen Gelegenheiten. Ich war ein absolute Versager in so ziemlich jeder Sportart, außer vielleicht im Völkerball – und das zählt ja nicht mal richtig als Sport.

„Vielen Dank, aber du willst mich ganz sicher nicht in deiner Mannschaft haben", flüsterte ich ihm zu.

Er lächelte. „Komm schon."

„Ich meine es ernst. Ich bin 'ne absolute Niete im Volleyball."

„Dann kannst du ja bei der anderen Mannschaft mitspielen."

Ich lächelte zurück. „Sehr witzig."

Aus ein paar Metern Entfernung rief Cole Raul zu, er solle sich ein bisschen beeilen.

„Du kannst doch auch zugucken." Raul stand auf und hielt mir seine Hand hin, um mir aufzuhelfen.

Ich zögerte einen Moment, griff dann aber nach seiner Hand und folgte ihm zum Volleyballfeld. Es waren außer mir noch ein paar andere Leute da, die ebenfalls nur zugucken wollten, aber man konnte bloß im Sand sitzen, und ich kam mir blöd dabei vor, als Einzige zu stehen. Ich blieb ungefähr zehn Minuten dort und konnte meinen Blick nicht von Raul abwenden, aber er schien völlig ins Spiel vertieft, zumindest aber sehr beschäftigt. Er war ein guter Spieler. Ein paar Mal landete der Ball zwischen Zuschauern oder Partygästen und ich holte ihn für die Spieler zurück. So konnte ich mich wenigstens ein bisschen nützlich machen.

Als Clarissa mir zurief: „Komm mal her. Ich will dir einen Typ vorstellen, der Tom Cruise kennt!", schaute ich, ob Raul sah, dass ich wegging.

Er sah es nicht.

Danach verlor ich ihn dann aus den Augen und verbrachte den Rest des Abends damit, eine ziemlich betrunkene Clarissa auf den Beinen und von Problemen fernzuhalten.

Kurz nach zwei Uhr morgens kamen wir nach Hause. Raul und Cole wollten noch Videogames spielen, aber Cole fragte Clarissa und mich gar nicht erst, ob wir mitmachen wollten. Es war offensichtlich, dass Clarissa zu nichts mehr in der Lage war, als ins Bett zu gehen. Ich brachte sie nach oben.

Am nächsten Morgen schlief Clarissa lange und verpasste die Abreise der Jungen, die sich wieder auf den Weg nach Palo Alto machten. Ich fuhr die beiden zu dem etwa zwanzig Minuten entfernten kleinen Flugplatz in Santa Monica. Auf dem Weg unterhielten Cole und Raul sich über die Party, wie viel Spaß sie gehabt hätten und dass sie jedes andere Team vernichtend geschlagen hätten. Ich konzentrierte mich aufs Fahren und hörte einfach nur zu.

„Lass mich doch wissen, was du von ‚Robinson Crusoe' hältst, wenn damit fertig bist", meinte Raul, als er schließlich aus dem Wagen stieg. Er gab mir einen Zettel. „Hier ist meine E-Mail-Adresse."

Cole verwuschelte mir das Haar, sagte, ich solle mir doch mal 'ne Haarspange suchen oder so und bedankte sich dafür, dass ich ihn und seinen Freund zum Flugplatz gefahren hätte.

„Bring Clarissa doch zur nächsten Sorry mit", rief er mir noch über die Schulter zu, als er schon ein ganzes Stück gegangen war. „Die ist echt lustig."

Raul blieb noch einen Moment länger bei mir stehen. „Das war wirklich nett von dir, was du gestern Nacht für Clarissa getan hast."

„Was denn?"

„Ich habe gesehen, dass du sie den Rest des Abends im Auge behalten und auf sie aufgepasst hast. Sie hat echt Glück, eine Freundin wie dich zu haben."

Ich brachte kein Wort heraus.

Er lächelte mich an und musste dann laufen, um Cole einzuholen.

Ich blieb nicht, bis sie gestartet waren.

Sechzehn

1. März 1692

Ich bin heute mit Papa ins Gasthaus gegangen, um zu hören, was Tituba, Goody Goode und Goody Osborne zu den Vorwürfen zu sagen hatten, die gegen sie erhoben werden. Die Menge, die dort zusammengekommen war, war so groß, dass man ins Versammlungshaus umziehen musste.

Ich wünschte, ich wäre nicht mitgegangen. Was ich dort zu sehen bekam, war ein einziger Albtraum.

Vor dem gesamten Dorf fingen die kranken Mädchen an, zu schreien und sich vor Schmerzen zu winden. Sie verrenkten ihre Gliedmaßen auf ganz furchtbare Weise und schienen zu ersticken, als ob sie gehängt würden, während Goody Goode die ganze Zeit laut ihre Unschuld beteuerte. Die Leute eilten zu den Mädchen, um sie zu beruhigen, während diese die ganze Zeit schrien, dass sie von Goody Goode gequält würden, obwohl sie gar nicht von ihr berührt worden waren. Und als die Friedensrichter Goody Goode aufforderten zu erklären, weshalb sie so etwas täte, sagte diese mit vor Schrecken weit aufgerissenen Augen, dass nicht sie die Mädchen peinige, sondern Goody Osborne!

Dann wurde diese hereingeführt, und die Mädchen brachte man in den hinteren Bereich des Versammlungshauses, damit sie nicht von ihr gequält werden konnten.

Die Friedensrichter fragten Goody Osborne, mit welchem bösen Geist sie Gemeinschaft hätte und ob sie wirklich einen Pakt mit dem Teufel geschlossen hätte und noch viele Fragen mehr. Sie aber bestritt alle Anschuldigungen.

Hinter ihr hatten die Mädchen wieder Anfälle. Es war wieder wie ein Albtraum.

Dann wurde Tituba hereingeführt.

Sie stellten ihr dieselben Fragen, und ich konnte Tituba ansehen, dass sie Angst hatte und dass sie alles zugegeben hätte, was die Friedensrichter hören wollten, damit die Sache für sie selbst gut ausginge. Sie wollten von ihr wissen, ob ihr der Teufel erschienen sei. Sie sagte ihnen, ja, möglicherweise. Da wurde es ganz still im Raum. Man bat sie, das näher zu erklären. Sie sagte, sie hätte einen finsteren Mann im Schuppen gesehen, der sie gebeten hätte, ihm zu dienen, aber sie hätte gesagt, das würde sie nicht tun. Der finstere Mann hätte ihr gesagt, dass Sarah Osborne und Sarah Goode Kindern wehtäten, weil er es ihnen befehlen würde, und er wolle, dass sie dies ebenfalls täte. Er hätte gedroht, die Kinder zu töten, wenn sie nicht täte, was er ihr sage. Sie wurde gefragt, ob ihr noch jemand oder etwas anderes erschienen sei, und sie antwortete, sie hätte bei dem finsteren Mann noch ein Schwein und einen Hund gesehen.

Und einen gelben Vogel.

Und eine rote Katze. Und eine schwarze Katze.

Dann erzählte Tituba den Friedensrichtern, dass sie auf einem Stock durch die Luft reite und dass Sarah Goode und Sarah Osborne mit ihr zusammen reiten.

Weil ich selbst viel Fantasie habe und mir gerne Geschichte ausdenke, habe ich genau gemerkt, dass Tituba ebenfalls nur eine Geschichte erfunden hat. Sie hat den Friedensrichtern, den Leuten aus dem Dorf und den kranken Mädchen genau das erzählt, was sie hören wollten. Die Friedensrichter wollte Einzelheiten hören und sich ohne diese nicht zufriedengeben. Und sie, die ja nichts anderes kennt, als ihrem

Herrn zu gehorchen, gehorchte jetzt auch ihnen und gab ihnen, was sie wollten.

Die Mädchen bekamen daraufhin immer neue Anfälle. Bei Elizabeth Hubbard war es so schlimm wie noch nie zuvor. Und dann bekam Tituba ebenfalls einen Anfall – genau wie die Mädchen.

Goody Osborne, Goody Goode und Tituba wurden daraufhin ins Gefängnis zurückgebracht.

Ich lief aus dem Versammlungshaus davon. Ich wartete nicht einmal, um John Peter noch zu sehen, obwohl ich wusste, dass er auch da war. Jeder war da.

Jetzt sitze ich in meinem Schreibbaum. Papa ist im Dorf geblieben, um sich mit den Männern zu beraten. Er kommt nach Hause, sobald es etwas Neues gibt.

Aber ich will es gar nicht hören.

Als ich um kurz nach sieben mit der Arbeit aufhörte, merkte ich, dass Abigail gar nicht mehr bei mir in der Bibliothek war. Die Übertragungsarbeit war an diesem Tag todlangweilig und öde gewesen. Ich hatte Abigail ein paarmal bitten müssen, mir beim Entziffern von Wörtern zu helfen, die fast zu einem gespenstischen Nichts verblasst waren. Es brachte sie sichtlich aus der Fassung, die Seiten des Tagebuches direkt zu betrachten. Das konnte ich ihrem Blick und ihrem Gesichtsausdruck entnehmen. Aber sie tat, was nötig war, um mir weiterzuhelfen, und schaute dann ganz schnell wieder weg.

Irgendwann sagte sie dann, ich solle einfach meiner Intuition folgen. Ich könne sicher besser beurteilen als sie, was Mercy sagen wolle.

Das leuchtete mir nicht ein. Ich war doch längst nicht so gut mit dem Tagebuch vertraut wie sie. Also hakte ich nach.

„Sie sind doch praktisch im selben Alter wie Mercy damals“, sagte sie.

Ich entgegnete, das müsse doch gar nichts bedeuten. Meine Mitbewohnerin Clarissa und ich wären auch im selben Alter, hätten aber absolut nichts gemeinsam.

Abigail lachte nur und ging zur Tür, um die Bibliothek zu verlassen. „Da wäre ich mir nicht so sicher."

Und dabei kannte Abigail Clarissa nicht einmal. Das Bisschen, was sie über meine Mitbewohnerin wusste, hatte ich ihr erzählt.

„Wir sind völlig unterschiedlich", rief ich ihr nach.

Abigail griff nach der Türklinge. „Das muss aber noch lange nicht heißen, dass Sie gar nichts gemeinsam haben."

Und dann war sie weg.

Das war etwa vor einer Stunde gewesen und sie war seither nicht zurückgeehrt.

Es war frustrierend gewesen, den Tagebucheintrag von diesem Tag zu lesen. Ich konnte nicht begreifen, was diese Mädchen dazu veranlasst hatte, sich so zu verhalten. Wie hatten sie solche Anfälle hervorrufen können? Waren sie brillante Schauspielerinnen? Hatten sie wirklich Wahnvorstellungen? Waren sie körperlich krank oder gar geisteskrank?

Es juckte mich sehr in den Fingern, im Internet genauer zu recherchieren, aber Abigail hatte keinen Internetzugang, und ich wusste, dass ich nicht ins Wohnheim zurückkonnte, um dort selbst zu schnüffeln, weil ich ihr versprochen hatte, es nicht zu tun.

Erstgeborene Kinder und Duroughs halten eben ihre Versprechen.

Aber ich wusste auch, dass ich in dieser Nacht nicht schlafen können würde, wenn ich nicht wenigstens eine ungefähre Vorstellung davon hatte, was damals in Salem passiert, was dort so schrecklich schiefgelaufen war. Doch ich musste noch für eine Soziologieprüfung lernen und wollte nicht, dass mich diese Gedanken in der langen Lernnacht, die vor mir lag, ablenkten. Ich speicherte die Datei und ging zur Bibliothekstür. Ich öffnete sie und hatte eigentlich nur vorgehabt, nachzuschauen, ob in der Küche Licht brannte, weil Abigail sich vielleicht dort aufhielt.

Stattdessen fiel ein Lichtschein unter der Wohnzimmertür hindurch, die direkt gegenüber von der Bibliothek lag.

Ich ging den Gang entlang und klopfte an die Tür. Es vergingen ein paar Sekunden, bevor Abigail antwortete.

„Kommen Sie doch herein, Lauren", sagte sie.

Ich öffnete die Tür und sah Abigail mit einer Tasse Tee in der Hand in einem Ohrensessel mit hohen Lehnen sitzen, der gegenüber vom Sofa stand. Neben ihr auf einem Tischchen mit Marmorplatte brannte eine Lampe.

„Fertig für heute?" Sie sah nicht zu mir auf. Ihr Blick war auf das leere Sofa gerichtet.

„Ja."

„Dann also gute Nacht."

„Eigentlich wollte ich Sie noch etwas fragen, bevor ich gehe."

Sie drehte sich ganz langsam zu mir um. „Ja?"

„Es geht um die Anfälle, die diese Mädchen hatten. Wissen Sie, ob die echt waren? Hatten sie wirklich Symptome, für die die Ärzte keine Erklärung fanden? Oder haben sie bloß etwas vorgetäuscht?"

Abigail wandte sich ab und sah wieder das Sofa an. „Wenn sie die Anfälle vorgetäuscht hätten, wären sie schreckliche Ungeheuer. Das wollen Sie damit doch sagen, oder?"

So hatte ich das noch gar nicht gesehen, aber es schien schlüssig. Wenn diese Mädchen allen etwas vorgemacht hatten, dann war das unglaublich böse. Vielleicht war es wirklich genau das, was ich gemeint hatte.

„Wäre das nicht wirklich so?", gab ich deshalb zurück. „Wir wissen ja, wie die Geschichte schlussendlich ausgeht. Diese Mädchen waren für den Tod vieler Menschen verantwortlich."

„Aber waren sie auch *wirklich* dafür verantwortlich?" Abigails Blick ruhte auf einem Satinkissen, das wegen Nichtgebrauchs perfekt aufgeschüttelt dalag. „Sie haben die Henkersschlinge schließlich nicht geknüpft."

„Aber sie haben die ganze Geschichte in Gang gebracht", hielt ich ihr entgegen.

Eine ganze Weile sagte Abigail nichts.

„Sie möchten wissen, ob sich ihr Verhalten auf irgendeine andere Weise erklären lässt", meinte sie schließlich.

„Ja."

Jetzt drehte sie sich wieder zu mir um. „Und Sie haben noch nicht selbst nach einer Erklärung gesucht?"

„Ich habe Ihnen doch versprochen, es nicht zu tun."

Sie lächelte. „Ja, das haben Sie."

An diesem Punkt erwartete ich eigentlich, dass sie mich bitten würde, mich zu ihr zu setzen, aber das tat sie nicht. Sie starrte nur wieder zum Sofa.

„Vor dreißig Jahren veröffentlichte ein Student einen Artikel, in dem er die Vermutung äußerte, dass die Mädchen angeschimmeltes Getreide gegessen haben könnten. Es gibt Pflanzenpilze, die in einem bestimmten Entwicklungsstadium eine chemische Substanz enthalten, welche Ähnlichkeit mit LSD hat. Aber wenn die Symptome dieser Mädchen, die ja aus unterschiedlichen Haushalten stammten, darauf zurückzuführen gewesen wären, dann hätte ganz Salem betroffen sein müssen, zumindest aber auch die anderen Familienmitglieder. Außerdem haben andere Autoren in derselben Zeitschrift darauf hingewiesen, dass die Symptome der Mädchen kamen und gingen. Ein halluzinogenes Gift weiß nicht, wann eine Gerichtsverhandlung stattfindet, aber genau in diesen Augenblicken begann immer eines der Mädchen, sich zu winden und zu krampfen."

„Sie haben also allen nur etwas vorgemacht", sagte ich.

Abigail trank einen Schluck Tee, bevor sie antwortete. „Wenn Sie mich fragen, ob ich glaube, dass die Mädchen Opfer eines bewusstseinsverändernden Pilzes waren, dann würde ich mit Nein antworten."

„Und andere Erklärungen gibt es nicht?"

„Eine Enzephalitis, also eine Hirnhautentzündung, würde einige der Symptome erklären, das heißt, zumindest bevor der Prozess begann."

„Danach also nicht mehr?"

„Was glauben Sie?" Abigail sah mir in die Augen.

„Ich ... also, über Enzephalitis weiß ich gar nichts."

Abigails lächelte mich warmherzig an. „Und was wissen Sie über Menschen, Lauren?"

Ich schwieg, denn ich wusste nicht, was ich auf diese Frage antworten sollte.

„Ich erwarte gar nicht, dass Sie darauf antworten. Lassen Sie uns nicht vorgreifen. Außerdem müssen Sie doch auch noch für eine Prüfung lernen, oder? Bis morgen dann."

Sie führte ihre Teetasse zum Mund. Damit war ich – zumindest für diesen Abend – entlassen.

Ich verabschiedete mich, verließ das Haus und fuhr zurück ins Wohnheim. Als ich in unser Zimmer kam, war Clarissa nicht da.

Ich lernte bis halb zehn für die Prüfung, rief noch einmal meine E-Mails ab und arbeitete dann am Projekt meines Vaters, bis ich mich nicht mehr konzentrieren konnte. Ich googelte „Enzephalitis" und stellte fest, dass Abigail recht hatte. Eine akute Entzündung des Gehirns hätte sowohl die Krampfanfälle erklärt als auch die Verwirrung und das Fieber.

Aber sie wäre keine Erklärung dafür gewesen, dass Betty Parris und Abigail Williams im Versammlungshaus zu Boden gestürzt waren und geschrien hatten, Sarah Osborne würde sie quälen. *Dafür* schien es aus medizinischer Sicht keine Erklärung zu geben.

Ich ging ins Bett und las noch ein Kapitel in „Robinson Crusoe", konnte mich aber nicht auf den Text konzentrieren. Schließlich machte ich das Licht aus.

Clarissa kam erst nach zwei Uhr morgens.

Ich schlief ein, wachte aber immer wieder auf.

Siebzehn

3. März 1692
Papa bat mich, wieder mit ihm ins Versammlungshaus zu gehen. Ich flehte ihn an, doch bitte zu Hause bleiben zu dürfen, aber Papa sagte, man könne nicht so tun, als ob es das, was einem nicht gefiele, gar nicht gäbe.

Heute hat Ann Putnam den Friedensrichtern erzählt, dass die Gestalt von Dorcas Goode, der Tochter von Sarah Goode, ihr erschienen sei und von ihr verlangt habe, das Teufelsbuch zu unterzeichnen.

Das Kind ist erst vier Jahre alt!

Tituba sagte dann, dass sie Namen im Buch des Teufels gesehen hätte.

Ich glaube nicht, dass Tituba lesen kann. Wie kann sie dann Namen erkennen?

Aber das hat niemand sie gefragt.

Nach der Versammlung kam John Peter, um Eier zu holen. Er wollte wissen, was ich von den Ereignissen im Versammlungshaus hielt.

Ich wusste nicht, was ich sagen sollte. Ich weiß nicht, was er denkt. Ich habe gesagt, dass ich fürchte, das Dorf könnte Gottes liebevolle Vorsehung aus dem Blick verlieren.

Er bezahlte mehr für die Eier, als er hätte zahlen müssen. Er wollte nicht, dass ich weniger nehme.

6. März 1692

Es geht immer noch weiter, dieses endloses Drama. Das Dorf ist völlig außer sich, so groß ist das Interesse am Handeln des Teufels. Doch wer erinnert uns daran, dass wir uns ganz auf Gottes Handeln und seine Wege einlassen sollen? Die Leute im Ort sehen die Gestalt von Sarah Goode in ihren Scheunen, ihren Häusern und ihren Träumen. Sie kommt mit Messern zu ihnen und bedroht sie. Ann Putnam sagt jetzt, dass sie die Gestalt von Elizabeth Proctor in Gesellschaft von Hexen gesehen und dass diese sie gebissen und gewürgt hätte. Ich weiß nicht, was ich davon halten soll. Elizabeth Proctors Mann, Goodman John Proctor, hat ein Gasthaus und ist reich. Sie ist alles andere als seltsam. Und sie erwartet ein Kind.

Ich bin heute nicht mit ins Versammlungshaus gegangen.

Papa hat mich auch nicht darum gebeten.

7. März 1692

Tituba, Goody Goode und Goody Osborne sind in Ketten nach Boston überführt worden, wo ihnen der Prozess gemacht werden soll.

Ich spüre kein Verlangen in mir, Geschichten zu schreiben.

13. März 1692

Mercy Lewis, Mary Walcott und Mary Warren gehören jetzt ebenfalls zu den betroffenen Mädchen. Ann Putnam hat Martha Corey der Hexerei beschuldigt. Goody Corey ist keine Fremde, so wie Tituba, sie ist nicht seltsam wie Goody Goode und auch nicht krank wie Goody Osborne. Sie ist eine gottesfürchtige Frau. Sie ist eigentlich wie jede anständige Frau im Dorf. Und trotzdem wird Anklage erhoben.

Betty Parris wurde fortgebracht und wohnt jetzt bei einer Familie in der Stadt, damit ihre Beschwerden nachlassen.

Als ich bei „Ingersolls" Prudence Dawes traf, habe ich ihr gesagt, dass es sicher klug war, Betty fortzuschicken. Aber ich glaube, Prudence hat mich missverstanden. Sie hat mich angeschaut, als hätte ich behauptet, Betty wäre die Ursache für all die Probleme.

Die Woche ging rasch zu Ende. Am Donnerstag war ich bei der Übertragung von Mercys Tagebuch schon halb mit dem März fertig. Ich schloss den Eintrag vom 13. März kurz vor sechs ab, und Abigail, die wusste, dass ich am Wochenende wieder nach Hause fahren würde, um an dem Projekt meines Vaters zu arbeiten, sagte, ich könne erst einmal Schluss machen. Sie bat mich aber dennoch, zum Abendessen zu bleiben.

Ich lag ganz richtig mit meiner Vermutung, dass sie an diesem Nachmittag in der Stimmung war zu reden. Sonst hätte sie mich nämlich nicht eingeladen, mit ihr zu essen.

Ich wartete ab, um festzustellen, ob sie das Gespräch von sich aus beginnen würde. Erst dann würde ich ihr sagen, was mich beschäftigte. Sie hatte erst einen Bissen von ihrem Brie in Blätterteigmantel gegessen, als sie auch schon ein Gespräch über Bücher begann. Ich hätte eigentlich ahnen müssen, dass es um ein Buch gehen würde.

„Was lesen Sie denn zurzeit, Lauren?"

Ich merkte, dass ich errötete, und hoffte, dass sie es nicht merken würde. „Äh ... ‚Robinson Crusoe'."

Doch sie merkte es.

„Das ist doch nichts, wofür man sich schämen müsste, Lauren", entgegnete sie, legte den Kopf ein wenig schräg und wartete darauf, dass ich ihr den Grund für mein Erröten darüber verriet, dass ich „Robinson Crusoe" las.

„Das weiß ich."

Sie kaute und wartete weiter.

„Haben Sie es früher schon einmal gelesen?“, erkundigte sie sich schließlich.

„Nein“, antwortete ich und trank einen Schluck Wasser.

„Das überrascht mich.“ Abigail tupfte sich den Mundwinkel mit der Serviette ab. „Wo Sie doch von englischer Literatur so begeistert sind.“

Ich zuckte die Achseln. „Ich habe lange geglaubt, dass es mir keinen Spaß machen würde, über einen Mann zu lesen, der allein auf einer Insel gestrandet ist.“

„Hmm. Und jetzt haben Sie Spaß daran?“

Ich verschluckte mich an einem Blätterteigkrümel und musste husten. Dann wandte ich meine Aufmerksamkeit wieder Abigail zu. Sie lächelte.

„Nein, eigentlich nicht“, sagte ich.

„Wurde es Ihnen von jemandem empfohlen?“

„Ja.“ Ich trank noch einen Schluck Wasser.“

„Von einem Professor?“

Ich stellte das Glas wieder ab. „Nein, von einem Freund.“

„Wissen Sie, ich war schon immer der Meinung, dass Crusoe sich ein bisschen zu überheblich aufführt angesichts dessen, was er dort auf der Insel über das Leben lernt. Obwohl er niemanden und nichts hat, setzt er sich als Herr über alles ein, was er sieht. Er lehrt den Eingeborenen, den er ‚Freitag‘ nennt, ihn ‚Herr‘ und nicht ‚Freund‘ zu nennen, und das in einer Situation, in der er einen Freund und keinen Diener brauchte.“

Ich wusste nicht, ob Abigail sich wirklich so über den fiktiven Helden ärgerte oder ob sie mir gegenüber bloß den *Advocatus Diaboli* spielte.

„Also, ich wusste gar nicht, dass er sich für den Herrn über alles hält. Ich glaube, seine Einstellung, sich die Insel zu unterwerfen, war eher eine Frage des Überlebens. Vertieft nicht sein Leben auf der Insel auch seine Beziehung zu

Gott?“, fragte ich. „Fängt er dort nicht an, sich selbst als Geschöpf wahrzunehmen und nicht länger als Schöpfer zu betrachten?“

„Und dennoch macht er Freitag mit dem christlichen Glauben bekannt und hält ihn gleichzeitig als Sklaven.“

„Ich glaube, Defoe wollte einfach, dass es realistisch wirkt“, wagte ich mich vor. „Es war doch damals üblich, dass man sich Sklaven hielt. Ich glaube, in Wirklichkeit hat Crusoe sich nur gewünscht, er hätte auf seine Eltern gehört und wäre nicht einfach weggelaufen, um tun und lassen zu können, was er wollte. Und das scheint er ja auch bereut zu haben.“

„Ich sage ja auch nicht, dass Crusoe sich nicht gewünscht hätte, auf seinen Verstand gehört zu haben, bevor er England den Rücken kehrte. Ich meine nur, dass er das als Herr bereut und nicht als jemand, der nichts mehr hat. Obwohl er durchaus seine Lektion lernt, betrachtet er sich dennoch noch als privilegierten Mann in einem ihm feindlich gesinnten Umfeld und nicht als gebrochenen Mann in dem ganz normalen und alltäglichen Umfeld von Bedürftigkeit.“

Ich war in dem Buch noch nicht weit genug gekommen, um beurteilen zu können, ob sie recht hatte. Ich fragte mich, was wohl Raul dazu gesagt hätte, wenn er da gewesen wäre.

„Ich habe auch mal so gedacht“, sagte Abigail sehr leise.

„Wie bitte?“

„Ich habe mich früher auch für eine privilegierte Frau in einem mir feindlich gesinnten Umfeld gehalten.“

„Und wieso?“, fragte ich leise und lud sie so ein weiterzureden.

„Weil ich so aufgewachsen bin wie Sie. In einem Zuhause, in dem Geld genauso im Überfluss vorhanden war wie die Erwartungen der anderen. Wenn man etwas nicht mithilfe von Geld in den Griff bekam, dann empfand man das als extrem ungerecht, ja sogar feindselig. Und dabei bekam man es eigentlich nur mit der ganz normalen Welt zu tun. Das war der

Alltag, und zum Alltag gehört nun einmal, dass man ständig wählen und Entscheidungen treffen muss. Bei den Privilegierten ist es nur so, dass sie sehr wenige wirklich schwierige Entscheidungen zu treffen haben, Lauren. Wenn wir also aufgefordert sind, dennoch solche gravierenden Entscheidungen zu treffen, dann können wir dabei nicht auf viele Erfahrungen mit Erfolg oder Scheitern zurückgreifen."

In diesem Punkt konnte ich ihr nicht so recht zustimmen. Es ist eine lächerliche Vorstellung, dass die Reichen keine Probleme haben. Aber ich wollte, dass sie weiterredete. Ich war sicher, dass sie sich an den Mann zurückerinnerte, von dem sie wünschte, sie hätte ihn geheiratet.

„Und inwiefern haben Sie es mit der ganz normalen Welt zu tun bekommen?"

„Ich musste eine Entscheidung treffen und ich habe eine schlechte getroffen."

„Und wofür haben Sie sich entschieden?"

Sie zögerte nur einen ganz kurzen Moment. „Ich habe mich für den einfacheren Weg entschieden."

„Für den einfacheren Weg?"

„Für den Weg, der letztlich dazu führte, dass ich heute allein bin."

In diesem Augenblick tauchte Esperanza auf, um den Brie abzuräumen und Muscheln in Sherrysauce zu servieren.

Ich wartete, bis sie wieder gegangen war, und fragte: „Und wer sagt, dass es der einfachere Weg war?"

Abigail blickte auf und lächelte. „Ja, wer eigentlich?"

Sonst sagte sie nichts mehr. Sie glaubte vermutlich, dass meine Worte ironisch gemeint waren, aber das war gar nicht so. Ich wollte es wirklich wissen. Wieso hatte Abigail den Mann, den sie liebte, nicht geheiratet?

Mir fiel nur ein triftiger Grund ein, weshalb eine reiche junge Frau nicht den Mann heiraten sollte, den sie liebte: Er hatte kein Geld, und die Frau hatte Angst, ihre gesellschaftliche Stellung, den Respekt ihrer Familie und vielleicht sogar ihren Reichtum aufs Spiel zu setzen. Sie gab der Bequemlichkeit den Vorrang vor der Liebe.

Genau das hatte Abigail getan, da war ich mir ganz sicher.

„Wie war sein Name, Abigail?"

Sie schnitt eine Muschel in zwei Stücke.

„Das tut nichts zur Sache", antwortete sie, sah mich dabei aber nicht an.

„Doch, das tut es wohl."

Abigail spießte die Muschel mit der Gabel auf. „Nein, jetzt nicht mehr."

Aber ich merkte genau, dass es sehr wohl etwas zur Sache tat. Das war ihr eindeutig anzumerken.

Eine ganze Weile schwiegen wir beide. Wir aßen unsere Muscheln, die leichte Brise spielte mit unseren Servietten, und um das Blumengesteck in der Mitte des Tisches summte eine Biene.

„Die Textübertragung war heute ausgesprochen schwierig, nicht wahr?", meinte sie schließlich. Das war das Signal für mich, nicht länger in ihrer Vergangenheit zu kramen.

„Ja."

Die Biene flog weg.

„Ich fürchte, dass es noch mehr solche Einträge geben wird", sagte sie. „Die Zeit hat es mit dem Tagebuch nicht besonders gut gemeint."

Oder mit dir, dachte ich. „Ich habe noch nie gehört, dass eine Person einer anderen als Gestalt erschienen ist. Diese Sätze haben mich wirklich verwirrt, besonders auch, weil sie so schwer zu entziffern waren", meinte ich.

„Das wurde damals als ‚Spektralbeweis' bezeichnet und viele der Verurteilungen in Salem beruhen auf solchen Spektralbeweisen. Seit Herbst 1692 war diese Art der Beweisführung zwar nicht mehr zugelassen, ab da war es bereits zu spät."

„Und was genau war ein Spektralbeweis?"

„Es bedeutet, dass jemand behauptete, die Gestalt oder den Geist von jemandem auf dem Ofenrost oder in der Küche gesehen zu haben, wo er herumtanzte oder über ihm schwebte und die betreffende Person mit Nadeln oder Messern stach, während diese schlief."

Der Gedanke ließ mich erschaudern. „Sie meinen, so etwas wie Gespenster?"

Abigail holte tief Luft. „Ja, also irgendwie schon wie Geister, nur dass diejenigen, deren Gestalt oder Geist im Dorf gesehen wurde und angeblich unschuldige Menschen peinigte, in dem Fall noch am Leben waren und viele von ihnen zu dem besagten Zeitpunkt in Ketten im Gefängnis saßen."

„Und niemand sonst hat diese Gestalten gesehen?"

„Nein, offenbar konnten nur die Verhexten sie sehen und sonst niemand."

Langsam begriff ich. „Also konnte auch niemand sie widerlegen."

„Nein. Das konnte niemand. Und das ging monatelang so. Als schließlich Ende November der Spektralbeweis verboten wurde, war Mercy schon ..." Abigails Stimme verstummte.

Es herrschte jetzt Stille am Tisch und ich empfand großes Unbehagen.

Ich wusste, was auf den folgenden Tagebuchseiten kommen würde. Die Einzelheiten kannte ich zwar nicht, aber ich wusste, wie die Geschichte ausgehen würde. Abigail brauchte ihren Satz also gar nicht zu Ende zu bringen.

Ich wusste, dass über das Mädchen, mit dem ich meine Nachmittage verbrachte, Mutmaßungen angestellt werden würden. Es würde Verdächtigungen und dann Anschuldigungen geben. Mercy würde vor die Wahl gestellt werden. Und es gab keinen einfachen Weg. Gestehen oder hingerichtet werden. Es würde einen Prozess geben und eine Verurteilung.

Einen Henker.

Ich schob meinen Teller von mir.

Achtzehn

15. März 1692

Papa kommt jeden Tag mit Neuigkeiten nach Hause. Goody Cory wurde zum Haus der Putnams gebracht, um festzustellen, ob sie wirklich diejenige ist, von der Ann Putnam gequält wird. Es heißt, dass Ann Anfälle bekommen hat, als Goody Corey das Haus der Putnams betrat. Sie soll sich in Krämpfen gewunden und laut geschrien haben, dass Goody Corey einen bösen gelben Vogel zwischen ihren Fingern säugen würde.

Und dann hätte Ann geschrien, sie sähe einen Mann, der aufgespießt im Feuer schmore. Mercy Lewis, die als Dienstmagd bei den Putnams arbeitet, hätte behauptet, sie sähe ihn ebenfalls. Und dann bekam auch sie Anfälle.

Und jetzt wird Goody Nurse ebenfalls beschuldigt! Goody Nurse ist weise und gut. Wir müssten eigentlich schon allein über den Gedanken, dass Goody Nurse mit dem Teufel im Bunde sein könnte, alle lachen. Aber nein, Abigail Williams schreit laut, dass Goody Nurse sie quält, und ihr wird Glauben geschenkt. Wird nicht Goody Nurse durch solche Anschuldigungen ebenfalls gequält? Wie können nur so viele gute Frauen aus dem Dorf Hexen sein?

John Peter ist gekommen, um Eier zu holen, aber wir haben nicht über das gesprochen, was im Dorf geschieht. Doch weil sonst kaum etwas Neues passiert ist, haben wir fast gar nicht geredet.

Heute hat er gefragt, ob ich Geschichten schreibe.

Ich habe ihm gesagt, dass mir der Sinn nicht nach fröhlichen Geschichten steht, wenn um mich herum der Wahnsinn regiert.

Er sah mir lange in die Augen, bevor er sich umdrehte und wieder nach Hause ging. Einen Augenblick lang dachte ich, er würde seine Hand ausstrecken und mein Gesicht berühren. Dieses Mal hatte ich kein Stroh im Haar.

Ich weiß nicht, wieso ich weiß, dass er es fast getan hätte. Seine Hand – die, in der er den Korb mit den Eiern hielt – lag ganz eng an seinem Körper. Aber ich glaube trotzdem, er hätte es beinahe getan.

21. März 1692

Es wurde ein Haftbefehl für Goody Corey ausgestellt. Heute ist sie verhört worden, aber ich war nicht dabei. Ich glaube, Papa merkt jetzt auch langsam, wie sehr mir diese unseligen Versammlungen zusetzen. Er hat mir erzählt, dass Goody Corey ihre Unschuld beteuert hat, aber die Mädchen, von denen sie beschuldigt wird, hätten ihre schrecklichen Beweise vorgebracht. Sie behaupten, gesehen zu haben, dass ein Mann Goody Corey böse Worte ins Ohr geflüstert hat. Dabei haben sie gestöhnt vor Qual.

Ich weiß nicht, was ich davon halten soll. Goody Corey ist zu Papa und mir immer gut und freundlich gewesen.

Mir geht jetzt bald die Tinte aus. Papa spricht nicht davon, nach Boston zu fahren. Ich werde Walnussschalen suchen müssen, um sie zu zerstoßen.

28. März 1692
Elizabeth Proctor wurde der Hexerei angeklagt. Ebenso wie die kleine Dorcas Goode. Ebenso gut könnte das Dorf meine Milchkuh Lily beschuldigen, junge Mädchen zu verhexen.
Papa hustet wieder. Heute Abend hat er nichts gegessen.

Als ich nach dem Wochenende in meinem Elternhaus wieder ins Wohnheim zurückkehrte, brachte ich einen Plan von dem Gebäudekomplex der Mehrzweckgalerie mit, bei dessen Vermarktung mein Vater mich um Hilfe gebeten hatte. Clarissa, die sich an dem Wochenende, das sie bei mir zu Hause verbracht hatte, nicht sonderlich für das Projekt interessiert hatte, hatte mich in der darauffolgenden Woche aber gefragt, ob ich ihr nicht mal die Pläne zeigen könnte. Ich glaube, dass sie mit dieser Bitte eigentlich nur erreichen wollte, ein weiteres Wochenende bei meiner Familie zu verbringen, um Cole wiederzusehen.

Meinen reichen Single-Cousin.

Als sie mich also nach den Plänen fragte, hatte ich ihr geantwortet, ich könnte die Projektunterlagen wahrscheinlich ins Wohnheim mitbringen. Daraufhin hatte sie mich irgendwie merkwürdig angeschaut. Ich hatte viele unruhige Nächte hinter mir, in denen ich von gelben Vögeln und schreienden Mädchen geträumt hatte, aber obwohl ich in dieser Hinsicht ein bisschen durcheinander war, wusste ich genau, worauf sie eigentlich aus war: auf mehr Strandpartys in Malibu und mehr Zeit mit Cole und mehr unter einer Glosche servierte Mahlzeiten auf der Terrasse.

Wenn sie an diesem Wochenende mitgekommen wäre, wäre Clarissa allerdings mit Sicherheit enttäuscht gewesen. Cole war nämlich gar nicht gekommen, es gab keine Strandpartys, und Eleanor hatte das Wochenende freigehabt, sodass wir im Restaurant aßen. Also keine Mahlzeiten unter Silberglosch en am Pool.

Mein Vater hatte aber nichts dagegen, dass ich die Zeichnungen nach Santa Barbara mitnahm. Ich glaube, es gefiel ihm, dass ich sie Clarissa zeigen wollte.

Als ich am späten Sonntagnachmittag ins Wohnheim zurückkam, breitete ich die Zeichnungen auf dem Fußboden in unserem Zimmer aus. Clarissa kniete darüber und erkundigte sich, ob ich Cole und Raul getroffen hätte. Ich fragte mich im Stillen, ob sie sich überhaupt für das Projekt interessierte, das ich ihr da gerade zeigte.

„Nein", antwortete ich.

Sie hielt einen Moment lang inne und deutete dann auf die Zeichnungen. „Und was genau ist das hier? Ich dachte, du hättest gesagt, es wäre eine Kunstgalerie."

„Eigentlich ist es ein ganzer Gebäudekomplex. So eine Art Ansammlung von Galerien. Alle sind dicht beieinander um einen Garten in der Mitte des Komplexes herum angelegt und thematisch miteinander verbunden. Es soll dort aber nicht nur Kunst ausgestellt werden, sondern es ist außerdem eine Art Schaubibliothek geplant mit seltenen Büchern und ein Museum für antike Musikinstrumente und eine Galerie mit altem Porzellan und alten Möbeln."

„Das ist ja alles schön und gut, aber ich kann da keinen Unterschied zu anderen herkömmlichen Museen entdecken. Hast du nicht gesagt, das Projekt wäre einzigartig?"

„Der Unterschied besteht darin, dass die Ausstellungsstücke benutzt und nicht nur ausgestellt werden. Es sollen dort Lesungen aus den seltenen alten Büchern stattfinden, es wird in Restaurants mit alten Möbeln Essen auf altem Porzellan serviert. Dieses Gebäude hier soll einmal einem Herrenhaus nachempfunden sein. Alles wird so ausgestellt, als wäre es noch in Gebrauch, weil das manchmal auch wirklich so sein wird. Der Garten, um den herum die einzelnen Gebäude gruppiert sind, soll eine Nachbildung eines der Gärten von König Louis XIV. werden, und man wird dort die gleichen Pflanzen und Blumen verwenden."

Ich zeigte auf einen separaten Flügel, der ein wenig abseits von der Nachbildung des Herrenhauses lag.

„Und das hier sind Räume für Vorträge über Geschichte, Musik, Literatur, Design, Textiles, also im Grunde über so ziemlich alles aus den vergangenen dreihundert Jahren, was in künstlerischer Weise zu unserer Kultur beigetragen hat."

Clarissas Blick schweifte über die Zeichnungen. „Du meinst, was in künstlerischer Weise zur Kultur der Aristokratie beigetragen hat."

Ich schaute auf die Zeichnung hinab. „Nicht nur."

„Ich sehe hier aber absolut nichts, was die Kultur der kleinen Leute widerspiegeln würde", wandte Clarissa ein. „Es sei denn, ihr habt vor, diese schicken Essen auf dem antiken Porzellan von schwarzen Dienstmädchen in schwarzen Kleidern und weißen Schürzen servieren zu lassen."

Ich hatte mir bisher noch keine Gedanken darüber gemacht, was der Galeriekomplex *nicht* bieten konnte, sondern eher darüber, was er darstellen sollte. Und selbst dabei hatte ich keine Zeit darauf verwendet, mich mit seinen Grenzen zu beschäftigen.

„Ich finde nicht, dass etwas dagegen spricht, Kunst und schöne Dinge auszustellen", murmelte ich.

„Nein, tut es auch nicht, ganz und gar nicht", sagte Clarissa und stand auf. „Du solltest nur wissen, was du da planst. Das ist Oberschichtkultur. Wird sich die Masse der ganz normalen Leute, auch aus den unteren Schichten, den Eintritt für die Galerien überhaupt leisten können?"

Ich merkte, dass ich errötete, weil ich nicht wusste, wie ich Clarissa sagen sollte, dass der gesamte Galerienkomplex der Öffentlichkeit gar nicht zugänglich sein würde, außer zur Werbung von Mitgliedern. Und ich wusste auch nicht, wie ich erklären sollte, dass eine Mitgliedschaft mehrere Tausend Dollar pro Person pro Jahr kosten sollte.

„Du hältst das Projekt also für keine gute Idee", entgegnete ich stattdessen.

„Nein, das habe ich nicht gesagt“, meinte sie. „Es ist eine tolle Möglichkeit für die Wohlhabenden, ihr Geld auszugeben und all das zu feiern, woran sie sich im Laufe der Jahrhunderte erfreut haben.“ Clarissa richtete sich jetzt aus der Hocke auf.

„Du willst mich wohl verschaukeln, oder? Eigentlich findest du die Idee zum Kotzen.“

Clarissa warf mir einen Blick zu und lachte. Es war ein leicht sarkastisch gefärbtes Lachen. „Wenn ich dir den Plan für ein Museum zeigen würde, das die Kulturgeschichte der Migranten präsentiert, die in der Landwirtschaft als Farmarbeiter gearbeitet haben, würdest *du* dann sagen, dass die Idee scheiße ist?“

„Nein, natürlich nicht.“

Ich hatte schon geantwortet, bevor ich wusste, was sie mir vermitteln wollte und welche Art von Gleichung ich gezogen hatte. Als es mir einen Moment später dämmerte, verzog ich das Gesicht.

„Wieso meinst du also, ich fände das Projekt zum Kotzen?“, fuhr sie fort.

Ich sagte nichts mehr.

„Ich weiß dein kleines Experiment wirklich zu schätzen, Lauren, aber es scheint nicht besonders gut zu laufen.“

„Welches Experiment?“

„Na, dir hier mit mir als deinem Alibiproleten ein Zimmer im Wohnheim zu teilen.“

Ich schnappte nach Luft. „Das warst du nie für mich!“

„Doch, gerade eben. Und es macht mir auch echt gar nicht so viel aus, also brauchst du deshalb nicht gleich depressiv zu werden.“

„Aber ich habe nicht …“ Ich konnte nicht weiterreden.

Als von mir nichts kam, ergriff Clarissa wieder das Wort. „In unserem ersten Jahr am College war ich sauer auf dich. Ich wusste, dass du überall hättest wohnen und auf jedes teure College hättest gehen können. Aber nach einer Weile habe ich dich irgendwie auch bewundert. Es schien so, als wolltest du wirklich verstehen und erleben, wie es ist, seinen Weg zu finden und es allein zu schaffen. Aber du bist heute noch genauso wie vor einem Jahr, als ich dich kennengelernt habe."

Clarissa stand über mir, weil ich immer noch über der Zeichnung kniete. Ich erhob mich ebenfalls. Inzwischen war ich ausgesprochen verärgert. „Wie meinst du das?"

„Du beurteilst Leute genauso wie früher und steckst sie immer noch in Schubladen."

„Wo urteile ich denn und in welche Schublade habe ich dich gesteckt?!" Ich merkte, wie ein Muskel in meinem Hals zu zucken begann.

Sie sagte einen Moment lang nichts. „Weißt du was, lass uns damit lieber aufhören." Sie griff nach ihrer Arbeitsschürze vom Coffee-Shop, die an ihrem Bettpfosten hing. Sie musste in einer Viertelstunde auf der Arbeit sein.

Aber ich wollte es nicht auf sich beruhen lassen. „Welche Urteile und welche Schubladen meinst du?"

Clarissa streifte sich die schwarze Schürze über den Kopf. „Wie gesagt, ich glaube, wir lassen das lieber."

Sie griff nach einem Paar Ohrringe, das auf ihrem Nachttischschränkchen lag, und nach ihrer Armbanduhr. Doch ich konnte sie nach allem, was sie mir da gerade an den Kopf geworfen hatte, nicht einfach so gehen lassen.

Auch wenn ich gar nicht so genau wusste, was sie mir eigentlich konkret vorwarf – klar war, es hatte etwas damit zu tun, dass ich in ihren Augen ein reicher Snob war, und genau dieses Image verabscheute ich. Und sie merkte nicht einmal, dass sie sich wie eine neidische Mittelklassentussi aufführte, die nur so tat, als würde sie die Reichen nicht beneiden.

„Weißt du noch, wie du letztes Wochenende von unserem Haus geschwärmt hast? Wie du dich daran ergötzt hast, dass eine Hausangestellte dir Essen auf der Terrasse serviert?"

Sie kniff die Augen zu schmalen Schlitzen zusammen. „Willst du etwa behaupten, du findest nicht, dass ihr ein wirklich schönes Haus habt und dass es dir nicht gefällt, dein Essen auf der Terrasse serviert zu bekommen?"

„Wie bitte?"

„Dir gefällt das alles nicht?"

„Darum geht es doch gar nicht."

„Glaubst du etwa, dass ich ein tolles Haus nicht genauso toll finde wie du, nur weil ich nicht so reich bin wie du? Oder dass ich deshalb ein tolles Essen auf der Terrasse nicht auch schön finde?"

Sie begriff es offenbar gar nicht. „Clarissa, du hast fast angefangen zu hyperventilieren, als ich dir gesagt habe, ich hätte vier Cousins."

Clarissa lachte. „Ich soll hyperventiliert haben?"

„Als wir auf der Garagenauffahrt vor unserem Haus standen, da hast du gesagt, du könntest nicht glauben, dass ich in so einem Haus wohne und du wünschtest, ich hätte Brüder. Als ich dir daraufhin gesagt habe, ich hätte vier Cousins, da warst du ganz aufgeregt."

Clarissa legte eines der langen Ohrgehänge an und zuckte mit den Achseln. „Und, was willst du damit sagen?"

„Damit will ich sagen, dass du genauso urteilst und mich genauso mit einem Stempel versiehst – zum Beispiel, dass es besser ist, einen reichen Typen zu heiraten als einen ohne Geld."

Meine Mitbewohnerin drehte sich mit einem Ruck zu mir um, sah mich an und sagte: „Heiraten? Wer redet denn hier von Heiraten?"

„Ich ... du ... Ich habe doch gesehen, wie du die ganze Zeit um Cole herumscharwenzelt bist. Du wolltest im Auto unbedingt neben ihm sitzen und dieses Wochenende wolltest du ihn wiedersehen. Deshalb wolltest du doch diese Pläne sehen. Du ..."

„Du glaubst, ich möchte Cole *heiraten*? Einen Typen, den ich kaum kenne? Wegen seines Geldes?" Sie gab ein klägliches Lachen von sich und griff nach ihren Autoschlüsseln.

Sie hatte nur ein Ohrgehänge an, das andere hielt sie immer noch in der Hand. Es war, als könnte sie gar nicht schnell genug von mir wegkommen.

Clarissa öffnete die Tür zum Gang. „Danke, Lauren. Du hast gerade drastisch unter Beweis gestellt, dass ich mit meiner Einschätzung goldrichtig liege."

Ich machte einen Schritt auf sie zu. „Mit welcher Einschätzung?"

Aber ich wusste es schon.

„Du hast auch nicht das Geringste gelernt, seit du hier wohnst." Sie trat auf den Flur hinaus. „Du glaubst immer noch, dass du was Besseres wärst", sagte sie und knallte die Tür hinter sich zu.

Einen Moment lang starrte ich die geschlossene Tür an und wusste nicht, was ich jetzt tun sollte. Ich war nicht in der Lage zu verarbeiten, was Clarissa gerade gesagt hatte. Ich schaute auf meine bloßen Füße hinunter, auf meine Zehen, die den Rand von Ludwigs Garten berührten.

Ich stand auf der papierenen Hommage an die High Society.

Neunzehn

3. April 1692

Der Winter scheint langsam seine eisige Umklammerung zu lösen. Heute habe ich im Garten gearbeitet. Ich säe so gerne die Saat für die Ernte im Sommer. Dabei stelle ich mir immer all die Wunder vor, die unter der Erde geschehen. Kein Auge kann sie sehen außer dem Auge Gottes. Ich habe eine Geschichte darüber geschrieben, wie Maissamen und Erbsensamen sich in ihren Reihen unter der Erde treffen und gelbe Erbsen und grüne Maiskörner dabei herauskommen.

Das Schreiben der Geschichte hat meine Gedanken ein Weilchen von dem abgelenkt, was im Dorf gerade geschieht. Es scheint, dass Mary Warren von dem seltsamen Leiden geheilt ist. Sie sagt, dass sie keine Anfälle mehr hat, weil die Gebete des Dorfes sie geheilt haben.

Papa glaubt, dass Mary das grausame Spiel nicht mehr mitspielen kann und deshalb beschlossen hat, ihre Rolle darin aufzugeben.

Ein ganz kleiner Teil von mir findet, dass sie mutig ist.

Der Rest von mir glaubt, dass man nicht viel von jemandem halten kann, der aufhört, Böses zu tun. Das ist ja so, als würde man einen Dieb dafür belohnen, dass er aufhört zu stehlen. Was ist mit all den Leuten, die bestohlen wurden, bevor er damit aufgehört hat?

Papa hilft heute einem jungen Mann, dessen Rechtschreibung ganz fürchterlich ist, dabei, schreiben zu lernen. Selbst seinen eigenen Namen schreibt er falsch. Wirklich traurig. Die meisten Mädchen im Dorf können nicht einmal ihren Namen schreiben, aber den meisten ist das gleichgültig. Auch das ist traurig.

8. April 1692

Als John Peter heute Eier geholt hat, hat er Neuigkeiten aus dem Dorf mitgebracht. Es wurden Haftbefehle für die Festnahme von Rebecca Nurses Schwester Sarah Cloyse und Elizabeth Proctor ausgestellt. Sie werden zum Verhör nach Salem-Stadt gebracht. Ich weiß nicht, warum. Es wird ganz sicher eine große Menschenmenge zusammenkommen.

Ich habe gehört, dass man Sarah Cloyse nur deshalb als Hexe betrachtet, weil sie ihre Schwester verteidigt hat.

Prudence starrt mich jedes Mal an, wenn ich in ihrer Nähe bin oder an ihr vorbeigehe. Ich habe gesehen, wie sie nach der Andacht am Mittwoch mit John Peter gesprochen hat. Er sah aus, als wünschte er sich, woanders zu sein, aber Prudence redete einfach immer weiter. Unsere Blicke begegneten sich und dann schaute auch Prudence in meine Richtung und ich musste wegschauen. Sein Blick drückte Interesse aus, ihrer Gehässigkeit.

Sie schwärmt für John Peter. Wer kann es ihr verdenken? Ich frage mich, ob sie wohl weiß, dass John Peter zu uns nach Hause kommt und selbst die Eier holt, wo er doch auch eine seiner Schwestern schicken könnte – und auch sollte.

Ich glaube fast, sie weiß es.

Aber ich möchte nicht, dass er aufhört, selbst zu kommen. Ich möchte nicht, dass eine von seinen Schwestern kommt.

Ich muss jetzt aufhören. Papa braucht etwas Warmes zu trinken, damit sich sein Husten beruhigt.

10. April 1692

Sarah Cloyse, die im Gefängnis in Ketten liegt, ist überall im Dorf Menschen erschienen und hat sie gepeinigt. Die Gestalt von Sarah Cloyse ist erst hier und dann da und immer beißt und kneift und quält sie Menschen.

Ist es wohl möglich, sich etwas so stark vorzustellen, dass es wirklich geschieht? Wenn ich meine Geschichten schreibe, schreibe ich sie so, als wären sie wahr. Ich selbst weiß, dass sie nicht wahr sind, aber es gibt keine Worte in den Geschichten, die sagen, dass diese Worte nur eine Geschichte sind. Was wäre aber, wenn ich eine Geschichte schreiben würde und irgendwann davon überzeugt wäre, sie entspräche der Wahrheit? Was wäre, wenn ich wirklich glauben würde, dass ich gelbe Erbsen und grünen Mais gezüchtet habe? Was wäre, wenn ich irgendwie in der Lage wäre, andere davon zu überzeugen, dass ich gelbe Erbsen und grünen Mais angebaut habe?

Ich frage mich, ob die besessenen Mädchen vielleicht ein schreckliches Feuer entfacht haben, von dem das ganze Dorf so fasziniert ist, dass jeder, der es für wahr halten möchte, nur die Augen zu schließen und sich vorzustellen braucht, dass der Mais grün ist und die Erbsen gelb und dass es dann auch so ist. Wenn das der Fall wäre, dann wären die Mädchen nicht böse, sondern etwas anderes. Hinters Licht geführt. Vielleicht vom Bösen selbst und sie wissen es noch nicht einmal.

11. April 1692

Ich bin nicht nach Salem-Stadt gegangen, um am Verhör von Sarah Cloyse teilzunehmen. Papa ist allein gegangen. Als er wieder nach Hause kam, hat er nicht viel gesagt. Es war dasselbe Spektakel wie schon zuvor. Anschuldigungen. Leugnungen. Schreiende Mädchen.

In den Tagen nach unserem Streit redete Clarissa kaum mit mir. Sie schien aber auch nicht sauer auf mich zu sein oder verletzt. Es war eher so, als hätte sie mich aufgegeben und würde jetzt keine Versuche mehr unternehmen, einen gemeinsamen Nenner zu finden, auf dem wir eine Freundschaft aufbauen konnten.

An dem Abend, an dem wir uns gestritten hatten, lag ich noch lange wach und las meinen „Robinson Crusoe" zu Ende. Ich wartete auf ihre Rückkehr, um mich bei ihr zu entschuldigen, aber als ich um elf das Buch zuschlug, war sie immer noch nicht wieder da. Ich wusste, dass sie um halb zehn Feierabend gehabt hatte, und fing an, mir vorzustellen, dass sie noch mit Freunden zusammen war, um nicht wieder auf unser Zimmer zurückzumüssen. Je länger sie wegblieb, desto schlimmer fühlte ich mich.

Ich machte mir eine Tasse koffeinfreien Cappuccino mit Zimtaroma und setzte mich dann mit der Tasse und der alten „Robinson Crusoe"-Ausgabe meines Vaters an den Schreibtisch. Ich nahm hinten aus dem Schutzumschlag des Buches den Zettel mit Rauls E-Mail-Adresse heraus, den ich dort hineingesteckt hatte, als er ihn mir gegeben hatte, und trank dabei schlückchenweise meinen Cappuccino.

Es irritierte mich irgendwie, dass Raul wissen wollte, wie ich das Buch fand. Hatte er echtes Interesse an meiner Meinung, flirtete er mit mir oder wollte er mich einfach nur aufziehen?

Ich hatte den Zettel in den vergangenen beiden Wochen immer wieder herausgeholt, hatte ihn angestarrt und darüber nachgedacht, wie es wohl wäre, Kontakt mit ihm aufzunehmen und ins Gespräch zu kommen. Raul hatte etwas an sich, das mich aus dem Gleichgewicht brachte, und es war mehr als nur der Umstand, dass ich ihn für einen Angestellten vom Partyservice gehalten und er darauf so locker reagiert hatte.

Dieses kleine Intermezzo hatte ich Clarissa gegenüber nicht erwähnt und jetzt nach unserem Streit würde ich es natürlich erst recht nicht mehr tun. Für sie wäre das nämlich nur die Bestätigung gewesen, dass sie mit ihrer Einschätzung recht hatte und ich tatsächlich andere Menschen von einer elitären Position aus beurteile und einordne.

Ich war schon seit ewigen Zeiten nicht mehr von einem Jungen fasziniert gewesen. Ja, ich konnte mich nicht mehr erinnern, wann ich das letzte Mal Tagträume von einem Mann gehabt hatte. Und ich verstand auch nicht, wieso das jetzt bei Raul der Fall sein sollte.

Eigentlich war es mir gar nicht so wichtig, wie er an dem Tag, als ich ihn kennenlernte, auf meinen Fehler reagiert hatte.

Seine schicken Hemden, sein Flugschein und das Flugzeug waren mir ebenfalls relativ gleichgültig.

Auch „Robinson Crusoe" gefiel mir nicht sonderlich gut, wahrscheinlich weil Abigail nicht besonders begeistert davon war.

Und mir gefiel es absolut nicht, wie ich mich fühlte, wenn ich an Raul dachte – verletzlich und entblößt.

Ich war mir ziemlich sicher, dass er sich nicht besonders zu mir hingezogen fühlte. Ihm gefiel es, wenn ich mein Haar offen trug, und er neckte mich einfach gern. Er war nett zu mir, aber das war er eigentlich zu jedem.

Er mochte allerdings Bücher und das unterschied ihn von meinen Cousins.

Und als ich so dasaß, Cappuccino trank, auf Clarissa wartete und an Raul dachte, da kam mir der Gedanke, dass er sich wahrscheinlich ziemlich zu Mercy Hayworth hingezogen gefühlt hätte. Auch sie liebte Bücher und sie war ebenfalls freundlich, vernünftig, klug und einfühlsam. In diesem Augenblick fing ich an, mir John Peter rein äußerlich so wie Raul vorzustellen. Welches innere Bild ich bis dahin auch von John Peter gehabt haben mochte, es löste sich in diesem Moment auf, und an seine Stelle trat unverrückbar das Bild von Raul.

Diese Vorstellung konnte ich auch nicht mehr abschütteln.

Gegen halb zwölf war ich so richtig sauer auf Clarissa, klappte meinen Laptop auf und gab Rauls E-Mail-Adresse ein, um ihm zu schreiben.

Ich quälte mich ziemlich damit ab, was ich ihm schreiben sollte, und entschied mich schließlich für Folgendes.

Hey, Raul,

habe zwar viel zu tun, bin aber heute Abend mit „Robinson Crusoe" fertig geworden. Ich verstehe, warum es ein Klassiker ist. Die Sprache und die Details sind ziemlich bemerkenswert für die damalige Epoche. Ich wurde aber trotzdem nicht so richtig warm mit Crusoe. Abigail, die Frau, für die ich arbeite, hat mir erzählt, dass Crusoe nie seine imperialistische Grundeinstellung abgelegt hat, selbst da noch nicht, als er absolut nichts mehr hatte. Nachdem sie das einmal ausgesprochen hatte, fiel es mir sehr schwer, nicht mehr daran zu denken oder darüber hinwegzusehen.

Ich glaube, meine Lieblingsstellen in dem Buch waren diejenigen, wo Crusoe zugeben muss, dass er auch nur ein Mensch ist, fehlerhaft und schwach, genau wie jeder andere auch.

Es war gut zu lesen. Danke, dass du es mir empfohlen hast.

Hoffe, du hattest ein schönes Wochenende.
Lauren

Ich klickte auf „Senden" und wartete bis Mitternacht am Computer, ob Raul ebenfalls noch online war und antworten würde.

Als aber um kurz nach zwölf immer noch keine neuen Nachrichten da waren, fuhr ich den Computer herunter, schaltete für Clarissa ihre Schreibtischlampe an und kroch ins Bett.

Ich wurde wach, als sie um kurz nach eins nach Hause kam, aber inzwischen war ich schon richtig sauer auf sie, weil sie so lange weggeblieben war. Mir kam in meinem Ärger gar nicht in den Sinn, dass das für sie eigentlich normal war. Ich tat also so, als würde ich schon schlafen.

In den folgenden drei Tagen sah ich sie entweder nur von Weitem in der Mensa oder schlafend in ihrem Bett. Sie war noch nicht wach, wenn ich mich morgens auf den Weg zu meinen Vorlesungen machte, und sie war noch nicht zu Hause, wenn ich abends ins Bett ging.

Verschlimmert wurde die ganze Situation noch dadurch, dass ich immer noch keine Antwort auf meine E-Mail an Raul bekommen hatte. Kein Wort.

Am Mittwoch hielt ich Clarissas Schweigen nicht länger aus. Ich wartete am Abend so lange auf sie, bis sie nach Hause kam. Es war schon nach Mitternacht, als sie schließlich das Zimmer betrat.

„Clarissa?" Ich konnte ihren Umriss im Halbdunkel erkennen.

„Tut mir leid, ich wollte dich nicht wecken." Ihre Stimme war sachlich, aber kurz angebunden.

„Ist schon in Ordnung. Ich habe auf dich gewartet. Ich wollte mich für das entschuldigen, was ich neulich Abend gesagt habe."

Einen Moment lang blieb sie stehen. Ich konnte erkennen, wie sie ihr Kapuzenshirt auszog. „Entschuldigen? Wofür denn?"

Sie würde es mir also nicht leicht machen. Nun denn.

„Dafür, dass ich gedacht habe, du wärest nur an Cole interessiert, weil er Geld hat."

Clarissa kickte ihre Schuhe unters Bett und seufzte. „Lauren ..."

„Was?"

„Ich bin überhaupt nicht an Cole interessiert. Es hat mir gefallen, bei euch zu Hause zu sein. Es hat mir echt gefallen, mit deinem Vater über Wirtschaft zu reden. Ich mag deine Mutter. Auch eure Haushälterin mag ich und welches Gefühl sie mir vermittelt hat, solange ich da war. Cole hat mir gefallen. Die Party in Malibu hat mir gefallen. Aber ich bin nicht an Cole oder an sonst wem interessiert. Ich habe schließlich noch zwei Jahre College und dann zwei Jahre Aufbaustudium vor mir. Es macht Spaß, mit Cole zusammen zu sein, und ihr habt ein wunderschönes Haus, und es hat mir super gefallen, solange ich da war. Aber jetzt komm mal langsam wieder runter."

Ich setzte mich im Bett auf. „Dafür versuche ich mich ja gerade zu entschuldigen! Dafür, dass ich voreilige Schlüsse gezogen habe."

„Du hast mich nicht verletzt, Lauren."

„Aber ich fühle mich schlecht."

„Dazu ist dein Gewissen schließlich auch da", murmelte sie vor sich hin.

Obwohl ich sie verstanden hatte, meinte ich: „Was?"

„Du willst dich entschuldigen, damit du dich mit deiner Denke wieder besser fühlst." Sie zog ihre Jeans aus.

„Ich möchte mich entschuldigen, weil ich unrecht gehabt habe."

„Du brauchst dich bei mir nicht zu entschuldigen, weil du unrecht gehabt hast."

Ich konnte nichts dagegen tun, dass meine Stimme lauter wurde. „Was muss ich denn sonst noch tun?"

„Du *musst* gar nichts tun. Du bist mir keinerlei Rechenschaft schuldig für das, was du denkst oder tust. Geh schlafen. Ich putz mir noch die Zähne. Und wenn ich zurückkomme, will ich nicht mehr darüber reden."

Sie war ein paar Minuten weg, und als sie zurückkam, sagte sie nichts mehr. Sie knipste einfach ihr Licht aus und legte sich ins Bett.

Schon kurz darauf hörte ich sie tief und gleichmäßig atmen. Offenbar ging ihr die Sache ja wirklich nicht besonders nah.

Ich lag noch mindestens eine Stunde lang wach.

Und als ich schließlich einschlief, träumte ich, dass ich gelbe Erbsen aß.

Zwanzig

14. April 1692
Papa ist wieder nach Salem gegangen, um beim Verhör von Elizabeth Proctor dabei zu sein. Er war schlechter Stimmung, als er wieder nach Hause kam, und auch sein Husten wollte nicht nachlassen. Es scheint so, als ob mittlerweile jeder gelbe Erbsen und grüne Maiskörner sieht. Papa hat gesagt, Goody Proctor konnte kaum etwas auf die Anschuldigungen entgegnen, die gegen sie erhoben wurden, so erstaunt schien sie über deren Ausmaß. Ihr Mann John ist aufgestanden, um gegen ein so lächerliches Vorgehen zu protestieren, aber als er das tat, hätten die Mädchen wieder angefangen zu schreien und ihn ebenfalls als Peiniger bezichtigt! Papa hat gesagt, dass Goodman Proctor die Nacht in Ketten verbringen und jetzt beschuldigt wird, ein Hexenmeister zu sein. Ich bin froh, dass Papa seinen Unmut mir und nicht den Friedensrichtern gegenüber geäußert hat.

19. April 1692
Sie, die eine Gepeinigte war, soll jetzt eine Peinigerin sein. Die Gestalt von Mary Warren fliegt angeblich auf dem Lande umher und quält Menschen. Und die von Goody Bishop auch. Besessene Mädchen schrien auch heute während der

Predigt weiter und wälzten sich am Boden. Ich glaube, Papa hätte es ihnen am liebsten mit dem Riemen gegeben und ihnen ihre Torheit damit ausgetrieben. Ach, wäre es doch nur Torheit.

Es wurden außer Mary Warren noch mehr Namen auf die Liste der Beschuldigten gesetzt: Goody Coreys Mann Giles, Abigail Hobbs und Bridget Bishop.

Prudence hat mir gesagt, dass Abigail Hobbs ein garstiges Frauenzimmer sei und dass niemand sie mag.

Ich hätte am liebsten entgegnet: „Aber deshalb ist sie doch noch längst keine Hexe."

Ich fand es schrecklich, auf eine Antwort von Raul zu warten, aber fast noch schrecklicher fand ich, wie wichtig es mir war, dass er antwortete.

Ich wollte nicht wie auf glühenden Kohlen sitzen und auf seine Antwort warten, aber genau so war es. Ich habe noch nie zuvor so häufig meine E-Mails gecheckt wie in dieser Woche.

Vor diesem Hintergrund war es auch nicht besonders hilfreich, dass Clarissa so viel unterwegs war wie nie zuvor und dass mein Vater mir in den Ohren lag, Abigail solle sich endlich dazu äußern, was sie mit der Übertragung des Tagebuches vorhatte. Angesichts all des Durcheinanders mit Clarissa, meinem Vater und dem Spuk um Mercy war ich wahnsinnig abgelenkt und zu nichts zu gebrauchen.

Abigail spürte genau, dass mich irgendetwas belastete, und mir war klar, dass sie meine lahmen Ausreden und meine Verdrossenheit nicht mehr lange einfach so kommentarlos hinnehmen würde. Ich hatte ihr nämlich erzählt, ich wäre gestresst, weil ich jetzt in der Mitte des Semesters Unmengen von Referaten, Hausarbeiten und Klausuren hätte. Das stimmte zwar, aber meine Gereiztheit hatte eine ganz andere Ursache.

Rauls Antwort auf meine Mail kam am Donnerstag, also vier Tage nachdem ich ihm geschrieben hatte. Normalerweise rief ich meine Mails nicht ab, bevor ich zu Abigail fuhr, aber in dieser Woche hatte ich es jedes Mal getan. An diesem Nachmittag waren drei E-Mails gekommen: eine von Raul, eine von meinem Vater und eine vom Leiter einer meiner Arbeitsgruppen. Ich las die anderen beiden bewusst zuerst, obwohl Rauls Mail als Erste angekommen war. Die Arbeitsgruppe hatte den Treffpunkt für den nächsten Vormittag von der Bibliothek in die Cafeteria verlegt. Mein Vater wollte die letzten Korrekturen des Konzeptentwurfes bis zum Wochenende. Und in Rauls E-Mail stand einfach nur Folgendes:

Lauren, tut mir leid, dass dir das Buch nicht so gefallen hat. Ich muss gestehen, dass ich ein Buch noch nie so sorgfältig gelesen habe, wie du es offenbar tust. Da hast du dir ja ziemlich tiefgründige Gedanken gemacht. „Robinson Crusoe" war das erste richtige Buch, das mein Vater mir vorgelesen hat. Ich erinnere mich nur, dass es voller Abenteuer war ... Hey, Lauren, hier ist Cole, wann kommen Clarissa und du mal wieder übers Wochenende nach Hause ... Entschuldige bitte, aber Cole sitzt mir im Nacken.

Deine Tante und dein Onkel sind aus Singapur zurück. Cole und ich fliegen am Wochenende hin, um sie zu besuchen. Vielleicht sehen wir uns ja da?

Hey, hast du „Moby Dick" gelesen?

Raul

PS: Raul sagt, dass er dich auf einen Rundflug mitnimmt, wenn du „Moby Dick" bis morgen gelesen hast.
PPS: Cole ist ein Lügner. Ich habe gesagt: „bis Samstag".

Ich musste bei der Vorstellung schmunzeln, „Moby Dick" innerhalb von zwei Tagen zu lesen, aber dieser unbeschwerte Moment verflog, während ich die gesamte Nachricht dreimal las und die Sätze regelrecht sezierte, um vielleicht irgendeine versteckte Botschaft dahinter zu entdecken. Was genau sagte Raul über meine Meinung zu „Robinson Crusoe"? Hielt er mich für spitzfindig? Glaubte er, dass ich in die Geschichte Dinge hineininterpretierte, die ihm niemals in den Sinn kommen würden? Und wollte er vielleicht andeuten, dass er sich *wünschte,* Clarissa und ich würden am Wochenende nach Hause kommen, oder wollte er nur erzählen, weshalb er und Cole kommen würden?

Aber egal, ob er nur einen Scherz machte oder nicht – ich verspürte absolut nicht das Bedürfnis, in seinem kleinen Flugzeug mitzufliegen. Nicht weil ich nicht gerne flog, sondern weil es mir schwer zu schaffen machte, dass ich ausgerechnet ihn – einen reichen Jungen mit eigenem Flugzeug – anziehend fand, jemanden, den die Torwächter der Durough-Sippe gutheißen würden.

Ich wollte keine Spritztour in Rauls fünfzigtausend Dollar teurem Spielzeug machen.

Ich wusste zwar, dass ich mich bei Abigail verspäten würde, aber ich musste auf der Stelle meine Antwort schreiben. Mit Feinschliff dauerte das etwa eine Viertelstunde.

Raul, ich mochte das Buch zwar, aber ich fand es nicht umwerfend. Und ich bin wirklich platt, dass du sagst, ich hätte tiefgreifende Gedanken. Das stimmt nicht. Um ehrlich zu sein, weiß ich gar nicht, ob ich zu derselben Schlussfolgerung über Crusoe gelangt wäre, wenn ich nicht mit der Frau, für die ich arbeite, über das Buch gesprochen hätte.

Ich denke in letzter Zeit ziemlich viel über die gesellschaftlichen Unterschiede nach und besonders über die gesellschaftlich Privilegierten; auch darüber, wie wir gerne Menschen in Schubladen stecken und wie wir über Personen urteilen, die wir eigentlich gar nicht kennen. Das erklärt vielleicht, warum ich immer noch das Bedürfnis habe, mich dafür zu entschuldigen, dass ich dich an dem Wochenende, an dem wir uns kennengelernt haben, für einen Angestellten vom Partyservice gehalten habe.

Ich komme am Wochenende nach Hause, um an dem Projekt zu arbeiten, das ich für meinen Vater betreue, und ich kann Clarissa gern fragen, ob sie Lust hat mitzukommen. Ich weiß aber nicht, ob sie nicht schon andere Pläne hat. Vielleicht werden wir dich und Cole also sehen.

Was die Flugzeugtour angeht, muss ich allerdings passen. „Moby Dick" habe ich schon gelesen.

Lauren

Auch meine eigene Nachricht las ich dreimal. Dann speicherte ich sie unter „Entwürfe", sodass ich sie irgendwann am nächsten Tag abschicken konnte.

Oder vielleicht auch erst am übernächsten.

Als ich zwanzig Minuten später als gewohnt bei Abigail ankam, wartete sie schon auf mich. Nicht Esperanza, sondern Abigail selbst öffnete mir, und ich brauchte auch gar nicht erst zu klingeln, sondern sie machte die Tür bereits auf, als ich noch den gewundenen Pfad von der Auffahrt zur Haustür entlangging.

„Ist alles in Ordnung?" Ihr ohnehin faltiges Gesicht war vor Sorge noch zerfurchter.

„Ja. Tut mir leid, dass ich zu spät bin. Ich hatte noch ein paar dringende Sachen zu erledigen. Ich hätte anrufen sollen."

„Ich habe mir Sorgen gemacht, weil Ihnen so gar nicht ähnlich sieht, sich zu verspäten."

„Ich weiß. Entschuldigen Sie bitte."

Abigail trat zur Seite, ließ mich eintreten und schloss dann die massive Tür hinter uns. Den Weg in die Bibliothek legten wir schweigend zurück. Die Eingangshalle und der Gang zur Bibliothek waren nur schwach beleuchtet und alles war still. Die Tür zum Wohnzimmer war geschlossen und es fielen auch keine vereinzelten Sonnenstrahlen auf die Bodenfliesen.

Als wir in der Bibliothek angekommen waren, stellte ich meine Handtasche ab, und Abigail holte das Tagebuch – wie immer, wenn ich kam. Ich wusste, mein Vater würde mich am Wochenende erneut fragen, ob ich mit ihr darüber gesprochen hätte, welche Pläne sie mit dem Tagebuch verfolgte. Er hatte es auch in seiner E-Mail von diesem Tag erwähnt und in einem Telefonat am Anfang der Woche, und er hatte sogar mit meiner Mutter darüber gesprochen, denn auch sie hatte mich deshalb angerufen. Ich glaubte eigentlich nicht, dass meine Mutter sich wirklich Gedanken darüber machte, dass Abigail mir die Urheberrechte für Abschrift und Bearbeitung des Tagebuches eventuell streitig machen könnte; sie interessierte sich gar nicht für die ganze Angelegenheit, und sie hätte auch sicher nichts dagegen gehabt, wenn das Tagebuch unter dem Herausgebernamen „Abigail Boyles" veröffentlicht worden wäre. Aber weil es meinen Vater beschäftigte, beschäftigte es auch sie, denn sie musste schließlich mit ihm und somit auch mit seinem Frust und seinen Sorgen leben.

Ich schickte also ein Stoßgebet gen Himmel, bat um Mut und Klugheit und räusperte mich.

„Ja?" Abigail legte das Tagebuch vor mich auf den Tisch und zog dann behutsam Finger für Finger die Handschuhe aus. Sie blickte zu mir auf und ich entdeckte Furcht in ihrem Blick. Vielleicht war es aber auch Missfallen.

Oder vielleicht auch eine doppelte Dosis von beidem.

Ich hatte plötzlich das Gefühl, dass dies ein besonders ungeeigneter Moment war, um sie nach ihren Plänen für das Tagebuch zu fragen.

„Wollen Sie mir mitteilen, dass Sie aufhören?", wollte sie wissen.

Die Frage kam ihr blitzschnell über die Lippen, aber sie ging mir noch sehr viel länger im Kopf herum. Ich sagte, was Leute immer sagen, wenn sie nicht wissen, was sie sagen sollen: „Wie bitte?“

„Ob Sie kündigen wollen?“

„Nein.“ Ich versuchte nicht einmal, das Erstaunen in meiner Stimme zu verbergen.

Einen langen Augenblick lang sah Abigail mich an. Sie warf die Handschuhe auf den Tisch und ließ sich dann in den Sessel sinken, in dem sie oft saß, während ich arbeitete.

„Sie sind in letzter Zeit so distanziert und abwesend und dann kamen Sie heute auch noch zu spät. Außerdem ist mir natürlich auch klar, dass Sie den Job eigentlich gar nicht brauchen ...“ Ihre Worte brachen ab.

„Ich habe nicht die Absicht aufzuhören, Abigail.“

Sie holte tief Luft. „Aber irgendetwas belastet Sie doch.“

„Na ja, also ... ja.“

„Und was ist es?“

Ich saß in dem Sessel neben ihr. „Ich möchte gern wissen, was Sie mit dem fertig übertragenen Tagebuch vorhaben.“

„Was ich damit vorhabe.“ Das war zwar theoretisch eine Frage, aber es klang nicht so.

„Ja.“

„Sie meinen, ich habe etwas mit dem Tagebuch vor?“

Ich rutschte auf dem Sessel hin und her. „Haben Sie nicht?“

„Was möchten Sie wissen, Lauren?“

Wieder rutschte ich voller Unbehagen herum. „Wollen Sie es veröffentlichen?“

Abigail senkte den Kopf. „Ich habe nicht vor, das Tagebuch zu veröffentlichen, Lauren.“

Ich überlegte gerade, was wohl mein Vater jetzt an meiner Stelle gesagt hätte, als Abigail mich fragte, was *ich* denn damit tun würde.

„Wie bitte?“, fragte ich.

„Was *Sie* damit tun würden?"

„Ich ... also ... Mein Vater sagt, es sollte veröffentlicht werden."

Abigail zog ein ganz klein wenig die Augenbrauen hoch. „So, sagt er das?"

„Ja."

„Und was weiß Ihr Vater über das Tagebuch?" Ich sah kurz Zweifel in ihrem Blick aufblitzen.

„Nur das Bisschen, das ich ihm erzählt habe. Dass es ein Bericht in Ich-Form ist – ein sehr guter Bericht einer Ich-Erzählerin –, und zwar über die Hexenprozesse von Salem. Gibt es denn sonst noch so ein Buch?"

Abigail lachte leise und senkte den Kopf. „Nein, das glaube ich nicht."

„Das allein wäre doch schon Grund genug, um über eine Veröffentlichung nachzudenken, oder?"

Sie neigte den Kopf jetzt ein wenig zur Seite. „Eigentlich ja." Aber ich hatte nicht das Gefühl, dass sie wirklich mit mir einer Meinung war.

„Gibt es denn einen Grund, weshalb Sie es nicht veröffentlichen möchten?", erkundigte ich mich. „Die Fakten über Mercys Verurteilung und Hinrichtung sind doch sowieso dokumentiert und damit öffentlich, oder? Es wäre doch nicht so, dass Sie irgendein finsteres Familiengeheimnis lüften würden, das Jahrhunderte lang vergraben gewesen ist."

Wieder das kleine Lachen. Eigentlich gar kein richtiges Lachen, aber ein anderes Wort gab es dafür nicht. „Wie wahr."

An diesem Punkt wusste ich nicht mehr, was ich noch sagen sollte. Ein paar Minuten vergingen, ohne dass eine von uns etwas sagte.

„Gibt es einen Grund, weshalb Sie wissen möchten, welche Pläne ich mit dem Tagebuch verfolge, Lauren?", fragte sie schließlich.

Ich zögerte. Gab es nicht für alles einen Grund? „Ja, den gibt es."

„Sie möchten Anerkennung für Ihre Arbeit."

„Finden Sie, ich habe sie nicht verdient?"

Sie schüttelte sofort den Kopf. „Doch, absolut. Sie machen Ihre Arbeit wirklich großartig. Sie verdienen so viel Anerkennung dafür, wie man sich nur denken kann."

„Danke."

Es folgte wieder eine lange Pause.

„Wenn das Tagebuch jemals veröffentlicht wird, dann wird ganz sicher Ihr Name als Herausgeberin darin stehen, Lauren, und nicht meiner. Beantwortet das Ihre Frage?"

Ich nickte schweigend.

Sie stand auf. „Also gut, dann mache ich uns jetzt erst einmal Tee."

Und damit verließ sie das Zimmer.

Erst als sie weg war, wurde mir bewusst, wie besorgt sie auf die Befürchtung reagiert hatte, dass ich kündigen könnte.

Als ob ich unersetzlich wäre.

Einundzwanzig

21. April 1692

Mary Easty, die andere Schwester von Rebecca Nurse, wird jetzt ebenfalls der Hexerei bezichtigt. Ich kenne Mary Easty. Sie ist ganz sicher keine Hexe. Ich kann mir nicht vorstellen, dass sie irgendjemanden quälen könnte. Sie ist eine von neun weiteren armen Seelen, die jetzt neu beschuldigt werden. Neun weitere Menschen. Papa ist zu ihren Verhören gegangen. Er hat gesagt, Mary habe mit einer solchen Anmut und Würde ihre Unschuld erklärt, dass sich die Richter noch einmal an die Ankläger gewandt und sie gefragt hätten, ob sie wirklich sicher wären, dass das die richtige Frau sei. Sie bestätigten Mr Hawthorne durch markerschütternde Schreie und großes Gestöhn, dass Goody Easty die Frau sei, von der sie gepeinigt würden – neben vielen anderen.

Papa ist nicht länger so zornig, sondern hat eher Angst. Er hat gesagt, dass ich jetzt nicht mehr bei den Verhören anwesend sein soll. Dafür hat er zwar keinen Grund genannt, aber ich glaube, er wünscht sich, dass ich zu entsetzt bin, um dabei sein zu können. Vielleicht fürchtet er auch, dass ich meine Stimme gegen diesen Wahnsinn erheben und dann selbst in Ketten gelegt werden könnte. Er hat mir gesagt, dass es gefährlich ist, sich gegen die Meinung und den Willen der Leute zu stellen, ohne ein gutes Gegenargument in der Hand zu haben. Aber welche Beweise gibt es da schon? Welche Beweise haben denn die Ankläger? Es kann doch jeder behaupten, die Gestalt von jemandem gesehen zu haben, wenn sonst niemand sie sehen kann. Wer könnte denn dagegen etwas sagen? Das heißt aber nicht, dass man etwas in der Hand hat. Hier geht es doch bloß um irgendwelche Andeutungen und reine Vermutungen.

Ich frage mich, was passieren würde, wenn jemand zusammenbrechen, sich auf dem Boden wälzen und behaupten würde, Ann Putnam und Betty Parris hätten sie verhext. Was die Richter dann wohl sagen würden? Ich sollte mir nicht wünschen, dass jemand so etwas täte, aber ich wünsche es mir trotzdem. Auch wenn das eigentliche Problem dadurch nicht gelöst wäre.

Ich habe fast keine Tinte mehr. Und Essig habe ich auch keinen mehr.

Schon zweimal habe ich Papa daran erinnert, dass ich ein bisschen Essig aus Ingersolls Laden gebrauchen könnte, um neue Tinte zu machen, aber jedes Mal, wenn er ins Dorf geht, beschäftigt ihn das Gerede über Hexen und Verhöre und Gestalten so sehr, dass er es vergisst.

Ich habe John Peter gefragt, ob er ein paar Eier gegen Essig tauschen würde, aber er wollte die Eier nicht als Bezahlung annehmen. Er wollte gar keine Bezahlung annehmen. Er hat mir den Essig so gegeben.

30. April 1692

Es ist etwas Entsetzliches geschehen.

Reverend George Burroughs wurde der Hexerei bezichtigt. Ich kann es kaum glauben. Reverend Burroughs hat die Gemeinde von Salem schon vor Jahren verlassen und ist nach Maine gegangen. Er lebt nicht einmal hier.

Ann Putnam hat behauptet, dass Reverend Burroughs' verstorbene Frauen ihr erschienen wären und mit ihr gesprochen hätten und dass seine Gestalt dort direkt zwischen ihnen gestanden hätte. Sie sagten, ihr Blut schreie nach Vergeltung, weil Reverend Burroughs sie umgebracht hätte. Ann befand sich in einem Raum voller Menschen, als sie diese Vision hatte, und alle, die sie sahen, waren erstaunt. Ann sagte, George Burroughs' Geist hätte sich in eine Katze verwandelt.

Papa ist wütend.

Er hat mir erzählt, Anns Vater und Reverend Burroughs' wären zerstritten gewesen, als Reverend Burroughs hier noch Pfarrer gewesen war. Die Sache, in der sie uneins gewesen wären, hätte irgendetwas mit Geld zu tun gehabt.

Ich habe Papa noch nie so wütend gesehen. Sein Zorn hat dazu geführt, dass er wieder angefangen hat zu husten, und der Husten hat bis jetzt nicht wieder aufgehört, obwohl ich ihm einen Sud aus Ingwer, Tee und Honig gebraut habe.

Papa hat gesagt, Reverend Burroughs würde völlig ahnungslos sein, warum Männer kommen und ihn mit zurück nach Salem nehmen wollen.

Ich frage mich, ob Papa wohl etwas zur Verteidigung seines Freundes sagen wird. Einerseits wünsche ich es mir, andererseits aber auch nicht. Er hat nichts in der Hand außer seiner Abscheu.

Und Abscheu reicht nicht aus, um den Willen von Menschen zu beeinflussen, die so viel mutmaßen und vermuten und gar nicht den Wunsch haben, daran etwas zu ändern.

Ich hatte keine Ahnung, ob Clarissa an diesem Wochenende gern mit zu mir nach Hause kommen würde, vor allem, wenn sie erführe, dass Cole und Raul nicht nur da sein würden, sondern Cole praktisch darum gebeten hatte, dass sie mitkam. Als ich an dem besagten Donnerstag von Abigail zurückkam, war sie nicht im Wohnheim. Eigentlich hatte ich auch gar nicht damit gerechnet. Ich lernte noch bis halb zwölf für meine Kurse und Seminare, und als ich die Augen nicht mehr offen halten konnte, ging ich ins Bett.

Ich hörte nicht mehr, wie Clarissa nach Hause kam.

Als mein Wecker am Freitagmorgen klingelte, lag Clarissa im Bett, total verknäult in einem Wust von Decken. Ein Bein ragte unter den Decken hervor, halb im Bett, halb außerhalb. Ihre Zehennägel waren in einem dunklen Lila lackiert und ein großer Zehenring hatte sich in einem Faden ihrer Bettdecke verfangen. Freitags hatte sie erst um zehn Vorlesung, und ich wollte sie nicht wecken, nur um ihr eine Frage zu stellen.

Ich spielte mit dem Gedanken, ihr einen Zettel mit der Einladung fürs Wochenende hinzulegen, aber dann beschloss ich, sie lieber später im Coffee-Shop zu besuchen. Ich wollte nicht, dass sie glaubte, ich würde immer noch versuchen, mein Gewissen zu erleichtern, damit ich mich besser fühlte. Meine Einladung mitzukommen sollte kein Friedensangebot sein, obwohl ich wusste, dass sie genau das annehmen würde. Ich fragte sie nur, weil ich es den Jungs versprochen hatte, das war alles.

Ich ging an jenem Tag in vier Seminare und Vorlesungen, danach machte ich einen kurzen Zwischenstopp im Wohnheim, um meine Büchertasche dort abzuladen, und begab mich dann auf den Weg zum Coffee-Shop.

Es saßen unzählige Studenten mit Büchern und aufgeklappten Laptops dort und es war unglaublich laut. Gespräche wurden quer durch den Raum geführt und alle paar Minuten war ein lauter Knall von Metall auf Holz zu hören, wenn Kaffeesatz von ungeduldigen Händen aus den Filtern der Espressomaschinen herausgeklopft wurde. Clarissa stand hinter dem Tresen, füllte Tassen und rief Namen auf.

„Großer Milchkaffee für Tyrel!“, rief sie.

Ein Mann namens Tyrel griff nach dem Getränk, das sie auf den Tresen gestellt hatte.

„Danke, Clarissa.“

„Und – wann fahren wir nach Marokko, Tyrel?“, fragte Clarissa, während sie eine Haube aus Schlagsahne auf eine heiße Schokolade sprühte.

„Diese Woche kann ich nicht. Hab Prüfungen.“ Tyrel zwinkerte ihr zu und verschwand.

„Lass mich lieber nicht zu lange warten, Tyrel. Vielleicht muss ich sonst mit jemand anderem fahren.“ Sie stellte die Schokolade auf den Tresen. „XL-Schokolade für Claire!“

Dann sah sie mich.

„Lauren. Hey.“

„Hallo, Clarissa.“

„Hast du was bestellt?“

„Nein. Ich wollte dich nur fragen, ob du am Wochenende mit mir nach Hause kommen willst. Cole und Raul werden auch da sein, und Cole hat gefragt, ob du mitkommst. Möchtest du?“

Sie blickte nicht von der Espressomaschine auf. „Ich muss dieses Wochenende arbeiten.“

„Na ja, wenn du möchtest, könntest du nachkommen, wenn du fertig bist. Es ist ja keine lange Fahrt.“

„Aber ich muss eine Doppelschicht arbeiten – Samstagnachmittag im Buchladen und dann am Abend hier. Sonntagnachmittag und Sonntagabend auch. Ich brauche das Geld, weil es da Rechnungen gibt, die bezahlt werden wollen!“

Sie nahm den Edelstahlbehälter mit dem Kaffeesatz aus der Maschine und klopfte ihn gegen die Holzkante des Müllbehälters.

„Ach so. Okay.“

„Aber danke, dass du an mich gedacht hast.“

„Clarissa …“

„Sag es nicht.“

„Was soll ich nicht sagen?“

„Was auch immer du gerade sagen wolltest.“

Ich seufzte und sagte es trotzdem. „Du versuchst aber nicht, mich zu bestrafen, oder?“

Sie lachte schallend. „Das brauche ich doch gar nicht. Das erledigst du doch selbst ganz hervorragend. Es ist in Ordnung, die zu sein, die du bist, Lars. Ich wette sogar, dass die meisten Therapeuten genau das empfehlen würden."

Ich starrte sie an. „Ja, aber es ist nicht in Ordnung, wenn die Leute dich in eine Schublade gesteckt haben, du aber ganz tief drinnen weißt, dass du jemand anders bist." Ich hätte gerne noch hinzugefügt: *Und ich werde mich nicht verhalten, als ob ich besser sei als alle anderen, nur weil du meinst, dass ich das glaube.*

Clarissa schaute zu mir auf und zwinkerte mir zu. Dann wandte sie sich den Massen von Studenten zu, die auf ihren nachmittäglichen Koffein-Kick und die Schlagsahne warteten.

„Eine weiße Schokolade, fettarm, für Denise."

Sie wandte sich mir noch einmal zu und sagte: „Ich weiß ja nicht, was du gerade denkst, aber hey, du bist mir keine Erklärung schuldig. Tut mir leid, dass ich nicht mitkommen kann. Sag das doch bitte auch Cole."

„Okay", entgegnete ich, obwohl ich ihr wirklich gern erklärt hätte, was ich meinte.

„Hey", sagte sie, als ich mich umwandte, um zu gehen, „ich hab einen Prof, der sich für das Tagebuch interessiert, an dem du da arbeitest."

„Das Tagebuch?" Ich spürte, wie sich ein winziger Funke der Hingabe an das Tagebuch in mir entzündete und mein Beschützerinstinkt einen Augenblick lang erwachte.

„Ja. Er schreibt ein Buch über die Auswirkungen von Stigmatisierung auf Kultur und Wirtschaft. Er hat heute über die historische Bedeutung der Hexenprozesse von Salem gesprochen und über die Rolle, die Stigmatisierung dabei gespielt hat. Ich bin nach der Vorlesung noch dageblieben und habe ihm erzählt, dass du gerade das Tagebuch von einer der Frauen abschreibst, die damals vor Gericht gestellt wurden. Er fand das total spannend und hat gesagt, dass er gern mit dir darüber reden würde. Großer fettarmer Vanillemocha für Pete!"

„Er möchte mit mir reden? Aber worüber denn?"

„Über das Tagebuch natürlich. Was denn sonst?" Sie goss zwei Schuss Espresso in eine Tasse und pumpte dann zwei kleine Portionen Haselnusssirup hinein.

„Und wann?"

„Keine Ahnung. Nach der Prüfungswoche wahrscheinlich. Er hätte gerne deine Handynummer. Kann ich sie ihm geben?" Sie löffelte Milchschaum in die Tasse.

„Hm, weiß nicht. Na ja, wird wohl okay sein. Aber vielleicht sollte ich Abigail vorher fragen."

Clarissa verdrehte die Augen. „Du bist doch nicht ihre Leibeigene."

„Ich weiß, aber ..."

„Also – kann ich sie ihm geben?"

„Ihm was geben?" Ganz sicher nicht das Tagebuch.

„Deine Handynummer, Einstein."

„Ach so, ja klar." Aber eigentlich wollte ich nicht mit dem Professor über Mercy sprechen. Für mich war sie noch am Leben. Es war zwar Oktober, aber mit ihr war ich im April. Abigail hatte mir erzählt, dass die Hinrichtungswelle im Herbst 1692 zu Ende ging. Ich hatte also noch einige Monate mit Mercy vor mir. Sie war nicht Teil einer Statistik über Stigmatisierung und Hysterie. Noch war sie eine verliebte junge Frau, die Tagebuch führte.

„Super. Große Haselnusslatte für Lauren!"

Ich sah Clarissa mit großen Augen an.

„Du siehst definitiv panisch aus, Lars. Bleib mal locker. Er will nur mit dir reden."

Sie schob mir die Tasse hin und machte sich dann an die Zubereitung der nächsten Bestellung.

Vielleicht war es ganz gut, dass Clarissa an diesem Wochenende nicht mit mir nach Hause kam. Am Samstag bekam ich Raul und Cole nämlich gar nicht zu Gesicht, obwohl ich wusste, dass sie nur ein paar Kilometer entfernt bei meinem Onkel und meiner Tante in Beverly Hills waren. Ich hatte Raul nicht noch extra eine E-Mail geschrieben, um ihm mitzuteilen, dass Clarissa nicht mitkommen würde, und deshalb ging ich davon aus, dass Cole ebenfalls davon ausging, dass sie nicht bei mir war. Mich wollte offenbar keiner der beiden sehen, was mir allerdings auch nur recht war.

Während des Vormittags gab ich dem Galerie-Entwurf den letzten Schliff. Ich fügte am Ende noch einen Absatz hinzu, in dem es darum ging, dass der gesamte Komplex ein wahrlich multikultureller Treffpunkt werden könnte, wenn man Mitgliedschaften auch in Form von Stipendien für kunstinteressierte Menschen mit mittleren bzw. niedrigen Einkommen ermöglichen würde. Eine solche Geste würde bewirken, dass der Gebäudekomplex in der gesamten Gemeinde noch besser angenommen werden würde, und würde darüber hinaus auch Anreize schaffen, noch mehr Kunstinteresse und Wertschätzung für die Kunst zu entwickeln.

Ich wusste, dass mein Vater mich wahrscheinlich irgendwann im Laufe der Woche nach dem Lesen meines Entwurfes anrufen und fragen würde, was um alles in der Welt denn *das* sollte.

Auch das sollte mir recht sein.

Nachdem ich den Entwurf ausgedruckt und im Arbeitszimmer meines Vaters deponiert hatte, zog ich einen Badeanzug an, holte „Ein Baum wächst in Brooklyn“ aus der kleinen Bibliothek und legte mich in einen Liegestuhl am Pool.

Meine Mutter traf mich dort um kurz nach zwölf an und sagte, wir wären alle zum Essen bei Onkel Laurence eingeladen, um die Singapur-Fotos anzuschauen. Dann fragte sie mich, ob ich mit ihr ein neues Kleid kaufen gehen würde, da sie in der darauffolgenden Woche ins Ballett wollte. In einem

Geschäft entdeckte sie an einer Schaufensterpuppe ein leinenartiges Ensemble mit Dreiviertelärmeln in einem warmen Korallenton, von dem sie behauptete, es würde mir bestimmt großartig stehen. Sie bestand darauf, dass ich es anprobierte, und ich musste gestehen, dass es sehr gut zu meinem Teint und meinen honigblonden Haaren passte. Sie kaufte es mir.

Das neue Outfit zog ich dann auch ein paar Stunden später an, als wir zu meinem Onkel und meiner Tante fuhren. Es war sinnlos mir vorzumachen, dass ich mir nicht wünschte, von Raul in dem neuen Outfit gesehen zu werden.

Aber er und Cole waren gar nicht da.

Meine Tante erzählte, dass sie den ganzen Nachmittag weg gewesen seien und am Abend noch mit ein paar von Coles Freunden essen gehen wollten. Sie wusste nicht, wann die beiden zurück sein würden. Wir aßen Steak auf der Veranda und genossen danach überbackenes Eis, und dann schauten wir uns auf Onkel Laurences Großbildschirm zweihundert Bilder von Singapur an.

Das Essen war hervorragend, die Bilder wunderschön, aber ich war irgendwie nicht gut drauf. Normalerweise machte es mir nichts aus, Zeit mit meinen Eltern und meinem Onkel und meiner Tante zu verbringen. Es machte mir nichts aus, das Küken unter Erwachsenen zu sein, denn so war es schon immer gewesen. Ich war es nicht anders gewohnt. Aber an diesem Abend fand ich es richtig schlimm.

Und ich wusste auch, warum. Cole und Raul waren nicht da, und wo auch immer sie gerade sein mochten, sie hatten mich nicht dabeihaben wollen. Jedenfalls nicht ohne Clarissa.

Um kurz nach halb zehn schlenderte ich in die Küche. Nicht weil ich Hunger hatte, sondern eher aus Langeweile. Ich toastete mir einen englischen Muffin und war gerade dabei, ihn dick mit Erdnussbutter zu bestreichen, als ich hörte, wie das Garagentor neben der Küche aufging. Ich wusste, wer das sein musste, aber ich hatte keine Ahnung, wieso die beiden schon so früh wieder zurück waren. Ich beeilte mich mit meinem Muffin, weil ich aus der Küche verschwunden sein wollte, wenn sie hereinkamen, und weil ich außerdem den Eindruck vermitteln wollte, dass ich gerade einen wunderbaren Abend mit den anderen verbrachte.

Aber ich legte gerade erst das benutzte Messer in die Spüle, als Cole und Raul auch schon die Küche betraten. Ich konnte hören, dass Cole den Motor des Porsche meines Onkels hatte laufen lassen. Sie planten also nicht dazubleiben, sondern wollten nur etwas zu holen. Vielleicht mich?

Ich drehte mich um und sah sie an.

„Lars! Hey. Wie geht's?" Aber Cole wartete meine Antwort gar nicht ab. Er rauschte an mir vorbei durch die Küche ins Haus. Cole war wegen irgendetwas zurückgekommen, aber nicht meinetwegen.

Ich wandte mich Raul zu. Er trug ein saphirblaues Hemd aus Seide. Die Ärmel waren lässig bis zu den Ellbogen hochgekrempelt.

„Hallo, Raul."

„Hi, Lauren."

„Ich nehme an, du hast schon gehört, dass Clarissa nicht mitkommen konnte, oder?"

„Ach ja. Ja, klar. Na ja, du hast nicht zurückgemailt, dass sie mitkommen würde."

„Stimmt, hab ich nicht."

Schweigen.

„Bist du mit deinem Projekt fertig?", erkundigte er sich.

Auf jeden Fall erinnerte ich mich jetzt wenigstens wieder selbst daran, wieso ich überhaupt hergekommen war. „Ja, bin ich."

Wieder Schweigen.

„Du hast also ‚Moby Dick' wirklich schon gelesen?" Er lächelte jetzt.

Ich lächelte zurück. „Ja, hab ich wirklich."

„Und wie fand's du es?"

„Ziemlich abenteuerlich."

Er legte den Kopf ein wenig schräg und grinste. „Du machst dich über mich lustig."

„Es ist wirklich ziemlich abenteuerlich. Und enthält viel zu viele Einzelheiten über das Abschlachten von Walen."

„Es hat dir also gefallen, aber du fandest es nicht umwerfend."

„Ich fand die tieferliegende Aussage darin gut."

Raul lächelte, als hätte er gerade etwas über mich herausgefunden, was er noch nicht gewusst hatte. „Ach, du meinst das Trachten der menschlichen Seele, Gott zu verstehen."

In diesem Augenblick kam Cole, beladen mit einer schwarz-silbernen Xbox 360 und mehreren Steuerteilen, die herunterzufallen drohten, wieder in die Küche gestürmt. Raul eilte ihm zur Hilfe.

„Danke, Mann", sagte Cole, als er an mir vorbeifegte. „Bis dann, Lars."

Ich blickte Cole nach, wie er in der Garage verschwand.

Raul drehte sich noch einmal zu mir um und sah mich entschuldigend an. „Wir wollen bei einem Freund von ihm ‚Halo 3' spielen."

„Ach so."

„Würdest ... möchtest du mitkommen und zuschauen?"

Sein Blick war zwar freundlich, aber ich entdeckte darin auch Anzeichen dafür, dass es sich hier um ein Mitleidsdate handeln würde.

„Nein, aber trotzdem danke." Ich nahm meinen fertig zubereiteten Erdnussbuttermuffin. „Viel Spaß dann."

„Ja, dir auch."

„Tschüß", sagte ich.

„Tschüß."

Seine Hand lag schon auf der Türklinke zur Garage, als er mich noch einmal ansprach.

„Ja?" Ich blickte auf.

„Die Farbe steht dir toll."

Und dann war er weg.

Zweiundzwanzig

6. Mai 1692

George Burroughs wurde verhaftet und sitzt jetzt im Gefängnis von Salem. Papa will dabei sein, wenn er öffentlich verhört wird, und dieses Mal will er, dass auch ich mitkomme. Die Verhöre werden jetzt alle in Salem-Stadt durchgeführt. Papa befürchtet, dass es ihn nicht gelingen wird, den Mund zu halten, wenn ich nicht dabei bin. Solange ich da bin, wird er es sich zweimal überlegen, seinen Protest kundzutun. Im Fall von John Proctor hat so ein Protest ja dazu geführt, dass er selbst in Ketten gelegt wurde. Papa macht sich Sorgen, was aus mir werden sollte, wenn er ebenfalls verhaftet würde und ich dann allein wäre.

Uns zerreißt es beide innerlich, weil uns klar ist, dass die Angeklagten unmöglich alle Hexen sein könnten. Wenn wir etwas zu ihrer Verteidigung sagen, werden wir selbst beschuldigt. Sagen wir nichts, werden sie durch unser Schweigen zu Unrecht verurteilt. Was möchte Gott wohl, das wir tun?

8. Mai 1692

Papa hat beschlossen, einen Brief an die Richter Hathorne und Corwin zu schreiben, voller so eleganter und gelehrter Worte, wie ihm nur einfallen wollen, um diejenigen zu überzeugen, die sich durch weitaus weniger großartige Worte haben verführen lassen.

Er betet für den richtigen Moment, um Hathorne den Brief zu übergeben. Er hat Angst, dass er, gleichgültig, was er sagt oder wie er es sagt, im Gefängnis landet und ich dann allein bin.

Ich frage mich – und mich schaudert schon, wenn ich es nur schreibe –, wo Gott in all dem ist.

Ich bete dafür, dass denen, die in die Irre gegangen sind, die Augen geöffnet werden oder dass mir die Augen geöffnet werden, wenn diese angeklagten Personen wirklich Diener des Teufels sein sollten.

Aber meine Gebete werden nicht erhört.

9. Mai 1692

Als Papa heute Morgen aufgewacht ist, hatte er Fieber und konnte daher bei Reverend Burroughs' Verhör nicht dabei sein. Ich habe Papa angefleht, mich heute bei ihm bleiben zu lassen, aber er hat mich mit Tränen in den Augen angefleht, zu sehen, wie George Burroughs noch zu helfen sein könnte. Er hat versucht, aufzustehen, um selbst zum Versammlungshaus zu gehen und George Burroughs zu verteidigen. Wenn er die Kraft dazu gehabt hätte, wäre Papa selbst im Schlamm nach Salem gekrochen, um für den Reverend zu sprechen. Aber er hat die Kraft nicht. So hat er mich ermahnt, an seiner Stelle zu gehen.

„Und wer kümmert sich um dich, solange ich weg bin?", habe ich gefragt. Doch Papa sagte nur: „Was könnte ich schon brauchen, worum sich Gott nicht selbst kümmern könnte? Aber wer steht an diesem Ort der Irregeleiteten für Reverend Burroughs ein, meine Tochter?" Und ich sagte in meinem Herzen: „Und wo ist Gott an diesem Ort der Irregeleiteten, Papa? Wenn Gott hier bei dir ist, warum kann er dann nicht auch bei George Burroughs sein?" Doch ich

sprach es nicht laut aus. Papa hat mich gebeten, seinen Brief zu den Richtern zu bringen und dafür zu beten, dass Gott mir den richtigen Augenblick zeigen möge, ihn den Friedensrichtern Hathorne oder Corwin auszuhändigen.

Ich zittere, während ich das hier schreibe, und mein Herz bebt. Ich war heute im Versammlungshaus und habe gesehen, was dort geschehen ist. Gottes Gegenwart war dort dringend vonnöten. Aber ich fürchte, dass Gott ausgesperrt worden ist und draußen vor der Tür bleiben musste. Die Menschen wollen keine Antworten auf ihre Furcht. Sie wollten einen Grund dafür.

Ich habe neben Goody Trumbell gesessen, die die ganze Zeit unruhig auf ihrem Platz hin und her gerutscht ist. Ich hatte das Gefühl, sie glaubt ebenfalls, dass alles, was in unserem Dorf und in der Stadt Salem passiert, ein wahres Höllenschauspiel ist. Ich weiß auch, dass es noch mehr Leute geben muss, die so denken. Doch sie haben Angst, es laut auszusprechen, genauso wie Papa und ich. Die Richter stellten eine Frage nach der anderen und wollten, dass der Reverend das Geständnis ablegte, mit dem Teufel um Bunde zu sein, aber das tat Reverend Burroughs nicht.

Reverend Burroughs ist gewiss nicht der heiligste Mann, den ich kenne. Er ist groß und laut und neigt manchmal zum Hochmut, was auch der Grund ist, weshalb ich nicht glauben kann, dass er ein Hexenmeister sein soll. Dazu ist er einfach viel zu menschlich.

Die Richter fragten, wann Reverend Burroughs das letzte Mal das Abendmahl genommen hätte, so als wüssten sie bereits, dass es zu lange her ist, als dass er sich erinnern könnte. Sie fragten ihn, ob seine Kinder getauft seien, obwohl sie ganz sicher schon wussten, dass sie es nicht sind. Dann fragten sie ihn nach seinen Frauen, weil diese ja angeblich einigen Leuten erschienen wären und behauptet hätten, er hätte sie umgebracht. Da schrie Susannah Sheldon, ein Mädchen, das ich schon kenne, seit es ganz klein war, dass Burroughs tote Frauen direkt vor ihr stünden. Sie wären in Betttücher eingehüllt und würden laut ausrufen, sie wären von Burroughs ermordet worden. Andere sagten, Reverend Burroughs hätte ein ganzes Fass Melasse mit nur zwei Fingern gehoben und ein schweres Gewehr mit einem Finger gehalten. Und das sei schon vor sechs oder sieben Jahren gewesen! Der Teufel hätte ihm die Kraft dazu gegeben, sagten sie. Während des Verhörs fingen die besessenen Mädchen an, zu schreien und sich auf dem Boden zu wälzen. Es war ein grauenvoller Anblick. Die Richter ordneten an, die Mädchen aus dem Raum zu bringen, um die Ordnung wiederherzustellen. Und als das geschehen war, wurde George Burroughs ins Gefängnis zurückgebracht.

Als ich nach Hause kam, merkte ich, dass ich Papas Brief immer noch in der Tasche hatte.

10. Mai 1692

Papa hat immer noch Fieber. Heute ist John Peter gekommen, um Eier zu holen, und hat uns erzählt, dass Reverend Burroughs ins Gefängnis nach Boston überstellt wurde.

Er hat auch berichtet, dass Sarah Osborne im Gefängnis gestorben ist.

Clarissa erkundigte sich nicht, wie mein Wochenende gewesen war. Aber was gab es da schon zu erzählen? Ich sah Cole und Raul insgesamt vielleicht fünf Minuten und bin fast sicher, dass mein Cousin am Samstagabend auch dann spontan entschieden hätte, lieber bei einem Freund „Halo 3“ zu spielen, als mit mir und Clarissa etwas zu unternehmen, wenn sie dabei gewesen wäre. Ich hatte sogar den Eindruck, Cole hatte völlig vergessen, dass er überhaupt nach ihr gefragt hatte. Also erwähnte ich das Wochenende gar nicht und Clarissa tat es auch nicht.

Abigail kam mir in der folgenden Woche still und abwesend vor und an meinem Wochenende genau so wenig interessiert wie Clarissa, wenn auch aus anderen Gründen, da war ich mir ziemlich sicher.

Als ich am Dienstagnachmittag bei Abigail ankam, wurde ich von Esperanza empfangen, die nachdenklich dreinschaute, als sie mir die Tür öffnete. Sie bat mich in die geflieste Diele und ich konnte Abigails erhobene Stimme hinter der geschlossenen Tür der Bibliothek zu meiner Linken hören.

„Wir haben das alles doch schon x-mal hinter uns, Graham", sagte Abigail gerade mit zorniger und frustrierter Stimme. „Ich werde nicht zulassen, dass das Familienerbe einfach verspielt wird. Und ich weiß, dass du genau das damit tun würdest."

„Miss Boyle telefoniert gerade", erklärte mir Esperanza schnell. „Ein unerwarteter Anruf. Wenn es Ihnen nichts ausmacht, könnten Sie ja vielleicht so lange hier warten."

Sie führte mich in das Wohnzimmer, dessen Türen an diesem Tag offen standen. Die frische Herbstsonne fiel auf den Parkettboden und glitzerte in dem Kristallgehänge des Kronleuchters. Es war ein wunderschönes Zimmer, aber ich hätte lieber in der Küche gewartet oder im Esszimmer oder auf der Terrasse. Das Wohnzimmer strahlte irgendwie eine starke Sehnsucht aus. Nicht die Art von Sehnsucht, die ungeduldig macht, dass endlich Weihnachten ist, sondern die Art von Sehnsucht, die einen mit innerer Leere erfüllt. Die Sehnsucht, die einem das Gefühl von Einsamkeit vermittelt.

Ich fragte Esperanza, ob ich nicht lieber in der Küche auf Abigail warten könne, aber da schloss sie bereits im Weggehen die Wohnzimmertür hinter sich. Was auch immer Abigail sagte, ich sollte es jedenfalls nicht hören. Ich wusste nicht, wer Graham war, aber es war ganz offensichtlich, wie verärgert Abigail darüber war, dass er Geld von ihr wollte. Und ganz offensichtlich war sie auch nicht bereit, es ihm zu geben. Ich konnte ihre Stimme jetzt kaum noch hören – nur noch gedämpfte Geräuschwellen und eine vage erkennbare Satzmelodie, aber keine verständlich gesprochenen Worte.

Ich entfernte mich von der geschlossenen Tür und schaute mich in dem Zimmer um. Das Sofa und die Sessel sahen ebenso unberührt wie unbequem aus. Jedes Kissen war perfekt platziert, und in den Polstern war auch nicht die kleinste Delle zu erkennen, sodass man hätte meinen können, die Möbel wären noch unbenutzt. Der dicke Wollteppich in der Mitte des Zimmers sah aus, als wäre er gerade eben vom Schiff aus China gerollt worden. Es gab weder abgeschabte Stellen noch Flecke und auch sonst gab es weder an den Wänden noch den Fußleisten Hinweise darauf, dass jemand diesen Raum auch einmal benutzte.

An einer Wand mit Buntglasfenstern standen eine Mahagonianrichte sowie gerahmte Fotos. Fasziniert ging ich dorthin und war plötzlich froh, mich in einem Zimmer aufzuhalten, in dem noch ein wenig von Abigails Vergangenheit nachhallte.

Das erste Bild war ein vergilbtes Foto von einem schnauzbärtigen Mann im Anzug, der in einem Queen-Anne-Sessel saß. Hinter ihm stand eine Frau mit dunklen Locken, die ein weißes Kleid mit passenden weißen Stiefelchen mit Knopfverschluss trug. Sie hielt einen kleinen Blumenstrauß in der Hand. Keiner von den beiden lächelte. Das waren zweifellos Abigails Eltern am Tag ihrer Hochzeit, und sie sahen aus, als könnten sie den Anblick des jeweils anderen nicht ertragen. Vielleicht war es aber auch so, dass sie sich sehr liebten, der Fotograf ihnen aber gesagt hatte, sie müssten absolut still stehen und dürften sich nicht das kleinste bisschen bewegen, was natürlich hieß, dass sie auch nicht lächeln durften. Aber wenn man sich diese harten, verdrossenen Gesichter anschaute, dann konnte man sich leicht vorstellen, dass Abigail in einem freudlosen Zuhause aufgewachsen war.

Das nächste Foto, ebenfalls sepiafarben und ziemlich vergilbt, zeigte ein schwarzhaariges Mädchen in einem Matrosenkleid, das offenbar ebenfalls stillsitzen musste, auf dessen Gesicht aber zumindest die Andeutung eines Lächelns zu erkennen war. Ich erkannte die Form der Augen und die hohen Wangenknochen wieder. Das war Abigail mit etwa fünf oder sechs Jahren. Sie sah glücklich aus.

Das dritte Foto zeigte ebenfalls Abigail, inzwischen ein paar Jahre älter, wie sie zusammen mit einem anderen Mädchen, das helleres Haar hatte, auf einem Verandageländer saß. Dorothea vielleicht? Die beiden Mädchen trugen die gleichen Rüschenkleider und hatten Sonnenschirmchen in den Händen. Ihre Köpfe waren einander zugeneigt, und sie sahen aus, als hätten sie noch Stunden so dasitzen können.

Das vierte Bild war wieder ein Hochzeitsfoto, dieses Mal schwarzweiß und im Stil der 40er Jahre. Der Mann auf dem Foto trug eine Armeeuniform und die Frau ein weißes Kostüm mit Schößchenjacke und einen passenden Hut mit Netzschleier. In den Armen hielt sie ein Biedermeiersträußchen aus Teerosen. Sie und der Mann strahlen beide übers ganze Gesicht. Die Frau sah aus wie eine ältere Version des blonden Mädchens, das neben Abigail auf dem Verandageländer gesessen hatte.

Das fünfte und letzte Foto war eines von derselben Frau mit einem Säugling auf dem Arm. Die Frau lächelte in die Kamera und das Baby lächelte die Frau an. Ich nahm das Bild in die Hand.

Dorothea hatte also ein Kind gehabt.

Ich fragte mich in diesem Augenblick, ob das Baby in Dortheas Armen vielleicht der Kerl in Maine war, der damit rechnete, Abigail zu beerben. Abigail hatte mir ja an dem Tag, als wir uns kennenlernten, erzählt, dass sie nur noch einen lebenden Verwandten hätte. Nur einen einzigen. Und es war ein Mann, der in Maine lebte.

Abigail hatte außerdem gesagt, sie hätte die Absicht, dem Mann nur ihre Bücher zu vermachen und sonst nichts, weil er ihnen so wenig Wert beimäße.

Und in diesem Augenblick kam mir siedend heiß in den Sinn, dass dies der Mann war, mit dem sie dort gerade in der Bibliothek telefonierte.

Graham.

Dorotheas Kind.

Ihr einziger noch lebender Verwandter.

Und ganz eindeutig jemand, den sie nicht bewunderte.

Ich hatte das Foto von Dorothea mit ihrem Baby noch in der Hand, als die Tür zum Wohnzimmer geöffnet wurde und Abigail den Raum betrat.

„Entschuldigen Sie, dass ich Sie habe warten lassen, Lauren", sagte sie und schaute auf das, was ich in der Hand hielt, statt auf mich.

„Kein Problem." Ich gab mir Mühe, locker und entspannt zu klingen, so als ob ich nicht gerade etwas Tragisches entdeckt hätte. Ich stellte das Foto auf den Tisch zurück, wo ich es hergenommen hatte. „Ist das Dorothea?"

„Ja." Abigails Tonfall verriet nichts.

„Mit ihrem Kind?"

„Ja." Und dieses Mal schien ihre Stimme zu stocken. Sie schaute das Bild an und ich konnte unterdrückten Schmerz in ihren wässrigen Augen erkennen. Ich hatte eine Stelle berührt, die immer noch wehtat, und der Schmerz schien immer noch so stark zu sein, dass ich wünschte, ich hätte nichts gesagt.

„Es tut mir so leid, Abigail, ich wollte nicht neugierig sein."

Sie ließ sich Zeit mit ihrer Antwort. „Sie waren nicht neugierig. Sie haben nur eine Frage gestellt. Ja, das ist meine Cousine Dorothea. Ihr Mann Joseph ist im Krieg gefallen und sie selbst starb nicht einmal ein Jahr nach der Geburt ihres Kindes. Sie ist nie über den Tod ihres Mannes hinweggekommen, und Joseph hat seinen Sohn nie gesehen, weil er nach Afrika musste, als Dorothea im sechsten Monat schwanger war."

„Ich ... ich ... Es tut mir leid, Abigail."

„Das ist alles schon so lange her.“ Sie holte tief Luft, und ich konnte sehen, wie sie sich wieder sammelte und versuchte, ihre Fassung zurückzuerlangen, um aus einer Vergangenheit aufzutauchen, die immer noch so sehr schmerzte. Ihr Blick ruhte auf dem Foto, das ich wieder zurückgestellt hatte.

Ich zeigte auf das Bild mit den beiden Mädchen. „Und das sind Sie mit Dorothea?“

„Ja, in unserem Strandhaus. Wir haben im Sommer immer ein paar Wochen bei meiner Tante und meinem Onkel in Pismo Beach verbracht.“ Abigails Gesicht entspannte sich, während sie in Gedanken an den Sandstrand zurückkehrte. Einen kurzen Augenblick lang sah sie jung und fast glücklich aus. Aber dann spannten sich die Muskeln um ihre Augen und den Mund wieder an, und als sie sich einen Moment später wieder zu mir umdrehte, war ihr Blick zwar freundlich, aber auch irgendwie kühl. „Bereit für die Arbeit?“

„Ja, natürlich.“

Ich trat von der Anrichte mit den Fotos zurück und folgte Abigail zur Tür. Ihre gummibesohlten Schuhe quietschten auf dem Holzfußboden, und sie schien extra schnell in die Eingangshalle zu streben, damit das Quietschen aufhörte. Schweigend zogen wir von dem einen Raum in den anderen, vom Raum der Toten in den Raum, in dem die Zeit auf Papier gebannt war, wohin man auch schaute.

Während Abigail das Tagebuch holte und ich meinen Platz am Arbeitstisch einnahm, versuchte ich, meine Gedanken zu ordnen. Wahrscheinlich hatte Abigail versprochen, sich um Dorotheas Baby zu kümmern, und hatte es auch versucht, aber Graham war zu einem Mann herangewachsen, der sich nur für Geld interessierte. Vielleicht hatte auch Abigails Tante, also Grahams Großmutter, Graham großgezogen, aber sie und ihr Mann hatten nicht so viel Geld wie Abigails Vater. Vielleicht hatten sie sich nicht so um Graham gekümmert, wie Abigail es sich gewünscht und vorgestellt hatte. Und vielleicht hatte Abigail dadurch das Gefühl gehabt, Dorothea irgendwie enttäuscht oder im Stich gelassen zu haben. Sie hatte für Dorotheas Kind mehr tun wollen, aber irgendetwas hatte sie daran gehindert. Genauso wie Mercy für die fälschlich Beschuldigten das Wort hatte ergreifen wollen, aber nicht gewusst hatte, wie sie es anstellen sollte.

Abigail legte das Tagebuch vor mir auf den Tisch.

„Ich hatte heute einen anstrengenden Tag, Lauren, und ich fühle mich nicht so gut. Ich hoffe, es macht Ihnen nichts aus, wenn ich heute Abend nicht mit Ihnen zusammen esse. Esperanza macht eine sehr gute Lachsquiche, aber ich glaube, ich werde mich für heute zurückziehen. Ich ... ich muss mich hinlegen."

Abigail hatte zwar ihre unverwüstliche Fassade nicht abgelegt, aber ich entdeckte zum ersten Mal Risse darin. Sie trauerte nicht nur um eine verlorene Liebe, sondern auch über ein Leben voller Verluste. Ich fragte mich, mit wie viel von dem, was ich vermutete, ich wohl richtig lag.

„Kann ich etwas für Sie tun, Abigail?" Ich hatte nie etwas ernster gemeint.

Sie lächelte. „Nein, vielen Dank.

Abigail ging langsam hinaus und ließ mich mit Mercy allein.

Dreiundzwanzig

14. Mai 1692

Heute ging es Papa besser. Er ist ins Dorf gegangen, weil er finanzielle Angelegenheiten regeln und für einige Leute Briefe schreiben musste. Ich bin mitgegangen, um aufzupassen, dass er unterwegs nicht vor Schwäche zusammenbrach. Bevor wir uns auf den Weg machten, steckte er noch den Brief in seine Umhängetasche.

Es gab Nachricht aus Boston, dass der neue Gouverneur der Kolonie, Sir William Phipps, eingetroffen sei. Ich bete, dass dieser Mann der furchtbaren Situation ein Ende setzt.

Wir sind wieder zu Hause. Papa hat seinen Brief immer noch.

19. Mai 1692

Die Buchhaltung für das Schiff des Onkels musste erledigt werden, sodass Papa auf dem Pferd nach Boston geritten ist, obwohl ich ihn angefleht habe, es nicht zu tun. Es geht ihm immer noch nicht wieder gut. Als er heute am Abend müde und hungrig wieder nach Hause kam, hat er mir erzählt, dass Mary Easty aus dem Gefängnis entlassen wurde, dann aber ganz schnell wieder verhaftet wurde, als ihre Ankläger gegen ihre Freilassung protestierten.

John Peter ist heute gekommen, um Eier zu holen, aber weil Papa nicht zu Hause war, ist er nicht länger geblieben. Er sah aber aus, als wäre er gerne noch geblieben.

23. Mai 1692

Prudence Dawes wird heute siebzehn. Ich habe einen wunderschönen Stein am Bach gefunden, fast weiß und ganz glatt, und habe ihren Namen und ihr Alter darauf geschrieben. Es hat viel Zeit gekostet, die Buchstaben möglichst schön zu schreiben, und das Ergebnis hat mir sehr gefallen. Sie schien sich aber nicht so sehr darüber zu freuen. Sie hat sich zwar bedankt, aber was da aus ihrem Mund kam, waren nur höfliche Worte. Ich glaube, es ist gar nicht der Stein, der ihr nicht gefällt, sondern die Tatsache, dass ich es war, die ihn ihr geschenkt hat.

28. Mai 1692

Papa hätte heute nicht ins Dorf gehen sollen. Er war blass und geschwächt, aber er ist trotzdem gegangen. Ich glaube nicht, dass Gouverneur Phipps dem Schrecken ein Ende setzen wird. Er hat ein Anhörungsgericht gebildet, den „Court of Oyer and Terminer". Papa sagt, das heißt „hören und feststellen". Diese Kommission wird die Klagen gegen diejenigen anhören, die der Hexerei beschuldigt werden, und dann deren Unschuld oder Schuld feststellen.

Sir William hat sieben Richter ernannt, die zu Gericht sitzen, unter anderem auch John Hathorne. Ich habe Angst um jeden, der in Ketten liegt. Ich habe Papa gefragt, was mit denen geschieht, die für schuldig befunden werden, aber er wollte mir keine Antwort geben.

Der Anruf meines Vaters kam schließlich am Donnerstag. Eigentlich hatte ich damit gerechnet, schon am Sonntagabend, spätestens aber Montagmorgen von ihm zu hören. Als er sich am Mittwoch immer noch nicht gemeldet hatte, glaubte ich langsam, dass mein zusätzlicher Vorschlag in dem Entwurf für die Galerie für ihn kein Problem darstellte. Auf jeden Fall hatte er inzwischen mit Sicherheit das vollständige Werk gelesen. Als ich am Sonntagnachmittag wieder losfuhr, hatte mein Vater mir mitgeteilt, er wolle sich den gesamten Entwurf – zumindest meinen Teil davon – noch durchlesen, wenn er am Abend vom Golfspielen zurück sei.

Den Rohentwurf hatte er sich am Wochenende zuvor angeschaut, und die Art und Weise, wie ich die Bandbreite des Projektes beschrieb, schien ihm gefallen zu haben. Besonders glücklich war er über die Schlagworte, die ich zur Beschreibung der unterschiedlichen Galerietypen verwendet hatte.

„Die Matriarchin dieser Familie wird es lieben", hatte er gesagt. „Und die anderen Frauen sowieso."

Ich hatte ihn gefragt, was er mit „andere Frauen" meinte, worauf er geantwortet hatte, dass zu der Familie der möglichen Investoren eine Großmutter, zwei Brüder, eine Schwester und eine Enkelin gehörten, die alle leidenschaftliche Kunst- und Kulturliebhaber seien.

„Du hast mit deiner Sprache Bilder und Vorstellungen erfasst, von denen sich besonders die Frauen angesprochen fühlen werden", lobte er mich.

„Und was genau meinst du damit?", hatte ich nachgefragt, und mir war dabei besonders bewusst gewesen, dass ich seine Tochter und nicht sein Sohn war. Ich wollte nicht hören, dass ich das weibliche Auge und Denken anspräche, das ja typischerweise seine Stärke nicht bei den harten Fakten und nackten analytischen Tatsachen hat. Aber dennoch rechnete ich damit, dass er genau das sagen würde. War das nicht auch genau das, was er meinte?

„Damit meine ich, dass du deine Sache großartig gemacht hast“, hatte er geantwortet und mir mit diesen Worten meinen Rohentwurf zurückgegeben. „Wirklich eine hervorragende Arbeit.“

Dann hatte Eleanor uns zum Essen gerufen. Auf dem Weg ins Esszimmer hatte er das Thema gewechselt, und ich hatte ebenfalls nicht mehr versucht, das Gespräch auf das Projekt zu bringen.

Ich wusste, dass mein Vater beim endgültigen Entwurf nicht mehr mit tiefgreifenden Änderungen rechnen würde, und mein Vorschlag an die Investoren, einen Fonds einzurichten, um den Galeriekomplex Kunst- und Kulturfreunden aller sozialen Schichten zugänglich zu machen, war in Anbetracht des finanziellen Gesamtvolumens des Projektes keine gigantische Änderung. Was war für Milliardäre schon eine weitere halbe Million?

Nein, mein zusätzlicher Vorschlag veränderte lediglich den Umfang des Projektes, nicht aber seinen Grundansatz. Er erweiterte es, wertete es noch auf. Der Vorschlag fügte einem Projekt, das mit Sicherheit zu einer Ikone für die Kunstgemeinde im Westen von Los Angeles werden würde, noch eine ausgesprochen philanthropische Komponente hinzu.

Das waren die nackten analytischen Fakten, die ich zur Verteidigung meines winzigen zusätzlichen Absatzes in der Projektbeschreibung auf Lager hatte.

Und jetzt wartete ich darauf, sie anzubringen.

Als sich dann mein Vater am Donnerstag endlich bei mir meldete, war schon ein wenig von der Begeisterung verpufft, die ich gebraucht hätte, um ihn davon zu überzeugen, wie gut meine Idee war. Es war etwa acht Uhr abends, als er mich anrief, und ich war erst seit einer halben Stunde von meiner Arbeit bei Abigail zurück. Wie immer war ich allein im Wohnheimzimmer.

„Was soll denn dieser zusätzliche Absatz?“ Gleich nachdem er mich begrüßt hatte, stellte mein Vater die Frage ganz schlicht und ruhig und ohne eine Spur von Missfallen in der Stimme.

„Das ist nur eine nette, großzügige Geste, die dieses Projekt in einem einzigartigen Licht dastehen lassen wird. Menschen, die Kunst lieben, wollen diese normalerweise nicht für sich behalten."

„Ja, aber Stipendien sind für Einrichtungen da, die sich der Lehre verschrieben haben, Galerien dagegen sind zum Spaß und zur Erbauung gedacht."

„Aber du hast doch selbst gesagt, dass dort auch Vorträge, Lesungen und Konzerte stattfinden sollen. Dieses Projekt verbindet beides. Es ist teils Unterhaltung, zum Teil aber auch ein Bildungsangebot."

„In Ordnung, ein Punkt für dich. Aber unsere Aufgabe ist es, Gebäude zu planen und zu errichten, und nicht, Menschen vorzuschreiben, was sie damit tun sollen."

„Eine bessere Nutzung von Gebäuden vorzuschlagen, die man errichten möchte, ist keine Arroganz, sondern eher … eine Erweiterung der Bandbreite einer Investition."

„Aber was du da vorschlägst, zahlt sich für den Investor doch nicht im Geringsten aus. *Mitgliedschaften* sorgen dafür, dass sich die Investition auszahlt. Du dagegen machst den Vorschlag, eine beträchtliche Summe zu verschenken."

„Und wer sagt, dass eine bestimmte Form von Großzügigkeit nicht auch wieder Mitglieder anzieht, die selbst eine philanthropische Grundhaltung und einen entsprechenden Lebensstil pflegen? Wir wissen doch beide, dass es sich hier um ein Projekt handelt, das den Investoren sicher nicht viel Geld einbringen wird. Die Investorenfamilie wird immer Geld zuschießen müssen, um es zu erhalten."

„Aber ich mache normalerweise keine Vorschläge, wie ein Investor mit seiner Investition umgehen soll."

„Vielleicht solltest du das ja hin und wieder mal tun."

„Lauren."

„Was?"

„Woher hast du all diese Ideen?“

Er klang lebhaft und neugierig, so als fände er es richtig spannend und anregend, dass ich mich mit ihm über eine Geschäftsidee auseinandersetzte. Ich starrte auf meine Füße und merkte, dass ich angefangen hatte, in meinem winzigen Wohnheimzimmer auf und ab zu gehen.

„Es ist nur eine Idee, Papa. Und ich glaube, es ist eine *gute* Idee. Man kann auch ohne diesen zusätzlichen Aspekt nichts gegen diesen Galerienkomplex einwenden, aber etwas wirklich besonders Tolles ist er nicht. Bislang handelt es sich dabei nur um einen Ort, an dem die Oberschicht unter sich sein und sich von den anderen Menschen in unserer Gesellschaft distanzieren kann. Und ich glaube nicht, dass Kunst, Musik und Literatur dazu gedacht sind.“

„Du glaubst also, dass du die Kluft zwischen den Schichten auf diese Weise überbrücken kannst?“ Sein Tonfall hatte jetzt etwas beinahe Wehmütiges. Es schwang leiser, gutmütiger Spott mit.

„Ich würde lieber den Abstand verringern, als eine Brücke bauen, Papa.“

Er lachte freundlich. „Aber die Reichen und die Armen wird es immer geben. Das steht doch sogar in der Bibel.“

„Ich rede nicht von der Umverteilung von Reichtum. Ich rede davon, wie Menschen denken. Darüber denke ich schon seit Monaten nach.“

„Erzähl mal.“

Wie sollte ich es erklären? Ich befand mich ja selbst noch mitten in dem Prozess, das alles erst einmal für mich selbst zu sortieren und zu klären. „Wir benutzen die dümmsten Maßstäbe, um den Wert von Menschen zu messen, Papa.“

Er sagte nichts, aber ich konnte förmlich hören, was er dachte.

Daran wirst du auch mit einer Kunstgalerie nichts ändern.

Vierundzwanzig

1. Juni 1692
Papa liegt wieder mit schlimmem Husten im Bett und ich bin fast froh darüber. Er braucht mich hier bei sich zu Hause, sodass er mich nicht ins Dorf schickt, um die neuesten Nachrichten einzuholen.

Aber die Neuigkeiten gelangen dennoch zu uns.

Goody Trumball hat einen Topf Erbsensuppe für Papa gebracht – die sehr gut war –, und sie hat erzählt, dass Bridget Bishop als Erste vor dem neuen Gericht stehen wird.

3. Juni 1692
Heute bin ich nicht in der Stimmung für Geschichten oder Tagebücher. Bridget Bishop wurde für schuldig erklärt.

Sie soll gehenkt werden.

Sie ist eine sehr seltsame Frau, und ich habe ein bisschen Angst vor ihr, aber „seltsam" heißt doch nicht gleich „böse". John Peter kam mit der schrecklichen Neuigkeit zu uns. Er sagte, dass man Goody Bishop am Leben gelassen und einfach nur aus dem Dorf gejagt hätte, wenn sie gestanden hätte, eine Hexe zu sein. Aber das hat sie nicht getan, und deshalb glauben sie, dass sie eine Hexe ist, die sich weigert zu gestehen, und nicht eine Unschuldige, die auch dann nicht bereit ist, vor Gericht zu lügen, wenn sie dadurch ihr Leben retten könnte.

Ich bin fassungslos.

John Peter ist noch geblieben und hat eine Weile mit Papa geredet. Er hat ihm Kontobücher aus Salem mitgebracht und Aufträge von Leuten, für die er Briefe schreiben soll. So hat er wenigstens ein bisschen Arbeit. Außerdem hat John Peter noch Feuerholz für den Herd gehackt und den Stall ausgemistet.

Ich glaube, Papa mag John Peter. Darüber bin ich froh.

Es ist gut, dass es heute auch etwas gibt, worüber ich froh sein kann.

10. Juni 1692

Bridget Bishop ist tot.

Ich war bei der Hinrichtung nicht dabei, weil Papa mich zu Hause brauchte. Ich wäre aber auch nicht gegangen, wenn es ihm gut gegangen wäre. Doch obwohl ich nicht hingegangen bin, habe ich in meinen Gedanken den ganzen Nachmittag Goody Bishops hin und her pendelnden Körper gesehen und keine noch so schwere Arbeit und kein Beten und keine Geschichten konnten dieses Bild verscheuchen.

Wer hat sich nur eine so grausige Art ausgedacht, Leben auszulöschen? Einem den Atem zu nehmen und dadurch Geist und Körper einander zu entreißen.

Papa hat mich getröstet, indem er mir zugeflüstert hat, dass es sehr viel weniger furchtbar ist, gehenkt als verbrannt zu werden.

Aber tot ist man so oder so.

17. Juni 1692

Papas Krankheit will einfach nicht abklingen. Ich war viel zu sehr damit beschäftigt, mich um ihn zu kümmern und das

Haus in Ordnung zu halten, als schreiben zu können. Bis jetzt hat Papa die Krankheit immer besiegt, die seiner Lunge so zusetzt, aber dieses Mal ist es anders. Sie ist wie ein Ungeheuer mit Krallen. Papa hat heute hellrotes Blut gehustet. Er ringt mit dem Ungeheuer, und ich fürchte, er wird diesen Kampf nicht gewinnen. Er wird von Tag zu Tag schwächer.

John Peter kümmert sich um die Tiere im Stall, während ich Papa versorge.

Ich habe John Peter endlich ein paar von meinen Geschichten vorgelesen. Er hat gesagt, sie wären wunderschön und dass ich eigentlich Bücher schreiben müsste.

Ich habe gelacht. Er nicht.

30. Juni 1692

Papa ist schwach und gebrechlich. Ich bete jeden Tag, dass Gott vom Himmel heruntergreift und ihn heilt, aber eine leise Stimme in meinem Inneren sagt, dass Gott auf andere Weise nach Papa greifen wird – indem er ihn zu sich holt.

Ich habe Angst davor, wie mein Leben ohne ihn sein wird. Er ist zu schwach zum Sprechen, aber er fragt jeden Tag danach, ob ich an meinen Vetter Samuel geschrieben habe, um ihn von Papas Krankheit zu unterrichten. Ich möchte den Brief nicht schreiben und so dazu beitragen, dass das eintritt, wovor ich mich so sehr fürchte.

Goody Trumball hat mir heute geholfen, Erbsen zu pulen.

Rebecca Nurse, Sarah Goode und die drei anderen sind zum Tode verurteilt worden.

Ich glaube, ich wusste schon ein paar Wochen, nachdem ich mit der Übertragung des Tagebuches begonnen habe, dass Mercys Vater die Hinrichtung seiner Tochter nicht mehr erleben würde.

Abigail hatte es mir signalisiert, ohne es konkret auszusprechen.

Sie hatte nicht direkt gesagt, dass Mercys Vater Eli Hayworth schon tot war, als Mercy unter dem Galgen stand. Aber als ich dann die Juni-Einträge übertrug – als mir klar wurde, dass ihr Vater im Sterben lag –, da erinnerte ich mich wieder an Abigails fragenden Blick, als ich gesagt hatte, dass es ja vielleicht ein Segen sei, dass Mercys Mutter schon Jahre zuvor an den Pocken gestorben sei. Es sei mit Sicherheit schon für Eli schwer genug gewesen, mit ansehen zu müssen, wie Mercy zum Galgen geführt wurde.

Abigail wusste, dass Eli Hayworth zu dem Zeitpunkt, als Mercy hingerichtet wurde, bereits an dieser Krankheit verstorben war, die seine Lunge zerfraß, was auch immer es gewesen sein mochte. Das erklärte auch, wieso sie auf meine Bemerkung mit einem so irritierten Blick reagiert hatte. Sie hatte mich allerdings auch nicht korrigiert. Abigail wollte offenbar, dass ich auch diese Einzelheit aus Mercys Leben – genau wie alles andere – erst dann erfuhr, wenn ich im Tagebuch an der entsprechenden Stelle ankam.

Dennoch merkte ich, wie niedergeschlagen ich war, als ich mit den Einträgen von Juni fertig war und mir ohne jeden Zweifel klar war, dass Mercys Vater im Sterben lag.

Sie würde allein zurückbleiben.

Sie würde schon bald mit einem strengen Verhör konfrontiert werden, das sie nicht verdient hatte, und sie würde es ganz allein überstehen müssen. Während sich Mercy auf den Tod ihres Vaters einstellte, wusste sie nur eines: dass sie bald allein sein würde. Sie glaubte zu diesem Zeitpunkt noch, dass ihr nur Trauer und Einsamkeit bevorstanden.

Als ich jetzt das Dokument speicherte und den Computer herunterfuhr, kam mir ihr Schicksal schrecklich ungerecht vor.

Mercy glaubte, das Schlimmste, was ihr passieren könne, sei der Verlust ihres Vaters.

Ich war mit der Zeit auf Mercys Beziehung zu ihrem Vater richtig neidisch geworden. Sie schienen sich so einig zu sein und so einträchtig miteinander zu leben. Für mich war unvorstellbar, dass Mercy Eli irgendein Detail aus ihrem Leben verschwiegen haben könnte oder sich auch nur gewünscht hätte, dass es Dinge gab, die sie vor ihm geheim halten könnte. Die Beziehung zwischen Mercy und ihrem Vater erinnerte mich an eine Seelenverwandtschaft. Die Art von Beziehung, bei der man beim Anblick eines Elternteils mit dem Kind sagt: „Der Apfel fällt nicht weit vom Stamm."

Oder: „Wie der Vater, so der Sohn."

Nachdenklich und in düsterer Stimmung schob ich das Tagebuch von mir. Abigail und ich hatten schon früh gegessen, ein leichtes Spinatomelette, das zwar sehr gut gewesen war, aber jetzt war es schon nach sieben, und ich hatte wieder Hunger. In meinem Zimmer im Wohnheim hatte ich nichts zu essen außer einer Packung mit weichen Oreos – weich, weil Clarissa sich daran bedient, sich aber nicht die Mühe gemacht hatte, die Packung wieder richtig zu verschließen. Ich fragte mich, ob Esperanza mir wohl noch einen von den Haferflockenkeksen geben würde, die sie am Nachmittag gebacken hatte.

Als ich aus der Bibliothek in den gefliesten Eingangsbereich trat, um in die Küche zu gehen, stand die Wohnzimmertür offen, und ich konnte sehen, dass an der gegenüberliegenden Wand ein flackerndes Feuer im Kamin brannte. Überrascht betrat ich auf Zehenspitzen das Zimmer und rechnete damit, dort Abigail mit einer Tasse Tee anzutreffen und wenigstens den Raum zu genießen, der dazu da war, genossen zu werden. Aber es war Esperanza, die vor der Feuerstelle kniete und gerade dabei war, handbeschriebene Blätter zu zerreißen und ins Feuer zu werfen.

Sie blickte zu mir auf. „Wollen Sie gehen? Soll ich Ihnen noch das Außenlicht auf der Veranda einschalten?" Sie machte Anstalten, sich zu erheben.

„Nein, ich weiß, wo der Lichtschalter ist. Ich habe mich nur ... gefragt, wo Abigail ist."

„Brauchen Sie etwas?"

„Nein, ich habe nur das Feuer gesehen und gedacht, sie wäre hier."

Esperanza wandte sich wieder ihrer Aufgabe zu. Sie warf eine Handvoll Papierschnipsel in die lodernden Flammen. „Sie ist oben und telefoniert."

„Ach so."

„Wenn Sie mit ihr reden müssen, kann ich ihr gern Bescheid sagen, aber ich würde sie nur ungern stören. Es ist ein Ferngespräch, und sie bat darum, nicht gestört zu werden."

Mein Blick schweifte unwillkürlich zu dem Foto von Dorothea und ihrem Baby. „Sie brauchen Sie nicht zu stören", meinte ich.

„Gut", entgegnete Esperanza, „ich hätte es auch wirklich nicht gern getan." Und dann fügte sie hinzu, und es war, als spräche sie zu sich selbst: „Nicht, wenn sie mit *ihm* spricht."

Ich glaube, ihr war nicht bewusst, dass ich sie verstanden hatte.

„Spricht sie mit Graham?", fragte ich.

Esperanza wirbelte zu mir herum und sah mich an. „Was wissen Sie über Graham?" Ihre Augenbrauen verzogen sich in einem seltsamen Winkel nach oben.

„Äh – nicht viel."

„Hat sie Ihnen von ihm erzählt?" Esperanza sah mich zweifelnd an. Oder vielleicht eher vorwurfsvoll. Ich hätte lieber nichts sagen sollen.

Ich merkte, wie ich rot wurde. „Nein, eigentlich nicht."

„Was meinen Sie mit ‚eigentlich'?"

Ich beschloss die Wahrheit zu sagen, weil ich keine besonders gute Lügnerin bin. „Ich habe nur vermutet, dass er es sein könnte."

Esperanza blinzelte mich an und wartete ab.

„Sie hat mir gegenüber einmal erwähnt, dass sie nur noch einen lebenden Verwandten in Maine hat“, fuhr ich fort. „Das ist Graham, oder?“

Esperanza blickte zur Seite. „Wir sollten nicht darüber reden.“

„Warum nicht?“ Ich machte einen Schritt auf sie zu.

„Weil ich für sie arbeite und Sie ebenfalls. Sie müssen vielleicht nicht von Abigails Gehalt leben, aber ich schon.“ Esperanza warf den Rest der Papierschnipsel ins Feuer und erhob sich, während die Flammen gierig danach griffen.

„Warum ist es denn nicht erlaubt, über ihn zu sprechen?“, fragte ich so vorsichtig und behutsam ich konnte.

Esperanza wartete einen Moment, bevor sie darauf antwortete. „Weil Abigail es so will. Wenn es sie glücklich macht, nicht über ihn zu sprechen, dann ist das für mich in Ordnung. Sie hat in ihrem Leben nicht besonders viel Glück gehabt.“

So viel wusste ich über Abigail allerdings auch schon. Ich wusste, dass ihr Leben eher unglücklich verlaufen war, und ich hätte zu gern den Grund dafür erfahren. Ich wollte gern wissen, welche schlechte Entscheidung sie getroffen hatte. Ich glaube, ganz tief in meinem Inneren wollte ich dadurch vermeiden, dieselben Fehler zu begehen wie sie.

„Was ist zwischen ihr und dem Mann passiert, von den sie wünschte, sie hätte ihn geheiratet?“, erkundigte ich mich. „Wissen Sie das?“

Esperanza atmete tief aus und beobachtete mich, während sie über meine Frage nachdachte. Vielleicht hätte sie mir zumindest einen Teil der Antwort anvertraut, wenn wir nicht genau in diesem Augenblick Schritte auf der mit Teppich bedeckten Treppe gehört hätten.

Abigail.

Esperanza sagte nichts. Und ich auch nicht.

Wir warteten schweigend, während Abigail näher kam und dann das Wohnzimmer betrat. Ich wandte mich um.

„Fertig für heute, Lauren?“ Sie sah müde aus und war blass.

„Ja.“

„Und Sie sind mit diesen Papieren fertig, Esperanza?“

„*Sí*, es ist alles verbrannt.“

„Danke, Esperanza. Ich hätte jetzt gern meinen Sherry. Danach können Sie dann nach Hause gehen.“

Esperanza verließ das Zimmer und Abigail nickte in Richtung des Kamins und der noch glimmenden Papierreste.

„Jemand könnte versuchen, meine Identität zu stehlen“, sagte sie.

„In Ordnung.“

Abigail grinste süßsäuerlich. „Das war nur ein Scherz, Lauren. Mein Aktenschredder ist kaputt.“

Ich lächelte halbherzig.

Abigail machte Anstalten, mich aus dem Zimmer zu geleiten. „Wer würde schon so ein Leben stehlen wollen?“, witzelte sie.

Mein halbherziges Lächeln verschwand.

Abigail begleitete mich noch zur Haustür, und als ich auf der Schwelle stand, sah ich, wie Esperanza ein winziges glockenförmiges Glas auf einem Tablett in die Bibliothek trug. Die Flüssigkeit in dem Glas hatte eine herbstlich bronzene Farbe. Unsere Blicke begegneten sich unmittelbar, bevor Esperanza mit Abigails Sherry in der Bibliothek verschwand.

Abigail und ich verabschiedeten uns voneinander, und als ich zu meinem Wagen ging, der auf der Hausauffahrt parkte, kam mir der Gedanke, auf Esperanza zu warten, bis sie herauskam. Ihr Wagen stand direkt vor meinem. Vielleicht konnte sie mir in ein paar wenigen Sätzen erzählen, was zwischen Abigail und dem Mann, den sie liebte, vorgefallen war.

Doch ausgerechnet an diesem Tag beschloss Abigail, an der Tür stehen zu bleiben und mir nachzuwinken, bis ich weggefahren war. Mir blieb also nichts anderes übrig, als loszufahren und zurückzuwinken.

Erst Stunden später, als ich schon im Bett lag und darauf lauschte, wann endlich Clarissas Schritte auf dem Flur zu hören sein würden, wurde mir klar, dass Mercy nicht allein gewesen sein konnte, als sich ihr Schicksal entschieden hatte. Nicht ganz allein.

John Peter musste da gewesen sein.

Rauls Gesicht kam mir in den Sinn, als der Name „John Peter“ sich in meine Gedanken schob.

Ja, John Peter war da gewesen.

Fünfundzwanzig

10. Juli 1692

Ich bin zu geschäftig und zu betrübt gewesen, um zu schreiben. Goody Trumball bringt uns Essen, auch wenn Papa immer nur ein, zwei Bissen herunterbekommt. John Peter kommt immer noch jeden Nachmittag, um die Tiere zu versorgen und den Stall auszumisten. Heute ist er noch länger geblieben, um im Garten Unkraut zu jäten und sich um meine Apfelbäume zu kümmern.

Papa hat mich mit sehr schwacher Stimme gebeten, ihm die Geschichte vorzulesen, die ich über das Schiff geschrieben habe, das bis ans Ende der Welt segelte und dort dann erkannte, dass es in Wirklichkeit der Anfang war.

Ich habe sie ihm zweimal vorgelesen.

19. Juli 1692

John Peter kam vorbei, um die Tiere zu versorgen, und hat die neuesten Nachrichten aus dem Dorf mitgebracht. Fünf Frauen wurden gehenkt. Rebecca Nurse, Sarah Goode und noch drei andere. Ihre Leichen wurden dann einfach vom Galgenberg auf die Felsen heruntergeworfen. Nicht einmal begraben hat man sie. Papa hat meine Hand genommen und mich gebeten, falls Reverend Burroughs dasselbe Schicksal ereilen sollte, solle ich bei der Hinrichtung dabei sein und dafür beten, dass es für seinen Freund schnell gehen möge. Seine Worte klangen so, als ob er dann nicht mehr da sein und zu Hause auf mich warten würde.

Und dann hat er mich gebeten, seinen Brief zu verbrennen.

Ich habe ihn gefragt, wieso, aber er wollte meine Frage nicht beantworten.

28. Juli 1692

Papa ist jetzt bei den Engeln. Und bei Mama und Thomas.

Er wurde in den Himmel getragen, während ich neben ihm geschlummert habe, sodass ich nicht gehört habe, wie er von uns gegangen ist. Als ich irgendwann mitten in der Nacht vor Erschöpfung eingeschlafen bin, war er noch bei mir; als ich im Morgengrauen wieder wach wurde, war er fort.

John Peter fand mich weinend neben Papas ausgezehrtem Körper. Er blieb bei mir, bis ich in der Lage war, mit ihm zusammen zum Haus seiner Mutter zu reiten. Dann haben er und Goodman Trumball sich um den Leichnam meines Vaters gekümmert. Ich erinnere mich nicht mehr, dass ich in seinem Haus gewesen bin. Ich erinnere mich, dass ein Sommerregen einsetzte, als ich mit John Peter auf seinem Pferd ritt. Ich erinnere mich daran, dass ich meinen Kopf an seinen breiten Rücken gelehnt habe und dass sich seine Muskeln unter meiner Wange bewegten, als er sein Pferd durch den Regen lenkte. Ich erinnere mich auch noch daran, dass ich auf einem Stuhl saß und jemand mein nasses Haar mit einem weichen Tuch trockenrieb. Es könnte John Peter gewesen sein, der das tat. Ich glaube, seine Mutter brachte mir eine Tasse Most.

Sonst erinnere ich mich an nichts mehr von dem, was sich an diesem Tag ereignet hat.

Papa wurde noch am selben Abend begraben. Nach dem Regen kam eine heiß brennende Sonne hervor und brachte die Erde zum Dampfen. Er konnte einfach nicht länger über der Erde bleiben.

Aber daran erinnere ich mich auch nicht mehr.

Ich habe meinem Vetter Samuel geschrieben, aber er ist auf See. Ich weiß nicht, wie lange es dauern wird, bis er erfährt, dass mein Papa tot ist. Bevor er gestorben ist, hat Papa mir erzählt, dass Samuel mit seiner neuen Braut herkommen und in unserer Hütte wohnen muss, damit ich nicht allein bin. Es schickt sich nicht für ein junges Mädchen, allein zu leben. Aber ich möchte die Hütte nicht mit jemandem teilen, nicht einmal mit Samuel. Noch nicht. Ich möchte ganz alleine trauern.

Ich bin froh, dass Papa die Luft im Himmel mit einer Lunge atmen kann, die nicht krank ist. Aber ich vermisse ihn.

Es sind jetzt fünf Tage, seit er von mir gegangen.

29. Juli 1692

Ich habe heute Abend den Tisch für zwei gedeckt.

Erst habe ich gelacht.

Dann habe ich geweint.

Ich schob meinen Stuhl ein Stück zurück und blinzelte mehrmals, um meine Tränen zurückzudrängen. Ich wollte nicht, dass sie auf die Seiten fielen, die von längst vergangener Trauer bereits verwischt waren.

Abigail war irgendwann, während ich arbeitete, wieder in die Bibliothek zurückgekommen und trat jetzt an meine Seite. In der Hand hielt sie ein Papiertaschentuch.

„Hier“, sagte sie.

Ich nahm es und tupfte mir damit über die Augen.

„Raten Sie mal, an welcher Stelle ich heute im Tagebuch bin", meinte ich und meine Stimme brach.

„Ich weiß, wo Sie gerade sind." Abigail nahm sich einen Stuhl und setzte sich mir gegenüber an den Arbeitstisch statt wie gewöhnlich hinter mich.

„Und das, obwohl ich ja wusste, dass es so kommen würde." Dabei lachte ich, aber gleichzeitig liefen mir neuerlich Tränen über die Wangen. Ich wischte sie weg, überrascht und ärgerlich, dass sie einfach nicht aufhören wollten zu fließen.

Abigail sagte nichts und auch ihre Miene verriet nichts. Es war, als ob sie nichts empfände.

„Und woher wussten Sie, dass ich das hier brauchen würde?", erkundigte ich mich und wedelte mit dem Papiertaschentuch.

„Weil ich auch eins brauchte, als ich es das erste Mal las." Ihre Stimme war ausdruckslos.

Ich warf ihr einen Blick zu. „Wann haben Sie es denn zum ersten Mal gelesen?"

„An dem Tag, an dem meine Mutter es mir gegeben hat. Ich war damals dreizehn."

„Dreizehn?"

„Sie finden das zu jung?"

„Na ja, irgendwie schon. Sie hat es Ihnen eines Tages einfach so gegeben?"

Abigails Gesichtszüge wurden sanfter. „Nein, ich musste mir erst die Schokolade von den Händen abwaschen."

Ich tupfte die letzte Träne von meiner Wange und lächelte. „Ich meine es ernst."

Abigail holte tief Luft, so als wollte sie sich noch einen Rest des Sauerstoffes dieser längst vergangenen Zeit ergattern – von dem Tag, an dem sie zum ersten Mal in Mercys Tagebuch gelesen hatte.

„Es war an meinem Geburtstag. Meine Mutter hatte mich gebeten, in ihr Schlafzimmer zu kommen. In ihrem Kleiderschrank gab es einen kleinen Tresor, und sie sagte, sie wollte mir zum Geburtstag etwas ganz Besonderes schenken. Ich dachte, sie meinte eines ihrer Diamantcolliers oder vielleicht den Rubinring, der mir so gut gefiel, oder die Saphirohrringe, die sie von ihren Eltern geschenkt bekommen hatte. Aber es war das Tagebuch."

Abigail hielt nachdenklich inne.

„Ich war enttäuscht", fuhr sie schließlich fort. „Nicht sonderlich enttäuscht, denn ich liebte Bücher, und mir gefiel der Gedanke, dass dieses Tagebuch von einer meiner Vorfahren verfasst worden war, die zu einer Zeit gelebt hatte, als hier noch Kolonien waren. Aber ich war auch nicht gerade außer mir vor Freude."

„Sie hätten stattdessen lieber den Rubinring gehabt?"

„Nein, das eigentlich nicht. Ich war eher frustriert über den Grund, weshalb meine Mutter es mir gerade zu diesem Zeitpunkt schenkte. Sie erzählte mir, dass sie damit eigentlich hätte warten sollen, bis ich neunzehn war, so wie sie, als sie es von ihrer Mutter geschenkt bekommen hatte."

„Also in Mercys Alter?"

„Mercy starb einen Monat vor ihrem neunzehnten Geburtstag."

„Und warum hat sie nicht gewartet?"

Abigail blinzelte langsam und sah mir dann direkt in die Augen. „Weil sie im Sterben lag."

Ich brachte keinen Ton heraus. Meine Stimme wollte mir nicht gehorchen.

„Ich war verärgert", fuhr sie fort. „‚Sauer' würde Ihre Generation wahrscheinlich sagen. All den Schmuck habe ich am Ende natürlich auch bekommen, aber sie machte sich nicht die Mühe, ihn mir noch rechtzeitig selbst zu überreichen, so wie sie es mit dem Tagebuch tat. Das Tagebuch war das Einzige aus ihrem persönlichen Nachlass, das sie mir persönlich überreicht hat, bevor sie starb. Also betrachtete ich es damals als Beweis dafür, dass das Leben ungerecht ist. Und dann las ich es natürlich auch noch am selben Tag von vorne bis hinten durch, und danach war ich mir dann ganz sicher, dass es so war."

„Sie haben es an einem Tag durchgelesen?"

„Ich war nicht so geduldig wie Sie. Wenn ich an eine Stelle kam, die ich nicht entziffern konnte, übersprang ich sie einfach und ging zum nächsten Teil weiter, den ich wieder lesen konnte. Ich habe mir damals fast die ganze Nacht damit um die Ohren geschlagen."

Ich stellte mir Abigail als Jugendliche vor, wie sie ganz allein in ihrem abgedunkelten Zimmer den traurigsten Teil des Tagebuches las. Was mochte ihr beim Lesen der gespenstischen Erscheinungen, der schreienden Mädchen und der baumelnden Leichen wohl durch ihren jungen Kopf gegangen sein?

„Wussten Sie denn, was mit Mercy geschehen würde, bevor Sie angefangen haben zu lesen?", fragte ich. „Hat Ihre Mutter es Ihnen gesagt?"

Abigail blickte auf die welken Hände in ihrem Schoß. „Sie hat es mir gesagt ..." Die Stimme der alten Frau brach, und sie kaute, offenbar tief in Gedanken, auf ihrer Unterlippe. Ich glaube nicht, dass sie versuchte, sich daran zu erinnern, was ihre Mutter damals gesagt hatte. Sie versuchte, zu entscheiden, wie sie es mir sagen sollte.

Oder wie viel.

„Was hat sie gesagt, Abigail?", wiederholte ich.

Abigail blickte auf und sah mich an. „Sie ... sie hat gesagt, dass mich das Tagebuch zwar traurig machen würde, aber ich solle versuchen, daran zu denken, dass sich unter all der Traurigkeit eine Liebesgeschichte verberge. Das sei der Teil, an den ich mich erinnern solle, und das sei es auch, was ich dann wiederum meiner Tochter sagen solle – wenn ich denn eine Tochter bekäme –, wenn ich das Tagebuch irgendwann an sie weitergäbe."

Ich blinzelte. „Eine Liebesgeschichte."

„Ja."

Eine Liebesgeschichte? Ich machte mir keinen Hoffnungen wegen der Liebe zwischen Mercy und John Peter. Nicht die geringsten. Ich musste noch die Tagebucheinträge von zwei Monaten aus Mercys Tagebuch übertragen, und ich wusste, dass sie in dieser Zeit angeklagt, vor Gericht gestellt, verurteilt und gehenkt werden würde.

Sie würde tot sein.

Das kam mir nicht unbedingt wie eine Liebesgeschichte vor, an die man sich erinnern musste.

„Finden Sie denn, dass es eine Liebesgeschichte ist?"

Abigail sah an mir vorbei in das Zimmer auf der anderen Seite des Flures, dessen Türen an diesem Tag offen standen.

„Ja, das finde ich", sagte sie. „Und ich glaube, dass Sie das auch so sehen werden, wenn Sie fertig sind."

Ich ließ meinen Blick zu Mercys Worten in dem alten Buch schweifen. Es waren nicht mehr viele Seiten abzuschreiben, und plötzlich wünschte ich mir nichts sehnlicher, als damit fertig zu werden.

Ich wollte die ganze Nacht aufbleiben und es zu Ende bringen, genau wie Abigail es damals getan hatte.

Als ich mich gerade erkundigen wollte, ob ich meine Arbeitsstunden nicht so legen könnte, dass ich das Wochenende in ihrem Haus verbringen und die Übertragung zu Ende bringen könnte, durchbrach ihre Stimme die Stille.

„Ich muss für ein paar Tage fort, Lauren, um ein paar Dinge zu regeln."

„Ach." Es gelang mir nicht, die Enttäuschung in meinem Tonfall zu verbergen, und eigentlich versuchte ich es auch gar nicht richtig.

„Das braucht aber Ihre Arbeit an dem Tagebuch nicht weiter zu stören. Sie können entweder in den nächsten Tagen mit der Arbeit daran aussetzen, aber wenn Sie möchten, kann ich Ihnen auch einen Hausschlüssel geben, und Sie arbeiten Ihre üblichen Stunden an dem Buch. Esperanza wird immer nur für ein paar Stunden am Tag hier sein, weil ich ihr den größten Teil der Woche freigegeben habe, sie wird also nicht für Sie kochen. Sie hat auch einmal ein bisschen freie Zeit verdient."

„Ach so, das ist völlig in Ordnung", entgegnete ich und war in Gedanken schon ganz bei der Vorstellung, wie einfach es sein würde, schnell mit dem Tagebuch fertig zu werden, wenn ich so lange arbeiten konnte, wie ich wollte.

„Ich hoffe, meine Pläne stellen für Sie kein Problem dar."

„Nein, absolut nicht. Das ist gut so, kein Problem."

Einen Moment lang musterte sie mich. Ich freute mich darüber, dass sie nicht da sein würde, und zeigte das wohl allzu deutlich. Ich versuchte deshalb, ein bisschen zurückzurudern. „Ich werde während Ihrer Abwesenheit weitermachen, so gut es geht, und die Fragen, die ich habe, kann ich ja sammeln, bis Sie wieder da sind."

Es verging ein weiterer langer Augenblick, in dem sie mich einfach nur musterte.

„Ich möchte Ihnen noch einmal versichern, dass ich Ihnen vertraue, Lauren, und darüber bin ich sehr froh. Ich weiß, wenn ich Sie darum bitte, Laptop und Tagebuch hierzulassen, dann wird beides das Haus auch nicht verlassen, solange ich weg bin. Und darum möchte ich in der Tat bitten. Es bedeutet mir sehr, sehr viel, dass ich Ihnen vertrauen kann."

Jetzt war es an mir zu schweigen. Es wäre mir nie auch nur in den Sinn gekommen, das Tagebuch mitzunehmen. Das Risiko wäre ich mit einem so kostbaren Kunstgegenstand niemals eingegangen. Aber den Laptop mitnehmen? Daran hätte ich vielleicht schon gedacht. Es ärgerte mich, dass Abigail als Erste darauf gekommen und es mir umgehend untersagt hatte.

„Wenn Sie es gar nicht abwarten können, mit dem Tagebuch fertig zu werden", fuhr sie fort, „dann kann ich Ihnen das nicht verübeln. Aber Sie werden Fragen haben, wenn Sie fertig sind, und ich bitte Sie, sich mit der Beantwortung der Fragen bis zu meiner Rückkehr zu gedulden. Ich verspreche

Ihnen, dass am Ende alles absolut klar sein wird. Ich fände es schön, wenn Sie mir in dieser Angelegenheit genauso vertrauen könnten, wie ich Ihnen vertraue."

Wir saßen schweigend da und sahen uns an, so als wartete sie darauf, dass ich unseren Bund des Vertrauens besiegelte.

„Wieso werde ich Fragen haben?", entgegnete ich. „Das verstehe ich nicht."

Sie überging meine Frage einfach. „Wenn Sie mit dem Tagebuch fertig sind, dann warten Sie bitte auf mich. Wenn ich wieder da bin, werde ich Ihnen alles erklären, was noch offen ist. Das verspreche ich Ihnen."

„Wie lange werden Sie denn weg sein?", erkundigte ich mich.

„Drei Tage, höchstens vier. Ich habe vor, am Montag zurück zu sein, spätestens am Dienstag."

„Also gut."

„‚Also gut' in Bezug auf alles?", hakte sie nach.

„Ja", seufzte ich. „Ich werde auf Sie warten."

Sie erhob sich von ihrem Stuhl, steckte ihre Hand in die Tasche und zog einen Schlüssel hervor, den sie neben das Tagebuch auf den Arbeitstisch legte.

„Sie können gerne im Gästezimmer oben direkt an der Treppe übernachten, wenn Sie möchten."

Ich schloss meine Hand um den Schlüssel. „Danke."

Abigail machte Anstalten, das Zimmer zu verlassen, und ich fragte mich, ob sie nach Maine fahren würde. Zu Graham. Vielleicht um ihm aus irgendeiner Klemme herauszuhelfen?

Ich sprach sie noch einmal an und sie drehte sich um.

„Ist alles in Ordnung? Brauchen Sie bei irgendetwas Hilfe?"

Abigails Mundwinkel verzogen sich ein ganz klein wenig nach oben. „Nein, es ist nicht alles in Ordnung. Aber das ist mein Problem. Trotzdem danke, dass Sie nachfragen. Wir sehen uns dann, wenn ich wieder zurück bin."

„Auf Wiedersehen, Abigail."

Sobald sie gegangen war, stand ich auf, bedeckte das aufgeschlagene Tagebuch mit der Plastikfolie und sammelte meine Sachen zusammen, einschließlich des Schlüssels. Ich warf das feuchte Papiertaschentuch in den Müll und strich mit einer Hand noch einmal liebevoll über das Tagebuch, während ich vom Tisch zurücktrat.

Ich war zwar gespannt auf die Zeit, die ich noch mit Mercy verbringen würde, solange sie lebte, aber ich hatte auch genauso viel Angst davor.

Ich konnte das Ende meiner Vorlesungen am Freitag gar nicht erwarten, weil ich dann zu Abigails Haus fahren und dort so viel arbeiten konnte, wie ich wollte.

An diesem Abend brachte mich niemand zur Tür.

Ich trat in die herbstliche Dämmerung hinaus und schaltete mein Handy ein. Während der Arbeit machte ich es immer aus. Es waren zwei Nachrichten auf meiner Mailbox.

Die erste war von meinem Vater.

Die zweite kam von Clarissas Wirtschaftsprofessor.

Sechsundzwanzig

Die Nachricht des Professors war kurz und er kam gleich auf das Wesentliche zu sprechen. Er habe von meiner Mitbewohnerin erfahren, dass ich an der Abschrift eines Tagebuches arbeite, das während der Hexenprozesse von Salem verfasst worden sei. Clarissa habe ihm erzählt, dass die Verfasserin des Tagebuches eine der Frauen sei, die damals der Hexerei angeklagt gewesen wären. Er würde sehr gern mit mir über mein Werk reden.

So nannte er es – mein „Werk".

Professor Turrell gab mir seine Festnetznummer und dann noch zusätzlich zu seiner dienstlichen E-Mail-Adresse eine private.

Er klang interessiert, aber er schien nicht überzeugt, dass das Tagebuch, an dem ich da arbeitete, echt war. In seinem Tonfall schwang etwas mit, das mich nervös machte. Ich wollte nicht mit ihm sprechen. Noch nicht jedenfalls.

Vielleicht auch überhaupt nicht.

Ich fuhr zum Wohnheim und erstellte im Geiste eine Liste all der Gründe, weshalb ich einen Rückruf erst einmal aufschieben konnte.

Ich hatte das Tagebuch noch gar nicht vollständig gelesen, sodass mein „Werk" zum jetzigen Zeitpunkt auch noch unvollständig war.

Es war besser, erst Abigail um Erlaubnis zu fragen, bevor ich mit einem Mann sprach, der ein Buch schrieb. Auch wenn er ein Professor war.

Ich wusste absolut nichts darüber, wie sich die Hexenprozesse auf die Wirtschaft in den Kolonien ausgewirkt hatten.

Ich war dem Mann nichts schuldig.

Während ich mit der Liste von Gründen beschäftigt war, klingelte mein Handy. Ich griff mit einer Hand danach, während ich mit der anderen lenkte. Es war meine Mutter.

„Hast du Papas Nachricht nicht bekommen?“, fragte sie, als ich mich meldete. Kein „Hallo!“. Kein „Wie geht's?“. Sie klang aufgeregt.

„Entschuldige, Mama. Ich habe gearbeitet und gerade erst Feierabend gemacht.“

„Er hat den ganzen Nachmittag auf deinen Rückruf gewartet.“ Sie klang, als ob sie den Tränen nah wäre.

Von irgendwo im Hintergrund hörte ich meinen Vater sagen: „Jetzt gib mir das Telefon, Julia. So wichtig ist es nun auch wieder nicht.“

„Doch. Doch, das ist es. Es ist sehr wichtig.“ Und dann fing meine Mutter an zu weinen. Ich beschloss, einhändig abzubiegen, während ich das Telefon zwischen Schulter und Ohr klemmte.

„Was ist denn los, Mama?“ Ich lenkte um die Kurve und wäre dabei fast über die Bordsteinkante gefahren.

„Ich wusste, dass so etwas passieren würde. Ich habe es gewusst.“ Eigentlich war meine Mutter keine theatralische Person, aber irgendetwas versetzte sie in schreckliche Angst. Und sie sagte nichts mehr.

„Bitte, Mama!“ Ich bog spontan auf den Parkplatz eines Supermarktes und fuhr in die erstbeste Parklücke.

„Gib mir einfach das Telefon, Jules!“ Die Stimme meines Vaters klang nun ganz nah. Ich hörte, wie der Hörer von einer in die andere Hand wechselte.

„Lauren.“

„Papa! Was ist denn los? Was ist passiert?"

„Gar nichts ist passiert. Ich muss mich nur operieren lassen."

„Erzähl mal", sagte ich, ohne dass mir recht bewusst war, dass ich genau diese Worte auf genau diese Weise gesagt hatte.

„Bei einer Untersuchung hat sich herausgestellt, dass drei Herzarterien blockiert sind. Die Ärzte wollen einen Bypass legen. Sie haben gesagt, dass ich das nicht aufschieben darf."

Eine Welle der Angst durchfuhr mich. Einen kurzen Moment lang sah ich Mercy über dem toten Körper ihres Vaters weinen. Ich schob das unerwünschte Bild schnell beiseite.

„Papa", brachte ich schließlich heraus, „wann ist denn das passiert?"

„Im Laufe der vergangenen zweiundfünfzig Jahre."

„Ich meine es ernst."

„Ich auch. Es hat zweiundfünfzig Jahre gedauert, bis es soweit war. Dass ich viermal die Woche ins Fitnessstudio gehe, ändert offenbar auch nichts."

Ich versuchte immer noch, den Gedanken zu verarbeiten, dass mein Vater krank war. Irgendwie konnte ich es nicht fassen. Ich hatte noch nie erlebt, dass mein Vater krank war. Er hatte hin und wieder eine Erkältung oder Halsschmerzen, aber er war niemals auch nur einen Tag zu Hause im Bett geblieben. Es war Jahre her, dass er beim Arzt gewesen war.

„Wann hast du es denn erfahren?"

„Heute. Ich habe mich irgendwie schon länger nicht gut gefühlt und da hat deine Mutter dann einen Termin für mich gemacht. Ich habe es so lange wie irgend möglich hinausgeschoben und deshalb ist sie jetzt natürlich sauer auf mich."

„Und wann wirst du operiert?"

„Am Dienstag."

Das war in fünf Tagen.

„Möchtest du, dass ich komme?", fragte ich.

„Am Dienstag? Wahrscheinlich wäre deine Mutter dir dankbar."

„Nein, ich meine jetzt sofort."

„Du brauchst nicht sofort zu kommen. Ich habe ein sehr langweiliges Wochenende vor mir. Ich werde zu Hause sitzen und versuchen, nicht an geschäftliche Dinge zu denken. Komm nicht meinetwegen, jedenfalls nicht dieses Wochenende. Ich hätte aber nichts dagegen, dich am Dienstag zu sehen."

Das sagte er in einem Tonfall, den ich so bei ihm noch nie zuvor gehört hatte. Es klang, als ob er Angst hätte.

„Ich werde da sein."

Einen Moment lang schwiegen wir beide. Offenbar wusste keiner von uns, wie wir von diesem Punkt aus ein anderes Thema ansprechen sollten.

„Und – hast du am Wochenende was Tolles vor?", erkundigte er sich schließlich.

„Abigail muss verreisen und hat mir den Schlüssel zu ihrem Haus dagelassen, sodass ich an dem Tagebuch arbeiten kann, so viel ich möchte. Es ist fast fertig."

„Du hast sie also immer noch nicht davon überzeugt, es zu veröffentlichen, was?"

„Ich glaube, sie muss es erst fertig abgetippt vor sich sehen, bevor sie diesbezüglich eine Entscheidung fällt. Ich glaube, dass der Ausgang der Ereignisse, die in dem Tagebuch geschildert werden, sie unsicher macht in Bezug darauf, was sie tun soll."

„Aber ich dachte, du wüsstest, wie es endet. Das Mädchen wird doch gehenkt, oder?"

Ich wand mich. „Ja."

„Also?"

„Ich weiß es nicht, Papa. Aber ich werde dieses Wochenende damit fertig und dann weiß ich es vielleicht."

„Dann bleibe auf jeden Fall da und bring die Sache zu Ende. Wenn ich dich dann am Dienstag sehe, kannst du mir ja alles darüber erzählen."

„Okay, Papa.“

„Hey, vielleicht würde ich es ja auch gerne mal lesen.“

„Vielleicht.“

„Glaubst du, sie würde mich lassen?“

„Nein. Jedenfalls noch nicht.“

„Und warum nicht?“

Während ich in meinem Auto saß und mit meinem Vater sprach, erkannte ich zum ersten Mal, dass ich Teil einer – in Ermangelung eines besseren Titels – „Dreieinigkeit von Sterblichen“ war, bestehend aus mir, Abigail und Mercy. Bis das Tagebuch fertig übertragen war, bis ich verstand, was auch immer Abigail wollte, dass ich verstand, gab es nur uns drei. Drei Frauen. Drei Töchter. Drei Herzen auf der Suche nach Liebe. Drei Schicksale.

Nur wir drei.

„Weil es noch zu früh ist“, meinte ich schließlich.

Eine Weile schwieg mein Vater.

„Na gut, wenn es veröffentlicht ist, werde ich es lesen“, sagte er schließlich. „Dann wird sie mich nicht daran hindern können.“

„Wenn überhaupt.“

„Nein, die Frage ist nur, wann.“

Meine Mutter wollte den Hörer wiederhaben, also verabschiedeten mein Vater und ich uns voneinander, und meine Mutter erkundigte sich dann noch, wann ich denn käme, worauf ich antwortete, ich käme am Dienstag. Sie sagte, ich sollte vorsichtig fahren und jetzt ins Bett gehen. Ich würde müde klingen.

Aber als ich dann kurz darauf das Wohnheim erreichte, war ich kein bisschen müde.

Ich fühlte mich allein und völlig isoliert. Ich erkannte, dass ich durch meine Arbeit an dem Tagebuch Teil einer „Schwesternschaft“ war, die mich irgendwie von jedem und allem abschottete, sogar von der Krankheit meines Vaters. Ich schämte mich zwar, es zuzugeben, aber ich war erleichtert, dass mein Vater gar nicht wollte, dass ich am Wochenende kam, und dass ich dadurch die Möglichkeit hatte, das Tagebuch zu Ende zu bringen. Aber bei diesem Gefühl der Erleichterung schwang auch etwas Verzagtheit mit. Ich wäre froh gewesen, Clarissas schweigende Gesellschaft zu haben, nur um den Kälteschauer dieser seltsamen Einsamkeit abzuschütteln.

Aber wie immer war sie natürlich nicht da und das Zimmer erinnerte mich aus irgendeinem Grund an eine Gruft. Ich verspürte aber dennoch nicht das Bedürfnis, in die Bibliothek oder in den Coffee-Shop oder sonst wohin zu gehen, wo ich zwar mit Menschen zusammen, aber trotzdem allein sein würde.

Ich wollte nicht wie Abigail sein, die niemanden hatte, oder wie Mercy, der alles genommen worden war, einschließlich der Liebe.

Ich wollte nicht wie eine von beiden enden.

Also tat ich etwas Spontanes, etwas, das mir eigentlich gar nicht ähnlich sah.

Ich fuhr meinen Laptop hoch, öffnete mein E-Mail-Programm und klickte auf Rauls Adresse.

Mein Herz schlug schneller, als ich zu schreiben begann.

Hey, Raul,

sorry, dass ich dich belästige. Habe gerade beängstigende Nachrichten von zu Hause bekommen und muss es jemandem erzählen. Mein Vater hat am Dienstag eine Operation am offenen Herzen. Er stellt das Ganze so dar, als ob es nichts Weltbewegendes wäre, so als würde ihm ein Weisheitszahn gezogen, aber ich habe Angst um ihn. Und um mich. Und um meine Mutter.

Ich hoffe, es macht dir nichts aus, dass ich meinen Kummer bei dir ablade. Clarissa ist nicht da und ich habe es gerade eben erfahren.

Hab wegen des Studiums und des Tagebuchs viel um die Ohren. Bin jetzt fast fertig damit. Es ist eine traurige Geschichte.

Ich hoffe, du hast eine gute Woche.
Lauren

Ich las das Ganze noch zweimal durch und ersetzte „Lauren“ noch durch „Lars“. Dann schickte ich die Mail ab – und wünschte mir schon im selben Augenblick, ich hätte es nicht getan.

Eine ganze Weile saß ich einfach nur da, starrte auf den Bildschirm und fragte mich, wieso ich nur etwas so Übereiltes und Unwiderrufliches getan hatte. Das sah mir gar nicht ähnlich.

Schließlich stand ich auf, zog meine Schuhe aus und zerrte meinen Schlafanzug aus meiner Kommodenschublade. Während ich mich umzog, ertönte das Signal für eine eingegangene E-Mail an meinem Computer.

Fast wie in Zeitlupe ging ich zu meinem Laptop hinüber und lugte vorsichtig auf den Bildschirm. Welche Neuigkeit würde mich jetzt erwarten?

Raul hatte gemailt.

Hey, Lars,

schön, von dir zu hören. Das mit deinem Vater tut mir leid. Falls es dich beruhigt: Die Statistik spricht für deinen Vater. Ich arbeite hier in Stanford an einem Projekt über Erkrankungen der Herzkranzgefäße mit und erlebe hautnah, was Ärzte durch Operationen am offenen Herzen alles bewirken können. Es ist nicht mehr so schlimm, wie es früher einmal war.

Ich bin sicher, dass dein Vater einen guten Arzt hat und alles gut übersteht.

Aber ich bete trotzdem für dich und deine Familie. Lass mich wissen, wie es gelaufen ist.

Was machst du, wenn du mit dem Tagebuch fertig bist?

Pass auf dich auf,
Raul.

Cole hatte mir gar nicht gesagt, dass sein reicher Freund Medizin studierte und Arzt werden wollte.

Ich antwortete nicht.

Ich wusste nicht, was ich tun würde, wenn ich mit dem Tagebuch fertig war.

Siebenundzwanzig

5. August 1692

Georges Burroughs wurde zum Tod durch den Strang verurteilt. Er und fünf andere. Keiner von ihnen hat etwas mit Hexerei zu tun, da bin ich ganz sicher. Aber sie werden hängen, als ob es doch so wäre.

10. August 1692

Es gibt keine Nachricht von Samuel.

Jetzt, wo Papa nicht mehr da ist, kommt John Peter nicht mehr zur Hütte. Ich weiß, warum er es nicht tut. Er will dadurch meinen Ruf schützen. Das ist sehr lieb von ihm. Ich sollte darüber froh sein, aber die Einsamkeit bedrückt mich.

Ich wünschte, Papa hätte sich vor seinem Tod darum gekümmert, mich zu verheiraten.

Ich vermisse Papa.

Ich vermisse John Peter.

Ich vermisse es, glücklich zu sein.

17. August 1692

Seit Papas Tod war ich nicht mehr im Dorf. Ich möchte nicht, dass die Leiter der Gemeinde mich zu Gesicht bekommen und sich dann erinnern, dass ich allein in der Hütte lebe. Sie würden nachfragen, wann Samuel endlich kommt.

Ich habe immer noch nichts von Samuel gehört.

Ich habe kein Fleisch, keine Kartoffeln und kein Mehl mehr.

John Peters Schwester Sarah hat mir Honig gebracht und etwas Brot. Das Brot hat sie selbst gebacken. Den Honig hat John Peter geschickt. Sie hat erzählt, dass er ein Dutzend Mal gestochen worden sei, als er ihn für mich gesammelt hätte.

Auch sie hat nach Samuel gefragt.

Ich glaube, John Peter hat sie gebeten nachzufragen. Ich kann mir nur einen Grund vorstellen, weshalb John Peter wissen will, wann Samuel kommt. Er will mit ihm reden. Ihn etwas fragen.

Ich muss schon lächeln, wenn ich nur daran denke.

Der Honig schmeckt einfach himmlisch.

19. August 1692

Heute wurden George Burroughs und vier andere gehenkt. Auch der Wirt des Gasthauses war darunter. Seine Frau ist noch im Gefängnis und in ihrem Leib wächst ihr Kind heran.

Wenn ich Papa nicht versprochen hätte hinzugehen, wäre ich nicht einmal in die Nähe des Galgenberges gegangen.

Dann hätte ich auch nicht das Geräusch gehört, als sich die Seile strafften, und dann die gequälten Laute aus den Kehlen der Unschuldigen oder diese furchtbare Stille, als die Seile schließlich langsam ausschwangen. Ich hätte in meinem Baum gesessen und eine Geschichte über Wassernymphen und einen verborgenen Schatz geschrieben. Ich hätte mich nicht zu fragen brauchen, wie ich das Bild der fünf baumelnden Toten wieder loswerden soll, die schlaffen Füße, die geneigten Köpfe, das langsame Hin- und Herpendeln.

Gott, bitte hilf mir.

Goody Trumball hat mir erzählt, dass dem Gericht vor der Hinrichtung eine Petition überreicht wurde, die von zweiunddreißig Personen unterzeichnet war. Darin wurde Reverend Burroughs' Unschuld bescheinigt. Wenn Papa noch am Leben wäre, hätte die Bittschrift mit Sicherheit dreiunddreißig Unterschriften gehabt. Auch ich hätte unterschrieben, wenn ich davon gewusst hätte, aber das wäre Papa sicher nicht recht gewesen. Es heißt außerdem, dass eine der Personen, von denen George Burroughs beschuldigt worden sei, ihre Anschuldigungen widerrufen hätte – und dennoch wurde Reverend Burroughs gehenkt.

Als ihm die Schlinge um den Hals gelegt wurde, schaute George Burroughs in die Menge hinunter und erblickte dabei auch mich. Einen Moment lang sah er mir direkt in die Augen und sagte ohne Worte, nur mit diesem Blick, dass ich jetzt ganz tapfer sein müsse. Woher hat er gewusst, dass ich Angst hatte? Dann machte er den Mund auf und verkündete jedem der Anwesenden seine Unschuld. Und nachdem er das getan hatte, begann er, das Vaterunser zu beten. Seine Stimme klang laut und voll, und während er sprach, schwiegen sogar die Vögel, um zuzuhören. Die Leute aus dem Dorf standen mit offenem Mund da, als wären sie sprachlos vor Entsetzen. Reverend Burroughs betete das gesamte Vaterunser, ohne zu stocken, und dabei wird ja behauptet, dass Hexen genau das gar nicht könnten.

Da gab es ein lautes Rumoren in der Menge, und einen Moment lang dachte ich, dass die Menschen vielleicht doch noch zur Vernunft kommen würden. Vielleicht erkannten sie ja jetzt, dass Reverend Burroughs nicht mit dem Teufel im Bunde war. Aber dann sprang Cotton Mather auf das Podest, auf dem die Galgen standen, sodass alle ihn sehen konnten, und rief, dass Reverend Burroughs von einem ordentlichen Gericht verurteilt worden sei und dass auch der Teufel selbst als Engel des Lichtes erscheinen kann.

Ich habe weggeschaut, als sich das Seil unter der Last straffte.

Die Leichname wurden einfach den Berg hinuntergeworfen, genau wie schon die der anderen Gehenkten zuvor. Ich bin nicht dort geblieben, um es mir anzuschauen. Als ich mich abwandte, spürte ich Blicke auf mir. Die Blicke von Goody Dawes, Goody Harding und Prudence. Die Blicke von Esther. Ich hörte, wie Goody Harding Goody Camden zuflüsterte, sie wüsste, dass mein Vetter Samuel noch nicht eingetroffen sei, und es sei eine Schande für das gesamte Dorf, dass ich immer noch allein lebe. Ich habe so getan, als hätte ich es nicht gehört.

John Peter habe ich nicht gesehen. Aber ich habe auch nicht nach ihm Ausschau gehalten.

Auf dem Rückweg nach Hause bin ich auf dem Friedhof vorbeigegangen. Auf Papas Grab beginnt Gras zu wachsen. Es ist mittlerweile schwer zu sagen, wo die frische Erde anfängt und die alte aufhört.

20. August 1692

Es liegt Hitze in der Luft und ein Hauch des Todes und es wimmelt nur so von Mücken. Goody Trumball hat mir heute eine Lammkeule gebracht, und ich konnte nichts anderes tun, als die blutige Masse anzuschauen und sie mit dankbarem Herzen annehmen.

Sie hat mich gefragt, ob es etwas Neues von Samuel gäbe, obwohl sie wusste, dass ich nichts von ihm gehört habe. Hätte ich etwas gehört, hätte ich es ihr nämlich sofort gesagt, als sie unsere Hütte betrat. Sie hat mich gefragt, weil sich ihr Mann bei ihr erkundigen wird, ob sie gefragt hat. Sind die Leute so töricht, dass sie glauben, ein Mann, der mit dem Schiff unterwegs ist, bekäme jeden Morgen pünktlich seine Post zugestellt? Wer weiß denn, ob Samuel überhaupt schon erfahren hat, dass Papa gestorben ist? Vielleicht hat er meinen Brief gar nicht bekommen. Vielleicht ist sein Schiff noch gar nicht aus Liverpool ausgelaufen. Vielleicht dauert es noch Wochen, bis ihn mein Brief erreicht.

Goody Trumball hat gesagt, ich müsste bei ihnen wohnen, bis Samuel kommt. Aber ich kann doch die Tiere nicht alleinlassen. Und der Stall der Trumballs ist nicht groß genug für ihre und meine Tiere und noch ein Dutzend zusätzliche Hühner. Und wer weiß denn, ob nicht einfach jemand behaupten würde, die Hütte gehöre ihm, wenn er sie leer vorfindet? Was sollte dann Samuel tun, wenn er käme und erführe, dass ich alle Tiere verloren und die Hütte habe leer stehen lassen, sodass jeder sie sich nehmen konnte?

„Du kannst dort nicht allein bleiben", meinte Goody Trumball freundlich. Aber ich habe ihr gesagt, dass ich doch gar nicht allein bin. Ich habe die Milchkuh Lily und die Ziege Henry und das Pferd meines Vaters und all die Hühner und Vögel und die Eule, die in der Scheune wohnt, und all die Feen im Tal, über die ich schreibe. Sie wollte von den Feen nichts hören und bat mich zu schweigen.

„Sprich nicht über Feen und das Schreiben, Mercy, nicht einmal mit mir." Dabei klang ihre Stimme nicht mehr ganz so freundlich.

Sie besteht darauf, dass ich mitkomme. Was soll ich nur tun?

Abend

Goody Trumball ist heute mit ihrem Mann vorbeigekommen, um mich abzuholen. Goodman Trumball hat kaum ein Wort mit mir gesprochen. Ich habe ihnen gesagt, dass Samuel gewiss schon unterwegs ist, obwohl ich gar nicht sicher bin, aber Goody Trumball bestand darauf. „Und was ist mit den Tieren?", habe ich gefragt. Goody Trumball sagte, sie würden für Lily und für Papas Pferd Platz schaffen, aber die Ziege und die Hühner müsste ich dalassen. „Du kannst je-

den Tag in der Mittagstunde herkommen und sie versorgen und füttern", schlug Goody Trumball vor.

Ich wollte aber meine Hütte nicht verlassen. Mit Goodman Trumball möchte ich nicht das Haus teilen, ja nicht einmal die Luft zum Atmen. Aber Goody Trumball ergriff meine Hände und hatte Tränen in den Augen, als sie sagte, es wäre nicht sicher, allein in der Hütte zu leben. Ich weiß nicht, was sie damit meint.

Mir blieb nichts anderes übrig, als mit ihnen zu gehen.

Ich musste Papas Bücher tragen und Mamas kleine Holztruhe. Goody Trumball trug meinen Winterumhang, meine wollenen Strümpfe und die Decke, die Mama mir für mein Hochzeitsbett gemacht hat. Goodman Trumball trug nichts außer der Leine, an der er das Pferd führte.

Mein Tagebuch hatte ich in einer geheimen Tasche meiner Schürze dabei, zusammen mit den Federn und der Tinte. Aber meine Geschichten habe ich dagelassen und in der Scheune versteckt. Der Ziegenbock Henry wird sie bewachen.

Ich muss auf dem Boden neben dem Herd schlafen, weil Goody Trumballs zwei kleinen Jungen ihr Schlaflager an der Hintertür haben. Goody Trumball und ihr Mann haben ein eigenes Zimmer.

Ich habe ein stilles Plätzchen bei den Föhren gefunden, von denen das Land der Trumballs umgeben ist. Da gibt es einen Kaninchenbau und eine Spatzenfamilie. An diesem stillen Ort schreibe ich. Ich werde ihm einen Namen geben, damit er wirklich wird für mich und wirklich mir gehört. Ich werde ihn „Gedenken" nennen, damit ich nicht vergesse, was es heißt, Frieden zu haben.

22. August 1692

Goody Trumbell hat kein Wort mit mir gesprochen, bis Goodman Trumball das Haus verließ und die beiden kleinen Söhne mitgenommen hat. Dann zog sie mich ans Feuer und redete mit mir, als ob die Wände Ohren hätten.

„Du weißt, dass in Salem gute Frauen im Gefängnis sitzen", meinte sie. „Wenn die Ankläger erst einmal mit dem Finger auf jemanden zeigen, dann gibt es kein Halten mehr!"

Ich nickte und sagte, dass ich das wüsste.

Sie beugte sich zu mir und flüsterte: „Prudence Dawes hat ihrer Mutter erzählt, dass du ein Buch mit Geschichten hast, Mercy. Sie hat ihrer Mutter gesagt, das wäre dein Zauberbuch! Und dass du sie und Esther Hardings verhext hättest, um sie zu quälen. Sie sagt, deine Gestalt sei ihr in den Dachsparren ihres Hauses erschienen, und dann hättest du auch einmal über ihrem Bett gestanden. Du hättest Nadeln in der Hand gehabt, um sie zu stechen. Ich fürchte, dass ihre Mutter mit Prudence zu den Richtern geht, Mercy, und dass sie ihnen das sagt, was sie ihrer Mutter erzählt hat, und ich fürchte, dass man ihr Glauben schenken wird."

Ich brachte kein Wort heraus und konnte keinen klaren Gedanken fassen. Ich konnte mir ja kaum vorstellen, so etwas zu tun. Ich hätte darüber gelacht, wenn ich nicht mit eigenen Augen gesehen hätte, wie Menschen für so etwas gehenkt wurden.

„Hast du mich verstanden, Mercy?"

„Ich bin keine Hexe", flüsterte ich, obwohl ich es in meinem Kopf schrie.

„Vernichte das Buch, Kind!" Goody Trumball deutete zum Feuer. „Wirf es ins Feuer und vernichte es!"

Ich stellte mir vor, wie mein Geschichtenbuch in Flammen aufging, brannte und schließlich nicht mehr da war. All meine schönen Worte verschwunden. Mich schauderte.

Goody Trumball packte mich bei den Schultern und schüttelte mich. „Mercy! Gib mir das Buch. Wir müssen es ins Feuer werfen. Begreifst du das denn nicht? Wenn kein Buch da ist, dann gibt es keinen Beweis für die Anklage.

Dann werden sie glauben, dass Prudence lügt. Wir müssen das Buch vernichten."

Papa hat mir einmal gesagt, dass er jedes Möbelstück im Haus verbrennen würde, um es warm zu haben, bevor er auch nur ein einziges Buch verbrennen würde. Ich solle eher bereit sein, auf dem Steinboden in einem leeren Haus zu sitzen, bevor ich ein Buch verbrennen würde.

„Mercy!"

„Ich habe es nicht hier", sagte ich. „Ich habe es in der Hütte gelassen."

Sie blickte mich mit großen Augen an. „Wo? Wo hast du es gelassen?"

„In der Scheune bei Henry."

„Henry?"

„Bei meinem Ziegenbock."

Goody Trumball schloss die Augen, als würden diese schmerzen. „Ist es versteckt?"

„Ja."

Sie machte die Augen wieder auf. „Wenn du heute zur Hütte gehst, um die Hühner zu füttern und die Ziege zu versorgen, dann musst du das Buch aus der Scheune holen und es abseits der Hütte vergraben. Wenn es sicher ist, bringst du das Buch mit her, und wir verbrennen es. Aber erst wenn ich dir sage, dass es sicher ist. Hast du das verstanden?"

Ich nickte.

„Sprich nicht mit Goodman Trumball über das Buch, Kind. Nur wenn er fragt."

Weiter sagte sie nichts, weil Goodman Trumball hereinkam und uns am Feuer sitzen sah, ohne dass wir nähten oder spannen, und er schaute seine Frau grimmig an.

Ich ging hinaus, um den Stall auszumisten, aber jetzt sitze ich hier mit meinen Schreibfedern und dem Tagebuch an dem Ort, den ich „Gedenken" nenne. Ich kann Goody Trumball nicht sagen, dass ich es hier bei mir habe. Sie will nichts von dem Tagebuch wissen.

Ich muss gehen. Ich weiß nicht, ob ich tun kann, was Goody Trumball von mir verlangt. Ich kann mein Buch vergraben, aber ich weiß nicht, ob ich es verbrennen kann. Es ist alles, was mir von meinem Vater geblieben ist. Und von meiner Mutter und Thomas.

Von mir.

23. August 1692

Früher flossen die Worte immer schneller, als ich schreiben konnte, aber heute kann ich meine Gedanken nicht ordnen.

Ich weiß nicht, ob Gott eingreift, um mich zu schützen, oder ob das Böse zuschlägt und mich vernichtet.

Das Buch ist verschwunden.

Ich habe getan, worum Goody Trumball mich gebeten hat. Ich bin zur Hütte gegangen, um es dort aus der Scheune zu holen und zu vergraben. Aber es war nicht mehr da. Henry war da und auch die Hühner, aber das Buch war verschwunden.

Hat Gott sich vom Himmel herabgeneigt, um es für mich zu verstecken? Hat er es an einen verborgenen Ort tief in der Erde gebracht? Oder hat er es selbst mit seinem feurigen Blick verbrannt? Sind meine schönen Geschichten jetzt Rauch und Asche in irgendeinem heiligen Herd?

Oder hat jemand das Buch weggenommen?

Ich weiß es nicht. Ich weiß es nicht.

Wie soll ich nur Goody Trumball beibringen, dass das Buch nicht mehr da ist?

25. August 1692

Ich bin wieder in unserer Hütte. Goodman Trumball hat mich nach Hause geschickt. Ohne Papas Pferd. Aber Lily durfte ich mitnehmen.

Heute Morgen vor dem Frühstück hat Goodman Trumball mit lauter Stimme – als ob der ganze Raum voller Zuhörer wäre – gesagt, dass es für seine heranwachsenden Söhne nicht gut sei, mit einer jungen unverheirateten Frau unter einem Dach zu leben, die weder ihre Mutter noch ihre Schwester sei. Ich solle also wieder nach Hause zurückkehren und auf das Eintreffen meines Vetters Samuel warten. Es ist offensichtlich, dass er mich aus dem Haus haben will. Aber vom Pferd meines Vaters will er sich nicht trennen. Doch das kümmert mich nicht. Ich bin wieder zu Hause.

Goody Trumball hat geweint, als ich gegangen bin, aber sie hat ihren Mann auch nicht gebeten, mir zu erlauben dazubleiben. Die Trumball-Jungen standen so stocksteif da, als wären sie Statuen. Ich habe dem jüngeren von ihnen meinen Kreisel angeboten, aber er wollte ihn nicht nehmen.

Ich habe wieder die Bücher und die kleine hölzerne Truhe getragen. Die Decke habe ich auf Lilys Rücken gelegt und meinem Winterumhang auch, weil Goodman Trumball mir nicht angeboten hat, mich nach Hause zu bringen.

Abend

Ich schreibe im Zwielicht, also forme ich die Buchstaben fast im Dunkeln. Meine Gedanken streben in alle Richtungen, und ich weiß nicht, was ich mit ihnen anstellen soll.

John Peter hat mich heute gerufen. Er kam auf seinem Pferd vorbei, ist dann aber einen Steinwurf von der Hütte entfernt stehen geblieben und hat mich von dort aus herbeigewunken.

Ich bin aus der Hütte getreten und habe ihm einen guten Tag gewünscht. Ich war so unglaublich froh, ihn zu sehen. Es war schwer, zu ihm hinauszugehen, als ob er nur ein Nachbar wäre, der gekommen war, um mir einen guten Tag zu wünschen. Am liebsten wäre ich zu ihm hingerannt. Ich bot ihm an, einen Schluck Wasser aus unserem Brunnen zu trinken, aber er sah mich nur wortlos an, als hätte ich nichts gesagt.

„Hast du noch irgendwelche anderen Verwandten in der Kolonie, Mercy? Irgendjemanden?“, erkundigte er sich schließlich.

Mein erster Gedanke war, dass er um meine Hand anhalten wollte. Weil Samuel immer noch nicht da war, wollte er wissen, wen er fragen sollte, weil er nicht mehr länger warten wollte. Ich lächelte ihn an. Ich konnte nicht anders, ich musste ihn einfach anlächeln.

„Mein Vetter Samuel wird bald aus England zurück sein.“

„Gibt es sonst niemanden?“ Er erwiderte mein Lächeln weiterhin nicht.

„Ich habe eine Tante in Maine, Samuels Mutter, und noch drei weitere Vettern dort.“

„Ich werde dich dorthin bringen. Kannst du sofort hier weg?“

Gott vergebe mir, aber ich musste lachen. „Ich habe sie seit drei Wintern nicht gesehen, John Peter.“

Er schwang sich vom Pferd und kam auf mich zu. Ich konnte so vieles in seinem Blick lesen, als er näher kam. Zuneigung, Hoffnung, Sehnsucht und Furcht.

„Lass mich dich zu ihnen bringen, Mercy. Bitte.“ Er streckte seine Hand aus, um meine Schulter zu berühren. Seine Finger strichen zärtlich darüber, aber so, dass es jemand, der sich außer uns noch auf der Lichtung aufgehalten hätte, nicht hätte sehen können. Mir stockte der Atem.

Einen Augenblick lang schloss ich die Augen, und als ich sie wieder öffnete, war sein Kopf in meine Richtung geneigt, und seine Augen glitzerten wie ein Gebirgsbach.

„Bitte lass mich dich zu ihnen bringen“, flüsterte er.

Ich hob die Hand, um seine Finger zu berühren, die auf meiner Schulter lagen. Er trat noch einen Schritt näher. Ich spürte seine Furcht und in diesem Moment wusste ich es.

Nicht Gott hatte mein Buch mit den Geschichten, sondern die Friedensrichter.

„Kommen sie mich holen?", fragte ich.

Er nickte einmal kurz.

„Wann?"

„Morgen früh." Er zog mich an sich. Seine Arme umschlangen mich fest. Ich schmiegte mich in die warme Kuhle zwischen seinem Hals und seiner Brust und spürte, wie sein Herz unter meiner Wange schlug.

In diesem Augenblick hätte die Zeit stehen bleiben können und ich hätte mich nicht dagegen gewehrt. Ich wusste, einen solchen Augenblick würde es nie wieder geben. Einen Augenblick, in dem alle Hoffnung und Sehnsucht in mir durch diese eine Umarmung gestillt waren.

Nur meine Tränen waren ein Zeichen dafür, dass die Sekunden vergingen, und sie erinnerten mich daran, dass auch die Zeit verrann. Wenn die Richter George Burroughs in Maine gefunden hatten, dann würden sie ganz sicher auch mich dort finden. Und sie würden wissen, wer mich dorthin gebracht hatte.

Als ich spürte, dass John Peter sich von mir lösen und mich aufs Pferd heben wollte, um mir bei meiner Flucht zu helfen, sagte ich: „Die Friedensrichter werden wissen, dass ich eine Tante in Maine habe, John. Sie werden wissen, dass Samuel dort zu Hause ist."

Er zögerte einen Moment. „Dann werde ich dich irgendwohin bringen, wo sie dich nicht finden können."

Welch wunderbare Worte. Welch unerreichbare Worte. Ich ließ mich in sie hineinfallen. „Einen solchen Ort gibt es nicht."

„Es gibt noch andere Kolonien, Mercy. Wir werden schon einen Ort finden."

„Aber ich bin unschuldig!" Ich blickte zu ihm auf.

Er umschloss mein Gesicht mit seinen Händen. „Genauso wie Rebecca Nurse! Genauso wie Elizabeth Howe und

Susannah Martin! In Salem regiert nicht länger die Vernunft, Mercy. Was auch immer eine verirrte Menschenseele über eine andere sagt, man schenkt ihr Glauben."

„Aber warum können sie nicht auch mir Glauben schenken?"

„Weil es einfacher ist, schlecht über jemanden zu denken, als gut."

Ich konnte ihm nicht widersprechen.

„Pack deine Sachen zusammen", sagte er mit einer Stimme so leise wie bloße Füße auf einem sandbedeckten Weg. „Ich komme heute Nacht, wenn der Mond aufgegangen ist, und hole dich. Wir werden im Schutz der Dunkelheit fliehen. Ich werde dich nach Süden und nicht nach Norden bringen und ich werde einen sicheren Ort finden." Er berührte meine Wange, und seine Fingerspitzen strichen durch die Spuren, die meine Tränen dort hinterlassen hatten. Ich schmiegte mich an seine Hand.

Er hob sanft mein Kinn, sodass ich ihn ansehen musste. Dann beugte er sich über mich und neigte langsam seinen Kopf. Schon berührten seine Lippen warm und weich die meinen.

Das Ganze dauerte nur einen kurzen Augenblick. Es war ein so zarter und sanfter Kuss, wie ihn mir meine Mutter gegeben hatte, als sie noch am Leben gewesen war. Und all die Liebe, die ich in den Küssen meiner Mutter gespürt hatte, spürte ich auch jetzt in diesem Kuss. Jeder Traum, den ich jemals über Prinzen und Prinzessinnen ersonnen hatte, durchbrach in diesem Moment die Begrenzung des Erdachten und widerfuhr mir in der Wirklichkeit. Das war Liebe, die im Himmel erdacht worden war, so wie ich es auch bei Mama und Papa und ein paar wenigen anderen gesehen hatte. Das war diese Verflechtung von Körper und Seele, die von einem tieferen Einssein sprach.

Ich wusste in diesem Augenblick, dass ich nie jemand anders lieben würde.

John Peter löste sich von mir – seine Hand immer noch unter meinem Kinn, sie war der letzte Teil von ihm, der mich losließ – und ging zu seinem Pferd.

„Hab keine Angst", sagte er beim Aufsitzen. „Ich komme und hole dich."

„Ich werde auf dich warten", erwiderte ich.

Er galoppierte davon, und ich sah ihm nach, bis der Hufschlag des Pferdes mit den Geräuschen des Nachmittags verschmolz.

Selbst jetzt noch, da die Nacht den Tag zu verschlingen sucht, spüre ich, wie er meine Wange berührt, seine Lippen auf die meinen presst. Ich bete zu Gott, dass er heute Nacht bei uns sein möge. Ich bete, dass auch Papa mich auf John Peters Pferd weggeschickt hätte, wenn er noch am Leben wäre. Ich bete, dass es einen Ort gibt, der nicht dem Wahnsinn anheimgefallen ist.

Ich muss neue Tinte zubereiten. Es wird spät.

Achtundzwanzig

Ich wollte nicht aufhören zu lesen. Ich wollte mir nicht einmal die Zeit nehmen, die Einträge in den Computer einzugeben.

Ich entzifferte einige Absätze und merkte dann, dass ich gar nichts geschrieben, sondern nur die Geschichte weiterverfolgt und den Inhalt verschlungen hatte. Immer wieder musste ich im Text zurückgehen und alles Gelesene erst einmal übertragen, obwohl ich eigentlich in Mercys Geschichte schon längst weiter war.

Bis zu diesem Punkt war Mercys Schreibkunst exquisit gewesen. Wenn ich Probleme gehabt hatte, ihre Worte zu entziffern, dann wegen des Alters und der Abnutzung des Tagebuches, aber nicht weil ihre Schreibfertigkeit nicht gut gewesen wäre. Doch bei den Einträgen vom August war sie offenbar in Eile gewesen, diese waren lang, und vielleicht hatte sie ja auch versucht, Papier und Tinte zu sparen. Die Sätze waren zusammengequetscht und die Handschrift war kleiner als bei den früheren Einträgen. Am Freitagabend fing ich um kurz nach acht an zu arbeiten, aber am Samstagmorgen um drei Uhr früh hatte ich Kopfschmerzen, weil meine Augen völlig überanstrengt waren.

Da ich allein war in Abigails Haus, ging ich in die Küche, um nachzuschauen, ob ich dort vielleicht eine Kopfschmerztablette auftreiben konnte. Ich hatte wirklich vor, nach oben zu gehen und das Gästezimmer zu suchen, das Abigail mir zum Übernachten angeboten hatte. Aber nachdem ich etwas gegen meine Kopfschmerzen genommen hatte, blickte ich die dunkle Treppe hinauf in den ersten Stock, wo sich Abigails langes, einsames Leben in die unmittelbare Umgebung auszudehnen schien, und ich überlegte es mir anders. Ich ging in die Bibliothek mit ihren Büchermassen zurück und legte mich auf ein Ledersofa, das neben der Terrassentür stand. Dann deckte ich mich mit einer Wolldecke zu, die dort lag, und hoffte, mich kurz ausruhen zu können.

Doch ich schlief ein.

Ich wurde mit einem Ruck wach, als mich jemand am Arm berührte.

Esperanza stand über mich gebeugt da. Es war Morgen.

„Wieso haben Sie nicht im Gästezimmer geschlafen? Ich habe Ihnen dort extra das Bett bezogen."

Ich blinzelte, setzte mich auf und ließ die Wolldecke einfach zu Boden gleiten. „Eigentlich wollte ich gar nicht schlafen. Ich habe nur eine Pause gemacht, um mich ein bisschen auszuruhen."

„Sich ausruhen? Wovon denn ausruhen?"

Ich schaute zum Tagebuch hinüber, das beim 25. August 1692 aufgeschlagen war. Esperanza folgte meinem Blick.

„Das?" Ihre braunen Augen wurden ganz groß.

„Ich bin fast fertig und wollte nicht aufhören."

Esperanza schaute mit etwas, das wie Abscheu aussah, zu dem Tagebuch hinüber.

„Haben Sie das Tagebuch gelesen, Esperanza?"

„Nein." Ihre Antwort kam schnell. „Über Hexen möchte ich nichts lesen."

Ich rutschte auf dem Sofa hin und her, sodass das Leder knarzte. „Aber Mercy war gar keine Hexe."

„Ich möchte trotzdem so etwas nicht lesen. Abigail hat immer wieder darin gelesen und es hat sie jedes Mal traurig gemacht. Die Welt ist auch so schon traurig genug. Besonders ihre Welt."

Esperanza machte Anstalten, das Zimmer zu verlassen.

Ich sprang auf. „Warum hat sie denn aufgehört, darin zu lesen?"

„Sie spricht nicht mit mir über das Tagebuch, also frage ich sie auch nicht danach. Kommen Sie. Ich mache Ihnen Frühstück."

Ich folgte Esperanza hinaus in die geflieste Eingangshalle. Eigentlich hatte ich gar keinen Hunger, aber ich hatte Esperanza ausnahmsweise ganz für mich allein, und diese Chance wollte ich mir nicht entgehen lassen.

„Was ist mit Abigail passiert? Wissen Sie, warum sie den Mann, den sie liebte, nicht geheiratet hat?"

Esperanza drehte sich zu mir um, ging dabei aber weiter in Richtung Küche.

„Wieso fragen Sie? Das ist jetzt schon das zweite Mal, dass Sie mich danach fragen."

„Wissen Sie es?"

„Ich war damals noch gar nicht hier, als es passierte, wissen sie. Ich war noch ein Baby. Meine Eltern lebten damals noch in Mexiko.

„Als was passierte?"

„Der Krieg."

Ich rutschte fast aus, so abrupt blieb ich stehen. „Der Krieg?"

„*Sí.*" Esperanza ging weiter.

„Er war also in der Armee? Ist er im Zweiten Weltkrieg gefallen?" Schon als ich die Frage stellte, wusste ich, dass das nicht der Grund sein konnte, weshalb Abigail ihn nicht geheiratet hatte. Sie hatte ganz eindeutig gesagt, sie hätte eine Wahl getroffen, und zwar eine, die sie bereute. Vielleicht hatte sie ja die Wahl getroffen, ihn nicht zu heiraten, weil er in den Krieg gezogen war. Vielleicht hatte sie Angst gehabt, einen Mann zu lieben, der ums Leben kommen könnte, und hatte deshalb nein gesagt. Er war gegangen, hatte jemand anders kennengelernt, den Krieg überlebt und lebte jetzt glücklich und zufrieden mit einer anderen Frau, die diese Angst nicht geteilt hatte.

„Er war nicht in der Armee." Esperanza stand am Kühlschrank, öffnete dessen Tür und nahm Eier heraus.

Ich setzte mich auf einen Hocker an die Kochinsel in der Mitte der Küche. „Aber Sie sagten doch, dass es mit dem Krieg zu tun hatte."

„Wie gesagt, mich gab es ja damals noch gar nicht. Ich weiß nur das, was meine Mutter mir erzählt hat, und sie ist hergekommen, um für Abigail zu arbeiten, als ich zehn war. Es waren also seit dem Ende des Krieges schon zehn Jahre vergangen." Sie stellte eine kleine Pfanne auf den Herd.

Ich beugte mich vor. „Was ist passiert?"

Esperanza schlug ein Ei an der Kante einer Glasschüssel auf und ein Strom aus Silbrigweiß und Gelb ergoss sich lautlos daraus. „Nun, Mr Boyles hatte einen Gärtner und der Gärtner hatte einen Sohn. Abigail und der Sohn des Gärtners waren Freunde. Und dann mehr als nur Freunde."

„Und ihr Vater war nicht damit einverstanden", kommentierte ich.

Esperanza schlug ein weiteres Ei auf und neigte den Kopf zur Seite. „Wie kommen Sie darauf?"

„Stimmt es nicht?"

Sie zuckte die Achseln. „Ich weiß es nicht. Meine Mutter hat nie etwas davon gesagt, dass Abigails Vater von seiner Tochter und dem Sohn des Gärtners gewusst hat."

„Also, Abigail und der Sohn des Gärtners haben sich ineinander verliebt", wiederholte ich noch einmal und versuchte, den Faden wieder aufzugreifen.

„*Sí.* Also, zumindest hat er sich in sie verliebt."

„Er hat sie gefragt, ob sie ihn heiraten will."

„Und sie hat ihn abgewiesen", beendete Esperanza den Satz, während sie mit einem Schneebesen die Eier verschlug.

„Weil er arm war", kommentierte ich, „und sie reich, stimmt's?"

Esperanza hielt inne. Ihre Hand erstarrte mitten im Verquirlen und sie blickte zu mir auf. „Weil er *arm* war?", fragte sie erstaunt.

Ich machte den Mund auf und dann wieder zu.

Esperanza presste die Lippen zu einem schmalen Lächeln aufeinander und fuhr fort, die Eier zu einer schaumigen Masse zu schlagen. Irgendetwas hatte ich da wohl völlig falsch verstanden.

„Das war es gar nicht?", fragte ich.

Sie lachte. „Leute wie Sie denken immer, dass es nur ums Geld geht."

„Was?"

Sie hob den Schneebesen aus der Eiermasse und deutete damit auf mich. „Leute mit Geld denken immer, dass sich alles nur ums Geld dreht. Alles. Liebe, Hass, Verlangen und Träume."

Ich wusste nicht, was ich sagen sollte. Ich wollte, dass sie sich irrte. Besonders da, wo es um mich ging, wollte ich, dass sie sich irrte.

„Es hatte also nichts mit Geld zu tun?", flüsterte ich.

Esperanza gab ein wenig Wasser zu der Eiermasse hinzu. „Haben Sie schon mal ein Omelett gemacht?", erkundigte sie sich und überging meine Frage einfach.

Ich schüttelte den Kopf.

Einen Moment lang schaute sie mich an. „Kommen Sie. Ich zeige es Ihnen."

Ich zögerte kurz, stieg dann aber von dem Hocker und ging zu ihr. „Sie werden es mir jetzt nicht erzählen, nicht wahr?"

„Drehen Sie die Platte mit der Pfanne ein bisschen herunter", sagte sie.

Ich gehorchte.

Sie zog eine Schublade auf, holte einen Pfannenwender mit einem schwarzen Griff heraus und gab ihn mir.

„Ich sag Ihnen was. Bringen Sie erst das Tagebuch zu Ende. Wenn Sie damit fertig sind, werde ich Ihnen sagen, warum Abigail nein gesagt hat. Und dann können Sie mir auch sagen, wieso das Tagebuch sie so traurig macht. Ich glaube, das ist der Grund, weshalb sie das Tagebuch nicht mehr liest. Es erinnert sie an den Sohn des Gärtners. Und ich habe mich immer gefragt, wieso. Sie sagen mir, was Sie wissen, und dann sage ich Ihnen, was ich weiß. Abgemacht?"

Ich nahm den Pfannenwender. „Na, gut."

„*Bueno*. Also, das Geheimnis beim Omelett ist das Wasser. Nehmen Sie nur ein ganz kleines bisschen, das macht die Bläschen. Die Bläschen lassen das Omelett atmen. Kein Atem und wir ersticken, *no*?" Sie presste ihre Hand gegen den Hals. „Kein Atem, kein Leben, kein Omelett."

Esperanza schaute zur Pfanne und hielt ihre Hand ein paar Zentimeter über deren heißen Boden, um die Temperatur zu prüfen. „So, jetzt sind wir so weit."

Neunundzwanzig

26. August 1692
Ich schäme mich, das zu schreiben, was ich jetzt schreiben muss. Ich spüre, wie meine Wangen vor Schande glühen, während ich die Seite glattstreiche und meine Feder in die Tinte eintauche. Ich bin selbst erstaunt darüber, dass ich so vorausschauend war, das Tagebuch zusammen mit meinen Federn und der Tinte in der Geheimtasche zu verstauen, als ich meine Flucht mit John Peter vorbereitet habe. Hätte ich es nicht getan, könnte ich das hier jetzt nicht schreiben, auch wenn es mich schmerzen wird, es zu tun. Ich hätte nur immer wieder das lesen können, was ich bereits geschrieben habe. Und das habe ich heute getan. Viele Male habe ich den Augenblick noch einmal durchlebt, in dem John Peter mich geküsst hat. Habe mein Herz und meine Seele mit der Erinnerung gequält. Beides schmerzt.

Ich schäme mich, weil ich weiß, wie töricht ich bin. Gestern Nacht, als der Mond hoch am Himmel stand und das Geräusch von Pferdehufen auf der Lichtung zu hören war, bin ich auf den Flügeln der Liebe zur Hütte hinausgerannt, und dabei hätte mir doch bewusst sein müssen, dass John Peter sich der Hütte niemals so laut genähert hätte. Er hätte sein Pferd leise an den Rand der Lichtung gelenkt und hätte ihm beruhigend zugeflüstert, damit es still hält und nicht wiehert.

Ich dummes Mädchen bin geradewegs den Häschern der Hölle in die Arme gelaufen.

Es waren mehrere Reiter dort und nicht nur einer. Ich war so überrumpelt, so erschrocken über meine eigene Torheit, dass ich kaum verstand, was gegen mich vorgebracht wurde. Ich erinnere mich nur an Bruchteile der Anklagepunkte. Ein Buch mit Hexensprüchen, das ich geschrieben hätte und das jetzt in ihrem Besitz sei, war ihr erster Anklagepunkt, und dann wurde die Aufzählung meiner bösen Taten immer länger. Mein Geist sei Prudence Dawes erschienen und hätte sie viele Male gepeinigt, während ich sie aufgefordert hätte, das Teufelsbuch zu unterschreiben. Ich hätte Umgang mit Hausgeistern, mit Vögeln und Tieren, und ich würde mit ihnen reden und könne bewirken, dass sie das Schlechte, um das ich sie bäte, auch täten. Dann beschuldigten sie mich, meinen Vater sowie meine Mutter und meinen Bruder Thomas getötet zu haben. Auch meinen Verlobten James hätte ich umgebracht, um statt seiner einen Dämonen heiraten zu können. All diese schauerlichen Dinge soll ich angeblich getan haben, weil ich mit dem Teufel im Bunde bin und zu seinem Wohl.

Ich hätte verlangen sollen zu erfahren, wer solche Anschuldigungen gegen mich erhoben hat. Ich hätte mit Haltung und Würde meine Unschuld erklären sollen, aber ich war nicht darauf vorbereitet, derart abscheuliche Dinge über mich zu hören zu bekommen. Meine Blicke suchten nach John Peter. Verbarg er sich in der Menge dieser Männer? War er wirklich gekommen, um mich an einen sicheren Ort zu bringen? Würde er auf seinem Pferd angeritten kommen, mich zu sich heraufheben und dann mit mir davongaloppieren, während meine Ankläger noch versuchten, die Zügel zu fassen zu bekommen? Ich rief seinen Namen, während ich umherlief und nach ihm Ausschau hielt. Jemand packte mich am Arm. Ich drehte mich um und wehrte mich. Ein weiterer Arm umklammerte meinen Oberkörper. Ich versuchte, mich ihm zu entwinden. Ich biss und kratzte und rief immer wieder John Peters Namen. Dann spürte ich einen heftigen Schmerz am Hinterkopf und verlor das Bewusstsein.

Als ich wieder zu mir kam, war ich hier. Als Erstes spürte ich die Eisenkette um meine Knöchel, dann den Geschmack von Blut in meinem Mund und schließlich die Kälte des Steinbodens.

Mary Easty ist hier und Martha Corey auch, aber in einem anderen Raum. Und auch noch andere. Ihnen allen wird Hexerei zur Last gelegt.

So wie mir auch.

Die anderen schauen zu, wie ich schreibe. Ich kann nicht sagen, was sie denken. Mary Easty hat gesagt, dass ich das Tagebuch unter dem Stroh verstecken soll, auf dem ich schlafe, wenn ich mit dem Schreiben fertig bin. Sie sagte, es sei nicht sicher, wenn ich es in meiner Geheimtasche verbergen würde.

Es gelangt jeden Tag nur ein ganz klein wenig Sonnenlicht in diese Zelle. Erst am Spätnachmittag fällt es schräg auf den Steinfußboden. So sagt man mir jedenfalls. Ich weiß es nicht. Es ist ja erst mein erster Tag.

29. August 1692

Ich bin müde. Ich möchte nicht schreiben, aber ich muss. Heute wurde ich den Friedensrichtern zum Verhör vorgeführt. Sie haben ihre Anschuldigungen gegen mich vorgebracht. Ich habe zu Gott gebetet, er möge meiner Stimme Sicherheit schenken und mir einen klaren Verstand, um ihnen Rede und Antwort stehen zu können, denn als ich diese Männer angeschaut habe, konnte ich sehen, dass sie mir nichts Böses wünschten. Sie glaubten einfach nur das, was über mich gesagt worden ist.

Sie haben nichts Böses im Sinn, aber sie erkennen das Böse auch nicht.

Sie legten mir mein Geschichtenbuch vor und baten mich zu erklären, wie ich zu solchen Zaubersprüchen käme. Ich fragte sie, wie sie zu etwas kämen, das nicht ihnen gehörte. Aber darauf antworteten sie nicht.

„Wie bist du zu diesen Zaubersprüchen gekommen?“, fragte der Friedensrichter.

„Lesen Sie die Seiten, und Sie werden sehen, dass es nichts anderes sind als Geschichten“, entgegnete ich.

„Geschichten des Teufels“, warf einer von ihnen ein.

„Nein, Geschichten über ganz einfache Dinge: Feen und Wälder und Prinzessinnen.“

„Und sprechende Vögel!“, meinte wieder ein anderer.

„Das ist doch nur eine Geschichte“, sagte ich. „Aesop hat eine Geschichte über einen sprechenden Löwen geschrieben und über eine sprechende Maus, und er wurde deshalb nicht angeklagt, mit dem Teufel im Bunde zu sein. Auch der Herr Jesus hat Geschichten erzählt!“

„Du sollst den Namen des Herrn nicht unnütz führen, Frau!“

„Ich führe ihn nicht unnütz. Die Gleichnisse Jesus sind auch Geschichten.“

„Aber in diesem Buch stehen keine Gleichnisse von Jesus. Wer hat dich gelehrt, solche Geschichten zu schreiben?“

„Das hat mich niemand gelehrt. Sie kommen einfach so aus meinem Inneren.“

„Vom Teufel!“

„Nein!“

„Warum quälst du Prudence Dawes?“

„Ich quäle niemanden!“

„Ihr ist die Gestalt von Mary Hayworth über ihrem Bett erschienen und hat sie gebeten, das Buch des Teufels zu unterzeichnen.“

„Ich weiß nichts von einem Teufelsbuch und ich bin noch nie im Haus von Goodmann Dawes gewesen.“

„Und was ist mit deinen Hausgeistern?“

„Ich weiß von keinen Geistern."

„Du sprichst mit Vögeln."

Und so ging es immer weiter.

Ich antwortete auf jede Beschuldigung, von denen immer mehr vorgebracht wurden. Es nahm kein Ende.

Als ich dann irgendwann glaubte, sie wären mit mir fertig, vernahm ich ein Geräusch im hinteren Bereich des Versammlungsraumes und dann die Stimme der Güte und Freundlichkeit. Mich schauderte, als ich sie hörte.

„Sie ist keine Hexe!"

John Peter.

Er wurde aufgefordert zu schweigen, aber er rief nur umso lauter. Ich wagte nicht, mich umzudrehen und ihn anzuschauen.

„Sie ist keine Hexe. Sie ist keine Hexe! Wenn Mercy Hayworth eine Hexe ist, dann bin ich auch eine und ihr alle auch!"

Mein Herz schlug schneller. Ich sah, wie sich die Augen der Friedensrichter verengten, als sie John Peter wütend anstarrten. Ich sah, wie sie sich in Gedanken verbündeten. „Er, der eine Hexe verteidigt …"

Ich konnte nicht abwenden, dass mir die Tränen kamen. Aber immer noch wagte ich es nicht, mich umzudrehen und ihn anzusehen, nicht mit all der Liebe, die zweifellos für alle sichtbar in meinem Blick zu lesen stand. Er rief noch einmal, dass ich keine Hexe sei. Ich sah, wie Prudence ihren Kopf von Peter zu mir wandte, und dann hörte ich, wie er aus dem Raum geführt wurde, aber immer noch ohne Unterlass meine Unschuld beteuerte.

Prudence fiel zu Boden und begann, sich vor meinen Augen am Boden zu winden und zu wälzen.

„Sie beißt mich! Sie kneift mich! Sie würgt mich!", schrie Prudence.

„Warum quälst du dieses Mädchen?", fragten die Friedensrichter.

Aber ich wusste nichts zu sagen. Zwei Worte gingen mir in meinen Gedanken und in meinem gequälten Herzen herum und ich wollte sie nicht sagen.

John Peter. John Peter.

Ich kann nicht mehr schreiben. Das Licht ist aus dem Raum gewichen.

30. August 1692

Es ist die Scham, die mich in dieser nasskalten Zelle wärmt. Heute musste ich mich vor alten Frauen und Hebammen entkleiden, die an den verborgenen Stellen meines Körpers herumgezupft und -gedrückt haben. Sie waren auf der Suche nach einer Teufelszitze, nach einer abnormalen Erhebung, an der ich angeblich Hausgeister säuge und mich mit ihnen verbinde. Mein Magen zieht sich schon zusammen, wenn ich diese Worte nur niederschreibe. Ich konnte kaum stehen, während die Frauen ihrer Aufgabe nachgingen, diese Frauen, die ich schon mein Leben lang kenne.

Eine von ihnen, die Witwe Treaves, hat mir vor achtzehn Sommern aus dem Leib meiner Mutter geholfen und hat den Körper gewaschen, über den sie sich jetzt beugte. Auch Thomas hat sie auf die Welt geholfen. Und auch der kleinen Schwester, die nicht leben konnte. Der Blick der Witwe begegnete nur einen kurzen Moment dem meinen und gab mir zu verstehen: „Was soll ich denn tun? Mir wurde befohlen nachzuschauen."

Sie haben viel Aufhebens um einen kleinen braunen Kreis unter meinem Arm gemacht, einem winzigen Ding, das die Farbe von Baumrinde hat. Dieses Mal hatte ich schon immer. Mama hat mir vor langer Zeit erzählt, dass es ein Kuss von Gott sei, den er mir gegeben hätte, als ich den Himmel verließ, um Mamas kleines Mädchen zu werden.

Eine der alten Frauen fragte mich, was das sei. Ich sagte es ihr. Die Frauen sahen einander an und versuchten dabei abzuschätzen, ob ich auch die Wahrheit sagte. Ich hätte sagen sollen, dass es einfach nur ein Fleck sei, an den ich mich gar nicht mehr erinnert hätte. Sie glaubten, dass es ein Kuss sei – aber nicht von Gott.

Und als wäre das alles nicht schon qualvoll genug gewesen, flüsterten die Frauen in meiner Zelle, dass jetzt auch John Peter die Aufmerksamkeit der Friedensrichter auf sich gezogen hat. Prudence wird ihn ganz sicher nicht beschuldigen; sie ist in ihn verliebt. Aber sie braucht ihn gar nicht zu belasten. Es waren ja genügend andere Zuschauer im Versammlungshaus anwesend, die gehört haben, wie er meine Ehre verteidigt hat. „Er, der eine Hexe verteidigt …"

Der Kummer droht mich zu überwältigen.

Ich kann nicht mehr schreiben.

Ich muss besser mit meiner Tinte haushalten.

1. September 1692

Meine schlimmsten Ängste nehmen Gestalt an. John Peter soll verhört werden. Wenn die Friedensrichter glauben, dass ich eine Hexe bin, dann gibt es für ihn keine Hoffnung.

Wenn ich gestehe, dass ich eine Hexe bin, werden sie mich am Leben lassen. Aber ich bin keine Hexe. Wie soll ich denn sagen, dass ich eine Hexe bin, wenn ich keine bin?

Und wenn ich gestehe, ist John Peter in noch größerer Gefahr. Wenn ich nicht gestehe und trotzdem als Hexe verurteilt werde, wird ihn dasselbe Schicksal ereilen, solange er mich verteidigt.

Und er wird mich verteidigen. Das weiß ich von ganzem Herzen. Es gibt nur einen Weg, ihn zu retten. Wenn ich einen Weg finde, den Friedensrichtern einen Brief zukommen zu lassen …

Ich kann für meine eigenen Gedanken keine Tinte mehr verschwenden. Es gibt noch etwas, das ich schreiben muss.

Gott stehe mir bei.

2. September 1692

Es ist vollbracht. Der Brief ist geschrieben. Ich bete, dass die Friedensrichter sich nur um den Inhalt kümmern und nicht um den Verfasser. Ich bete, dass das, was zuvor so leichthin geglaubt wurde, auch jetzt wieder geglaubt wird. Das dürfte eigentlich nicht so schwierig sein.

3. September 1692

Ich wurde heute den Friedensrichtern vorgeführt. Ich hätte zittern müssen, aber ich sah, dass sie meinen Brief hatten und ihre Blicke vor Bestürzung grimmig waren. Sie glaubten das, was in dem Brief stand. Sie schenkten den Worten Glauben, die ungelenk und falsch geschrieben waren, sodass sie nicht als die meinen zu erkennen waren. Und diese Worte haben bewirkt, was sie für mich erreichen sollten.

Sie gaben dem Wahnsinn neue Nahrung.

Es war ganz leicht, den Brief einem anderen Mädchen aus meiner Zelle zuzustecken. Ich bat sie, ihn im Versammlungshaus fallen zu lassen, wenn sie zum Verhör vorgeführt würde, und darauf zu achten, dass niemand sie dabei beobachtete. Ich sagte ihr, es würde ihr das Leben retten, wenn sie es täte, und so war sie einverstanden.

Als ich jetzt vor ihnen stand, starrten mich die Friedensrichter zornig an. Einer von ihnen hatte meinen Brief in der Hand. „Wieso verhext du John Peter Collier?“, verlangte er zu wissen.

Ich antwortete nicht.

„Durch welchen Zauberspruch in deinem Buch verhext du ihn?“

Ich schwieg weiter.

„Wir haben einen Brief erhalten, dessen Verfasser große Angst hat, seinen Namen zu nennen, aus Furcht, du könntest dann auch ihn verhexen. Der Schreiber hat gehört, wie du mit deiner Hexerei geprahlt hast und damit, dass John

Peter Collier ebenfalls in deiner Macht sei. Du hast ihn verhext! Gestehe!"

Ich konnte nicht mit Ja antworten. Ich konnte nicht mit Nein antworten. Also gab ich ihnen die Antwort, die sie wirklich hören wollten.

„Ich bin keine Hexe."

Und dann tat ich etwas, von dem ich wusste, dass es John Peters Schicksal endgültig besiegeln würde.

Und auch meines.

Ich kratzte an dem braunen Fleck unter meinem Arm. Die Friedensrichter sahen es und auch die Frauen, die mich untersucht hatten.

John Peter ist in Sicherheit.

5. September 1692

Das Mädchen, das meinen Brief mitgenommen hat, kennt Prudence Dawes. Sie hat mich gefragt, womit ich Prudence denn gequält hätte.

Ich sagte ihr, dass ich denselben Mann liebte wie Prudence.

Abend

Was würden wir nicht alles aus Liebe tun?

Würden wir uns ausdenken, dass wir mit Nadeln und Klingen gepiekt werden? Würden wir uns auf dem Boden des Versammlungshauses wälzen und unbedingt selbst glauben wollen, dass unsere Rivalin wirklich böse ist?

Würden wir uns selbst weismachen, dass das, was wahr sein könnte, auch wirklich wahr ist?

Würden wir Briefe schreiben, in denen wir uns selbst verdammen, um den Geliebten zu retten?

Ja, das alles würden wir tun.

__6. September 1692__
Jemand hat gesagt, dass John Peter verlangt hätte, mich sehen zu dürfen, aber man glaubt, dass er unter dem Bann meiner bösen Zaubersprüche steht, und hat ihn deshalb wieder nach Hause geschickt.

__9. September 1692__
Man hat uns holen lassen. Man hat uns nebeneinander aufgestellt und die Urteile verkündet. Ich werde gehenkt. Goody Corey, Goody Easty und noch vier weitere ebenfalls. Ich weiß nicht, was ich sonst noch schreiben soll. Wenn ich versuche, Buchstaben zu formen, sehe ich immer nur das Gesicht von John Peter vor mir.

Ich wäre gerne noch ein Mal von ihm umarmt worden. Aber dann hätte ich es noch ein weiteres Mal gewollt. So wie ich es auch jetzt möchte.

__10. September 1692__
Ich habe in der vergangenen Nacht von dem Seil geträumt, das eng um meinen Hals lag. Ich konnte nicht atmen. Ich konnte nicht Luft holen, um zu schreien. Ich spürte die Hand des Bösen auf mir, die an dem Seil zog. Ich wachte durch geflüsterte Zurufe der Frauen in meiner Zelle auf, die dasselbe Schicksal erwartet wie mich.

„Wach auf, Mercy", sagte Goody Easty. „Es ist nur ein Traum."

Aber der Schlaf wollte sich danach nicht wieder einstellen.

__11. September 1692__
Ich erstelle eine Liste all dessen, was mich erwartet, und diese Liste beginnt nicht mit dem Strang.

1. *der Herr Jesus*
2. *Mama*
3. *Papa*
4. *Thomas*
5. *meine kleine Schwester*
6. *der Himmel*
7. *Frieden*

Ich hasse Prudence Dawes nicht. Wenn ich sie hasse, kann ich meine Gedanken nicht auf die sieben Dinge richten. Ist Prudence Dawes böse? Nein, ich glaube nicht. Sie ist nur irregeleitet. Sie glaubt wirklich, dass ich eine Hexe bin. Sie kann es glauben, weil sie sich wünscht, dass es stimmt. Sie liebt John Peter.

Die Friedensrichter lieben John Peter nicht, aber sie lieben es, sich selbst im Recht zu sehen. Und sie fürchten die Verantwortung, die damit verbunden ist, im Recht zu sein.

13. September 1692

Gestern Nacht ist John Peter zu meiner Zelle gekommen. Ich habe seine Stimme durch das Fenster über unseren Köpfen gehört, dem Fenster, durch das uns der Sonnenschein am Nachmittag besuchen kommt. Er hat meinen Namen gerufen. Ich konnte ihn nicht sehen, weil es zu dunkel war und das Fenster sich zu weit oben befindet. Ich konnte nur sehen, wie seine Hand durch die winzige Fensteröffnung griff. Ich wollte zu ihm hinrennen, wurde aber durch meine Fußketten daran gehindert. Ich konnte nur bis zu seinen Fingerspitzen reichen und berührte sie mit den meinen.

„Ist dir warm genug? Bekommst du zu essen?“, fragte er. „Haben sie dir wehgetan?“ Seine Stimme klang seltsam, so als schluckte er die ganze Zeit wütende Schreie herunter.

Seine Finger waren warm. Ich dachte daran, wie diese Finger nach dem Strohhalm in meinem Haar gegriffen hatten, wie sie meine nassen Hände getrocknet hatten an dem

Tag, als Papa gestorben war, wie sie an dem Tag, als er mich geküsst hatte, mein Kinn berührt hatten.

„Hörst du mich, Mercy?“, fragte er.

„Ja, immer, John Peter.“

„Ich werde nicht zulassen, dass sie dir etwas antun!“, sagte er mit zornerfüllter Stimme.

Ich konnte nichts erwidern. Ich ließ meine Finger die seinen küssen.

„Das lasse ich nicht zu!“

Und dann waren da noch andere Stimmen vor dem Fenster und seine Finger wurden von den meinen weggezerrt. Ich hörte, wie er laut meinen Namen rief, während die Gefängniswärter ihn von dem Fenster fortschleppten.

Mercy.

Mercy.

Mercy.

Mich flieht der Schlaf.

17. September 1692

Neun weitere sollen gehenkt werden. Überall um mich her ist Weinen und Klagen. Und Wut. Und Angst.

Ich schließe meine Augen und sehe meinen Schreibbaum. Lily. Henry. Ich sehe das kleine Fichtenwäldchen bei der Hütte der Trumballs, den Ort, den ich „Gedenken“ genannt habe.

Ich weiß nicht, was aus den Tieren geworden ist, aus Papas Büchern und Mamas Decke. Aus der Hütte. Goody Easty hat mir erzählt, dass der Besitz festgesetzt worden ist. Was für ein seltsames Wort. Als ob sich mein Zuhause und das, was sich darin befindet, bei Nacht und Nebel davongemacht hätten und der Sheriff es dann nach einer anstrengenden Verfolgungsjagd festgenommen hätte.

Es gibt immer noch kein Lebenszeichen von Samuel. Ich frage mich, ob er weiß, dass ich auf meine Hinrichtung warte.

Was könnte er dagegen tun?

Nichts.

Das Beste wäre, wenn er gar nicht käme.

Ich habe in der vergangenen Nacht von John Peter geträumt. Wir saßen auf seinem Pferd und ritten Richtung Süden. In Sicherheit.

21. September 1692

Es ist kalt. Ich kann meine Zehen nicht spüren. Und ich habe Durst.

Es ist nur noch ein Keil kalten Sonnenlichts übrig. Ich muss rasch schreiben. Unsere Gefängniswärter haben uns heute mit Genuss erzählt, dass Goodman Corey sich geweigert hat, auf die Vorwürfe, die gegen ihn erhoben werden, zu antworten. Er weigerte sich, seine Rolle in diesem Schauspiel zu spielen. Sie haben ihm deshalb große Steine auf die Brust gelegt, um ihn zu zwingen, seine Schuld oder Unschuld herauszuschreien. Aber das hat er nicht getan. Immer mehr Steine wurden auf ihn gelegt, bis ihm die Knochen brachen und er gestorben ist, ohne auch nur vor Schmerzen schreien zu können.

Goody Easty hat mir erzählt, dass das Erhängen nur wenige Augenblicke dauert.

„Sei froh, dass du nicht zu Tode gedrückt oder verbrannt wirst. Goodman Corey hat zwei Tage gelitten." Sie versucht, um meinetwillen stark zu sein. Martha Corey, Giles Coreys Frau, sitzt in einer anderen Zelle ganz in der Nähe, und ich kann hören, wie sie weint. Ich frage mich, ob sie auch all das gehört hat, was man uns heute erzählt hat. Goodman Corey war ein alter Mann. Sicher achtzig Jahre alt.

Ich werde diese beiden Worte einfach nicht wieder los: Gestehe und lebe. Je mehr ich versuche, sie zu verscheuchen, desto hartnäckiger bleiben sie in meinem Kopf, in dem sich alles dreht.

Ob ich eine letzte Gelegenheit bekomme zu gestehen? Den Anklägern das zu geben, was sie haben wollen – meine Seele?

Ich bin keine Hexe. Ich werde nicht als eine leben.

Und ich werde nicht als eine sterben.

Hier ist ein neuer Gedanke. Hier ist das, worüber ich Stunde um Stunde in der Dunkelheit nachgrüble.

Ich kann dem, was mich erwartet, nicht entrinnen. Ich werde hängen.

Gott weiß, dass ich hängen werde.

Aber ich fürchte die Qualen. Ich habe Angst um Prudence.

John Peter …

Eines bleibt mir noch, eines kann ich tun, sogar in Ketten.

Die Tinte ist jetzt beinahe zu Ende. Reicht sie noch aus? Habe ich noch genug?

Ja.

Ein neues Mädchen wurde neben mir an die Wand gekettet. Sie wurde aber noch nicht verhört. Die Beweise gegen sie sind dürftig. Vielleicht wird sie für „nicht schuldig" befunden. Sie heißt Benevolence und ist erst zwölf, das Alter, in dem ich war, als Mama und Thomas zu Jesus gegangen sind. Ich werde ihr das Tagebuch geben, wenn sie bereit ist, es zu nehmen. Sie soll dafür sorgen, dass John Peter es bekommt, wenn sie freigelassen wird. Ich möchte, dass er weiß, dass ich eine Wahl getroffen habe. Dass es eine Wahl gab und dass ich die Barmherzigkeit – Mercy – gewählt habe.

Ich bete, dass er mir vergibt.

Und ich bete, dass Gott sich meiner Seele erbarmt.

Ich bin bereit.

Dreißig

Ich war allein in Abigails Haus, als ich die Übertragung des Tagebuches auf den Computer abschloss. Es war die Nacht von Samstag auf Sonntag. Mit dem Lesen war ich schon viel früher fertig gewesen, aber mein Geist weigerte sich einfach, nur ein Diktiergerät zu sein und lediglich zu entziffern und einzutippen. Ich las, ließ das Gelesene auf mich wirken, dachte darüber nach und schrieb es erst dann nieder.

Es war die einzige Möglichkeit, damit fertig zu werden.

Die letzten drei Worte las ich wohl ein Dutzend Mal, bevor ich sie in digitalisierte Form brachte.

Ich bin bereit.

Ich bin bereit.

Bereit wozu? Bereit zu hängen? Bereit zu etwas anderem? Was hatte Mercy in den letzten Stunden getan, die ihr noch blieben? Wozu diente der Rest ihrer Tinte?

Sie hätte noch einen weiteren Brief schreiben können. War es das, was sie mit den Worten „Eines bleibt mir noch, eines kann ich tun, sogar in Ketten“ gemeint hatte? Schrieb sie noch einen letzten Brief, in dem sie ihren Anklägern vergab? Und wenn ja, was war dann mit diesem Brief passiert? Wenn sie ihn in das Tagebuch gelegt hatte, das John Peter bekommen sollte, war er dann so klug gewesen, den Brief den Friedensrichtern zu geben?

Oder war der Brief an Prudence Dawes gerichtet gewesen? Vielleicht hatte Mercy deshalb gebetet, dass John Peter ihr vergeben möge – weil ihr letzter Akt der Barmherzigkeit darin bestanden hatte, der Frau, die für ihre Hinrichtung verantwortlich war, einen Brief zu schreiben, in dem sie ihr vergab. Und weil sie John Peter, den Mann, der Mercy liebte und für den sie ihr Leben gegeben hatte, bat, diesen Brief zu übergeben.

Wovor hatte sie Angst gehabt?

In meinem Kopf drehte sich alles. So sehr wünschte ich mir zu erfahren, was genau passiert war, nachdem Mercy die Tinte ausgegangen und ihre Zeit abgelaufen war.

In dem Tagebuch stand zwar nichts darüber, aber ich war sicher, dass Abigail wusste, was Mercy in ihren letzten Stunden getan hatte. Abigail wusste, dass ich Fragen haben würde, und sie hatte mich gebeten zu warten, bis sie wieder da war, um die Antworten zu bekommen. Das bedeutete doch, dass ich die Antworten wahrscheinlich auch woanders würde finden können, wenn ich wollte. Mercy Hayworths Name würde ganz sicher auch im Internet herumgeistern und über die Suchmaschinen zu finden sein, genau wie die Namen von Sarah Goode und Sarah Osborne. Ob ich es wohl schaffen würde, mich *nicht* zu informieren, bevor Abigail zurück war?

Ich wusste es nicht.

Ich fragte mich, wie lange es wohl dauern würde, herauszufinden, was Mercy in diesen letzten Stunden getan hatte. Wahrscheinlich wurde es in den Gerichtsdokumenten, die mit ihrer Hinrichtung zu tun hatten, gar nicht erwähnt. Wer also hätte wissen können, was passiert war? Eine ihrer Zellengenossinnen zum Beispiel. Jemand wie Elizabeth Proctor, deren eigene Hinrichtung aufgeschoben worden war, weil sie schwanger war. Jemand, der es jemand anderem hätte erzählen und so die Geschichte von Mercys letzter Tat durch die Jahrzehnte und Jahrhunderte hätte weitergeben können.

Die zahlreichen Möglichkeiten bereiteten mir Kopfschmerzen, aber dieses Mal war ich zu müde, um in die Küche zu gehen und mir eine Tablette zu holen. Ich schlich zum Sofa hinüber, wie ich es auch in der Nacht zuvor schon getan hatte, und rollte mich auf den geräuschvoll knarzenden Lederpolstern zusammen.

Ich hatte Angst einzuschlafen, obwohl ich völlig erschöpft war, weil ich fürchtete, von ihr zu träumen. Und ich war sicher, der Umstand, dass ich die letzten Einzelheiten von Mercys Leben nicht kannte, würde den Traummotor in meinem Kopf mit reichlich Treibstoff versorgen.

Aber ich konnte die Augen nicht mehr offen halten.

Während ich so dalag und versuchte, die Gedanken an Männer mit Kapuzen über dem Kopf, die auf einem Holzpodest mit einer Schlinge aus rauem Seil in der Hand dastanden, abzuwehren, zwang ich mich dazu, an das zu denken, was ich mit Sicherheit wusste. Ich war ziemlich sicher, dass ich eine Antwort auf Esperanzas Frage hatte. Ich wusste, wieso es Abigail so traurig machte, das Tagebuch zu lesen, und warum sie dabei an den Sohn des Gärtners denken musste.

Mercy hatte alles für die Liebe gegeben, sogar ihr Leben selbst.

Abigail hatte nichts gegeben oder gar geopfert für ihre Liebe. Ich wusste nicht, warum. Vielleicht war es gar nicht um Geld gegangen, wie Esperanza sagte, aber ganz sicher hatte Status eine Rolle gespielt. Abigail war Erbin eines großen Vermögens, und der Mann, der um sie warb, war der Sohn eines Gärtners. Abigail musste sich verpflichtet gefühlt haben, zwischen dem Leben, das sie gewohnt war, und dem Mann, den sie liebte, zu wählen. Ich war überzeugt, dass Abigail jetzt ihre Wahl unglaublich egoistisch und belastend fand, und deshalb war sie jedes Mal, wenn sie in dem Tagebuch las, mit dem konfrontiert, was Mercy für die Liebe gewagt und geopfert hatte. Jedes Mal wurde sie dabei wieder an ihren eigenen verhängnisvollen Fehler erinnert.

So viel stand für mich fest. Da war ich sicher.

Mir fielen die Augen zu, und ich spürte, wie sich mein Körper entspannte. Ich versuchte, an fröhliche und schöne Dinge zu denken, wie beispielsweise an das Meer bei Sonnenuntergang, Hortensienblüten oder mit einer Tasse Cappuccino durch die Gänge einer dreigeschossigen Buchhandlung zu streifen.

Schon nach wenigen Sekunden übermannte mich der Schlaf.

Ich schlief traumlos.

Am nächsten Morgen wurde ich von dem hohen, schrillen Klingelton meines Handys geweckt. Ich sprang von der Couch auf und konnte mich nicht daran erinnern, wieso ich nicht in meinem eigenen Bett lag. Es musste noch mitten in der Nacht sein und bestimmt war irgendetwas Schlimmes passiert. Ich angelte nach meinem Handy, das auf dem Tisch neben mir lag, und meldete mich, ohne daran zu denken, erst nachzuschauen, wer es war.

„Ja?“, meldete ich mich, immer noch ziemlich verschlafen.

„Hallo, hier ist Steve Turrell. Ich bin Professor an der UCSB. Spreche ich mit Lauren Durough?“

„Ach so. Äh ja.“

„Rufe ich zu früh an? Clarissa hat gesagt, dass Sie normalerweise um halb zehn in die Kirche gehen. Ich habe also gedacht, dass ich Sie vielleicht noch vorher erwische. Tut mir leid, wenn ich Sie geweckt habe.“

„Nein. Nein, ich war schon wach“, log ich. „Hören Sie, es tut mir leid, dass ich noch nicht zurückgerufen habe. Ich war mit der Übertragung des Tagebuches noch nicht fertig und ich …“

„Dann sind Sie also inzwischen fertig?“

„Ja, ich bin letzte Nacht fertig geworden.“

„Handelt es sich dabei also wirklich um ein Tagebuch, das während der Hexenprozesse von Salem geschrieben wurde?"

„Ja, das ist es wirklich."

„Und die Verfasserin gehörte selbst zu den Frauen, die wegen Hexerei angeklagt waren?"

„Ja."

„Wow. Das ist erstaunlich. Und die Frau, für die Sie arbeiten, bewahrt das Tagebuch einfach so in ihrem Haus auf?"

„Es ist dort sehr gut gesichert. Es hat einer Vorfahrin von ihr gehört und deshalb ist es für sie" – ich suchte nach dem passenden Wort – „von großem persönlichem Wert."

„Also, der Grund, weshalb ich Clarissa um Ihre Nummer gebeten habe, ist der, dass ich gerade ein Buch über die Auswirkungen von Stigmatisierungen auf Kultur und Wirtschaft schreibe. Schon bevor ich angefangen habe, das Buch zu schreiben, hat mich sehr fasziniert, was während der Hexenprozesse von Salem passiert ist. Ich würde dieses Tagebuch wirklich gerne sehen. Wäre das wohl möglich?"

Ich räusperte mich – eigentlich ohne Grund. „Das kann ich nicht allein entscheiden. Ich könnte Abigail Ihre Nummer geben und dann könnte sie sich wieder mit Ihnen in Verbindung setzen. Zurzeit ist sie allerdings verreist. Sie ist ziemlich eigen mit dem Tagebuch und zeigt es nicht gern."

„Aber Sie haben es doch übertragen, oder?"

„Ja."

„Könnte ich denn dann nicht in der Zwischenzeit schon einmal Ihre Übertragung sehen?"

Ich schaute auf meine Füße hinunter und merkte erst jetzt, dass ich zwischen dem Sofa und dem Arbeitstisch auf und ab ging. Ich blieb stehen.

„Ich glaube, es ist besser, wenn wir damit warten, bis Abigail zurück ist", sagte ich.

Professor Turrell schwieg einen Moment lang. „Dürfte ich Sie denn nach dem Inhalt fragen?"

„Ich … also, ich weiß nicht, aber ich denke schon."

„Wie heißt denn die Verfasserin des Tagebuches?"

Ich zögerte, ihren Namen zu nennen. Ob Abigail das recht war? Würde ich dadurch etwas preisgeben, das ich lieber für mich behalten sollte? Mercy war eine historische Gestalt. Ganz sicher wurde sie auch in anderen Aufzeichnungen und Berichten erwähnt.

Aber ich nannte ihren Namen trotzdem nicht. Wenn dieser Mann von den Hexenprozessen von Salem so fasziniert war, dann wusste er darüber ganz sicher mehr als ich. Vielleicht wusste er sogar, was ich gern erfahren hätte, und vielleicht konnte er mir ja sogar sagen, wo ich es recherchieren konnte.

„Professor Turrell, haben Sie sich intensiv mit den Hexenprozessen von Salem beschäftigt?", fragte ich, statt seine Frage zu beantworten.

„Ja, das kann man so sagen."

„Dürfte ich Ihnen dann auch ein paar Fragen stellen? Am Ende des Tagebuches gibt es etwas, das mich sehr interessiert."

„Aber sicher. Wollen wir uns treffen? Ich könnte Ihnen zeigen, welche Informationen ich bei meinen Recherchen bis jetzt gesammelt habe." Er klang gespannt. Hoffnungsvoll.

„Das würde ich sehr gerne. Je eher, desto besser."

„In Ordnung. Wie wäre es morgen nach meiner letzten Vorlesung? Das wäre dann um kurz nach drei."

„Ehrlich gesagt, würde ich mich gerne noch heute mit Ihnen treffen, wenn das möglich wäre. Es klingt wahrscheinlich verrückt, aber da ist etwas, das ich unbedingt wissen muss, und es könnte Tage dauern, bis ich es selbst herausfinde, und so lange kann ich nicht warten."

„Und es hat mit dem Tagebuch zu tun?"

„Ja."

„Wollen Sie mir nicht doch den Namen des Mädchens sagen?"

„Können wir uns noch heute treffen?"

„Also gut. In einer Stunde in meinem Büro auf dem Campus. Reicht Ihnen das?"

„Ja", sagte ich. „Ihr Name ist Mercy Hayworth."

„Mercy Hayworth."

„Ja."

„Wir sehen uns dann in einer Stunde."

Einunddreißig

Professor Turrell war Anfang dreißig – jünger, als ich gedacht hatte – und spindeldürr. Er trug löchrige Jeans und ein verblichenes gestreiftes Oberhemd, das wahrscheinlich mit Krawatte einmal ganz nett ausgesehen hatte, bevor sich das strahlende Schneeweiß in ein tristes Hellgrau verwandelt hatte. Er trug sein Haar kurz geschnitten und hatte es zu chaotisch-ordentlichen Stacheln gegelt.

Er empfing mich in seinem Büro in der *North Hall* der Uni, wo es unheimlich still war. Ich merkte genau, dass er bereits einiges unternommen hatte, um auf seinem Schreibtisch so viel Platz zu schaffen, dass er mir seine Rechercheergebnisse präsentieren konnte.

„Entschuldigen Sie bitte das Chaos", sagte er, während er einen Stoß Hausarbeiten von einem Stuhl auf eine Art Anrichte an der Wand verfrachtete.

Ich nahm auf dem frei gewordenen Stuhl Platz und sah zu, wie er Bücher von seinem Schreibtisch auf den Boden beförderte. Wenn ich als Hauptfach Betriebswirtschaft gewählt hätte, wie es sich mein Vater ja gewünscht hatte, wäre Professor Turrell sicher in einem oder zwei Seminaren auch mein Dozent gewesen, und vielleicht wäre dann auch eine meiner Hausarbeiten in einem der Stapel auf Ausgaben der Zeitschriften *The Wall Street Journal* und *Forbes Magazine* gelandet.

„Okay", meinte er, nachdem er einen Weg zu seinem Computermonitor freigelegt hatte, den er jetzt einschaltete. „Ich habe mehrere Ordner über die Prozesse. Ein paar davon gehören zu meinem Buch und ein paar habe ich einfach aus Interesse angelegt. In dem meisten Material, das mir vorliegt, geht es um die Prozesse, die in Salem direkt stattfanden, insbesondere um die Prozesse der Personen, die dann später hingerichtet wurden. Es kann also sein, dass ich nicht alle Ihre Fragen werde beantworten können. Aber ich kann es zumindest versuchen."

„Das ist schon in Ordnung."

Er wandte sich mir zu. „Als Erstes die Frage, ob Mercys Tagebuch leserlich ist? Konnten Sie das gesamte Dokument Wort für Wort abschreiben?"

„Ja, zum allergrößten Teil schon. Viele Seiten waren schwer leserlich, aber ich habe mir Zeit gelassen, und ich glaube, dass dabei eine ganz annehmbare Abschrift herausgekommen ist. Teilweise ist die Tinte verblasst und auch das Papier war zum Teil beschädigt. Aber Abigail hat mir geholfen, und meistens konnten wir erkennen, worauf Mercy hinauswollte, selbst wenn ein, zwei Sätze fehlten oder so verblasst waren, dass man sie nicht mehr lesen konnte."

„Wow! Das ist ja wirklich großartig!"

Ich merkte, wie gespannt Professor Turrell darauf war, Mercys Tagebuch zu lesen, und wie sehr er mich darum beneidete, dass ich so viel Zeit mit dem Originaldokument zugebracht hatte.

„Und Sie fanden es historisch korrekt?", hakte er nach.

„Na ja, ich glaube schon, dass es das ist. Mercy hat es geschrieben, während sie alles in ihrem persönlichen Umfeld erlebt hat. Es gibt eigentlich keinen Grund zu der Annahme, dass die Fakten nicht stimmen, aber es wäre durchaus möglich, dass sie vielleicht am elften August etwas niedergeschrieben haben könnte, das genau genommen schon am zehnten passiert ist. Nobody is perfect."

„Nein, sicher nicht. Und sie hat in Salem-Dorf gelebt, richtig? Ich habe in meinen Unterlagen und Dokumenten nach ihrem Namen gesucht und er taucht dort auch ein paar Mal auf. Sie wurde im Spätsommer 1692 angeklagt und stand in der ersten Septemberwoche vor Gericht. Kommt Ihnen das korrekt vor?"

„Ja, genau. Ich glaube schon. Sie haben wirklich nicht mehr über sie? Nichts über ihr Tagebuch oder das Geschichtenbuch oder die Briefe, die sie geschrieben hat?"

Professor Turrells Finger flogen nur so über die Computertastatur.

„Sie wurde verhaftet und nach Salem-Stadt gebracht und sie wurde zur selben Zeit verhört wie Mary Easty und die gesamte Gruppe."

„Ja, das ist richtig."

„Ich habe einen Teil der Abschrift ihrer Verhöre. Wenn Sie möchten, kann ich Ihnen die als Abschrift mailen. Sie wurde damals von einem Mädchen namens Prudence Dawes beschuldigt. Kommt Ihnen das ebenfalls richtig vor?"

„Ja, das stimmt." Es war seltsam, Professor Turrell Namen aussprechen zu hören, die mir so vertraut geworden waren wie die Namen von den Figuren in einem Roman. Aber das, worüber wir hier sprachen, hatte sich ja wirklich ereignet.

„Viel mehr finde ich nicht", sagte er. „Ich werde noch ein bisschen nachgraben müssen, um mehr über sie zu finden. Ihr Name taucht nicht so oft auf wie der anderer Personen. Wonach genau suchen Sie denn?"

„In dem Tagebuch erwähnt sie etwas, das sie vor dem Tag ihrer Hinrichtung noch tun wollte, und ich möchte nur wissen, ob sie noch einen Brief geschrieben hat ..."

Professor Turrell unterbrach mich. „Haben Sie ‚Hinrichtung' gesagt?"

„Ja."

„Aber Mercy Hayworth ist nicht hingerichtet worden."

„Doch, wurde sie."

„Nein, sie wurde zwar schuldig gesprochen und zum Tod durch den Strang verurteilt, aber sie ist im Gefängnis gestorben. Sie wurde nicht hingerichtet."

Mir wurde urplötzlich heiß, so als ginge ich aus einem klimatisierten Raum hinaus in die sommerliche Hitze. Was Professor Turrell da sagte, war unmöglich. Seine Informationen mussten falsch sein. Er hatte einen Fehler gemacht.

„Doch, das wurde sie", insistierte ich daher.

„Damals wurden eine Menge Leute der Hexerei angeklagt, über einhundert waren es insgesamt, aber es wurden nur neunzehn tatsächlich hingerichtet, und sie war nicht unter diesen neunzehn."

„Das muss sie aber", flüsterte ich. Eigentlich hätte ich unglaublich erleichtert sein müssen, aber stattdessen packte mich die pure Enttäuschung. Ich war hereingelegt worden.

Professor Turrell sah gequält aus, so als fände er es ganz schrecklich, einer naiven Studentin im dritten Semester sagen zu müssen, dass sie da wohl etwas durcheinandergebracht hatte. „Ich kann Ihnen die Liste mit den neunzehn Namen gern zeigen. Mercys ist jedenfalls nicht darunter."

„Sind Sie ganz sicher, dass die Liste korrekt und zuverlässig ist?", fragte ich nach.

„Man kann diese Liste überall finden, Lauren. Sie steht in vielen Büchern und auch im Internet. Haben Sie denn überhaupt schon eigene Recherchen angestellt?"

Ich schloss meine Augen und lief rot an vor Scham.

„Ich habe Abigail versprochen, es nicht zu tun", flüsterte ich. „Sie wollte damit warten, bis ich mit dem Tagebuch fertig bin."

„Ich verstehe. Und sie hat Ihnen auch gesagt, dass Mercy hingerichtet wurde?"

„Ja."

„Warum sie das wohl getan hat?", sagte Professor Turrell und starrte dabei auf seinen Computerbildschirm. Dann wandte er sich wieder mir zu. „Was hat sie Ihnen denn sonst noch gesagt?"

„Ich ... Ich weiß nicht. Eigentlich nichts. Alles, was ich über Mercy weiß, habe ich dem Tagebuch entnommen. Und ich weiß, dass das Tagebuch echt ist."

„Ich habe gar keine Zweifel daran, dass das Tagebuch echt ist. Es ist wahrscheinlich wirklich das Tagebuch von Mercy Hayworth und es ist ein erstaunliches historisches Dokument, das ich gerne erforschen würde. Und natürlich kann Mercy nicht aufgeschrieben haben, wie sie gestorben ist. Als sie ihre Eintragungen beendete, war ihre Hinrichtung durch den Strang schon festgesetzt. Aber sie ist gestorben, bevor es dazu kam."

„Steht dort auch, wie sie gestorben ist?" Die Worte waren einfach so aus mir herausgeplatzt. An die Stelle der Beschämung trat jetzt Zorn.

„Davon steht nichts in meinen Unterlagen. Ich ... Ich könnte aber weiter recherchieren und es für Sie herausfinden. Das dauert vielleicht ein bisschen, aber wahrscheinlich könnten wir es in Erfahrung bringen. Sie muss krank gewesen sein, als sie verhaftet wurde."

„Aber sie war nicht krank."

„Sie könnte es aber gewesen sein. Die Zustände im Gefängnis von Salem-Stadt waren nicht besonders gut. Auch andere Leute sind dort gestorben und in den Kolonien grassierten ständig irgendwelche Krankheiten."

„Mercy war nicht krank. Wenn es so gewesen wäre, hätte sie mit Sicherheit darüber geschrieben. Sie ist nicht an einer Krankheit gestorben. Aber irgendetwas hat sie *getan* in der Nacht, bevor sie gehenkt werden sollte."

„Was könnte sie denn getan haben? Glauben Sie, dass sie versucht hat zu fliehen?"

Mercy hatte nicht versucht zu fliehen, da war ich ganz sicher. Aber was war, wenn John Peter versucht hatte, sie aus dem Gefängnis zu befreien?

„Was wäre, wenn jemand ihr bei der Flucht geholfen hat?“, fragte ich, aber eigentlich war das eher laut gedacht, als zu jemandem gesagt.

„Aus den Berichten geht hervor, dass sie im Gefängnis gestorben ist.“

„Was wäre denn, wenn das nur behauptet wurde, sie in Wirklichkeit aber geflüchtet ist?“ Ich klang wie ein Dummkopf.

„Es gab aber eine Leiche“, sagte der Professor, immer noch im ruhigen Tonfall des Pädagogen, der jemand Unwissendem eine unangenehme Wahrheit beizubringen versucht. „Sie wurde begraben. Sie ist nicht entkommen, Lauren. Mercy Hayworth ist mit Sicherheit am Tag vor ihrer Hinrichtung im Gefängnis gestorben.“

Mir wurde ganz schlecht, so dumm und einfältig fühlte ich mich. „Sind Sie ganz sicher, dass sie nicht auf der Liste steht?“

Professor Turrell drückte ein paar Tasten und lehnte sich dann auf seinem Stuhl zurück. Er bedeutete mir, selbst nachzuschauen. Ich beugte mich vor, kniff die Augen zusammen und las halblaut die Namen vor.

Gehenkt am 10. Juni
Bridget Bishop, Salem

Gehenkt am 19. Juli
Sarah Goode, Salem-Dorf
Rebecca Nurse, Salem-Dorf
Susannah Martin, Amesbury
Elizabeth Howe, Ipswich
Sarah Wilds, Topsfield

Gehenkt am 19. August
George Burroughs, Wells, Maine
John Proctor, Salem-Dorf

John Willard, Salem-Dorf
George Jacobs Sr., Salem-Stadt
Martha Carrier, Andover

19. September
Giles Corey, Salem Farms, zu Tode gedrückt

Gehenkt am 22. September
Martha Corey, Salem Farms
Mary Easty, Topsfield
Alice Parker, Salem-Stadt
Margaret Scott, Rowley
Wilmott Reed, Marblehead
Samuel Wardwell, Andover
Mary Parker, Andover

Mercy Mayworths Name stand nicht dort.

Abigail hatte mich angelogen.

Zweiunddreißig

Ich verließ Professor Turrells Büro in ungläubigem Staunen und wie benebelt. In meinen Gedanken herrschte ein einziges Chaos. Warum hatte Abigail gelogen? Wieso hatte sie mir erzählt, Mercy wäre hingerichtet worden, obwohl sie im Gefängnis gestorben war? Hatte sie mir auch im Hinblick auf andere Dinge die Unwahrheit gesagt?

Und ich konnte die Wahrheit nicht akzeptieren, dass Mercy nicht auf dem Galgenberg hingerichtet worden war, obwohl sie es niemals verdient hatte. Ich hatte mir die Tragödie ihrer ungerechten Hinrichtung vom ersten Augenblick an, als ich ihre Handschrift gesehen hatte, bildlich vorgestellt. Die anderen, die am selben Tag wie Mercy verhört und verurteilt worden waren, hatten ihr trauriges Ende am Galgen gefunden, Mercy jedoch nicht. Ich las die Liste mit den Namen dreimal. Professor Turrell zeigte mir sogar noch eine andere Liste aus einer anderen Quelle. Und dann noch eine in einem der Bücher, die zu seinen Füßen lagen.

Er wollte das Tagebuch jetzt dringender als je zuvor mit eigenen Augen sehen. Wieder fragte er mich, ob ich es ihm zeigen würde, und ich war innerlich völlig hin- und hergerissen.

Ich würde es ihm zeigen.

Ich würde es ihm nicht zeigen.

Ich würde.

Ich würde nicht.

Er erkundigte sich, ob er nicht wenigstens eine Kopie der Abschrift sehen könnte. Ich antwortete, dass ich gar keine Kopie besäße, worüber er sehr erstaunt war. Das war ihm deutlich anzusehen.

Professor Turrell hatte nachdenklich seinen Kopf gesenkt und dann beugte er sich vor. „Besitzen Sie einen USB-Stick?“, fragte er.

„Ja.“

„Sie sollten wenigstens eine Kopie für sich selbst ziehen. Sie haben doch die gesamte Übertragungsarbeit allein gemacht, oder?“

„Ja, das habe ich.“

„Ich kann Ihnen mit ziemlicher Sicherheit sagen, wenn das Tagebuch echt ist, dann -“

„Es ist echt!“, unterbrach ich ihn.

„... dann wird sich auf jeden Fall ein Verlag dafür interessieren.“

Professor Turrell hatte innegehalten, um mir Zeit zu geben, diese Information erst einmal aufzunehmen und zu verdauen.

„Es sollte auf jeden Fall veröffentlicht werden“, fuhr er fort. „Diese Geschichtsepoche ist sehr wichtig. Was damals in Salem passiert ist, war tragisch und verwunderlich.“

„Es klingt aber nicht nach einem Buch über Ökonomie“, meinte ich.

„Ich spreche auch gar nicht von meinem Buch, sondern von Ihrem, dem Tagebuch. Es sollte unbedingt veröffentlicht werden.“

Kurz darauf ging ich dann und versprach, mit einer Kopie des Tagebuches auf einem USB-Stick wiederzukommen. Er versicherte mir, dass er versuchen würde, im Internet und im Bibliothekssystem der Uni Fakten über Mercy Hayworths Tod in Erfahrung zu bringen, solange ich weg sei.

Ich ging direkt in mein Wohnheim, um den USB-Stick aus meiner Schreibtischschublade zu holen. Es hatte nur einen kurzen Moment gedauert, vor mir selbst zu rechtfertigen, was ich da gerade im Begriff war zu tun. Eine Kopie der Abschrift herzustellen war doch nur vernünftig. Es diente nur dem Schutz – meinem und dem des Tagebuches.

Clarissa schlief noch, als ich ins Zimmer kam – und zwar in meinem Bett –, und sie hatte noch ihre Sachen vom Vorabend an. Als sie mich in der Schreibtischschublade herumkramen hörte, regte sie sich.

„Du bist ja letzte Nacht gar nicht nach Hause gekommen, du ungezogenes Mädchen", murmelte sie.

„Du liegst in meinem Bett, weißt du das?" Ich schloss meine Hand um den silberfarbenen USB-Stick.

„Deins ist näher an der Tür als meins."

Ich steckte den Stick in meine Tasche. „Hast du wenigstens nachgeschaut, ob ich drin lag, bevor du dich hast reinfallen lassen?"

„Schrei doch nicht so", fauchte Clarissa und kniff dabei ihre Augen zusammen. „Es war schon morgen, deshalb wusste ich, dass du mit Sicherheit nicht hier geschlafen hast. Puuuh, es kommt mir so vor, als sei mein Gehirn tausend Mal zu groß für meinen Kopf. Oh Mann, wie ich es hasse, verkatert zu sein."

Ich griff nach einer noch verschlossenen Wasserflasche auf meinem Schreibtisch und einem Röhrchen mit Kopfschmerztabletten. Beides gab ich ihr. „Du solltest nicht so viel trinken, Clarissa."

Sie zögerte kurz und nahm dann das Wasser und die Tabletten. „Ich weiß."

Ich wandte mich zum Gehen.

„Wenn du wieder in die Kirche gehst, dann kannst du ja für meine liederliche Seele beten", meinte sie, steckte sich zwei Tabletten in den Mund und trank einen Schluck Wasser.

„Ich war heute nicht in der Kirche und fahre jetzt zu Abigail. Ich habe dort noch was zu erledigen."

Einen Moment lang schwiegen wir beide, und da beschloss ich, es ihr zu erzählen.

„Ich bin letzte Nacht mit dem Tagebuch fertig geworden, Clarissa."

„Halleluja. Keine Hexen mehr."

„Aber Mercy war gar keine -"

„Ich weiß, ich weiß. Sie war gar keine Hexe."

Clarissa zog sich meine Decke über den Kopf und rollte sich wie ein Embryo zusammen.

Leise zog ich die Tür hinter mir ins Schloss.

Ich war enttäuscht, dass Esperanzas Auto in der Auffahrt stand, als ich wieder bei Abigails Haus ankam. Was ich zu tun gedachte, würde zwar nur einen kurzen Moment dauern, und ich hatte ja auch selbst einen Schlüssel, sodass Esperanza mich nicht hereinlassen musste, aber trotzdem wünschte ich, sie wäre nicht da gewesen.

Leise schloss ich die Haustür auf und ging direkt in die Bibliothek.

Ich fand dort alles genau so vor, wie ich es anderthalb Stunden zuvor hinterlassen hatte. Ich schaltete den Laptop ein und wartete ungeduldig darauf, dass er hochfuhr. Über mir im zweiten Stock hörte ich Schritte. Ich angelte in meiner Handtasche nach dem USB-Stick und klopfte dabei die ganze Zeit nervös mit dem Fuß auf den Boden.

Die Schritte wurden lauter. Esperanza kam die Treppe herunter.

Rasch kopierte ich den übertragenen Tagebuchtext von der Festplatte des Laptops auf den USB-Stick. Die Schritte waren jetzt auf den Fliesen der Eingangsdiele zu hören. Ich zog den USB-Stick heraus und steckte ihn genau in dem Moment in meine Handtasche, als Esperanza die Bibliothek betrat.

„Guten Morgen, Esperanza“, begrüßte ich sie möglichst unbefangen.

Sie schien überrascht, mich hier anzutreffen. „Sind Sie gekommen, um heute Morgen hier zu arbeiten?“

„Nein, eigentlich nicht. Ich bin gestern Nacht mit dem Tagebuch fertig geworden und habe nur etwas vergessen. Ich wollte gerade wieder gehen ...“

„Abigail ist wieder da und möchte Sie gern sehen.“

Es war erst Sonntag.

„Wann ist sie denn zurückgekommen?“, erkundigte ich mich.

„Gerade eben erst. Sie hat einen früheren Flug genommen und ist gerade mit dem Taxi eingetroffen. Sie hat mich dann angerufen.“

Abigail war also schon zurück. Ich hatte Angst, wollte sie aber auch gleichzeitig unbedingt mit ihren Lügen konfrontieren. Allerdings hatte ich geglaubt, dass ich noch einen Tag länger haben würde, um mir zu überlegen, wie ich dabei vorgehen sollte.

„Sie hat durchs Fenster Ihren Wagen gesehen und möchte gern mit Ihnen sprechen“, sagte Esperanza noch einmal.

„Ich möchte sie auch gern sehen.“

„Sie kommt gleich nach unten auf die Terrasse.“ Esperanza trat einen Schritt zur Seite, damit ich an ihr vorbeigehen konnte.

„Gut.“

Sie blickte mir nach, als ich den Raum verließ.

Ich ging durchs Esszimmer zur geöffneten Terrassentür und spähte von dort aus vorsichtig auf die Terrasse hinaus.

Abigail war noch nicht da.

Ich seufzte und setzte mich auf einen der Stühle an den Glastisch.

Ich atmete bewusst langsam und sagte mir, dass ich ihr gegenüber nicht laut werden oder mir anmerken lassen würde, wie sehr sie mich verletzt hatte. Ich würde einfach die Fakten auf den Tisch legen und sie um eine Erklärung bitten. So viel war sie mir wohl zumindest schuldig.

Es verging eine ganze Weile, bis ich hinter mir etwas hörte. Sie sah aus, als wäre sie in den drei Tagen ihrer Abwesenheit um mindestens ein Jahr gealtert. Wenn ich nicht so wütend gewesen wäre, hätte ich sie gefragt, ob alles in Ordnung sei.

Meine Verwunderung über ihr Aussehen war anscheinend sehr offensichtlich. Ihr mattes Lächeln zerriss mir das Herz.

„So ein früher Flug aus Boston setzt einem alten Mädchen wie mir schon schwer zu." Sie trat auf die Terrasse hinaus, ging zum Tisch hinüber und setzte sich mir gegenüber auf den Stuhl.

„Sie sind schon sehr früh wieder da", sagte ich.

„Ja."

Esperanza kam mit einem Kaffeetablett auf die Terrasse, stellte es ab und schenkte uns beiden eine Tasse ein.

„Danke, Esperanza. Sie brauchen nicht zu bleiben. Sie wollen sicher auch lieber wieder zu Ihrer Familie, nicht wahr?"

Esperanza sah mich an und dann wieder Abigail. „Und was ist mit Ihrem Mittagessen, *Señorita*?", fragte sie.

„Es ist alles bestens. Ich habe im Flugzeug etwas gegessen. Bitte, Esperanza, es ist Sonntag. Gehen Sie nach Hause zu Ihrer Familie."

Esperanza zögerte noch. Unsere Blicke trafen sich, und sie versuchte, mir irgendetwas mitzuteilen, aber ich wusste nicht, was es war. Sie wandte sich wieder Abigail zu.

„Also gut. Aber rufen Sie an, wenn Sie mich brauchen. Arturo und ich haben heute nichts weiter vor."

„Das mache ich."

Esperanza ging und wir waren allein. Ich wusste weder, wie ich anfangen sollte, noch, wo.

Schließlich machte Abigail den Anfang.

„Sie sind mit dem Tagebuch fertig", sagte sie einfach.

„Ja, ich bin heute Nacht fertig geworden."

„Und ich nehme an, Sie haben Fragen."

„Ja, ich habe eine Menge Fragen."

Abigail nahm ihre Kaffeetasse in die Hand und erkundigte sich: „Was möchten Sie denn wissen?"

Sie war die Ruhe selbst. Erschöpft, aber ruhig. Ja, sie kam mir fast ein wenig selbstgefällig vor. Sie führte die Kaffeetasse zum Mund, und mein fester Vorsatz, ruhig und gelassen zu bleiben, begann, sich in Wohlgefallen aufzulösen.

„Ich möchte gern wissen, warum Sie mich belogen haben."

Sie blickte über den Rand der Kaffeetasse, blinzelte kurz und stellte dann die Tasse wieder auf der Untertasse ab.

„Warum ich Sie *belogen* habe?"

„Ja. Ich wüsste gern, wieso Sie mich belogen haben."

Sie zögerte nur einen ganz kleinen Moment. „Und wie kommen Sie auf die Idee, ich hätte Sie belogen?"

Mein Fuß begann unter dem Tisch wieder nervös zu wippen. „Sie haben mir erzählt, dass Mercy hingerichtet wurde, aber das stimmt gar nicht. Sie ist im Gefängnis gestorben. Und für mich klingt das sehr nach einer Lüge."

Enttäuschung machte sich auf Abigails Gesicht breit. Enttäuschung und Kränkung. Ich kannte dieses Gefühl. Ich hatte es gerade erst ein paar Stunden zuvor in Professor Turrells Büro erlebt.

„Wie sind Sie an diese Information gekommen?", fragte sie und atmete schwer aus.

„Das spielt doch keine Rolle. Es stimmt doch, oder? Sie haben mich angelogen, und ich möchte wissen, weshalb."

„Ach, das ist gleichgültig. Ich habe Ihnen gesagt, dass Sie Fragen haben würden, wenn Sie mit dem Tagebuch fertig wären. Ich habe Sie gebeten, mit der Suche nach Antworten zu warten, bis ich zurück bin, und Sie haben es mir versprochen. Also, für mich klingt es eher, als wären *Sie* diejenige, die gelogen hat."

„Aber ich …“ Ich konnte nicht zu Ende sprechen.

„Sie konnten nicht abwarten? Sie konnten nicht einen oder zwei Tage warten? Sie hätten nicht einmal so lange zu warten brauchen. Sie sind heute Nacht fertig geworden und ich bin auch schon wieder da!“

„Aber warum haben Sie mich in dem Glauben gelassen, dass sie hingerichtet worden ist, obwohl das gar nicht der Fall war?“

Ich wurde lauter, obwohl ich mir fest vorgenommen hatte, es nicht zu tun.

„Ich habe Sie nie gebeten, irgendetwas zu glauben. Ihre Annahmen über Mercy und ihre Schicksal sind nur das, was Sie glauben wollten. Dafür haben Sie sich selbst entschieden.“

„Aber Ihnen war doch klar, dass ich geglaubt habe, sie wäre hingerichtet worden! Sie haben sogar dafür gesorgt, dass ich es glaube.“

Einen Moment lang sagte sie nichts.

„Wo haben Sie sich eigentlich über das informiert, was Sie nicht abwarten konnten, in Erfahrung zu bringen?“, fragte sie schließlich.

Ich schwieg.

„Wo? Wo haben Sie es erfahren?“

„Von einem Professor am College.“

„Einem Professor vom College? Sie haben mit einem Professor vom College geredet? Weiß er von dem Tagebuch?“ Abigail sah völlig verblüfft aus.

„Hören Sie, Sie haben nie gesagt, dass das Tagebuch ein Geheimnis wäre. Und ja, er weiß von dem Tagebuch. Und meine Eltern wissen auch davon. Und auch meine Mitbewohnerin und meine Cousins. Sie haben nie gesagt, dass ich mit niemandem darüber reden dürfte.“

„Warum dieser Professor? Warum gerade er?“

Ich rutschte auf meinem Stuhl herum und das Metall gab ein quietschendes Geräusch von sich. „Er hat danach gefragt.

Er schreibt ein Buch über die Auswirkungen von Stigmatisierung auf Kultur und Wirtschaft und was weiß ich noch alles, aber er hat auch über die Hexenprozesse von Salem geforscht. Meine Mitbewohnerin hat ihm erzählt, dass ich an Ihrem Tagebuch arbeite, und er wollte gern mit mir darüber reden."

„Er schreibt ein Buch?" Abigail stieß die Worte aus, als hätten sie einen schlechten Beigeschmack.

„Er hat mich gefragt, ob ich ihm das Tagebuch zeigen könnte, Abigail, und ich habe ihm gesagt, die Entscheidung darüber läge nicht bei mir. Ich habe ihm gesagt, dass er darüber mit Ihnen verhandeln müsse und dass Sie bis ungefähr Dienstag verreist wären. Ich habe nichts Unrechtes getan."

Sie setzte sich auf ihrem Stuhl zurück. „Sie haben mir gesagt, Sie würden auf mich warten."

Auch ich setzte mich jetzt zurück. „Und Sie haben mir gesagt, Mercy sei gehenkt worden."

Wir starrten einander an, beide zornig und enttäuscht – eine ganze Weile saßen wir so da.

„Ich möchte nur wissen, warum Sie mich belogen haben", meinte ich schließlich, versuchte, in meinen Worten weniger Zorn mitschwingen zu lassen, ließ aber die Kränkung durchscheinen.

Abigail stand langsam auf. „Ich möchte jetzt allein sein."

Auch ich erhob mich. „Ich glaube, nach all der Arbeit, die ich getan habe, steht mir eine Antwort zu. Ich glaube, ich habe ein Anrecht darauf, zu erfahren, wie Mercy gestorben ist."

„Sie?" Sie starrte mich an. „*Sie* haben ein Anrecht auf eine Antwort?" Sie drehte sich um und wandte sich zum Gehen.

„Ja!" Jetzt schrie ich. „Sie lag mir am Herzen, Abigail. Ich habe sogar von ihr geträumt. Ich glaube, ich habe ein Anrecht darauf, es zu wissen!"

Abigail drehte sich um und sah mich an. „Ich habe Sie nicht belogen. Ich schwöre bei Gott, dass ich nicht gelogen habe."

Sie trat von der Terrasse ins Esszimmer und verschwand dann in der Diele.

Ich stand da und brachte es nicht fertig, das Haus zu verlassen, unfähig, die Tatsache zu akzeptieren, dass Abigail verrückt war. Sie musste verrückt sein.

Ganz sicher kannte auch Abigail die Liste mit den Namen der Hingerichteten, die ich gesehen hatte.

Wenn Abigail wirklich glaubte, dass sie mich nicht belogen hatte, dann musste sie auch glauben, dass Mercy Hayworth die zwanzigste Person war, die 1692 in Salem als Hexe gehenkt worden war.

Aber es standen nur neunzehn Namen auf der Liste.

Was Abigail glaubte, war unmöglich.

Ich ging wieder ins Haus zurück. Abigail war nirgends zu sehen. Ich ging in die Bibliothek, beugte mich einen Moment lang über das Tagebuch und schob es dann vorsichtig in die Schutzhülle zurück. Dann legte ich es in den gepolsterten Kasten und schloss den Deckel. Es war fast so, als legte ich Mercy in einen Sarg, schlösse den Deckel und sagte ihr Lebwohl.

Ich wusste nicht, was ich von Abigail zu erwarten hatte. Waren wir fertig miteinander? Wollte sie, dass ich noch einmal wiederkam und das Manuskript Korrektur las? Sollte ich es für sie ausdrucken? Aber wie konnten wir auch nur einen Gedanken daran verschwenden, es zu veröffentlichen, wenn gar nicht klar war, wie Mercy ums Leben gekommen war? Und wie konnten wir Abigail davon überzeugen, dass Mercy nie die Schlinge des Henkers um ihren Hals gefühlt hatte?

Hoffentlich war Professor Turrell in der Lage, die Wahrheit ans Licht zu bringen. Bis dahin wollte ich aber versuchen, mit Abigail in Kontakt zu bleiben. Ich nahm deshalb ein Blatt Papier vom Arbeitstisch und schrieb eine kurze Notiz.

Abigail, es tut mir sehr leid, dass ich nicht auf Sie gewartet habe. Ich hoffe, dass Sie mir vergeben können. Ich möchte das Projekt gern für Sie abschließen und mit Ihnen darüber reden, was Sie jetzt, da die Abschrift fertiggestellt ist, damit anfangen können. Bitte rufen Sie mich an, wenn Sie bereit sind. Lauren.

Ich schaltete den Computer aus, klappte ihn zu und legte den Zettel auf den Deckel.

Dann fuhr ich zurück zum Campus, aber Professor Turrell war schon weg. Vielleicht war er auch nur kurz etwas essen gegangen.

Ich beschloss, erst einmal in die Kirche zu gehen und dafür zu beten, dass mein Vater die Operation gut überstehen möge. Den Gottesdienst am Morgen hatte ich ja versäumt. Dann würde ich noch einmal nachschauen, ob Professor Turrell wieder da war oder ob ich sein Interesse an dem Tagebuch falsch eingeschätzt hatte. Ich wühlte in meiner Tasche und suchte nach dem USB-Stick, dem einzigen, was mir von dem Tagebuch geblieben war, aber ich konnte ihn nicht finden.

Ich kippte den gesamten Inhalt der Tasche auf dem Beifahrersitz aus und durchsuchte alles gründlich. Aber er war nicht da.

Der USB-Stick war weg.

Dreiunddreißig

Zuerst wusste ich nicht, was ich tun sollte. Nach einigen Augenblicken der Ratlosigkeit beschloss ich, Professor Turrell zumindest eine Nachricht zu hinterlassen.

Ich schrieb schnell einen Zettel, auf dem ich ihm mitteilte, dass ich es an diesem Tag noch nicht geschafft hätte, eine Kopie des übertragenen Tagebuchtextes anzufertigen, dass ich es aber noch einmal versuchen und mich dann wieder bei ihm melden würde. Die Nachricht hängte ich an seine Bürotür.

Danach dachte ich darüber nach, ob ich mir einen neuen USB-Stick kaufen, damit zu Abigail fahren und ihr sagen sollte, dass noch ein paar Dinge an dem Text zu tun wären, um mir dabei eine weitere Kopie zu ziehen. Wenn sie aber inzwischen meinen Zettel schon gefunden hatte, dann würde sie sich über mein Auftauchen wundern, weil ich ja eindeutig ihr die Initiative überlassen hatte, wieder mit mir in Kontakt zu treten. Und wenn *sie* es gewesen war, die den USB-Stick an sich genommen hatte, dann war es unmöglich, noch einmal zurückzufahren und so zu tun, als wäre nichts gewesen.

Ich konnte mir allerdings nicht vorstellen, dass Abigail den Stick genommen haben sollte. Ich war ziemlich sicher, dass Esperanza es gewesen war.

Sie hatte die Bibliothek genau in dem Augenblick betreten, als ich den USB-Stick in meine Handtasche gesteckt hatte. Esperanza hatte gesehen, wie ich den Stick verstaute, hatte mir gesagt, dass Abigail mit mir sprechen wollte, und war dann in der Tür der Bibliothek stehen geblieben, statt mich hinaus auf die Terrasse zu begleiten. In dem Augenblick, als ich das Esszimmer betreten hatte, musste sie zu meiner Handtasche gegangen sein und den USB-Stick herausgenommen haben.

Aber warum hätte sie das tun sollen?

Esperanza hatte das Tagebuch nie gelesen. Sie mochte es nicht. Ihr gefiel nicht, wofür es stand. Und trotzdem hatte sie den USB-Stick an sich genommen.

Ich konnte nicht wieder zurück zu Abigail fahren, aber ich konnte versuchen, Esperanza zu finden. Wahrscheinlich war es nicht sonderlich schwer, Esperanzas Adresse herauszubekommen. Ich konnte mich an ihren Nachnamen erinnern und auf der Terrasse hatte sie auch den Vornamen ihres Mannes genannt: Arturo. Es gab nur einen Arturo De Salvo im Telefonbuch von Santa Barbara.

Das Gebäude, in dem sie wohnte, war leicht zu finden. Es war an einen Hügel gebaut, nur ein paar Straßen vom Meer entfernt. Esperanza und Arturo lebten in einem ziemlich schicken Wohnkomplex. Das Haus war gepflegt und hatte einen schön angelegten Vorgarten.

Ich klingelte und betete still um Weisheit. Ich wollte nichts sagen, was ich hinterher bereuen würde.

Als die Tür geöffnet wurde und Esperanza mich durch die Fliegengittertür sah, blickte sie mich mit großen Augen an und sagte etwas auf Spanisch.

„Hallo, Esperanza."

„Wieso kommen Sie hierher? Ist Miss Abigail etwas zugestoßen?"

„Nein. Mit Abigail ist nichts passiert."

Die Panik in ihrem Gesicht verflog langsam, aber ihre Augen waren immer noch weit aufgerissen. „Warum sind Sie dann hier?"

„Ich glaube, Sie haben etwas, das mir gehört", sagte ich so freundlich ich konnte.

Esperanza sah mich durch das Fliegengitter hindurch an.

„Bitte, Esperanza, ich brauche ihn für mein Studium. Es sind Aufgaben darauf."

Das entsprach nur zum Teil der Wahrheit. Ich brauchte ihn wirklich fürs Studium, aber es waren keine aktuellen Aufgaben darauf.

„Ich habe ihn nicht", meinte sie nur.

„Das glaube ich aber doch."

„Nein, habe ich nicht. Ich habe ihn Abigail gegeben, bevor sie zu Ihnen auf die Terrasse hinausgegangen ist."

„Warum haben Sie das getan?" Ich versuchte nicht länger, meinen Frust zu verbergen.

„Weil das Tagebuch ihr gehört. Sie können nicht einfach eine Kopie davon für sich selbst machen. Und ich weiß, dass Sie das mit dem kleinen silbernen Ding gemacht haben. Das durften Sie nicht."

„Das kleine silberne Ding gehört mir!"

„Aber das Tagebuch gehört Miss Abigail. Sie können es nicht einfach so nehmen. Abigail ist seit Jahren sehr gut zu mir und meiner Familie. Sie hat mir und Arturo dieses wunderschöne Haus gekauft. Sie hat dafür gesorgt, dass unsere Kinder studieren konnten. Sie bezahlt Arturos Insulin. Es gibt nichts, das ich nicht für sie tun würde. Ich kümmere mich genauso um sie, wie sie sich um mich kümmert. Deshalb habe ich den Stick genommen."

Ich seufzte. „Ich wollte gar nichts damit machen."

„Dann können Sie sie ja selbst danach fragen. Fragen Sie sie doch einfach, ob Sie eine Kopie machen dürfen, statt sich diese einfach zu nehmen."

Esperanza hatte recht. Ich hätte fragen müssen. Vielleicht hätte Abigail sogar ja gesagt. Jetzt natürlich nicht mehr, aber vor unserem Streit auf der Terrasse hätte sie es vielleicht noch getan.

„Haben Sie deshalb versucht, mir heute Morgen etwas zu signalisieren, als Abigail Ihnen gesagt hat, sie sollten nach Hause gehen?“, fragte ich.

„Nein. Ich fand nur, dass sie nicht allein sein sollte. Ich wusste nicht, wie lange Sie bleiben würden.“

„Wie meinen Sie das?“

Esperanza zögerte einen Moment und hielt mir dann die Fliegentür auf. „Möchten Sie hereinkommen?“

Ich trat ein.

Esperanzas Wohnzimmer war in leuchtenden Orange- und Grüntönen eingerichtet und in einem weichen Beige gefliest. Der Duft von Kreuzkümmel und Knoblauch lag in der Luft.

„Bitte setzen Sie sich doch“, sagte sie.

Ich nahm auf einem elfenbeinfarbenen Sofa Platz und Esperanza setzte sich neben mich.

„Ich mache mir Sorgen um Abigail“, begann sie. „Sie ist ganz früh aus Maine zurückgekommen und sie sieht so müde aus. Außerdem glaube ich, dass sie Graham noch mehr Geld geben musste, weil er bis zum Hals in Schulden steckt. Ich weiß es auch nicht. Jedenfalls ist sie in letzter Zeit gar nicht mehr sie selbst.“

„Wissen Sie denn, weshalb sie früher zurückgekommen ist?“

„Nein. Das hat sie mir nicht gesagt. Aber ich glaube, sie ist früher abgereist, weil die beiden Streit hatten. Sie verstehen sich nicht besonders gut. Das haben sie noch nie.“

Schuldgefühle beschlichen mich. Ich hatte ja selbst gesehen, wie Abigail aussah, als sie auf die Terrasse herausgekommen war. Ich war zu wütend gewesen, um daran zu denken, ihr Mitgefühl entgegenzubringen, war mir zu sicher gewesen, dass sie mich absichtlich in die Irre geführt hatte. Und dann hatte ich sie beschuldigt, mich belogen zu haben, während sie wahrscheinlich den USB-Stick mit einer gestohlenen Kopie ihres Tagebuches schon in der Tasche hatte.

„Soll ich lieber noch einmal hinfahren?“, fragte ich Esperanza.

„Vielleicht ist es besser, wenn ich das mache.“

„Dann würde ich gerne mitkommen. Ich … muss mich bei Abigail entschuldigen.“

Sie zuckte die Achseln. „Von mir aus können Sie mitkommen. Ich sage nur noch Arturo Bescheid, wo ich bin.“

Esperanza kam schon nach einem kurzen Moment zurück.

„Lassen Sie doch mich fahren“, bot ich an. „Es macht mir nichts aus, Sie später wieder herzubringen.“

Esperanza nickte und wir gingen wieder zur Haustür.

„Wieso fühlt sich Abigail eigentlich so verpflichtet, sich finanziell um Graham zu kümmern?“, fragte ich. „Ist er krank?“

Esperanza hielt mir die Tür auf. „Graham ist nicht krank. Graham ist süchtig. Nach Geld und Glücksspiel.“

„Und Abigail fühlt sich verpflichtet, ihm jedes Mal wieder aus der Patsche zu helfen? Jedes Mal?“

„Wenn er mein Sohn wäre, würde ich nicht für ihn tun, was sie für ihn tut. Sie gibt ihm zu viel. Er nutzt sie aus.“

Wir gingen den gepflasterten Weg zu meinem Auto.

„Hat Abigail Dorothea versprochen, sich um ihn zu kümmern oder so?“, wollte ich wissen.

Esperanza blieb stehen und sah mich erstaunt an. „Dorothea?“

Ihr überraschter Blick ließ mich aufhorchen. „Ist Graham denn nicht der Sohn ihrer Cousine Dorothea?“

Esperanza drehte mit einem Ruck den Kopf in meine Richtung. „Oh, ich dachte, Sie wüssten es. Graham ist ihrer. Er ist Abigails Sohn.“

„Ihr Sohn?“ Ich schnappte nach Luft.

Esperanza schaute nach vorn zum Meer und fragte sich wahrscheinlich, wie viel sie mir sagen konnte. Dann wandte sie sich wieder mir zu: „Lange nachdem der Sohn des Gärtners weggezogen war, hat sie geheiratet. Der Mann hieß Edward Swift und hatte einen Sohn, Graham. Mama hat mir gesagt, dass Abigail ein ganzes Stück älter war als Edward. Seine Frau war bei der Geburt des Jungen gestorben und Abigail hat Graham dann adoptiert. Sie haben zusammen mit Mr Boyles in dem Haus in Santa Barbara gelebt. Edward und Abigails Vater haben sich nie gut verstanden und ständig gestritten. Meine Mutter hat mir erzählt, Abigail hätte alles versucht, um die Ehe aufrechtzuerhalten, aber sie hat Edward nicht geliebt, und Edward liebte das Geld, aber ich glaube nicht, dass er Abigail geliebt hat. Er hatte zwar auch etwas eigenes Vermögen, als die beiden heirateten, aber das hat er alles verloren. Ich weiß nicht genau, wobei. Irgendeine schlechte Investition. Graham war *un mocoso* – ein Flegel. Ich erinnere mich an ihn. Er war älter als ich und ich hatte immer Angst vor ihm. Und Edward hatte andere Frauen. Viele, wie ich gehört habe. Die Ehe hat nicht gehalten. Mr Boyles hatte aber dafür gesorgt, dass Edward einen Vertrag unterschrieb – wie heißt das noch gleich."

„Einen Ehevertrag?"

„*Sí.* Also hat Edward nichts von Abigails Geld bekommen. Aber Abigail hatte ja den kleinen Jungen adoptiert und von einem Kind kann man sich nicht scheiden lassen. Edward fand dann eine neue reiche Lady, die ihn aufnahm, aber Abigail zahlt seither für Graham."

Wir gingen weiter zu meinem Wagen. „Was für eine traurige Geschichte."

„Deshalb erzählt sie mir und Ihnen, sie wünschte, sie hätte den Sohn des Gärtners geheiratet. Selbst wenn es schwer gewesen wäre, selbst wenn sie hätte wegziehen müssen, selbst wenn sie ihre reichen Freunde verloren hätte – sie hätte wenigstens Liebe gehabt. Und Liebe kann man nicht für Geld kaufen, nicht wahr? Für kein Geld der Welt."

„Hätte sie denn wirklich alle ihre Freunde verloren? Hätte sie denn wirklich wegziehen müssen?", warf ich ein. „Waren denn die Leute in ihren Kreisen wirklich so oberflächlich?"

„Vielleicht. Ich weiß es nicht. Meine Mama hat gesagt, es wäre sehr schwer geworden, aber sie wusste auch, dass er sie liebte. Und Abigail hatte ihn offenbar auch gern. Aber wahrscheinlich hat sie ihn nicht genug geliebt."

„Wieso wäre es denn so schwer geworden? Nur weil Abigail Geld hatte?"

Esperanza blickte in meine Richtung, verzog ihr Gesicht und schnaubte. „Ich habe Ihnen doch schon gesagt, dass es nicht um Geld ging!"

„Ja, aber worum ging es denn dann?" Ich kam mir so vor, als wäre ich in die Ecke geschickt worden.

„Der Sohn des Gärtners war Japaner und die beiden haben sich während des Zweiten Weltkrieges ineinander verliebt. *Comprende?* Nach Pearl Harbor wurden der Gärtner und sein Sohn in ein Internierungslager gesteckt, obwohl die beiden in Kalifornien geboren waren, in San Francisco. Niemand traute damals Amerikanern, deren Vorfahren aus Japan eingewandert waren. Meine Mama hat mir erzählt, dass Miss Abigail irgendwann zu dem Schluss kam, dass sie mit dem Stig- ... Wie war noch mal das Wort? Stig- ..."

Ich schloss die Augen. „Stigma."

„Stigma. *Sí.* Dass sie mit dem Stigma nicht leben konnte. Sie hat ihn abgewiesen und gehen lassen. Und dann hat sie nie wieder einen Mann gefunden, der sie so sehr geliebt hat wie er. Der Sohn des Gärtners hatte nichts Unrechtes getan, absolut nichts. Aber er war Japaner. Das ist *wirklich* eine traurige Geschichte."

Wir standen jetzt an meinem Wagen, aber wir stiegen nicht ein.

„Hat sie ihn nach dem Krieg noch einmal wiedergesehen?", erkundigte ich mich, obwohl ich in diesem Augenblick eigentlich schon wusste, dass das nicht der Fall war.

„Ich weiß es nicht. Mama glaubte nicht. Abigail hatte mit ihrem Vater zusammen zwanzig Jahre allein in dem Haus gelebt, bevor sie dann Edward kennenlernte. Ich glaube, da hatte sie den Wunsch zu heiraten eigentlich schon aufgegeben. Und dann kam Edward und von da an gab es nichts als Probleme."

„Also weiß Abigail nicht, was aus dem Sohn des Gärtners geworden ist?"

„Ich glaube nicht."

Was für ein verschwendetes Leben. Kein Wunder, dass es für Abigail zu schmerzlich war, das Tagebuch zu lesen. Auch Mercys Leben war schiefgelaufen, aber auf völlig andere Weise und aus anderen Gründen.

„Wissen Sie, wie er hieß?", fragte ich.

„Wieso wollen Sie das wissen?"

Ich zuckte die Achseln. „Ich weiß nicht."

„Würden Sie mir kurz Ihr Handy geben?"

Ich reichte es ihr über das Auto hinweg. Esperanza gab eine Nummer ein und kurz darauf sprach sie in rasantem Tempo Spanisch. Ich verstand nur ein paar Worte. *Mama, Abigail, novio* – Freund. Dann beendete sie das Gespräch und gab mir mein Handy zurück.

„Meine Mutter erinnert sich noch an seinen Namen. Er hieß Tomoharu Kimura. Miss Abigail hat ihn immer ‚Tom' genannt."

Ein paar Minuten später standen wir vor Miss Abigails Haus und ließen uns selbst herein.

„Ich sehe nach, ob sie schläft. Sie warten bitte hier, ja?" Esperanza ging die Treppe hinauf.

Ich schlenderte in die Bibliothek und bemerkte, dass Abigail die Schachtel mit dem Tagebuch weggeräumt hatte.

Auch der Laptop war nicht mehr da.

Das überraschte mich. Die Abschrift war noch gar nicht Korrektur gelesen, denn ich war ja gerade erst mit der Übertragung fertig geworden. Wahrscheinlich war das Ganze noch voller Tippfehler.

Ein winziges bisschen Furcht machte sich in mir breit, als ich so dastand und auf den leeren Arbeitstisch schaute. Kein Tagebuch. Kein Laptop.

Und kein USB-Stick.

Was hast du getan, Abigail?

Ich vernahm hastige Schritte auf der Treppe. Einen Augenblick später erschien Esperanza in der Tür zur Bibliothek und bestätigte nur, was mir plötzlich schon klar war.

Abigail war weg.

Den Laptop und das Tagebuch hatte sie mitgenommen.

Und sie hatte nicht einmal eine Notiz hinterlassen, wo sie war.

Vierunddreißig

Mir blieb nichts anderes, als am nächsten Tag ganz normal in meine Vorlesungen zu gehen und abzuwarten, dass Esperanza mich anrief, um mir zu mitzuteilen, dass Abigail wieder da sei.

Aber sie rief nicht an.

Es kam mir so vor, als wäre ich beraubt worden. Das Tagebuch gehörte mir zwar nicht, und rein theoretisch hatte ich die Arbeit, für die ich eingestellt worden war, ja auch abgeschlossen. Abigail schuldete mir zwar etwas Geld, aber das war auch alles. Sonst war sie mir absolut nichts schuldig.

Außer vielleicht noch den USB-Stick.

Eigentlich hätte es mir auch nichts auszumachen brauchen, dass sie mitsamt Laptop und Tagebuch verschwunden war und auch nicht hinterlassen hatte, wie oder wo sie zu erreichen war. Esperanza erzählte mir, dass Abigail kein Handy besäße und auch keinen Führerschein. Wohin auch immer sie gewollt hatte, sie hatte sich ein Taxi genommen, und es gab keinen Grund, die Polizei zu alarmieren, denn sie war eine erwachsene Frau und im Vollbesitz ihrer geistigen Kräfte. Sie konnte also tun und lassen, was sie wollte.

Aber es machte mir etwas aus.

Am Montagnachmittag traf ich Professor Turrell auf dem Campus und erzählte ihm, was mit dem USB-Stick passiert war. Er fand Abigails plötzliches Verschwinden mitsamt dem Tagebuch, der Abschrift und dem USB-Stick beunruhigend und bat mich, ihm zu sagen, wie Mercys letzter Tagebucheintrag gelautet hatte.

Ich hatte diesen Eintrag viele Male gelesen. Bruchstücke der Sätze tauchten in meiner Erinnerung wieder auf und ich wiederholte sie für ihn.

Ich kann dem, was mich erwartet, nicht entrinnen. Ich werde hängen.

Gott weiß, dass ich hängen werde.

Aber ich fürchte die Qualen. Ich habe Angst um Prudence.

John Peter ...

Eines bleibt mir noch, eines kann ich tun, sogar in Ketten.

Die Tinte ist jetzt beinahe zu Ende. Reicht sie noch aus? Habe ich noch genug?

Ja.

Professor Turrell erkundigte sich, wer John Peter sei, und ich erzählte ihm, dass John Peter selbst unter den Verdacht der Hexerei geraten war, weil er Mercy nach deren Verhaftung verteidigt hatte. Ich beschrieb, wie sie erst den Brief verfasst hatte, der sie selbst belastete, und dann während ihres Verhörs an dem Muttermal unter ihrem Arm gerieben hatte, wodurch sie die Friedensrichter ohne ein Wort davon überzeugt hatte, dass sie John Peter verhext hatte. Sie hatte die Richter von John Peters Unschuld überzeugt, indem sie sie von ihrer eigenen Schuld überzeugte.

„Was vermuten Sie denn, das sie geschrieben haben könnte?", fragte Professor Turrell.

„Ich weiß es nicht. Vielleicht einen Brief, in dem sie denen vergibt, die sie beschuldigt haben? Insbesondere Prudence Dawes."

Professor Turrell rieb sich abwesend mit der einen Hand sein stoppeliges Kinn.

„Ich habe einen Freund an der Universität von Boston, der das für mich recherchiert. Er müsste sich eigentlich bis morgen früh wieder bei mir gemeldet haben. Sind Sie dann erreichbar?"

Ich sagte ihm, dass ich dann in Los Angeles sei, weil mein Vater gerade eine Bypass-Operation hätte. Ich sagte ihm, er könne mich aber übers Handy im Krankenhaus erreichen.

Am Montagabend fuhr ich zu meinen Eltern und spielte vor dem Zubettgehen noch eine Partie Schach mit meinem Vater, die ich ganz klar gewann. Ich wachte am nächsten Morgen um fünf Uhr auf, um mit meinen Eltern ins Krankenhaus zu fahren, da meinen Vater um sechs Uhr einen Termin hatte.

Als wir erst einmal da waren, konnte meine Mutter nicht mehr still sitzen, aber ich weigerte mich, mit ihr zusammen auf und ab zu tigern. Onkel Laurence und Tante Denise kamen kurz bevor mein Vater in den OP gebracht werden sollte, und meine Tante ging dann mit meiner Mutter auf und ab. Onkel Laurence sah blass und angespannt aus. Denise sagte mir, dass die Herzprobleme meines Vaters erblich seien und Laurence jetzt fürchtete, als Nächster an der Reihe zu sein.

Meine Mutter weinte, als die Schwestern kamen, um meinen Vater in den OP zu bringen. Tante Denise nahm sie in den Arm, und mein Vater sagte ihr, dass er am Freitag Hummer zum Abendessen wollte.

„Aber ohne zerlassene Butter", wandte ich ein. Er lächelte mir zu und ergriff dann ganz fest meine Hand.

Und wieder entdeckte ich echte Angst in seinem Blick. Er drückte meine Hand und sah mir fest in die Augen. Er öffnete zögernd den Mund, und ich konnte förmlich hören, dass er sagen wollte: *Wenn mir etwas zustoßen sollte* ..., aber ich erwiderte seinen Händedruck nur und hielt seinem Blick stand.

„Ohne zerlassene Butter", sagte er.

Und dann wurde er weggeschoben.

Die ersten beiden Stunden vergingen schnell, aber dann begann der Reiz des Neuen – des tapferen Wartens – sich abzunutzen. Meine Mutter und Tante Denise gingen hinaus, um jetzt auf der gesamten dritten Etage ihre Runden zu drehen. Gerade als sie um die Ecke bogen und außer Sichtweite waren, hörte ich, wie mein Onkel, der hinter mir saß, aufstand und sagte: „Hey, du hast es ja doch geschafft herzukommen."

Ich drehte mich um, um nachzuschauen, mit wem er da sprach, und sah, dass Cole neben ihm stand.

Und Raul.

„Und – läuft alles gut?", erkundigte sich Cole.

Ich konnte nicht glauben, dass er da war. Ich wusste zwar, dass Cole und mein Vater sich nahestanden, und auch, dass von Laurences Söhnen Cole meinem Vater am ähnlichsten war. Es hatte Zeiten in meiner Kindheit und Jugend gegeben, da war ich ein bisschen eifersüchtig darauf gewesen, wie gern Cole meinen Vater hatte, und auch darauf, wie sehr mein Vater wiederum Cole mochte.

Aber es war *mein* Vater, der da gerade operiert wurde, und nicht seiner. Und es war erst kurz nach zehn Uhr vormittags, was bedeutete, dass sie mit Rauls Flugzeug hergeflogen sein mussten.

Ich erhob mich.

„Hallo, Lauren", sagte Raul. Seine Stimme klang wie immer freundlich. Heute trug er ein schlichtes T-Shirt.

„Hi", entgegnete ich.

„Und – wie sieht es aus? Wie läuft es?" Cole schaute ungeduldig von seinem Vater zu mir.

„Wahrscheinlich ist gerade Halbzeit", entgegnete mein Onkel. „Sie sind jetzt schon seit gut drei Stunden dran.

Angeblich wird die Operation insgesamt vier bis sechs Stunden dauern."

„Okay. Gut. Dann haben Raul und ich ja noch Zeit zu frühstücken, oder?"

„Ich glaube schon. Die Cafeteria ist im Erdgeschoss."

„Cool. Hey, Lars." Cole wandte sich zum Gehen. „Okay, dann lass uns erst mal einen Happen essen."

Raul wandte sich ebenfalls zum Gehen, drehte sich dann aber noch einmal um und fragte: „Sollen wir euch irgendwas mitbringen?"

„Ich hab alles", sagte mein Onkel und ließ sich wieder auf dem Stuhl nieder.

Raul sah mich an.

„Nein, aber trotzdem danke."

Er lächelte und wandte sich dann ab, um Cole zu folgen, der schon vorausgegangen war und jetzt gerade seine Mutter umarmte. Diese hatte gerade mit meiner Tante ihre erste Runde um die kardiologische Station absolviert.

Ich blickte Cole und Raul nach, wie sie auf dem langen Gang verschwanden.

Meine Mutter und meine Tante setzten ihren Marsch fort und kamen zu uns.

„Er ist so ein netter junger Mann", sagte meine Tante Denise.

„Ja, wirklich. Und so höflich", entgegnete meine Mutter.

„Also, von ihm könnte Cole sich in Bezug auf seine Manieren wirklich noch was abschauen. Findest du nicht auch, Lauren?", fragte Denise mich. „Cole ist anderen gegenüber schrecklich unaufmerksam."

„Wir reden gerade über Raul", fügte meine Mutter hinzu.

„Ja", antwortete ich.

„Er ist wirklich süß", meinte Denise und sah mich dabei an.

„Hmm."

„Weißt du", fuhr Denise jetzt etwas leiser fort, „Cole hat gesagt, dass Raul einfach brillant ist. Er hat einen so hohen IQ, ihr würdet es nicht glauben. Und dabei ist er nicht mal Asiat."

Ich vergewisserte mich, ob uns jemand gehört hatte, obwohl Denise praktisch nur geflüstert hatte.

Nicht mal Asiat.

Ja, Raul war der höflichste, reichste, brillanteste Latino, den ich jemals kennengelernt hatte.

Meine Mutter und meine Tante setzten ihren Marsch fort und ich ließ mich neben meinem Onkel auf einen Stuhl plumpsen.

„Möchtest du ein Stück von der Zeitung abhaben?", fragte er und hielt mir den Wirtschaftsteil der *L. A. Times* hin.

„Nein, danke."

Ich griff in meine Handtasche und nahm das Buch „Meine Antonia" heraus, das mir Abigail empfohlen hatte.

Eine halbe Stunde später kamen Raul und Cole zurück. Sie setzten sich auf zwei Stühle, die gegenüber von den unseren standen. Mutter und Denise hatten auf ihrem „Beruhigungsmarsch" ebenfalls gerade eine Pause eingelegt. Ich blickte auf, als Cole sich setzte, und Raul nickte mir zu. Er hatte ein Lehrbuch in der Hand.

„Für einen Test, den ich übermorgen schreibe", sagte er, als er merkte, dass ich auf das Buch schaute.

„Hmm."

Er wiederum sah das Buch in meiner Hand und fragte: „Ist das auch fürs Studium?"

„Nein, Abigail meinte, dass es mir gefallen könnte."

„Bist du mit dem Tagebuch fertig?"

„Ja, ich hab's gerade abgeschlossen."

„Gratuliere. Das fühlt sich sicher gut an, oder?"

Ich hatte keine Ahnung, was ich darauf entgegnen sollte. „Äh, ja, irgendwie schon. Danke."

Er schlug sein Buch auf. Cole hingegen hatte sich in seinen Stuhl gefläzt, die Arme über der Brust verschränkt und die

Augen geschlossen. „Kann mich bitte jemand wecken, wenn sie fertig sind?", sagte er gähnend.

„Ich hoffe, dass du nichts Wichtiges verpasst, weil du heute deine Seminare schwänzt", meinte meine Tante zu Raul und beugte sich auf ihrem Stuhl vor.

„Ach, das geht schon", erwiderte er. „Ich bekomme die Aufzeichnungen von einem Kumpel."

„Als ob du es nötig hättest zu lernen", warf Cole mit geschlossenen Augen ein.

„Jedenfalls war es sehr nett von euch zu kommen", pflichtete meine Mutter ihrer Schwägerin bei. „Ich weiß, wie viel es Bryant bedeutet, dass wir hier alle auf ihn warten."

„Das mache ich doch gern", sagte Raul.

„Du bist also wirklich den langen Weg gekommen, nur um Cole herzubringen?" Die Frage war schon heraus, bevor ich überhaupt darüber nachgedacht hatte, wieso ich sie stellte.

Raul sah ein bisschen überrascht aus. „Ja. Aber das macht mir wirklich nichts. Ich verpasse heute nur einen Kurs. Allerdings einen ziemlich wichtigen."

„Und es ist ja auch tolles Flugwetter." Weshalb ich das jetzt gesagt hatte, wusste ich ebenfalls nicht.

Raul starrte mich an. „Ist alles in Ordnung?", erkundigte er sich leise.

Aus irgendeinem Grund durchschaute er mich, erkannte, dass ich nicht so recht wusste, wieso er da war. Wie sehr ich mich bemühte, mich nicht zu ihm hingezogen zu fühlen, konnte er Gott sei Dank nicht wissen – und dabei war es eine Anziehung, die meine Familie nur begrüßt hätte. Raul war reich, blitzgescheit und ein echter Gentleman. Er erfüllte alle Durough'schen Anforderungen. Ich wollte aber nicht tun, was alle von mir erwarteten. Ich glaube, ganz tief in meinem Inneren wollte ich mich in einen armen Mann verlieben, damit ich jedem beweisen konnte, dass es mir nicht nur ums Geld ging. Mir doch nicht.

Ich schaute mich um, um zu sehen, ob jemand mitbekommen hatte, dass Raul mir die Frage gestellt hatte. Aber Cole schlief schon, mein Onkel hatte seine Nase tief in die Zeitung gesteckt und meine Tante zeigte meiner Mutter gerade einen Artikel in einer Zeitschrift.

Und – war mit mir alles in Ordnung?

Ich zuckte die Achseln. „Geht so“, flüsterte ich.

Sein Grinsen war sanft, bedächtig. Freundlich.

Mein Handy vibrierte. Ich nahm es aus meiner Handtasche und schaute auf das Display. Es war Professor Turrell. Ich entschuldigte mich und ging ein Stück weiter den Gang hinunter zu einem Fenster am Aufzug.

„Hallo, Professor“, sagte ich.

„Steve.“

„Wie bitte?“

„Nennen Sie mich doch einfach ‚Steve‘.“

„Ach so. Also gut.“

„Ich habe gerade einen Anruf von dem Freund von der ‚Boston University‘ bekommen. Er hat ein paar Erkundigungen eingeholt und jemanden in den Gefängnisunterlagen und anderen historischen Berichten nachschauen lassen. Ich habe jetzt endlich eine Antwort für Sie.“

„Sagen Sie's schon.“

„Mercy Hayworth hat Selbstmord begangen.“

Fünfunddreißig

Ich hörte zwar, was Professor Turrell sagte, und ich verstand auch jedes Wort, aber ich bat ihn trotzdem, es noch einmal zu wiederholen.

„Sie hat Selbstmord begangen. Sie hat sich im Gefängnis erhängt."

„Ich verstehe nicht ... also ... Aber wie denn?", stammelte ich.

„Dem Bericht zufolge, den mein Freund aufgetrieben hat, hat sie ihre Schürze und ihr Kleid in Streifen gerissen, die Streifen dann zusammengeknotet und daraus eine Schlinge geknüpft. Diese hat sie an einem der Fenstergitter befestigt und dann hat sie sich auf eine hölzerne Bank gestellt. Als sie bereit war, hat sie die Bank umgestoßen."

„Und niemand hat sie gehört? Niemand hat versucht, sie aufzuhalten?"

„Sie hat es mitten in der Nacht getan. Ein Museum in Gloucester ist im Besitz des Briefes einer Frau, die auch wegen Hexerei in Salem im Gefängnis saß, als Mercy starb. Nach ihrer Entlassung schrieb sie ihrer Schwester, dass eine ihrer Zellengenossinnen sich erhängt hätte. Diese Zellengenossin war Mercy Hayworth. Die Frau schreibt, dass sie aufgewacht sei, als die Bank auf dem Zellenboden aufschlug. Auch ein paar der anderen Frauen seien davon wach geworden, eine von ihnen Mary Easty. Es sei ihnen aber nicht gelungen, die Schlinge zu erreichen oder die Bank wieder rechtzeitig unter Mercys Füße zu schieben."

„Aber sie war doch angekettet!", warf ich ein.

„Offenbar waren die Ketten lang genug."

Bilder von Mercy, die an den Fetzen ihrer Schürze am Fenstergitter hängt – der Schürze, in der sie ihr Tagebuch so lange versteckt gehalten hatte, bis sie es weggab –, drängten auf mich ein. Ich wollte diese Bilder verscheuchen, wollte sie verdrängen, aber sie gingen einfach nicht fort. Ich lehnte meinen Kopf ans Fenster.

„Warum hat sie das getan?", flüsterte ich – eigentlich eher zu mir selbst.

Aber Professor Turrell hatte es gehört und nahm an, dass die Frage an ihn gerichtet war.

„Na ja, vielleicht hat sie beschlossen, die Sache selbst und ganz für sich allein hinter sich zu bringen, statt es einfach über sich ergehen zu lassen und sich dem Spektakel einer öffentlichen Hinrichtung auszusetzen."

„Aber ich verstehe nicht ... So habe ich es mir nicht vorgestellt."

„Wahrscheinlich war sie verzweifelt. Vielleicht erschien ihr der Selbstmord als der leichtere Weg. Oder vielleicht wollte sie auch ihren Anklägern nicht die Genugtuung geben, ihrer Hinrichtung beizuwohnen."

Ich seufzte und lehnte meine Stirn an das kühle Glas. Nein, Mercys letzte Tat hatte etwas mit der Tinte zu tun und vor allem mit Selbstlosigkeit. So war Mercy gewesen.

Sie hatte in ihren letzte Stunden irgendetwas an irgendjemanden geschrieben. Sie hatte einen Plan. Sie war nicht unzurechnungsfähig gewesen.

Ich bin bereit.

Professor Turrell unterbrach meinen Gedankengang. „Hören Sie, mein Verleger würde das Tagebuch gern sehen. Und er möchte auch Ihre Übertragung haben. Nächstes Jahr um diese Zeit könnte Ihr Buch auf den Bestsellertischen bei ‚Barnes & Noble‘ liegen. Und ich kann Ihnen schon jetzt sagen, dass mein Buch dort nicht zu finden sein wird. Es wird ganz hinten bei all den anderen langweiligen Wirtschaftsschmökern stehen.“

„Aber ich habe das Tagebuch nicht.“

„Ich weiß, dass Sie es nicht haben, aber Sie sollten versuchen, es zurückzubekommen. Das Tagebuch sollte veröffentlicht werden. Es ist eine großartige Geschichte.“

„Es ist eine *tragische* Geschichte.“

„Genau das macht sie doch so großartig. Sie studieren doch Englische Literatur. Sie wissen ganz genau, was ich meine. Ich glaube, was sie getan hat, hatte etwas Poetisches, und das sage ich, und ich bin schließlich nur ein Wirtschaftswissenschaftler.“

„Poetisch.“

„Na ja, oder irgendwie so was.“

Tränen traten mir in die Augen und liefen mir die Wangen hinunter. Mercy hatte mich tief bewegt. Sie stellte mich vor ein Rätsel, aber ich empfand gleichzeitig auch so etwas wie Ehrfurcht für sie. Sie hatte nichts und doch alles verändert.

Und Abigail hatte die ganze Zeit die Wahrheit gesagt.

Sie hatte mir gesagt, dass Mercy einen sinnlosen Tod gestorben sei, dass ihr zu Unrecht der Prozess gemacht worden und sie ebenso zu Unrecht zum Tode verurteilt worden sei. Dass die Strafe der Tod durch den Strang gewesen sei.

Und dass Mercy am 22. September 1692 durch Erhängen gestorben sei.

Alles wahr.

„Hören Sie, ich muss jetzt in meine Vorlesung“, sagte Professor Turrell, als ich nichts mehr erwiderte. „Wenn Sie möchten, können Sie mich anrufen, sobald Sie Ihren USB-Stick wiederhaben. Mein Verleger hat gesagt, er würde mit Abigail persönlich sprechen, wenn das Tagebuch wirklich echt ist.“

„Ich habe Ihnen doch schon gesagt, dass es echt ist."

„Er muss es aber selbst sehen. Er möchte es sehen."

„Wenn ich etwas von ihr höre, rufe ich Sie an."

„Das klingt gut."

„Danken Sie bitte Ihrem Freund von mir."

„Mach ich."

Wir verabschiedeten uns. Ich klappte mein Handy zu, drehte mich um und lehnte meinen Kopf ans Fenster. Am liebsten wäre ich in der Zeit zurückgereist. Am liebsten wäre ich in ihre Gefängniszelle geschlüpft und hätte Mercy lebendig wieder mitgebracht. Ich wollte wissen, wie es war, die Welt mit Mercys Augen zu sehen. Ich schloss für einen Moment die Augen, und als ich sie wieder öffnete, schaute ich zu meiner Familie hinüber, die am anderen Ende des Ganges saß. Sie waren alle mit ihren eigenen Gedanken beschäftigt – alle außer Raul. Sein Buch lag aufgeschlagen auf seinem Schoß, aber er schaute nicht hinein, sondern sah mich an. Einen kurzen Moment lang trafen sich unsere Blicke. Dann wandte ich mich ab und ging zu den Aufzügen, um in die Cafeteria zu fahren und dort einen kurzen Moment lang allein zu sein.

Doch Raul war mir zur Tür des Aufzugs gefolgt, und als ich den Knopf gedrückt hatte, stand er neben mir.

„Ist mit dir alles in Ordnung?" Seine freundliche Frage hatte einen besorgten Unterton.

„Ja, alles gut." Noch einmal trafen sich unsere Blicke für einen kurzen Moment. Dann blickte ich zur Seite.

„Ich bin ganz sicher, dass dein Vater alles gut übersteht. Er ist noch relativ jung und in hervorragender körperlicher Verfassung. Und das hier ist eine sehr gute Klinik."

Ich merkte, dass ich errötete. Ich wusste nicht, wie ich ihm sagen sollte, dass ich gar nicht an meinen Vater dachte. Es war schon demoralisierend genug, es selbst zu merken.

Er streckte seine Hand aus, und ich spürte, wie sich seine Finger zärtlich auf meine Schultern legten. „Glaubst du mir nicht?" Er senkte ein ganz klein wenig den Kopf, um mir in die Augen sehen zu können.

„Nein. Ich meine, natürlich glaube ich dir. Es ist nur ..."

Raul wartete ab. Sein Daumen streichelte die Haut unter meinen Schulterblättern. Mir lief ein Schauer den Rücken hinunter.

„Es ist nur ..."

Ich konnte ihm unmöglich sagen, dass meine bangen Gedanken sich im siebzehnten Jahrhundert aufhielten und nicht in der Gegenwart, in der mein Vater mit geöffnetem Brustkorb auf dem OP-Tisch lag.

Raul nahm rasch seine Hand weg, so als hätte er meine Gedanken gelesen und schämte sich jetzt für mich. Ich blickte auf und war erschrocken, als ich die geöffnete Aufzugtür sah, die wahrscheinlich schon ein paar Sekunden lang offen gestanden hatte. Raul hielt sie für mich auf. Ich hatte völlig vergessen, wohin ich eigentlich gewollt hatte, und starrte nun die Tür an.

„Willst du immer noch einsteigen?", fragte er.

Irgendwo tief in einem Inneren brach jetzt meine ganze Frustration hervor.

„Ich habe keine Ahnung, was ich will."

Doch schon in dem Augenblick, in dem ich das gesagt hatte, bereute ich meine Worte. Sie bezogen sich gar nicht auf die Frage, ob ich immer noch in die Cafeteria wollte oder nicht, und das war uns auch beiden klar.

Einen Moment lang sagten wir beide nichts.

„Ich glaube wirklich, dass alles gut wird. Meistens sind solche Operationen erfolgreich." Rauls Stimme klang sehr sanft.

Er hätte jetzt fragen können, wieso ich nach dem Anruf in Tränen aufgelöst war, wieso ich so hin und her gerissen war zwischen zwei widerstreitenden Anliegen. Aber das tat er nicht. Und das war so ziemlich das Netteste, was jemals jemand für mich getan hatte.

Er nahm seine Hand weg, die Aufzugtür schloss sich und der Aufzug fuhr leer weiter.

„Möchtest du ein bisschen auf- und abgehen?" Er lächelte mich an.

Ich erwiderte sein Lächeln.

Acht Mal gingen wir den langen Gang auf und ab.

Raul erzählte mir, dass er in Guadalajara aufgewachsen sei. Es gab viel zu erzählen und ich brauchte nur zuzuhören.

Sechseinhalb Stunden nach Beginn der Operation teilte man uns mit, dass mein Vater jetzt im Aufwachraum sei, zwar immer noch unter Beruhigungsmitteln stand und intubiert war, aber es ginge ihm gut. Nach fünf Stunden hatte man uns gesagt, dass es länger dauern würde, als erwartet, und dass wir einfach noch ein bisschen Geduld haben müssten. In der letzten Stunde waren meine Mutter und Denise praktisch die Runde um die Kardiologie gejoggt.

Der Chirurg empfahl uns, ihn erst am nächsten Morgen zu besuchen, weil er noch nicht ansprechbar sei. Meine Mutter durfte ein paar Minuten zu ihm, und mir sagte man, ich könne gleich am nächsten Morgen kommen.

Cole und Raul konnten gar nicht zu meinem Vater, weil sie erstens nicht zur unmittelbaren Familie gehörten, und zweitens nach Palo Alto zurückmussten.

„Kannst du uns zum Flughafen bringen, Lars? Ich habe mir hier einen Wagen von einem Freund ausgeliehen und der muss gleich zur Arbeit. Wir bräuchten also jemanden, der uns von seiner Wohnung zum Flugplatz fährt."

Cole wartete meine Antwort gar nicht ab. Er umarmte erst seine Mutter und danach meine und ging dann in Richtung Aufzug.

„Macht es dir etwas aus?", fragte Raul.

„Nein", antwortete ich. Ich hatte ohnehin nichts Besseres vor. Meine Tante und mein Onkel einigten sich darauf, noch auf meine Mutter zu warten und sie dann nach Hause zu bringen, sodass ich ihren Wagen nehmen konnte.

Auf dem Weg zum städtischen Flugplatz redete Cole ununterbrochen und baute damit offenbar die gesamte nervöse Anspannung ab, die sich während der langen Wartezeit aufgestaut hatte. Als wir am Flugplatz ankamen, ging Raul ins Hauptgebäude, um sich grünes Licht für seinen Flugplan zu holen. Ich blieb mit Cole draußen und wartete. Hinter dem Zaun stand ein Meer von weißen und cremefarbenen Flugzeugen, fast alle mit bunten Farbklecksen an den Tragflächen oder am Rumpf.

„Welches davon ist denn Rauls Maschine?", fragte ich.

„Hä?"

„Welches Flugzeug Raul gehört."

„Ach so." Cole deutete auf eine Maschine mit einem leuchtend blauen Streifen auf der Cockpittür. „Das da. Aber es ist nicht seins."

„Ist seins kaputt?"

„Was?"

„Wieso seid ihr nicht mit seinem Flugzeug gekommen?"

Cole blickte mich mit einem merkwürdigen Ausdruck an. „Raul hat kein Flugzeug. Hat er dir gesagt, er hätte eins?"

Mir wurde ganz heiß, und ich merkte, wie ich rot wurde.

„Mann, bist du naiv, Lars." Er lachte.

„Raul hat kein Flugzeug?"

Cole lachte noch lauter. „Da bin ich mir ganz sicher. Nein, er hat kein Flugzeug. Aber einen Flugschein, den hat er. Jedenfalls hat er mir gesagt, er hätte einen."

„Aber wessen Flugzeug ist das denn dann?"

„Es gehört einem Freund meines Vaters, den er vom ‚West Valley Flying Club' kennt. Er stellt es uns praktisch kostenlos zur Verfügung, weil er schon seit einer ganzen Weile nicht fliegen kann, und daher stellt er uns nur den Kraftstoff in Rechnung. Er mag Raul. Jeder mag Raul. Und Raul kümmert sich gut um das Flugzeug."

„Also hat Raul das Flugzeug gemietet."

„Nein, nicht gemietet, sondern geliehen."

Die Schamröte breitete sich weiter in meinem Gesicht aus, und ich hatte das Gefühl, dass ich gleich schmelzen würde.

Cole neigte den Kopf ein wenig und sah mich an. „Außerdem kann Raul kein Flugzeug mieten. Weißt du, was es kostet, ein Flugzeug zu *mieten*, Lars?"

Ich brachte kein Wort heraus.

„Okay, du und ich, wir brauchen uns um Geld keine Sorgen zu machen. Aber manche Leute müssen das. Raul kann es sich nicht leisten, jedes Mal, wenn ich nach Hause möchte, ein Flugzeug zu mieten. Glaubst du eigentlich, dass jeder Geld ohne Ende hat?"

Nein, nein, nein.

„Ich habe nur gedacht ... Ich meine ... Schließlich studiert er in Stanford, einer teuren Eliteuni ..."

„Ja, mit einem Stipendium und mithilfe von günstigen Studiendarlehen."

„Er hatte so schicke teure Hemden an, als ihr auf Besuch wart."

„Was? Ach so. Das waren *meine* Hemden, Lauren. Er hatte sie sich von mir ausgeliehen, weil er nett aussehen wollte, solange er bei uns auf dem Fest war. Mann, bist du rot! Die Leute werden glauben, du hättest den Tag am Strand verbracht und nicht im Krankenhaus. Ich glaube beinahe, du schämst dich."

Ich hätte die Röte in meinem Gesicht am liebsten weggerieben. Ich wollte nicht, dass Raul mich so beschämt sah. Wieder hatte ich es getan, genau das, was ich so sehr verabscheute. Ich hatte einfach Dinge angenommen, war davon ausgegangen, dass ich alles wüsste, und hatte die ganze Zeit völlig danebengelegen.

„Das glaube ich einfach nicht", murmelte ich vor mich hin.

„Ich auch nicht. Du warst doch immer die Nette."

Ich sah Cole an. „Bitte sag es ihm nicht, ja?"

„Was soll ich ihm nicht sagen?" Coles Augen tanzten vor Schadenfreude.

„Bitte, Cole, sag es ihm nicht!"

„Ihm nicht sagen, dass du ihn jetzt, wo du weißt, dass er nicht reich ist, nicht mehr magst?"

„Das stimmt doch gar nicht, Cole! Wag es ja nicht, ihm das zu sagen! Ich schwöre bei Gott, dass das nicht stimmt!"

„Ja, klar."

„Bitte, Cole."

„Ich denk drüber nach."

Ich lehnte mich an meinen Wagen und wäre am liebsten mit dem warmen Metall verschmolzen. Ich wollte nur noch weg. Doch obwohl ich nicht mehr auf Raul warten wollte, tat ich es trotzdem.

„Wieso seid ihr beiden eigentlich hergekommen?", fragte ich.

Cole zwinkerte mir zu. „Also, ich bin wegen meiner Eltern und wegen deines Vaters gekommen."

„Und dabei hast du Raul als deinen Privatchauffeur benutzt?"

Er lachte, aber es war ein bitteres Lachen. Es gefiel mir nicht. „Du bist wirklich begriffsstutzig, Lars. Wach auf, Mensch. Raul ist nicht mitgekommen, weil ich einen Chauffeur brauche."

Ich sah ihm in die Augen und wartete, dass er es mir erklärte.

„Raul hat gesagt, du hättest ihm gemailt, dein Vater würde operiert und du hättest Angst." Cole verschränkte die Arme und lehnte sich ebenfalls an den Wagen meiner Mutter. „Er ist deinetwegen da."

Sechsunddreißig

Ich schlief in dem Gästezimmer neben der kleinen Bibliothek. Warum, weiß ich auch nicht. Als meine Mutter um kurz nach neun ins Bett ging, nahm ich meine kleine Reisetasche und ging in den dritten Stock hinauf. Eine Weile schaute ich mich in der Bibliothek um, setzte mich etwas länger an meinen alten Tisch, an dem ich immer geschrieben hatte, und legte mich schließlich in das Bett, in dem ich noch nie geschlafen hatte. Schweigend bettelte ich darum, dass mich der Schlaf an einen Ort bringen möge, an dem ich nicht mehr darüber nachzugrübeln brauchte, wer ich eigentlich war.

So lange hatte ich geglaubt, ich wäre anders, Geld wäre mir nicht wichtig und ich wäre anders als die übrigen Mitglieder meiner Familie. Ich beurteilte Menschen und Konzepte nicht nach ihrem Geldwert. Da stand ich doch drüber.

Ich war nicht so wie mein Vater.

Ich war ganz anders.

Ich war noch schlimmer.

Ich beurteilte Menschen und Konzepte auch nach ihrem Geldwert, aber ich tat so, als wäre es nicht der Fall. Und das war noch viel schlimmer.

So hatte ich Abigail beurteilt. Und Clarissa. Und den Sohn des Gärtners.

Und so hatte ich auch Raul beurteilt.

Es dauerte sehr lange, bis ich endlich einschlafen konnte.

Schon sehr früh wachte ich wieder auf – die Sonne war noch nicht aufgegangen. Ich konnte mich nicht daran erinnern, was ich geträumt hatte, aber es hatte eine innere Unruhe bei mir hinterlassen und das Gefühl, getrieben zu sein. Eigentlich wollte ich mich auch lieber gar nicht an das erinnern, was ich geträumt hatte.

Ich machte mir Frühstück, trank mehrere Tassen Kaffee und wartete darauf, dass es endlich hell wurde. Als sich der Himmel von Rosa in Bernsteinfarben verfärbte, schrieb ich meiner Mutter einen Zettel, auf dem ich mich dafür entschuldigte, dass ich schon ohne sie ins Krankenhaus fuhr, ich habe aber einfach nicht mehr länger abwarten können, meinen Vater zu besuchen. Ich wusste, dass sie sich zumindest darüber freuen würde. Ich versprach ihr, zurückzukommen und sie abzuholen, wenn sie nicht gern selbst fahren wollte.

Ich fragte mich, ob das Pflegepersonal in der Klinik wohl genervt sein würde, wenn ich dort schon so früh auftauchte, aber es schien niemanden zu stören. Vielleicht dachten sie auch, ich hätte die Nacht in irgendeinem Wartezimmer verbracht, so wie andere Angehörige auch.

Die Schwestern teilten mir mit, mein Vater hätte eine ruhige Nacht verbracht, was bedeutete, dass seine Naht nicht geplatzt war und er auch weder Fieber bekommen noch einen Herzstillstand erlitten hatte. Er war noch nicht richtig bei sich, als ich das Zimmer betrat, aber der Tubus war bereits entfernt worden. Als er mich sah, war die Andeutung eines Lächelns auf seinem Gesicht zu erkennen.

„Lauren“, flüsterte er.

„Schsch“, entgegnete ich mit sanfter Stimme. „Ich weiß, dass es wahrscheinlich wehtut, wenn du sprichst, Papa.“

„Es ist gar nicht so schlimm“, krächzte er.

Ich setzte mich auf den Stuhl neben seinem Bett und streichelte seine Hand. Er griff nach meinen Fingern.

„Tut es sehr weh?", erkundigte ich mich.

Er rang sich ein weiteres Lächeln ab. „Na ja, ich hab mich schon besser gefühlt."

„Du hast auch schon mal besser ausgesehen", flüsterte ich zurück, und das Lächeln wurde breiter, bevor es dann wieder erlosch. Ihm fehlte einfach die nötige Kraft.

„Ich hatte Angst", gestand er.

„Wovor denn?"

„Ich hatte Angst, dass ich nicht wieder aufwache."

Ich wusste nicht, was ich dazu sagen sollte.

„Ich glaube auch, dass ich ein paar Minuten weg war", fuhr er fort.

Mein Herz setzte kurz aus.

„Was?", gab ich völlig fassungslos zurück.

„Nur ein paar Minuten", fuhr er fort. „Aber sag deiner Mutter bitte nichts davon."

Wieder ein Herzaussetzer. „Aber der Arzt hat gesagt, dass du alles gut überstanden hättest, Papa."

„Es war auch nicht während der Operation. Es war hinterher in diesem Raum, in dem es so heiß und weiß war. Mir kam es so vor, als würde ich irgendwie weggleiten und euch verlassen."

Erneut streichelte ich seine Hand und sagte nichts. Mein Herz schien nun in meiner Brust zu rasen.

„Und weißt du, was ich dabei gedacht habe?" Seine Hand regte sich unter meiner.

„Erzähl mal." Meine kurze Antwort war nur ein Flüstern.

„Dass ich nicht genug erreicht habe. Ich hatte Angst, dann meinem Vater zu begegnen und dass er genau wüsste, dass ich nicht genug erreicht habe."

Mein Großvater, an den ich mich kaum erinnern konnte, weil er gestorben war, als ich erst sechs Jahre alt gewesen war, war mir plötzlich wieder ganz gegenwärtig, als ich so dasaß und die Hand meines Vaters hielt. Ich erinnerte mich an Fotos von meinem Großvater, an kleine Videoausschnitte, in denen er die Kamera wegscheuchte, während er seine Pfeife rauchte. Ich erinnerte mich, dass ich damals immer dachte, er sähe aus wie Winston Churchill. Ich erinnerte mich auch, dass er immer graue Anzüge trug und nach Pfeife roch.

Und ich erinnerte mich, dass ich Angst vor ihm gehabt hatte.

Charles Durough war ein Fremder für mich. Kein gemeiner oder feindseliger Fremder, aber ein Fremder. Mein Vater hat nie viel über meinen Großvater gesprochen. Ich hatte immer gedacht, dass mein Vater und er einfach typische Männer wären, die ihre Gefühle eben für sich behielten.

„Was meinst du damit, dass du nicht genug erreicht hast?“, fragte ich nach.

„Die Duroughs müssen etwas aus sich machen, etwas erreichen, oder? Wir müssen den Tabak und den Goldnugget nehmen und etwas aus uns machen. Und wir können einfach nicht aufhören.“ Seine Stimme wurde schwächer.

„Womit können wir nicht aufhören?“, flüsterte ich. Aber ich wusste es auch so. In diesem Augenblick wusste ich, wovor mein Vater noch mehr Angst hatte als vor allem anderen, und das war etwas, das mit Geld nichts zu tun hatte. Er hatte Angst, nicht zu genügen, nicht die Erwartungen zu erfüllen.

Ich hatte alle unterschätzt.

Alle meine Überzeugungen hinsichtlich meines Vaters und mich selbst und des Vermächtnisses der Duroughs waren plötzlich hinfällig und die Wahrheit war glasklar.

Mein Vater war gar nicht von dem unablässigen Verlangen getrieben, Reichtum anzuhäufen. Er war getrieben von dem Wunsch, seinem Vater zu gefallen und es ihm recht zu machen. Und er machte sich Sorgen, dass ihm das vielleicht nicht gelungen war.

Genauso wie ich.

Natürlich würde ich meinen Vater nie ganz zufriedenstellen, weil ich eben kein Sohn war, und deshalb tat ich genau das Gegenteil von dem, was von mir erwartet wurde. Ich wollte in keinerlei Weise so sein, wie es die Durough-Söhne vor mir gewesen waren. Deshalb hatte ich mich für eine staatliche Uni entschieden und nicht für eine der privaten Eliteuniversitäten, und ich hatte Englisch als Hauptfach gewählt und nicht Wirtschaft, denn ich hatte mir eingeredet, dass ich natürlich auf gar keinen Fall die Firma übernehmen würde. Daher konnte ich auch wirklich in nichts dem nicht existierenden Sohn ähnlich sein, dem männlichen Erben, der nie geboren worden war.

Ich drückte die Hand meines Vaters und Tränen liefen mir über die Wangen. „Du hast genug getan", flüsterte ich. „Hörst du, Papa? Du hast mehr als genug getan."

Er schloss die Augen, aber ein winziges Schmunzeln umspielte seinen Mund.

„Es tut mir so leid, Papa", murmelte ich. Die Tränen liefen unvermindert weiter. Ich konnte sie nicht aufhalten.

Mein Vater schlug ganz langsam die Augen wieder auf. „Was tut dir leid?"

„Es tut mir leid, dass du nie den Sohn bekommen hast, den du dir so sehr gewünscht hast. Und es tut mir leid, dass ich so ein Chaos angerichtet habe."

Er sah mich nur wortlos an, während ich weiterweinte. Ich musste zur Seite schauen, um seinem fragenden Blick auszuweichen.

„Wovon redest du eigentlich?", fragte er schließlich.

Ich streichelte seine Hand und wartete, dass meine Tränen versiegten und ich wieder sprechen konnte. Auch er wartete einfach ab.

„Ich weiß nicht, wer ich bin", sagte ich und schüttelte den Kopf.

Seine Finger umschlossen die meinen etwas fester. Er sagte meinen Namen und wartete, bis ich ihn direkt ansah. „Du bist meine Tochter. Du bist mein Fleisch und Blut. Ich habe mir noch nie gewünscht, dass du jemand anders wärest. Du wirst mit deinem Tabak und deinem Goldnugget wahre Wunder bewirken. Das weiß ich."

Einen Moment lang schwiegen wir beide. Ich wischte mir mit der freien Hand die Tränen weg. Er war so still, dass ich glaubte, er wäre wieder eingeschlafen, aber er sah mich unverwandt an und wartete darauf, dass ich ihm recht gab.

„Ich habe so viel falsch gemacht", fuhr ich fort.

„Willkommen auf dem Planeten Erde."

Ich lächelte. „Ich wünschte nur ... Ich wünschte, ich würde Menschen nicht danach beurteilen, was sie haben oder nicht haben. Ich wünschte, ich könnte die Menschen so sehen, wie sie wirklich sind, bevor ich irgendwelche Schlussfolgerungen über sie ziehe oder sie in irgendwelche Kategorien stecke."

Mein Vater blinzelte ganz langsam und sagte dann etwas so Grundlegendes, dass ich sofort wusste, ich würde es nie vergessen. Das Komische war, dass er sich nach diesem Morgen nicht mehr daran erinnern konnte, es gesagt zu haben. Er sagte: „Ja, das wäre sicher besser als das andere, aber dann würdest du in gewisser Weise immer noch urteilen."

Mein Vater drückte meine Hand und schlummerte dann wieder ein.

Und ich saß einfach nur da – wie hypnotisiert.

Später, am Nachmittag dieses Tages, stand ich im Arbeitszimmer meines Vaters, und als ich mich gerade auf den Rückweg nach Santa Barbara machen wollte, rief Esperanza mich an. Ich ging rasch an mein Handy, weil ich unbedingt mit Abigail sprechen wollte.

„Lauren, hier ist Esperanza."

„Ja, ich weiß. Ist sie wieder zu Hause?"

„Nein."

„Haben Sie denn etwas von ihr gehört?"

„Nein, aber jemand anders hat sich hier gemeldet."

„Wer denn?"

„Graham. Er will herkommen."

Etwas an der Art und Weise, wie Esperanza seinen Namen sagte, versetzte mich in Alarmbereitschaft.

„Was meinen Sie mit ‚er kommt her'?"

„Ich glaube, er weiß, dass Abigail nicht da ist und niemandem gesagt hat, wo sie ist. Und er hat ja gesehen, wie müde und traurig sie aussah, als sie bei ihm war. Und er hat auch gemerkt, dass sie anders war als gewöhnlich, wenn sie Kontakt hatten."

„Und?"

„Er hat mir gesagt, dass sie, wie sagt man das, nicht mehr sie selbst ist, also nicht recht bei Verstand."

Nicht bei Verstand?

„Was wollen Sie damit sagen, Esperanza?"

„Ich glaube, er will kommen, um sich um ihre Angelegenheiten zu kümmern. Ich glaube, er kommt her, um sie von einem Richter entmündigen zu lassen."

„Das ist doch lächerlich."

„*Sí*, aber ich glaube, genau das hat er vor."

„Aber damit wird er doch nicht durchkommen? Abigail geht es doch gut. Sie ... Wahrscheinlich braucht sie nur ein bisschen Zeit für sich allein."

„Vielleicht."

Esperanza klang unsicher.

„Was ist los?", fragte ich.

„Ich weiß nicht. Aber ich glaube, Sie sollten besser hier sein, wenn er kommt."

„Ich? Aber wieso denn ich?"

„Weil Sie Miss Abigails Assistentin sind und ich nur die Haushälterin. Was ist denn, wenn er einen Anwalt mitbringt? Ein Anwalt hört doch nicht auf eine Haushälterin."

„Und Sie glauben, dass er auf mich hören würde?"

„Sie sind ihre Assistentin. Sie sind klug. Sie können mit solchen Leuten reden und wissen, wie sie mit ihnen umgehen müssen."

Ich konnte nicht glauben, dass Esperanza allen Ernstes meinte, eine einundzwanzig Jahre alte Studentin wäre in der Lage, Abigail zu helfen.

„Sie hat doch sicher noch andere Freunde oder Geschäftspartner ...", setzte ich erneut an.

„Es ist zwanzig Jahre her, dass Abigail in der Bibliothek gearbeitet hat. Dort erinnert sich niemand mehr an sie. Und sie hat auch nur Teilzeit gearbeitet. Sie brauchte das Geld ja nicht, sondern hatte nur einfach gern mit Büchern zu tun."

„Und was ist mit ihrem Anwalt? Sie muss doch einen Anwalt haben."

„Ich weiß nicht, wie er heißt, und ich weiß auch nicht, wie ich seinen Namen in Erfahrung bringen soll. Am besten kommen Sie her und suchen in ihrem Schreibtisch und ihren Papieren nach diesen Informationen."

Ich war zutiefst entsetzt. „Das kann ich doch nicht machen!"

„Aber wie sollen wir denn sonst beweisen, dass Miss Abigail nicht verrückt ist? Wie sollen wir verhindern, dass Graham sich alles unter den Nagel reißt? Sie sollten herkommen. Sie mag Sie und sie vertraut Ihnen."

„Nein, tut sie nicht", widersprach ich und dachte dabei an mein letztes Gespräch mit Abigail.

„Doch, tut sie wohl."

„Nein, schließlich habe ich versucht, eine Kopie ihres Tagebuches anzufertigen."

„Und von mir war sie enttäuscht, weil ich dieses Ding aus Ihrer Handtasche genommen habe. Glauben Sie mir, von mir war sie viel enttäuschter als von Ihnen."

„Aber sie hat den Stick behalten."

„Aber das heißt doch nicht, dass sie Ihnen nicht vertraut."

Ich hatte keine Ahnung, wie ich mich für Abigail einsetzen sollte, und wollte das auch gerade sagen, als mein Blick auf eine alte Tabakdose fiel, die auf dem Kaminsims im Arbeitszimmer meines Vaters stand. Mein Vater hatte sie schon seit Jahren. Er hob sie auf, um sich selbst und die ganze Familie an die Tabakdose zu erinnern, die Abel Durough Wilbur Fellows gegeben hatte – die Tabakdose, in der der Goldnugget gewesen war, welcher das Leben eines Mannes so grundlegend verändert hatte.

Ich dachte wieder an die Worte meines Vaters. *Du wirst mit deinem Tabak und dem Goldnugget Wunder vollbringen.*

Ich hatte eine Wahl.

Mein Vater hatte sein gesamtes Leben nicht damit verbracht, Geld zu scheffeln, sondern ein Image zu erschaffen. Das Image eines erfolgreichen Mannes. Er kannte kein anderes Ziel und es verfolgte ihn.

Ich konnte mein Leben für etwas anderes einsetzen.

Das hatte Mercy mich gelehrt. Ich hatte eine Wahl, so unzulänglich und unvollkommen ich auch war. Ich konnte mich dafür entscheiden, im Leben eines anderen Menschen etwas zum Guten zu verändern.

Diese eine Sache konnte ich tun, sogar in Ketten.

„Ich komme, so schnell ich kann."

Siebenunddreißig

Esperanza war allein in Abigails Haus, als ich um kurz nach drei Uhr nachmittags wieder in Santa Barbara ankam. Sie öffnete mir die Tür.

„Wann kommt er denn?“, fragte ich, nachdem sie die Tür wieder hinter mir geschlossen hatte.

„Morgen. Er hat mir mitgeteilt, er würde morgens gleich den ersten Flieger nehmen. Haben Sie morgen Vorlesungen?“

„Ja, aber ich kann mindestens zwei davon ausfallen lassen. Die erste allerdings nicht. Ich werde so früh wie möglich hier sein, so um kurz vor zehn wahrscheinlich.“

„*Bueno.* Ich glaube, es ist am besten, wenn Sie so lange hier im Haus übernachten, bis er wieder weg ist.“

„Aber warum denn?“

„Weil Sie eine junge unverheiratete Frau sind. Und es wäre nicht richtig, wenn er dann auch hier wohnen würde. Er müsste sich ein Hotelzimmer nehmen.“

„Aber das hier ist …“

„Es ist nicht sein Haus, sondern das von Miss Abigail. Ich werde ihm sagen, dass Sie hier an einem Projekt arbeiten und so lange auch hier wohnen.“

„Aber ich habe doch gar nicht hier gewohnt.“

„Sie haben schon zwei Nächte hier geschlafen.“

„Aber das Tagebuch ist fertig. Es ist nicht einmal mehr hier im Haus!"

„Das weiß Graham aber nicht. Ich habe kein Problem damit zu lügen, wenn ich dadurch Miss Abigail schützen kann. Sie sagen einfach gar nichts dazu. Ich werde ihm sagen, dass Sie hier wohnen und er sich ein Hotelzimmer nehmen muss. Bringen Sie ein bisschen Kleidung, einen Schlafanzug und einen Kulturbeutel mit. Sie wohnen hier!"

„Also gut."

„*Bueno*. Und jetzt zeige ich Ihnen Miss Abigails Papiere, damit Sie ihren Anwalt ausfindig machen können."

„Keine Sorge, das kriegen wir schon hin."

Esperanza wandte sich zum Gehen, drehte sich dann aber noch einmal um. „Ihrem Vater geht es doch gut, oder?"

Ich trat zu ihr. „Ihm geht es gut und er wird auch wieder ganz gesund."

Es dauerte eine Stunde, aber ich fand schließlich einen Ordner mit ein paar juristischen Dokumenten und dem Namen von Abigails Anwalt – Alexander Helming. In dem Dokument ging es um irgendwelche Immobilien, die Abigail in Long Beach besaß. Es war mit einem Datum von vor zwei Jahren versehen. Ich betete, dass er immer noch ihr Anwalt war und sie persönlich kannte.

Ich rief in seinem Büro an und überzeugte die Sekretärin davon, dass mein Anliegen dringend sei. Als sie Abigails Namen hörte, verband sie mich sofort weiter, was ich als gutes Zeichen wertete.

„Hier ist Alex Helming."

„Mein Name ist Lauren Durough. Ich bin die Assistentin von Miss Boyles."

„Und was kann ich für Sie tun, Miss Durough?"

„Ich glaube, Miss Boyles bräuchte ziemlich dringend Ihre Hilfe, und zwar schnell."

„Ach. Welches Problem gibt es denn?"

„Wissen Sie von Graham?" Ich ging davon aus, dass das ein guter Ausgangspunkt war.

„Ja, *leider*, muss ich wohl sagen."

„Miss Boyles ist ... im Urlaub, hat aber entschieden, niemandem ihr Urlaubsziel mitzuteilen, und jetzt hat die Haushälterin von Miss Boyles einen Anruf von Graham erhalten. Er kommt nach Santa Barbara, weil er weiß, dass seine Mutter ohne Angabe ihres Ziels verreist ist. Die Haushälterin befürchtet nun, dass er sie entmündigen lassen will, indem er behauptet, sie wäre dement und nur deshalb verschwunden, weil sie so verwirrt ist."

„Das ist doch absurd. Miss Boyles ist zwar alt, aber sie ist weder senil, geschweige denn dement. Der Mann will sich doch nur ihr Vermögen unter den Nagel reißen."

„Ja, ich weiß. Aber er will herkommen, und zwar schon morgen."

„So? Na, dann lassen Sie ihn ruhig kommen. Er wird unmöglich den Beweis antreten können, dass Abigail nicht mehr geschäftsfähig ist, und wenn Abigail zurückkommt, dann kann sie ihn ja selbst wieder fortschicken."

„Aber Esperanza und ich wissen auch nicht, wo Abigail ist, Mr Helming. Und sie war sehr aufgebracht, bevor sie abgereist ist."

„Aufgebracht? Aber weshalb denn?"

„Sie kam gerade von einem Besuch bei Graham zurück, und ich glaube nicht, dass dieser Besuch besonders erfreulich verlaufen ist."

„Das tun diese Besuche nie."

„Und außerdem war sie wütend auf mich."

„Auf Sie? Was hatten Sie denn getan?"

Ich seufzte. „Wir hatten eine Meinungsverschiedenheit wegen eines Projektes, an dem ich arbeite. Ich dachte, sie wäre mir gegenüber in einer bestimmten Sache nicht ehrlich gewesen. Es war meine Schuld."

„Sie haben an einem Projekt gearbeitet?“

„Ja.“

„An dem Tagebuch?“

Er wusste also auch von dem Tagebuch. „Ja.“

„Und Sie haben wirklich keine Ahnung, wo sie ist? Gar keine?“

„Nein.“

Er zögerte einen Moment lang. „Und was kann ich in dieser Angelegenheit für Sie tun?“

„Wenn Sie sich mit Ihnen in Verbindung setzen sollte, könnten Sie ihr dann mitteilen, was passiert ist? Sagen Sie ihr bitte, dass sie so schnell wie möglich nach Hause kommen soll.“

„Gut, das mache ich.“

„Und könnten Sie irgendwann morgen Nachmittag herkommen? Wahrscheinlich wäre es am besten, wenn Sie mit Graham reden.“

„Ich werde sehen, was ich tun kann. Wenn ich hier weg kann, rufe ich an, bevor ich losfahre.“

„Vielen Dank!“

Wir legten auf.

Ich wandte mich an Esperanza. „Er versucht zu kommen.“

„*Bueno.*“

Wir standen da und wussten nicht so recht, was wir als Nächstes tun sollten, als das Telefon klingelte. Ich nahm an, dass es noch einmal Mr Helming war.

„Ja?“, meldete ich mich.

Es folgten ein kurzer Moment des Schweigens und dann eine Frauenstimme.

„Wer ist denn da?“

Es war Abigail.

„Hier ist Lauren, Abigail.“

„Wieso gehen Sie denn an mein Telefon, Lauren?“

„Hören Sie, Sie müssen sofort nach Hause kommen. Graham ist hierher unterwegs. Er hat Esperanza erzählt, Sie wären nicht mehr zurechnungsfähig. Vielleicht sucht er sich einen Anwalt, um Sie entmündigen zu lassen. Jedenfalls nimmt Esperanza das an."

Sie sagte nichts.

„Haben Sie mich gehört, Abigail?"

„Ja, ich habe Sie verstanden."

„Sie müssen nach Hause kommen."

Wieder ein Augenblick Stille. „Wozu denn?"

Ein Anflug von Panik durchfuhr mich. „Haben Sie verstanden, was ich gerade gesagt habe, Abigail? Graham will herkommen."

Es vergingen ein paar Sekunden. „Wissen Sie was? Lassen Sie ihm doch einfach alles. Lassen Sie ihn doch alles bekommen."

Esperanza hatte recht gehabt. Ich hatte es nicht gemerkt. Ich hatte nur meine eigenen Angelegenheiten im Blick gehabt. Wir hätten sie niemals allein lassen dürfen.

„Sie wollen, dass Graham Sie entmündigen lässt?" Ich versuchte, weiterhin so sachlich und geschäftsmäßig wie möglich zu klingen. „Sie wollen, dass er Ihr Haus bekommt? Ihre Bibliothek? Ihre *Bücher*?"

Ich vernahm ein Seufzen. „Darauf kommt es doch jetzt auch nicht mehr an."

„Worauf kommt es nicht an?"

„Auf gar nichts mehr."

„Bitte, sagen Sie mir, wo Sie sind. Dann hole ich Sie ab."

„Nein."

„Dann lassen Sie mich zu Ihnen kommen und wir reden darüber."

„Ich will aber nicht reden. Ich bin fertig mit Reden. Es ist alles gesagt."

Ich schaute Esperanza an, die vor Sorge ganz große Augen hatte.

„Okay. Was möchten Sie dann?", fragte ich.

„Ich möchte, dass es vorbei ist."

Meine Besorgnis verwandelte sich jetzt in Panik. Ich erstarrte. „Was soll das heißen? Was soll vorbei sein?“, fragte ich.

Sie schwieg einen Augenblick. Dann: „Alles. Alles, was ich schon zerstört habe. Ich möchte, dass das alles aufhört.“

„Abigail, bitte! Bitte sagen Sie mir, wo Sie sind.“

„Ist Esperanza auch da?“

„Ja, sie steht direkt neben mir. Möchten Sie mit ihr sprechen?“

„Nein, sagen Sie ihr nur, dass hinten im Garten eine streunende Katze ist, die ich immer gefüttert habe. Und sagen Sie ihr bitte auch, dass ich sie in meinem Testament bedacht habe. Sie ist also versorgt.“

„Abigail!“

„Machen Sie sich keine Sorgen, Lauren. Graham bekommt nicht alles. Mein Testament ist nicht anfechtbar. Wenn er es anfechtet, verliert er alles. Ich habe dafür gesorgt, dass er als reicher Mann zurückbleibt.“

„Abigail, bitte tun Sie es nicht!“

„Was soll ich nicht tun? Ich lasse nur der Natur ihren Lauf. Ich bin eine alte Frau. Ich habe nichts mehr, wofür es sich zu leben lohnt. Ich hätte schon längst sterben sollen. Ich werde nicht mehr dagegen ankämpfen. Ich kann nichts von alldem, was ich falsch gemacht habe, wiedergutmachen. Es ist einfach töricht, weiterhin zu glauben, ich könnte es.“

„Aber was ist mit dem Tagebuch?“

„Was soll damit sein?“

Ich überlegte rasch. „Ich verstehe nicht, wieso Sie wollten, dass ich es übertrage. Ich weiß, wie Mercy gestorben ist. Ich weiß jetzt, dass Sie mich nicht angelogen haben, und ich glaube, wir könnten dafür sorgen, dass ihr Tagebuch veröffentlicht wird. Dann könnte jeder erfahren, was Sie und ich wissen – dass sie ihr Leben für den Mann gegeben hat, den sie liebte.“

Einen Moment lang schwieg Abigail.

„Das Tagebuch gehört Ihnen, Lauren“, meinte sie schließlich. „Sie können damit machen, was Sie für das Beste halten.“

„Abigail, bitte sagen Sie mir, wo Sie sind. Bitte!“

„Auf Wiedersehen, Lauren. Es hat mir Freude gemacht, mit Ihnen über Bücher zu sprechen. Sie waren überhaupt seit langer Zeit das einzig Erfreuliche in meinem Leben. Sie und Esperanza und diese Katze.“

„Abigail!“

„Leben Sie wohl.“

Und dann legte sie auf.

Esperanza weinte. „Was sollen wir nur tun? Was sollen wir nur tun?“

Ich hatte keine Ahnung.

Achtunddreißig

Während ich ins Wohnheim zurückfuhr, um ein paar Sachen zu packen, ließ ich Esperanza im Haus zurück, und sie versprach, dort zu bleiben, für den Fall, dass Abigail noch einmal anrufen sollte. Ich beschloss, so lange in Abigails Haus zu bleiben, bis sie wieder da war. Keine von uns wollte nach ihren morbiden Bemerkungen auch nur daran denken, dass sie ihrem Leben selbst ein Ende setzen würde.

Esperanza brach in Panik aus, als ich ihr berichtete, was Abigail gesagt hatte. Ich hatte auch selbst einen kurzen Anflug von Panik gehabt und mich einen Moment lang gefragt, ob Abigail vielleicht vorhatte, sich zu erhängen – so wie Mercy –, aber den Gedanken verwarf ich rasch wieder. Abigail empfand zwar eine ungeheure Bewunderung für diese letzte Tat von Mercy, so sinnlos diese Tat auch gewesen sein mochte. Ich glaubte aber nicht, dass sie Mercys Opfer abwerten würde, indem sie es nachahmte. Bei Mercys Tod war es nicht darum gegangen, das eigene Leiden zu beenden, sondern darum, Leid von jemand anderem abzuwenden. Jeder Versuch von Abigail, ihr Leben selbst zu beenden, wäre eine Beleidigung der Frau gewesen, die Abigail auf dieser Welt am meisten bewunderte. Und außerdem hatte sie gesagt, sie würde einfach der Natur ihren Lauf lassen. Ich glaubte nicht, dass sie in dieser Nacht versuchen würde, sich das Leben zu nehmen.

Ich fragte Esperanza, ob Abigail Medikamente nähme, die für sie lebensnotwendig seien. Esperanza sagte, Abigail müsse Medikamente gegen Bluthochdruck nehmen, das sei aber auch alles. Sie nahm außerdem rezeptfreie Kalziumtabletten und Schmerztabletten gegen ihre Arthritis. Sonst nichts. Es konnte Monate oder gar Jahre dauern, an Bluthochdruck zu sterben.

„Vielleicht will sie sich zu Tode hungern?", meinte Esperanza mit vor Angst ganz starrem Blick.

„Vielleicht."

„Wir müssen sie finden!"

„Nein, ich denke, wir müssen einen Grund finden, dass sie wieder nach Hause zurückkehren muss", sagte ich. „Dann bräuchten wir sie nicht zu suchen, sondern sie würde von selbst kommen."

„Welchen Grund denn? Wo sollen wir denn einen solchen Grund finden?", entgegnete sie.

Doch ich wusste es auch nicht.

Ich machte mich auf den Weg, um meine Sachen zu holen und mich auf die Suche nach einer Antwort zu machen.

Als ich im Wohnheim ankam, war Clarissa in unserem Zimmer und saß an ihrem Laptop.

„Hey", sagte sie, als ich hereinkam.

„Hallo, Clarissa. Ich werde für eine gewisse Zeit bei Abigail wohnen. Sie ... sie braucht jemanden, der eine Weile ihr Haus hütet."

„Cool." Clarissa blickte nicht auf. Sie machte eine Blase mit ihrem Kaugummi, ließ sie zerplatzen und tippte dabei munter weiter.

Ich zog Schubladen auf, öffnete den Kleiderschrank und packte ein paar Sachen in einen Seesack.

Schließlich schaute Clarissa zu mir herüber. Ich konnte ihr ansehen, dass sie sich darüber wunderte, wie viel ich einpackte.

„Wie lange wirst du denn wegbleiben?"

„Das weiß ich noch nicht so genau."

Sie schaute mich eine Weile einfach nur an. „Hast du jetzt doch endlich die Nase voll vom ganz gewöhnlichen Wohnheimleben?"

Ich lächelte ihr zu. „Nein. Damit hat es absolut nichts zu tun."

„Und weshalb tust du es dann?"

Ich beschloss, Clarissa einzuweihen. Ich erzählte ihr, wie Mercy gestorben war. Ich erzählte ihr von meinem Streit mit Abigail, von dem gestohlenen USB-Stick und von den Gesprächen, die ich mit Professor Turrell und Esperanza geführt hatte. Ich erzählte ihr sogar von Tomoharu Kimura und Edward Swift. Und auch Graham ließ ich nicht aus.

Und ich erzählte ihr davon, dass Abigail irgendwohin gefahren war, um ihren Tod zu beschleunigen.

Als ich geendet hatte, machte Clarissa wieder eine Blase mit ihrem Kaugummi, und einen Moment lang dachte ich, sie würde die ganze Angelegenheit einfach nur trivial und uninteressant finden.

„Ich weiß, was du tun könntest", meinte sie schließlich.

„Was meinst du?"

„Ich weiß, was du tun musst, damit sie wieder nach Hause kommen möchte."

„Was denn?"

Clarissa beugte sich wieder über ihre Tastatur. „Finde den Sohn dieses Gärtners. Finde heraus, ob er noch am Leben ist. Abigail möchte doch einen Fehler wiedergutmachen, oder? Sie möchte etwas wieder in Ordnung bringen. Also, wenn du ihn findest, hätte sie die Möglichkeit, ihm ihre Geschichte zu erzählen und dass sie ihre Entscheidung von damals ihr Leben lang bereut hat. Selbst wenn der Typ trotzdem eine tolle Ehe führt und in den vergangenen sechzig Jahren kaum an sie gedacht hat, wird er sicher nichts dagegen haben, dass das Mädchen, dem er damals einen Antrag gemacht hat, sich seither gewünscht hat, sie hätte Ja gesagt. Das gefällt vielleicht seiner jetzigen Frau nicht, aber, hey, so ist nun mal das Leben."

Das war eine absonderliche Idee. Absolut verrückt.

„Wahrscheinlich ist er schon tot", flüsterte ich.

„Aber sie ist doch noch quicklebendig. Es gibt viele Leute, die älter als neunzig werden. Wenn du dir noch nicht mal die Mühe machst, ihn zu suchen, kannst du doch gar nicht wissen, ob er noch lebt."

„Aber wo sollte ich denn anfangen?"

„Im Internet natürlich. Wie heißt er noch mal?" Clarissa öffnete eine Suchmaschine und blickte mich erwartungsvoll an: „Sein Name?"

Es konnte unmöglich so einfach sein.

„Tomoharu Kimura."

Clarissa gab den Namen ein. „Hmm. Kein Ergebnis. Du glaubst aber nicht, dass er nach Japan zurückgegangen ist, oder?"

„Er war ja nie in Japan. Er ist hier geboren."

„Na ja, aber in den USA ist kein Tomoharu Kimura aufgeführt. Es sei denn, seine Nummer steht nicht im Telefonbuch. Oder er ist tot."

Ich überlegte kurz. „Versuch doch mal Tom Kimura."

Clarissa tippte den Namen ein.

„Bingo", rief sie Sekunden später.

Ich beugte mich zum Bildschirm hinab. Es gab sieben Ergebnisse und neben jedem der Namen stand eine Telefonnummer.

„Das glaube ich ja nicht", flüsterte ich.

Clarissa drehte sich wieder zu mir um, mit vor Aufregung ganz wildem Blick. „Komm, lass uns anrufen!"

„Ich kann doch nicht einfach da anrufen!"

„Wieso denn nicht?"

„Was um alles in der Welt soll ich denn sagen?"

„Na ja, bei den meisten Menschen funktioniert die Wahrheit ganz gut."

Ich ließ mich auf meinen Schreibtischstuhl sinken. „Ich kann doch nicht einfach bei wildfremden Leuten anrufen und sagen: ‚Hey, Sie kennen mich zwar nicht, aber sind Sie vielleicht der Tom Kimura, dessen Vater in den 40er Jahren in Santa Barbara als Gärtner für die Familie Boyles gearbeitet hat?'"

Clarissa ließ wieder eine Kaugummiblase zerplatzen. „Klar kannst du das."

„Nein, kann ich nicht."

Sie streckte mir ihre Hand hin. „Gib mir mal das Telefon."

„Nein!"

„Doch! Du hast bestimmt viel mehr Freiminuten als ich. Gib mir dein Handy!" Clarissa schnipste ungeduldig mit den Fingern.

„Aber ..."

„Willst du nun, dass diese Abigail-Tante wieder nach Hause kommt oder nicht?"

„Was ist denn, wenn er sie gar nicht sehen will?"

„Und wenn er doch will?"

„Was, wenn er nicht will?"

Clarissa zuckte die Achseln. „Sie wird es doch nie erfahren, oder?"

Ich sagte nichts mehr.

„Gib mir dein Handy."

Ich griff in meine Handtasche. „Vielleicht sollte ich es lieber selbst machen."

„Nein, nein, nein", widersprach Clarissa und nahm mir das Handy aus der Hand. „Du bist emotional viel zu sehr beteiligt. Ich mach das." Sie begann, die Ziffern einzutippen.

Als jemand sich meldete, zwinkerte sie mir zu. „Ja, mein Name ist Demetria Howe und ich mache eine wissenschaftliche Untersuchung über Landschaftsgestaltung in Südkalifornien in den 40er Jahren. Ich bin auf der Suche nach einem Tom Kimura, der in den 40er Jahren Gärtner bei einer reichen Familie in Santa Barbara war. Habe ich da zufällig die richtige Nummer gewählt? Nein? Ach so, ja sicher, nein, natürlich nicht. Trotzdem recht herzlichen Dank."

Clarissa beendete das Gespräch und gab sofort die nächste Nummer ein. „Dieser Tom Kimura war sechsunddreißig."

Ich hörte zu, wie sie dem nächsten Tom Kimura, der kaum Englisch sprach, dieselbe Geschichte servierte, dann einem dritten, der zwei Jahre alt gewesen war, als die Japaner Pearl Harbor angriffen. Dann probierte sie es beim vierten Namen. Es war eine Telefonnummer in Portland, Oregon.

Sie erzählte wieder dieselbe Lügengeschichte, die sie auch den anderen verkauft hatte, und dann wurden ihre Augen ganz groß. „Wirklich?", fragte sie. Sie sah mir jetzt in die Augen.

Wir haben ihn!, bedeutete sie mir. Ich wäre fast vom Stuhl gefallen.

„Tom Kimura ist also Ihr Vater?", fuhr sie fort. „Wow. Das ist ja wunderbar, dass ich Sie ausfindig gemacht habe. Ich habe hier jemanden bei mir, die in Santa Barbara für die Familie Boyles arbeitet. Sie sieht diese Gärten jeden Tag. Ja. Oh ja, sie sind immer noch so schön." Clarissa sah mich an und verdrehte die Augen.

Smalltalk, sagte sie wiederum tonlos. „Ja, da haben Sie ja so recht. Sagen Sie, wäre es wohl möglich, mit Mr Kimura über die Landschaftsgestaltung seines Vaters zu sprechen? Nein? Ach so. Ach so, ja, ich verstehe. Äh, vielleicht könnten Sie darüber mit Miss Durough sprechen? Ich glaube, sie würde das gern von Ihnen selbst hören. Okay, ich gebe jetzt weiter an sie."

Clarissas munteres Auftreten war wie weggeblasen. Sie reichte mir das Handy. Irgendetwas stimmte da nicht. Ich nahm das Handy entgegen, hielt aber meine Hand über das Mikro.

„Was? Was ist los?", flüsterte ich.

„Pech gehabt, Lars. Er liegt im Sterben. Krebs im Endstadium. Er bekommt zu Hause Hospizversorgung."

Der Mann, den Abigail immer noch liebte, lag im Sterben. Ganz langsam führte ich mein Handy ans Ohr.

„Hallo, hier ist Lauren Durough. Ich arbeite für Abigail Boyles."

„Hallo. Ich bin Ken Kimura. Tom Kimura ist mein Vater."

„Mr Kimura, ich weiß, dass das Timing furchtbar ist, aber wäre es wohl möglich, Ihren Vater ein paar Minuten zu besuchen? Ich muss ihn unbedingt etwas fragen. Ich verspreche Ihnen auch, dass es bestimmt nicht lange dauert."

„Über die Gärten? Wissen Sie, mein Vater hat nach dem Krieg nicht mehr im Bereich Landschaftsgärtnerei und Gartengestaltung gearbeitet. Mein Großvater hat seine Firma damals verloren und hat auch nie mehr damit angefangen. Mein Vater war als Englischlehrer tätig. Er kann Ihnen nicht sehr viel über die Gartengestaltung meines Großvaters sagen."

„Also, eigentlich geht es auch gar nicht um die Gärten. Es geht um jemanden, den er gekannt hat, als er im Haus der Boyles lebte."

„Ach, wirklich? Um wen denn?"

Ich zögerte ganz kurz. „Um Mr Boyles' Tochter Abigail."

„Ach so."

„Ist Ihr Vater denn in der Lage, Besuch zu empfangen? Es ... Also, es ist wirklich wichtig."

„Worum geht es denn?" Kens Stimme klang jetzt weniger höflich als vielmehr wachsam.

„Es geht um etwas, das vor langer Zeit passiert ist, als Ihr Vater und Miss Boyles noch jung waren. Vor dem Internierungslager." *Bevor Ihr Vater Ihre Mutter kennenlernte.* „Kann ich ihn besuchen?"

Es folgte eine sehr lange Pause.

„Nun ja, ich denke, das muss er selbst entscheiden", sagte Ken schließlich. „Bleiben Sie bitte einen Moment am Apparat."

Clarissa sah mich hoffnungsvoll an. „Und?"

„Er fragt ihn gerade."

Lass ihn Ja sagen. Bitte lass ihn Ja sagen.

Kurz darauf war Kim Kimura wieder am Apparat.

„Mein Vater sagt, er würde Sie gerne sehen. Er möchte wissen, wann Sie kommen können."

Meine Gedanken schlugen Purzelbäume. Tom Kimura wollte mich sehen. „Ich komme, sobald ich kann. Ende der Woche vielleicht?"

Clarissa fing an, auf ihrem Stuhl hin- und herzurutschen.

„Ich glaube nicht, dass Sie so lange warten sollten, Miss Durough, verstehen Sie, was ich meine?"

Ich verstand. Ich konnte also nicht so lange warten, bis ich mit Graham gesprochen hatte. Ich musste sofort fahren.

„Ich werde irgendwie eine Möglichkeit finden, morgen da zu sein."

„Brauchen Sie unsere Adresse?"

„Ja, bitte." Ich kritzelte die Adresse auf die Rückseite eines Biologietests.

„Vielleicht könnten Sie kurz anrufen, bevor Sie hier sind", fügte Ken noch hinzu.

„Natürlich, das mache ich."

„Klar."

Wir verabschiedeten uns und ich klappte mein Handy zu.

„Siehst du? Was hab ich dir gesagt?" Clarissa hob die Hand, um mich abzuklatschen. Unsere Hände trafen sich. „Ich kann gar nicht glauben, dass du morgen wirklich hinfährst. Glaubst du, dass du so kurzfristig noch einen Flug kriegst? Hat dein Vater einen eigenen Flughafen oder so?"

„Sehr witzig."

„Und du schwänzt mittlerweile schon drei Tage hintereinander die Vorlesungen. Mann, muss ich einen schlechten Einfluss auf dich haben, Mädel."

Ich konnte jetzt nicht an versäumte Vorlesungen denken. Es gab einfach noch zu viel zu tun. Ich musste Anrufe erledigen.

Ich musste Esperanza anrufen und ihr sagen, dass ich diese Nacht nicht in Abigails Haus würde übernachten können. Sie musste sich etwas anderes überlegen, um Graham in Schach zu halten, bis ich wieder zurück war. Hoffentlich hatte er keinen Schlüssel oder Esperanzas Telefonnummer. Sie würde sich einfach vom Haus fernhalten müssen, damit er sie nicht zwingen konnte, ihn ins Haus zu lassen.

Ich musste zu Hause anrufen und mich vergewissern, dass es meinem Vater gut ging und um meiner Mutter zu sagen, wohin ich fahren würde. Jemand musste Bescheid wissen.

Und ich musste Cole anrufen. Ich musste ihn überreden, mich mit Raul reden zu lassen.

Ich brauchte einen Gefallen.

Neununddreißig

Es war schon nach zehn, als ich in Palo Alto ankam. Ich hatte mir dort auf die Schnelle ein Zimmer im *Holiday Inn* gemietet. Raul wollte mich auf dem dortigen Parkplatz treffen, um sich zu vergewissern, dass ich gut angekommen war, aber ich hatte ihn davon überzeugen können, nicht zu kommen und dass schon alles klappen würde. Er bat mich deshalb, ihn wenigstens anzurufen, wenn ich eingetroffen sei, was ich auch tat.

Er sagte mir, dass er versuchen würde, am nächsten Morgen so früh wie möglich eine Starterlaubnis zu bekommen, möglichst so, dass wir gegen sieben Uhr starten konnten, vorausgesetzt natürlich, das Wetter spielte mit. Er meinte, der Flug nach Portland würde ungefähr vier Stunden dauern. Dort würden wir dann ein Auto mieten müssen, um zum Haus der Kimuras zu gelangen, das im Westen der Stadt lag. Ich hoffte, dass wir dann gegen ein Uhr mittags dort sein konnten.

Ich konnte nicht einschlafen. Die lange Fahrt von Santa Barbara, der Stress von der OP meines Vaters, der sonderbare Schmerz, den meine Selbsterkenntnis verursacht hatte, die Befürchtungen, die ich über den Verbleib von Abigail hegte, meine Sorge um die Sicherheit des Tagebuches und die seltsame Aufgabe, die mich am nächsten Vormittag erwartete – all das lastete schwer auf mir. Ich lag mehrere Stunden wach, bevor ich endlich einschlafen konnte, weil mich einfach zu viele Gedanken quälten.

Der Weckruf, den ich für den nächsten Morgen bestellt hatte, zerriss die Stille des Hotelzimmers, in dem noch morgendliche Dämmerung herrschte. Ich sprang sofort aus dem Bett, obwohl ich bis zur verabredeten Uhrzeit, zu der Raul mich abholen sollte, noch reichlich Zeit hatte. Ich trug das Outfit, das meine Mutter mir geschenkt hatte und von dem er gesagt hatte, es stünde mir gut. Ich hoffte, dass er es bemerken würde.

Er kam wie verabredet um Punkt sieben. Ein paar Minuten später waren wir dann im ersten Morgengrauen schon unterwegs zum Flugplatz.

„Ich weiß gar nicht, wie ich dir dafür danken soll, dass du das für mich tust“, sagte ich, weil ich nicht so genau wusste, über was ich mit ihm reden sollte.

„Ist schon okay.“ Seine Stimme klang ganz locker und entspannt.

„Ich bin dir echt dankbar.“

Er sah mich an und lächelte. „Es macht mir wirklich nichts aus. Ich finde das, was du da vorhast, wirklich nett. Ich hoffe nur, es funktioniert auch.“

„Funktioniert?“

„Ich hoffe, dass deine Freundin Abigail dadurch den Wunsch verspürt, wieder nach Hause zu kommen.“

Ich schaute ihn verstohlen von der Seite an und dann nicht mehr verstohlen, sondern ganz direkt. Ich wollte mich so gern bei ihm entschuldigen. Aber wie entschuldigt man sich bei jemandem, der noch nicht einmal weiß, was man ihm angetan hat? Es sei denn, Cole hatte es ihm erzählt …

Er sah zu mir hin. „Was ist denn?“

Ich wandte den Blick ab.

„Was ist los?“, fragte er noch einmal und richtete seine Aufmerksamkeit wieder auf die Straße.

„Ich ... ich ...“ Die Worte wollten einfach nicht heraus.

Er warf mir einen weiteren verstohlenen Blick zu. „Ist alles in Ordnung? Soll ich anhalten?“

Diese unglaubliche Freundlichkeit, die er mir auf so vielfältige Weise erwies – an diesem Tag und schon an so manchen zuvor –, zerrte an mir.

„Wieso tust du das alles?“, fragte ich, ohne nachzudenken, so leise, dass es eigentlich nur ein Flüstern war.

Raul musste zweimal hinhören. „Was hast du gesagt?“

„Warum du das alles tust?“

„Du willst also gar nicht nach Portland? Ich dachte, du wolltest nach Portland.“

„Warum du so nett zu mir bist?“

Er sah mich fragend an. „Gefällt es dir besser, wenn Typen fies zu dir sind?“

Ich war so versunken in meiner eigenen kleinen Welt der Selbstverachtung, dass ich seine Frage kaum hörte. „Warum willst du mir helfen?“

Raul rutsche ein wenig auf seinem Sitz herum und schaute zum Fenster hinaus. „Hast du ein Problem mit Leuten, die dir helfen wollen?“

„Ich habe ein Problem mit Leuten wie mir.“

Er lachte. „Mit Leuten wie dir? Gibt es noch mehr wie dich?“

„Ja, uns gibt es überall.“

Er lachte lauter. „Und was ist mit Leuten wie dir?“

Ich holte tief Luft. „Wir glauben, wir wüssten alles. Wir glauben, dass wir in Menschen lesen könnten wie in einem Buch. Wir glauben von Menschen genau das, was wir glauben wollen.“

Ich sah Raul an.

Er warf mir erneut verstohlen einen Blick zu.

„Ich kann dir echt nicht folgen“, sagte er.

„Ich hoffe, da irrst du dich“, flüsterte ich.

„Wie bitte?“

„Ich bin genauso schlimm wie die Leute, die ich die ganze Zeit kritisiere. Sogar noch schlimmer."

„Okay. Und wen kritisierst du die ganze Zeit?"

Die Wahrheit schien unausweichlich. „So ziemlich jeden."

„So schlimm, was?", meinte er. Offenbar nahm er mich gar nicht ernst.

„Ja, genau so schlimm. Wir glauben genau das, was wir glauben wollen – egal, um wen es geht. Weißt du, was ich über dich gedacht habe? Ich habe gedacht, dass du auch so ein privilegierter Typ bist, auch so 'n reicher junger Schnösel, der mit seinem eigenen Flugzeug in der Gegend herumdüst, der Eliteschulen besucht, die Ärmel seiner teuren Hemden hochgekrempelt, als wären es abgelegte Hemden von jemand anderem, und der keine Ahnung hat, dass es Menschen gibt, denen es schlecht geht, oder der sich dafür auch gar nicht interessiert. Und das Komische daran ist, dass genau das auf dich am wenigsten zutrifft, Raul."

Eine Weile schwiegen wir beide.

„Lauren, ich möchte nicht, dass du jetzt auch nur noch ein Wort sagst, bevor ich dir sage, dass du wieder reden darfst, okay? Ich möchte dir etwas zeigen. Schau, wir sind fast da."

„Was?"

„Pssst!"

Wir kamen auf dem kleinen Flugplatz an und Raul parkte den Wagen. Wir stiegen aus, und er deutete wieder auf dasselbe Flugzeug, das wir schon zwei Tage zuvor in Los Angeles gesehen hatten. „Wir treffen uns gleich da drüben."

„Aber ich möchte wenigstens den Treibstoff bezahlen", entgegnete ich.

„Nicht reden! Und außerdem haben Cole und ich das schon erledigt. Ich bin gleich wieder zurück."

Er kam mit einer großen Tasche aus dem Clubhaus zurück. Ich schaute ihm schweigend zu, wie er um das Flugzeug herumging und den Check durchführte. Als er damit fertig war, legte er den Zeigefinger an die Lippen und signalisierte mir damit, dass ich immer noch nichts sagen durfte. Dann half er mir beim Einsteigen. Ich war noch nie zuvor in etwas so Kleinem geflogen. Mein Magen zog sich vor nervöser Anspannung zusammen.

Raul musste mitbekommen haben, dass ich ganz blass wurde.

„Alles in Ordnung?" Er reichte mir einen Kopfhörer. Ich nickte und wollte gerade etwas darüber sagen, wie nervös ich sei, aber er legte einen Finger auf meine Lippen und meinte: „Du sollst doch nicht reden."

Sekunden später saß er neben mir im Cockpit und betätigte die Zündung. Der Lärm des Flugzeugmotors erfüllte das bisschen Raum, das wir hatten. Raul sprach in sein Funkgerät und es begann ein Dialog zwischen ihm und dem Tower des kleinen Flugplatzes. Sie sprachen zwar Englisch, aber ich verstand kaum etwas davon. Ich stellte die Stimmen leise und konzentrierte mich ganz darauf, meine Nerven in den Griff zu bekommen, während das Flugzeug immer stärker vibrierte, als erwache es zu einer Art Eigenleben.

Raul bat um Starterlaubnis. Kurz darauf nahmen wir auf der relativ kurzen Startbahn Geschwindigkeit auf, und ich spürte förmlich, wie die Luft uns in Besitz nehmen wollte, wie sie uns vom Boden emporhob und himmelwärts ziehen wollte. Das Flugzeug löste sich von der asphaltierten Startpiste und wir stiegen auf. Im Cockpit rumorte es vor Lärm. Ich lehnte mich in meinem Sitz zurück und konzentrierte mich ganz aufs Atmen.

Die flache Welt verschwand langsam und wich dem Blick auf den abgerundeten Horizont. Ein breiter Streifen Rosablau schimmerte in der Ferne zu meiner Rechten, während die Bucht im Morgenlicht immer heller wurde. Die Autos auf der Schnellstraße unter uns schoben sich wie auf einem Asphaltband dahin, und die braunen Hügel im Osten sahen in der aufgehenden Sonne aus, als seien sie mit flüssigem Karamell überzogen. Wir stiegen immer höher, und mir war nie zuvor stärker bewusst gewesen, wie winzig und unbedeutend ich war, als jetzt, wo ich in diesem kleinen Flieger saß, der nicht mehr war als ein winziger Metallpunkt im strahlenden Himmel.

Erst als wir Oakland hinter uns gelassen hatten, wandte sich Raul mir schließlich zu.

„Schön, nicht?" Seine Stimme klang durch den Kopfhörer fremd.

Ich nickte, dabei war mein Mund ein wenig geöffnet, und meine Augen nahmen alles auf.

Er musste gemerkt haben, dass ich von der Umgebung angemessen fasziniert war.

„Jetzt darfst du etwas sagen!"

Einen Moment lang fand ich keine Worte, und zwar nicht, weil ich noch nie in einem Flugzeug gesessen hatte, sondern weil ich mir nie die Mühe gemacht hatte, darüber nachzudenken, was über mich hinaus und jenseits von mir noch existierte.

„Ich bin so klein." Ich bestaunte die ungeheure Weite unter uns.

Er lachte und schüttelte den Kopf, als hätte ich gar nichts begriffen. „Nein, die Welt ist so groß!"

Ich blinzelte ihn an.

„Es dreht sich nicht immer alles nur um dich, Lars", sagte er leichthin, so als wollte er auf gar keinen Fall, dass ich mich dadurch getroffen fühlte.

Und das war ich auch nicht.

„Was willst du ihm denn sagen?"

Raul saß neben mir in dem Honda Civic, den er gemietet hatte, weil er im Unterschied zu mir schon einundzwanzig war. Er hielt sich an die Wegbeschreibung, die Kim Kimura mir telefonisch durchgegeben hatte.

„Ich weiß nur, was ich mir wünschen würde, das *er* sagt.“

„Und das wäre?“

Ich hatte die Szene während unseres Fluges über Nordkalifornien in Gedanken schon mehrfach durchgespielt. Ich stellte mir vor, wie ich an Tom Kimuras Bett trat und er immer wieder sagte: „Erinnert sie sich noch an mich? Sie erinnert sich also wirklich noch an mich?“

Ich stellte mir vor, wie ich Kim Kimuras runzelige Hand in die meine nahm und ihm sagte, dass Abigail sich an ihn erinnerte. Dass sie sich an jedem Tag ihres Lebens an ihn erinnerte. Ich stellte mir sogar vor, ich würde sagen, dass sie von den Erinnerungen an ihn geradezu verfolgt wurde, besonders von der Erinnerung, dass sie sich von ihm abgewandt hatte.

„Ich möchte von ihm hören, dass er sie nie vergessen hat, dass in den vergangenen sechzig Jahren kein Tag vergangen ist, an dem er nicht zumindest einen flüchtigen Gedanken an sie gehabt hat.“

Einen Moment lang war Raul nachdenklich. „Tom Kimura hat eine andere Frau geheiratet und mit ihr einen Sohn bekommen.“

„Ich weiß. Ich sage ja auch nicht, ich wünschte, er hätte nie jemand anders geliebt. Ich möchte nur gern, dass er sich noch an sie erinnert. Ich möchte, dass er mich bittet, sie zu ihm zu bringen, bevor ... bevor es zu spät ist.“

Eine Weile schwiegen wir wieder, während wir eine breite Allee entlangfuhren.

„Und was ist, wenn du sie nicht rechtzeitig findest?“ Raul sah mich an.

Ich wusste, dass es wahrscheinlich genauso ausgehen würde. Ich hatte keine Ahnung, wo Abigail sich gerade aufhielt, und Kim Kimura hatte mir zu verstehen gegeben, dass sein Vater diese Woche nicht mehr überleben würde.

„Ich werde ihn bitten, mir zu sagen, was er ihr sagen würde, wenn er sie noch einmal treffen könnte. Und das werde ich ihr dann ausrichten. Vorausgesetzt natürlich, ich finde sie."

„Okay. Und was ist, wenn er sagt, dass er ihr nichts zu sagen hat?"

Wir waren jetzt ganz in der Nähe der Straße, in der Tom Kimura wohnte. Ich wollte nicht länger nur das Schlimmste über Menschen annehmen, die ich nicht einmal kannte. „Er hat ihr etwas zu sagen. Er hat sie geliebt. Und außerdem hat er mich ja schließlich gebeten herzukommen."

Wir hielten am Bordstein vor dem Holzhaus, das von einer Reihe Zedern gesäumt war. Es parkten mehrere Autos davor, die schweigend Zeugnis davon ablegten, dass sich im Inneren des Hauses etwas ereignete. Einen Moment lang blieb ich einfach im Auto sitzen, schaute zum Haus hinüber und bereitete mich innerlich darauf vor, den Mann kennenzulernen, der dort lag und nur noch einen Hauch von einer anderen Welt entfernt war.

Gott, bitte tu etwas Nettes für Abigail. Für uns alle.

Raul sah mich an und seine Mundwinkel verzogen sich ein wenig nach oben.

„Bereit?"

Ich stieg aus dem Auto, aber Raul rührte sich nicht.

„Kommst du nicht mit?" Furcht durchfuhr mich.

„Möchtest du das denn?"

„Ja, natürlich!"

„Dann komme ich mit."

Wir folgten dem gepflasterten Steinweg zum Eingang. Sorgsam gepflegte Sträucher und Reihen von lila Pflanzen säumten den Weg. Ein Windspiel klingelte leise im Wind und kündigte unsere Ankunft an. Eine Reihe von Schuhpaaren verriet, wie viele Menschen sich im Haus aufhielten und warteten. Als wir auf die Veranda traten, konnten wir sehen, dass ein Mann an der Fliegengittertür stand und uns beobachtete. Es war Ken Kimura. Wir hatten ihn vom Büro der Autovermietung aus angerufen.

„Miss Durough?“, fragte er, als er die Tür öffnete.

„Bitte nennen Sie mich doch Lauren.“

„Ich bin Ken Kimura.“

„Das hier ist mein Freund Raul“, erwiderte ich.

„Angenehm“, sagte Ken fast mechanisch. „Kommen Sie doch bitte herein.“

Wir streiften unsere Schuhe ab und betraten das Haus. Im Eingangsbereich war es kühl und es roch dort gut. Die Einrichtung und das Ambiente, die eindeutig asiatisch waren, strahlten Frieden und Schlichtheit aus.

Ich sog diese Atmosphäre in mich auf.

Tom Kimuras Sohn war etwa Anfang sechzig. Sein grau meliertes Haar war kurzgeschoren. Er trug eine randlose Brille und sah müde aus. Unser Gastgeber führte uns in ein Wohnzimmer, in dem bereits sechs Personen saßen. Sechs Augenpaare sahen uns an. Niemand sagte ein Wort.

„Es tut mir wirklich leid, dass ich in einer so ... so schweren Zeit komme“, sagte ich schließlich. „Wenn es nicht so wichtig wäre, hätte ich Sie bestimmt nicht behelligt.“

Ken zuckte mit den Achseln und schloss die Augen, so als schmerze es ihn, dass ich überhaupt etwas über meinen Auftrag sagte. So als wollte er gar nicht wissen, weshalb ich gekommen war. Er erwies nur seinem Vater den nötigen Respekt, der mich darum gebeten hatte, ihn zu besuchen.

„Sie behelligen uns nicht. Kommen Sie doch bitte mit nach hinten. Ich habe meinem Vater gesagt, dass Sie unterwegs wären. Er erwartet Sie schon.“

Ken drehte sich zu einem Gang um und ging uns voraus. Die sechs schweigenden Zeugen starrten mich an. Ich ging hinterher, und als Raul mir nicht folgte, drehte ich mich noch einmal zu ihm um und bat ihn stumm mit einem Blick, bei mir zu bleiben. Er machte einen Schritt in meine Richtung und da folgte dann auch ich Ken weiter den Gang entlang.

Tom Kimura lag in einem Pflegebett. Sein wettergegerbtes, zerfurchtes Gesicht war aschfahl und sein Körper unter der Decke sah abgemagert und ausgezehrt aus. Die Einrichtung des Zimmers bestand aus einer Mischung von medizinischen Apparaturen und heiterer japanischer Kunst. Eine Reihe von Bonsai-Bäumen stand auf einer Mahagonianrichte vor dem Fenster. An den Wänden hingen gerahmte Tuschezeichnungen auf cremefarbenem Reispapier. Ein kleiner Zimmerbrunnen plätscherte über ein paar Steine, und der Motor der Wasserpumpe war, abgesehen vom flachen Atem des sterbenden Mannes, das einzige Geräusch im Raum.

Das war also der Sohn des Gärtners.

Ken hatte sich über seinen Vater gebeugt. „Die Frau aus Santa Barbara ist jetzt da", sagte er.

Ich schreckte zurück. Vielleicht hatte ich einen furchtbaren Fehler begangen. Ich sah Raul an und sein Blick signalisierte mir Zuversicht. Ich trat vor. Tom drehte sich zu mir um und der Blick seiner mandelförmigen Augen traf auf den meinen.

„Du kannst uns alleinlassen", sagte Tom leise zu seinem Sohn. Er sagte es in sanftem Tonfall, aber dennoch war es ein Befehl.

Ken sah mich an, signalisierte mir, dass ich es kurz machen sollte, und verließ dann das Zimmer.

„Kommen Sie", flüsterte Tom Kimura. Ich trat näher an sein Bett.

„Mein Name ist Lauren Durough. Ich bin die Assistentin von Abigail Boyles", stellte ich mich vor. „Das hier ist mein Freund Raul. Er hat mich hergebracht."

„Abigail", echote Tom.

„Ja."

„Hat sie Sie geschickt?"

„Sie ..." Ich wusste nicht, was ich auf diese Frage antworten sollte. Der Druck, jetzt nicht alles zu vermasseln, lastete schwer auf mir. „Also, eigentlich ist es so, dass ich zurzeit gar nicht weiß, wo sie sich aufhält."

Tom blinzelte langsam. „Geht es ihr gut?"

„Nein, nicht besonders."

„Und wieso nicht?"

„Sie ist weggefahren, ohne uns mitzuteilen, wohin. Sie hat nur einmal angerufen, um Anweisungen zu geben wegen ... Ich glaube, sie ist irgendwohin gefahren, um ... um zu sterben."

Wieder das langsame Blinzeln. „Zu sterben."

Ich konnte nichts für meine Wortwahl. Abigail war ja wirklich irgendwohin gereist, um zu sterben.

„Ist sie krank?"

Meine nächsten Worte und Schritte wählte ich mit Bedacht, und ich betete, dass es die richtigen wären. Ich hatte keine Ahnung, was Tom Kimura erwartete oder hören wollte.

„Nicht körperlich." Ich legte meine Hand auf mein Herz und sagte: „Hier tut es ihr weh."

Seine Augen wurden ganz groß.

„Sie liebt Sie immer noch, Mr Kimura. Sie hat Sie immer geliebt. Es ist die Reue, die sie umbringt." Zwei Tränen rollten mir über die Wangen und auch auf den seinen waren welche zu sehen.

„Wie haben Sie mich gefunden?"

„Übers Internet."

Eine Weile sagte Tom nichts. „Aber warum hat sie nicht nach mir gesucht?"

„Sie hatte Angst", erzählte ich ihm. Die Antwort war genau so präzise, wie es jede andere auch gewesen wäre.

„Angst wovor?"

„Angst, dass Sie Ihr Leben einfach weitergeführt und sie vergessen haben könnten."

Tom drehte sich so um, dass er seine Bonsai-Bäume sehen konnte. „Ich musste doch weitermachen, ich hatte doch gar keine andere Wahl. Aber vergessen habe ich sie nie." Zwei weitere Tränen entwischten mir und ich wischte sie weg. Tom drehte sich ganz langsam wieder um und sah mich an. „Sind Sie gekommen, um das zu hören?"

Ich nickte. „Aber es gibt noch einen weiteren Grund, weshalb ich hier bin. Ich wollte Ihnen sagen, dass sie ihre Entscheidung immer bereut hat. Das sollten Sie wissen. Sie würde wollen, dass Sie das wissen."

Wieder drehte er sich zu den Bonsai-Bäumen um. „Würden Sie ihr etwas von mir ausrichten?"

„Aber natürlich."

Tom holte tief Luft und blickte weiter die kleinen Bäume an. „Sagen Sie ihr, dass die Schlüsselblumen immer wiederkommen. Jedes Jahr. Die Kälte des Winters versucht zwar, ihnen Einhalt zu gebieten, aber sie kommen immer wieder. Sie hat Schlüsselblumen so gemocht."

Ich sagte ihm, dass ich es ihr ausrichten würde.

„Würden Sie bitte die Vitrine für mich öffnen?", flüsterte er. Sein Blick wich keinen Moment von den Bonsai-Bäumen, und da wurde mir klar, dass er gar nicht die Bonsais ansah, sondern das, worauf sie in der Vitrine standen.

Ich ging zu der Vitrine hinüber und öffnete eine der lackierten Türen. Darin lagen eine Sammlung von Büchern und Papieren sowie ein Zedernholzkasten von der Größe eines Truthahnbräters.

„Nehmen Sie bitte den Kasten heraus."

Ich tat, was er sagte.

„Der Schlüssel befindet sich in der Schublade darüber. Ich habe ihn mit einem Klebeband oben befestigt."

Ich zog die Schublade auf, die mit Stiften, Büroklammern und Pfefferminzpastillen-Packungen gefüllt war, und tastete nach dem Schlüssel. Ich zog das Klebeband ab und der Schlüssel fiel mir in die Hand.

„Öffnen Sie den Kasten", hauchte Tom. Seine Stimme wurde immer schwächer.

Ich stellte den Kasten auf den Boden, steckte den Schlüssel ins Schloss und drehte ihn herum. In dem Kasten befanden sich noch mehr Papiere und mehrere gebundene Tagebücher.

„Das rote“, flüsterte Tom.

Ich kramte in dem Inhalt des Kastens, bis ich ein in bordeauxrotes Leder gebundenes Tagebuch fand. Ich nahm es heraus und zeigte es ihm. „Das hier?“

„Ja. Geben Sie es mir. Und einen Stift.“

Ich stand auf, nahm einen der Stifte aus der Schublade und gab ihm diesen zusammen mit dem Tagebuch.

Seine schwachen Arme griffen danach, sanken dann aber zurück auf die Bettdecke. Er seufzte.

„Wie kann ich Ihnen helfen?“, fragte ich und Furcht durchfuhr mich.

„Schlagen Sie das Buch auf. Halten Sie es ruhig und geben Sie mir den Stift.“

Ich folgte erneut seinen Anweisungen. Tom hielt den Stift über das aufgeschlagene Vorsatzblatt und ließ ihn kurz dort ruhen. Dann begann er langsam zu schreiben.

Abby,
nichts ist vergessen, alles ist vergeben.
Lebe.
Tom

Der Stift fiel ihm aus der Hand und ich nahm ihn wieder an mich. Raul kam auf mich zu und ich reichte ihn ihm.

„Das sind Gedichte, die ich geschrieben habe. Sie sind nicht sehr gut, aber vielleicht gefällt ihr das auf Seite sechsundzwanzig. Bringen Sie ihr doch bitte das Buch, aber Ken braucht nicht zu wissen, dass Sie es haben. Wenn Sie wieder weg sind und er nachfragt, werde ich ihm sagen, dass ich es Ihnen gegeben habe. Er wird glauben, dass ich seine Mutter nicht geliebt habe, aber das stimmt nicht. Ich habe beide Frauen geliebt. Aber auf ganz unterschiedliche Weise.“

Meine Hand umschloss das Buch.

„Sie mochte Schlüsselblumen so gerne“, flüsterte Tom mit schwacher Stimme.

„Ja“, sagte ich, und mir war bewusst, dass Raul hinter mir den Kasten wieder verschloss, ihn auf das Regal in der Vitrine zurückstellte und den Schlüssel mit dem Klebeband am Schubladenboden befestigte.

„Danke, dass Sie gekommen sind.“ Toms Stimme war jetzt nicht mehr als ein Hauchen.

Ich beugte mich vor, gab ihm einen Kuss auf die Stirn und ließ meine Lippen einen kurzen Moment dort verweilen. Ich wollte, dass er glaubte – nur für einen kurzen Augenblick glaubte –, es wären Abigails Lippen, die seine alte Haut liebkosten; dass sie sich für das Buch bedankte und dafür, dass er sie von ihrem inneren Schmerz erlöst hatte.

Tom fiel in einen erschöpften Schlummer. Ich ließ das Buch in meine Handtasche gleiten und dann verließen wir sein Zimmer.

Ken wartete im Wohnzimmer auf uns, sein Gesicht von Sorge gezeichnet. Er fragte uns höflich, ob wir Tee wollten. Raul lehnte dankend für uns beide ab, bedankte sich noch bei Ken dafür, dass er uns erlaubt hatte zu kommen, und dann zogen wir wieder unsere Schuhe an. Mir fehlten die Worte, um auf Wiedersehen zu sagen.

Ken sah uns nach, als wir gingen, und fragte sich ganz sicher, wieso mein Gesicht tränennass gewesen war.

Als wir wieder im Auto saßen, nahm ich das Tagebuch aus meiner Handtasche.

Ich schlug Seite sechsundzwanzig auf und las, was der Sohn des Gärtners dort geschrieben hatte.

Abigail Rose

Du in deinem Nachthemd zwischen den Lilien
Den Blick in den funkelnden Nachthimmel gerichtet
Über die flachen Steine unter deinen Füßen schreitend
Milchig weiß im Mondlicht.

Du, die du das Einfache betrauerst
Schüttelst den Kopf
Erhebst deine Faust gegen den Himmel
Gegen die Erde

Du wirst mich nicht erwählen
Zornig wirst du mich nicht erwählen
Die Furcht hält dich und ich beneide sie
Aber ich werde lernen, dich loszulassen

Du, allein im Garten
Mitten in der Nacht, nach harten Worten
Vor Sonnenaufgang, bevor ich erfuhr,
dass ich überleben würde
Genau wie du

Du glaubst, du wärest allein gewesen in der Stille
Aber das warst du nicht
Ich habe dich gesehen
Und sehe dich noch immer

Vierzig

Als ich nach unserer Ankunft in Palo Alto mein Handy wieder einschaltete, waren sechs Nachrichten auf meiner Mailbox. Es war schon nach sechs Uhr abends, und obwohl ich in der Cessna ein wenig hatte schlafen können, war ich hundemüde. Zwei der Nachrichten kamen von meiner Mutter, zwei von Esperanza und eine von Alex Helming. Mir war nicht danach, auch nur eine davon abzuhören.

„Du solltest lieber noch eine Nacht hier im Hotel bleiben", meinte Raul, als er mit mir zu seinem Wagen ging.

„Das kann ich nicht. Ich muss wieder zurück."

„Aber du bist doch völlig erledigt."

„Wir können uns ja einen Kaffee holen und ich putsch mich mit Koffein auf. Dann wird es schon gehen."

Raul war nicht überzeugt, aber er widersprach mir nicht. Es hätte mich nicht gestört, wenn er es getan hätte. Seine Sorge um mich und seine Fürsorge begannen mir zu gefallen.

Auf dem Weg zum Hotel machten wir bei *Starbucks* Halt und ich holte mir eine Latte macchiato mit einem dreifachen Espresso. Als wir wieder auf dem Hotelparkplatz ankamen, begleitete Raul mich noch zu meinem Wagen. Ich schloss die Fahrertür auf und dann standen wir nur einfach da. Ich wusste nicht, wie ich mich verabschieden sollte, und er offenbar auch nicht.

„Danke, dass du das für mich getan hast“, sagte ich schließlich, obwohl ich das an diesem Tag mindestens schon ein Dutzend Mal gesagt hatte.

„Ich freue mich wirklich, dass du mich gefragt hast. Ich glaube, aus all dem kann sich etwas Gutes entwickeln.“

Er stand ganz dicht bei mir, aber immer noch schämte ich mich so sehr für all das, was ich über ihn gedacht hatte.

„Es ist ja auch nicht das erste Mal, dass du etwas meinetwegen getan hast“, erwiderte ich leise.

Raul neigte fragend den Kopf.

Ich starrte auf meine Füße hinunter und konnte ihm nicht in die Augen sehen. „Cole hat gesagt, dass du neulich meinetwegen mit ins Krankenhaus gekommen bist.“ Ich blickte auf, sammelte ein bisschen Kraft und erwiderte dann seinen Blick. „Du bist meinetwegen mitgekommen.“

„Ja“, sagte er, ohne die Augen abzuwenden.

Einen Moment lang schwiegen wir beide, während wir einander weiter ansahen.

„Es tut mir so leid, Raul. Es tut mir leid um jedes ...“

Aber mehr konnte ich nicht sagen. Er nahm mich in die Arme und küsste mich und verhinderte dadurch mit seinen Lippen weitere überflüssige und unerwünschte Entschuldigungsbekundungen. Für einen Moment war ich wieder über den Wolken, weit weg vom Boden und dem Chaos der Welt. Und ich wollte auch nie wieder landen.

Als ich mich langsam von ihm löste, berührte Raul meine Wange. Ich hatte wieder angefangen zu weinen und er wischte mir die Tränen ab.

„Du bist gar nicht der Mensch für den du dich hältst, Lauren“, sagte er.

Sprachlos stand ich da, unfähig mich zu rühren, während das, was er gesagt hatte, in meinem Inneren nachklang. Ich wollte es immer und immer und immer wieder hören.

„Kann ich dich später anrufen, um mich zu vergewissern, dass du gut angekommen bist?“, fragte er.

„Ja."

Er hielt mir die Autotür auf, aber ich drehte mich noch einmal zu ihm um und umschlang ihn mit beiden Armen. Dabei schwappte ein wenig von meinem Kaffee aus dem Becher und tropfte auf den Asphalt. Sofort umfassten seine Arme fest meine Taille.

Ich wollte mich noch einmal bei ihm bedanken, aber ich konnte nicht, und ich wusste, dass er es auch gar nicht für nötig hielt.

Erneut küsste er mich und trat dann zur Seite. „Du musst jetzt wirklich los, damit du möglichst schnell wieder zu Hause bist."

Ich staunte darüber, wie sehr ich mir wünschte, jetzt nicht ins Auto steigen und losfahren zu müssen. Raul ging zu seinem Wagen hinüber. „Ruf mich an, wenn du zu Hause ankommst. Und ruf mich an, wenn du müde wirst."

„Mach ich."

Er stieg in sein Auto und ich in meins und ein paar Minuten fuhren wir beide auf derselben Straße und unsere Wagen waren nur wenige Meter voneinander entfernt. Dann hupte er noch einmal zum Abschied und ich fuhr auf den Highway und machte mich auf den Heimweg.

Als ich auf der Autobahn war, ließ ich die Momente mit Raul immer wieder Revue passieren. Ich konnte jetzt selbst spüren, was Mercy in ihrem Tagebuch zu beschreiben versucht hatte, nachdem John Peter sie geküsst hatte. Jetzt wusste ich genau, was sie gemeint hatte.

Und dann konnte ich die ganze Fahrt über nicht aufhören zu lächeln.

Wie hatte Abigail sich nur von so etwas abwenden können? Von diesem Gefühl, das einem den Atem raubte und einen dann himmelwärts katapultierte.

Ich war schon fast eine Stunde unterwegs, als ich mich schließlich von meinen Gedanken an das, was auf dem Parkplatz passiert war, losriss und doch meine Mailbox abhörte.

Als Erste hatte meine Mutter angerufen. Sie erzählte von den Fortschritten meines Vaters – es gehe ihm gut, die Drainageschläuche seien entfernt worden. Später hatte sie noch einmal angerufen, um sich zu erkundigen, wie es mir ginge. Esperanza hatte zweimal versucht, mich zu erreichen, um mir beide Male dieselbe Frage zu stellen: wann ich wieder da sei. Und Alex Helming hatte sich gemeldet, um mir mitzuteilen, dass Graham in Santa Barbara eingetroffen sei und mit ihm sprechen wolle. Alex hatte Graham gesagt, dass er viele Termine habe und es daher bis zur nächsten Woche dauern könne. „Viel länger werde ich ihn aber nicht hinhalten können, Miss Durough. Es wäre sehr viel einfacher, wenn Abigail da wäre. Ich rechne damit, dass Sie sich bis dahin gemeldet hat."

Das glaubte ich eher nicht. Weshalb hätte Abigail das auch tun sollen? Sie hatte viel Geld. Sie konnte, so lange sie wollte, bleiben, wo sie wollte.

Mein Blick schweifte zu meiner Handtasche, die auf dem Beifahrersitz lag. Eine Ecke von Tom Kimuras Buch lugte heraus. Ich musste Abigail irgendwie dieses Buch zukommen lassen, bevor sie eine Dummheit machte. Ich musste ihr Tom Kimuras Nachricht überbringen.

Ich rief Esperanza an.

„Ich bin es – Lauren."

„Haben Sie ihn getroffen?", fragte sie und meinte Tom Kimura.

„Ja, habe ich. Er hat mir ein Buch mit Gedichten überlassen, das ich ihr geben soll. Und er hat ihr schon vor langer Zeit vergeben. Aber er liegt im Sterben, Esperanza. Seine Familie rechnet nicht damit, dass es noch lange dauert."

Esperanza sagte leise etwas auf Spanisch, das wie ein Gebet klang.

„Graham ist in der Stadt", sagte sie dann sofort als Nächstes. „Er hat mehrere Nachrichten auf Miss Abigails Anrufbeantworter hinterlassen und ich habe ihn zweimal am Haus vorbeifahren sehen."

„Hat er Sie gesehen?"

„Nein. Arturo hat mich gebracht und an der Ecke abgesetzt. Ich bin dann auf der Rückseite durch den Garten und zum Hintereingang ins Haus. Graham kommt gar nicht bis zur Haustür, weil er den Code für das Tor zum Grundstück nicht kennt."

„Wir müssen herausbekommen, wohin Abigail gefahren ist, Esperanza." Mir war ein Gedanke gekommen. „Vielleicht wollte sie ja in der Nähe des Ortes sein, an dem Mercy gestorben ist. Sind Sie zu Hause? Haben Arturo und Sie einen Internetanschluss?"

„*Sí, sí.*"

„Gehen Sie doch mal ins Internet und suchen Sie so viele Fünf-Sterne-Hotels wie möglich in Danvers – so heißt Salem heute – und in der Gegend um Boston heraus. Rufen Sie dort an, und bitten Sie darum, Abigail Boyles zu sprechen. Sagen Sie, dass sie dort Gast ist."

„Aber wir wissen doch gar nicht, ob sie sich überhaupt dort aufhält."

„Wenn sie sich nicht dort ist, dann wird man Ihnen sagen, dass ihr Name nicht in den Unterlagen steht. Und dann rufen Sie einfach das nächste Hotel auf Ihrer Liste an."

„Okay. Und Sie übernachten dann heute Nacht im Haus von Miss Abigail?"

„Ja, ich bin in ein paar Stunden da."

„Vielleicht fährt Graham dort in der Gegend herum und sieht, dass im Haus Licht brennt."

„Soll er doch einfach denken, dass Abigail Zeitschaltuhren im Haus installiert hat, die das Licht einschalten."

„Vielleicht klingelt er aber auch vom Tor aus."

„Ich werde einfach nicht reagieren."

„Lassen Sie ihn auf gar keinen Fall ins Haus, Lauren!"

„Ich verspreche es! Rufen Sie mich an, wenn Sie Abigail in einem der Hotels ausfindig gemacht haben."

„*Bueno.*"

Ich kam um kurz nach elf Uhr abends wieder in Santa Barbara an.

Die letzte Stunde des Tages verbrachte ich am Telefon und unterhielt mich mit Raul über Gott und die Welt. Er erzählte mir von seinem Vater, seiner Kindheit in Guadalajara, wie es für ihn als Achtjährigen gewesen war, nach Amerika umzuziehen; was er empfunden hatte, als er zum ersten Mal in seinem Leben in einem Flugzeug gesessen hatte. Er erzählte mir, wann ihm klar geworden sei, dass er Herzchirurg werden wollte – an dem Tag, als sein Vater an einem schweren Infarkt starb –, und wann er gewusst hatte, dass er sich in mich verliebt hatte – an dem Tag, als ich ihn in der kleinen Bibliothek angetroffen hatte, wo er in den alten Büchern gestöbert hatte.

Ich nannte ihm meine Lieblingsbücher, erzählte ihm, welche Art von Musik ich mochte und was ich gern tat, wenn ich nichts zu tun hatte. Ich erzählte ihm auch etwas, worüber ich noch nie zuvor mit jemandem gesprochen hatte – wie es sich anfühlte, mit der unbeantworteten Frage aufzuwachsen, was mit dem Sohn war, den die eigenen Eltern doch eigentlich hätten haben sollen.

„Das fragst du dich doch nicht wirklich immer noch, oder?“, fragte er.

Es fühlte sich gut an, ihm sagen zu können, dass ich das Gefühl hatte, damit langsam aufhören zu können.

Als ich Abigails Haus endlich erreichte, beendeten wir das Gespräch. In der Straße war alles dunkel und ruhig. Es parkten keine Autos am Straßenrand und auch von Graham war nirgends eine Spur zu sehen. Ich öffnete das Tor, fuhr hindurch und verfolgte im Rückspiegel, wie es sich hinter mir wieder schloss.

Im Haus herrschte Totenstille. Wenn ich bisher bei Abigail gewesen war, dann war immer das Tagebuch da gewesen, das mir das Gefühl vermittelt hatte, nicht allein zu sein. Ohne das Tagebuch kam mir das Haus wie eine Gruft vor. Ich wollte nicht die Treppe ins Gästezimmer hinaufgehen – nicht mit Rauls Küssen auf meinen Lippen, die mich an das erinnerten, was Abigail ausgeschlagen hatte. Ich griff mir eine Decke von dem Sofa in der Bibliothek und ging ins Wohnzimmer. Ich wusste, dass am nächsten Morgen Licht und Wärme in das Zimmer strömen würden, selbst wenn der Raum gar nicht warm wirkte.

Ich rollte mich auf dem Sofa zusammen, fest in die Wolldecke eingewickelt und den Kopf auf eines von Abigails perfekt präsentierten Kissen gebettet.

An dem langen Tisch mir gegenüber standen Abigails gerahmte Fotos, als wachten sie über die Vergangenheit. Mondlicht tanzte auf dem Bild von Abigail und Dorothea, die mit ihren identischen Sonnenschirmchen auf einem Verandageländer saßen.

Abigail sah glücklich aus.

Mit diesem Bild von ihr schlief ich ein. Lachend. Lächelnd. Dorotheas Hand haltend. Den Sonnenschirm drehend.

Das Leben vor dem Verlust.

Stunden später, als die Dämmerung eine Decke goldenen Lichts um mich herum ausbreitete, wachte ich – immer noch mit demselben Bild im Kopf – wieder auf. Abigail mit ihrem Sonnenschirm.

Ich setzte mich auf und betrachtete das Foto, das mir gegenüberstand.

Und da wusste ich, wo Abigail war.

Einundvierzig

Esperanza war nicht bekannt, wo sich das ehemalige Anwesen der Eltern von Dorothea befand. Alex Helming wusste allerdings, dass Abigail ein paar Jahre zuvor Immobilien in Pismo Beach erworben hatte, aber er war an der Transaktion nicht beteiligt gewesen. Nach mehreren Anrufen bei der Historischen Gesellschaft von San Luis Obispo bekam ich schließlich die Telefonnummer einer pensionierten Angestellten der Gesellschaft, die sich an ein Hotel namens *Sanddollar* erinnerte. Es lag ein wenig abseits der Strandpromenade und war früher einmal das Sommerhaus von Theodore Boyles und seiner Familie gewesen.

„Theodore Boyles“ war der Name von Dorotheas Vater.

„Aber das Hotel ist längst geschlossen“, teilte die Frau mir mit. „Es wurde vor einer Weile verkauft. Ich weiß gar nicht genau, wie es jetzt genutzt wird, aber ein Hotel ist es jedenfalls nicht mehr.“

Ich bedankte mich bei ihr und legte auf. Ich wusste, wer das Haus gekauft hatte.

Bis nach Pismo Beach waren es etwa 150 Kilometer. Ich wollte Raul anrufen, um ihm zu sagen, wohin ich unterwegs war, aber er saß in einer Vorlesung – wo ich selbst jetzt eigentlich auch sitzen sollte. Ich schickte ihm eine SMS und rief danach Esperanza an, um sie darüber zu informieren, wohin ich jetzt unterwegs war. Ich bat sie, im Internet eine Adresse für mich herauszusuchen. Dabei wünschte ich mir die ganze Zeit, ich hätte ein Handy mit Internetzugang wie mein Vater, dann hätte ich es nämlich selbst herausfinden können.

Kurz darauf nannte mir Esperanza dann die Adresse des ehemaligen Hotels *Sanddollar.*

„Bringen Sie Miss Abigail bitte nach Hause zurück", meinte sie noch, bevor sie auflegte.

„Genau das habe ich vor."

Ich nahm die Küstenstraße, ließ mich von der Schönheit der Pazifikküste beruhigen und tankte neue Kraft. Ich betete, dass Abigail nicht wütend darüber sein würde, dass ich Tom Kimura nicht nur ausfindig gemacht, sondern auch mit ihm gesprochen hatte. Ich betete, dass sie in der Lage sein würde, zu akzeptieren, dass er im Sterben lag – denn ich sah keine Möglichkeit, es ihr zu verschweigen. Ich betete, dass das Buch mit den Gedichten, besonders das eine auf Seite sechsundzwanzig, ihrer gequälten Seele Ruhe und Linderung schenken und sie nicht noch mehr verletzen würde.

Es war nicht schwer, das ehemalige Hotel zu finden. Das alte Strandhaus der Boyles lag in einer ruhigen Sackgasse. Als ich in die Straße einbog, sah ich als Erstes die Giebelfenster und das steile Dach, dann den alles beherrschenden Meerblick und schließlich die hölzerne Veranda. Ich parkte meinen Wagen an der Straße und ging auf dem schmalen Plattenweg zum Eingang. Ich konnte das Motiv des Bildes erkennen, das der Fotograf vor langer Zeit gewählt hatte, als er die beiden Mädchen mit den Sonnenschirmen auf dem Verandageländer fotografiert hatte. Das Geländer war immer noch da und strahlend weiß gestrichen. Über dem Geländer – im ersten Stock – flatterte eine Spitzengardine im offenen Fenster. Ich ging zur Haustür und zögerte erst, aber dann läutete ich.

In Gedanken ging ich durch, was ich sagen würde, wenn Abigail mir die Tür öffnete.

Aber die Tür blieb geschlossen.

Ich läutete noch einmal und wartete wieder.

Nichts.

Als ich so dastand und mich fragte, was ich jetzt tun sollte, fiel mein Blick auf ein Blumenbeet, das sich unterhalb des Verandageländers befand. Reihen von Schlüsselblumen in Magenta, Gelb und Koralle lachten mich an.

Sie war also hier.

Ich läutete erneut. Wieder keine Antwort.

Wusste sie, dass ich es war? Versteckte sie sich vor mir?

Ich drehte den Türknauf, aber die Tür war verschlossen. Ich trat wieder von der Veranda und begab mich auf die Rückseite des Hauses. Vielleicht war ja die Hintertür offen. Ich musste eine Möglichkeit finden, ins Haus zu gelangen.

Ich bog um die Hausecke und da sah ich sie.

Abigail saß am hintersten Ende des Gartens auf einer Terrasse, von der aus man einen wunderschönen Blick aufs Meer hatte. Vor ihr lag das aufgeschlagene Tagebuch einfach so der Seeluft ausgesetzt. Ganz still saß sie da.

Ich ging zu ihr hin und versuchte auch nicht, meine Schritte zu dämpfen oder leise zu sein. Sie drehte sich nicht zu mir um, also sprach ich sie an. Als sie sich immer noch nicht reagierte, ging ich schneller, bis ich direkt neben ihr stand.

Sie schien mich nicht zu bemerken, also streckte ich die Hand aus, um sie an der Schulter zu berühren.

„Abigail", sagte ich leise.

Sie zuckte zusammen und drehte sich mit einem Ruck zu mir um. Furcht war in ihren tränenden Augen zu erkennen, so als hätte sie einen Geist gesehen. Sie schien mich nicht zu erkennen.

„Ich bin es, Abigail. Lauren."

Einen Moment lang starrte sie mich nur an. Dann fiel die Angst von ihr ab und wich entschiedenem Missfallen.

Ich hatte sie gefunden, aber sie hatte nicht gefunden werden wollen.

Abigail wandte den Kopf wieder zum Meer.

„Na, warum hat das denn so lange gedauert?“, murmelte sie mit einer Stimme, die mir beinahe schon wieder bekannt vorkam.

Ich setzte mich auf einen Stuhl direkt neben ihr. „Weil Sie sich wirklich ein tolles Versteck ausgesucht haben.“

Abigail sah mich an und dann wieder weg.

„Ich verstecke mich nicht“, sagte sie.

„Sie sind einfach weggefahren, ohne jemandem zu sagen, wohin.“

„Was ich tue, geht nur mich etwas an.“

Da war sie wieder, die vertraute Zynikerin, aber die Bitterkeit in ihrer Stimme alarmierte mich.

Ich griff nach dem Buch in meiner Handtasche.

„Sie hätten nicht kommen sollen, Lauren.“

„Ich habe hier etwas für Sie.“ Ihre Bemerkung einfach ignorierend, legte ich Toms Buch auf den Tisch.

Sie schaute weiter aufs Meer.

„Ich will es nicht.“

„Es ist ein Buch mit Gedichten.“

„Ich will es nicht.“

„Es ist ein ganz besonderes Buch mit Gedichten. Der Autor hat das Buch für Sie signiert. Er hat sogar eines der Gedichte speziell für Sie geschrieben.“

Sie warf einen Blick auf das Buch und hob dann den Kopf. Ihre Augen waren nicht mehr als Schlitze, als sie sagte: „Sie lügen.“

Ich passte meinen Tonfall dem ihren an und sagte: „Sie und ich, wir haben mit dem Lügen abgeschlossen, Abigail. Und jetzt nehmen Sie das Buch! Das Gedicht steht auf Seite sechsundzwanzig.“ Ich nahm Toms Buch in die Hand und hielt es ihr hin.

Sie zögerte erst kurz, nahm es dann aber doch.

Abigail schlug es auf, und ich beobachtete, wie ihr Blick über die Worte glitt, die Tom Kimura für sie verfasst hatte.

Ihr Brustkorb hob und senkte sich rasch und ich musste ihren bebenden Körper stützen.

„Woher haben Sie das?“, fragte sie mit rauer Stimme.

„Er hat es mir gegeben.“

Ganz langsam wandte Abigail mir das Gesicht zu. In ihrem Blick lagen Wehmut und die Qualen unzähliger Tage der Reue. „Sie haben ihn gesehen?“

„Ja.“

Die nächste Frage lag ihr bereits auf den Lippen, wollte sich aber nicht in Worte fassen lassen. Vielleicht konnte sie sich auch nicht entscheiden, welche Frage sie mir zuerst stellen sollte.

„Esperanzas Mutter hat sich an seinen Namen erinnert und Clarissa und ich haben ihn dann mit Hilfe des Internets ausfindig gemacht“, fuhr ich daher fort. „Ich wollte Ihnen einen Grund geben, wieder nach Hause zurückzukehren. Und ich glaube, den habe ich auch gefunden.“

„Wo haben Sie ihn gefunden?“, flüsterte Abigail und ihr Blick schweifte wieder zurück zu dem aufgeschlagenen Buch. Ihre Finger glitten über die Worte „nichts ist vergessen“.

„Er lebt in Portland, Oregon.“

„Ist ... Hat er Familie?“ Jetzt strichen ihre Finger über das „alles ist vergeben“.

„Er hat mindestens einen Sohn. Ich glaube, seine Frau ist schon verstorben.“

Tränen traten in Abigails stahlblaue Augen. „Warum hat er Ihnen das hier gegeben?“

„Weil er wollte, dass Sie es bekommen. Er wollte, dass Sie wissen, dass er Sie nie vergessen hat.“

Mit dem Zeigefinger strich Abigail über Toms Namen.

„Warum hat er es Ihnen gegeben?“, fragte sie noch einmal, ohne dass die Frage an jemand Konkretes gerichtet war.

Ich legte meine Hand auf die ihre und schob sie so, dass der Finger auf dem Wort „Lebe“ liegen blieb.

„Weil *er* im Sterben liegt und nicht Sie.“

Abigail bedeckte mit der anderen Hand ihre Augen und brach in Tränen aus.

Ich blieb bei ihr, bis ihr Schluchzen abebbte. Nachdem sie sich mit einem Papiertaschentuch, das sie aus ihrem Ärmel zog, die Tränen abgewischt hatte, stand ich auf.

„Das Gedicht, das er für Sie geschrieben hat, steht auf Seite sechsundzwanzig."

Ich griff quer über den Tisch nach Mercys Tagebuch und klappte es behutsam zu. Ich nahm es in die Arme, ging zum Haus und ließ Abigail mit ihren Erinnerungen an Tomoharo Kimura allein.

Der Hintereingang führte direkt in die Küche. Ich legte das Tagebuch auf den Tisch und versuchte, mich zu beschäftigen, indem ich alles zusammensuchte, was ich brauchte, um einen Tee zu machen. Durch das Küchenfenster behielt ich Abigail im Auge. Eine halbe Stunde später, als sie das Buch zugeschlagen hatte und wieder aufs Meer hinausblickte, ging ich mit dem Tablett zu ihr hinaus.

Sie schwieg, als ich es auf dem Tisch abstellte. Ich reichte ihr eine Tasse, die sie mir schweigend abnahm. Dann setzte ich mich mit meiner Tasse neben sie.

„Möchten Sie, dass ich Sie zu ihm bringe?", fragte ich.

Abigail antwortete nicht sofort. Erneut wollten ihr die Worte nicht über die Lippen kommen. Sie legte eine Hand auf das Tagebuch. „Das haben Sie schon für mich getan."

„Er liegt im Sterben, Abigail. Möchten Sie ihn noch einmal sehen?"

„Ich sehe ihn so, wie ich ihn damals gesehen habe. Und genauso sieht auch er mich. Warum sollten wir das durcheinanderbringen?" Sie senkte den Kopf und ich lächelte.

Ich hätte ihr gern so viele Fragen gestellt, aber ich wusste nicht, ob auch nur eine davon angemessen war. Abigail musste meine unausgesprochenen Gedanken erraten haben.

„Ich habe erst gewusst, dass ich ihn liebe, als es schon zu spät war. Als es mir endlich klar wurde, hatte ich ihn schon fortgeschickt, und er war bereits in diesem furchtbaren Lager."

„Sie haben nicht versucht, ihn zu finden oder ihm zu schreiben?"

Abigail schaute zur Seite und ihre Augen schimmerten feucht. „Ich hatte solche Angst, ihn zu lieben. Er war doch Japaner. Ich hatte Angst davor, was die Leute über uns sagen würden. Und es war mir peinlich, dass er in diesem Lager war. Und dass ich mich von ihm hatte küssen lassen."

Sie hielt inne.

„Am Abend, bevor er abgeholt wurde, trafen wir uns im Garten. Er und sein Vater wohnten im Gärtnerhäuschen hinter unserem Pool. Wir trafen uns oft nachts im Garten. Dann gingen wir spazieren und lachten und ich konnte Tom alles erzählen. Er war nicht wie die anderen Männer, die mein Vater für mich vorgesehen hatte. Er war echt. Ich wusste, dass ich ihm vertrauen konnte. Er war mein bester Freund."

Abigail blickte auf ihren Schoß hinab. „Aber an dem Abend hat er mir gesagt, dass er mich liebt. Ich war so wütend auf ihn. Dadurch war plötzlich alles anders. Auch ich. Und deshalb schickte ich ihn weg."

Sie hob den Kopf und atmete tief aus. „Ich war eine Närrin, Lauren. Schlimmer als eine Närrin. Eine Närrin weiß nicht, dass das, was sie tut, töricht ist. Ich dagegen wusste es und habe es trotzdem getan."

„Aber er hat Ihnen vergeben", flüsterte ich. „Er hat sein Leben weitergelebt. Und er will, dass auch Sie leben, Abigail."

Sie sagte nichts.

„Abigail?"

Als sie schließlich sprach, klang ihre Stimme anders als noch einen Augenblick zuvor. Sanfter. Weniger sicher. Eher wie die Stimme eines jungen Mädchens.

„Meine Entschlossenheit bröckelt", gestand sie. „Ich war immer in der Lage, so zu tun, als wäre ich unverwüstlich, als wäre ich stark genug, die Folgen meiner Fehler und die Last meines Unglücks zu tragen. Aber um mich herum bricht alles zusammen und ich fange an zu wanken."

Sie wandte mir ihr Gesicht zu und ihre Stimme war wieder die alte. „Ich hatte nicht einkalkuliert, wie sehr das Glas dadurch zertrümmert werden würde, dass ich Sie in mein Leben lasse und Ihnen das Tagebuch gebe. Ich hätte es wissen müssen."

Ein seltsamer Schauer durchfuhr mich. „Welches Glas? Was meinen Sie mit ‚mir das Tagebuch geben'?"

„Das Glas, unter das ich das Tagebuch unbewusst gelegt hatte. Solange es darunter verborgen war, konnte es mich nicht anklagen. Aber weil ich Ihnen das Tagebuch gegeben habe, ist das Glas jetzt zerbrochen. Das war alles, was ich wollte. Ich habe nie daran gedacht, es zu veröffentlichen. Mir hat nie etwas daran gelegen, es in die heutige Sprache übertragen zu lassen, damit Unmengen von Fremden es lesen können. Ich wollte, dass Sie es für *sich* übertragen. Ich habe Sie ausgewählt, damit Sie sich darin verlieben würden. Ich wollte, dass es für Sie so wichtig wird, dass ich es an Sie weitergeben konnte."

„Aber warum gerade ich?"

„Ich konnte es nicht einfach irgendjemandem vererben, Lauren. Das verstehen Sie doch sicher."

„Aber warum ausgerechnet mir?"

Ein halbherziges Lächeln breitete sich von ihrem Mund aus auf ihrem Gesicht aus. Jemand, der ein wenig weiter entfernt gestanden hätte, hätte es gar nicht wahrgenommen.

„Sie sind eine Art Bindeglied zwischen ihr und mir. Sie sind jung wie Mercy, eine Schriftstellerin wie Mercy und die einzige Tochter wie Mercy. Und Sie führen ein privilegiertes Leben wie ich und kennen dessen gute und schlechte Seiten, genau wie ich, und Sie sind eine Erbin, die das Vermächtnis eines Mannes vollenden soll, so wie es auch bei mir der Fall war. Und Sie werden, genau wie ich, aus diesem Grunde immer wieder Entscheidungen treffen und aus verschiedenen Möglichkeiten wählen müssen. Wer wäre besser geeignet gewesen als Sie, Lauren, das Tagebuch zu bekommen?"

Ich konnte weder den Gedanken fassen, dass das Tagebuch mir gehören sollte, noch dass Abigail mich aus Gründen angestellt hatte, die weit über die Jobbeschreibung auf dem Aushang an der Uni hinausgingen. Aber ihr Wunsch, dass das Tagebuch mir gehören sollte, erklärte nicht, wieso sie sich damit aus dem Staub gemacht hatte.

„Und warum sind Sie dann hier? Wieso haben Sie mir das Tagebuch nicht einfach gegeben?"

Sie seufzte. Die Abigail von vor acht Wochen hätte vielleicht gesagt: „Was ich tue oder nicht tue, geht Sie gar nichts an." Diese neue Abigail wandte sich mir zu, blickte aber nicht auf, um mich anzusehen. „Ich habe Angst."

„Weil ich das Tagebuch gern veröffentlichen möchte?"

„Weil das Glas zerbrochen ist", meinte sie achselzuckend. „Und weil ich nicht weiß, wie ich ohne es leben soll."

Zweiundvierzig

Die Brise, die vom Meer heranwehte, wirbelte eine Locke von Abigails Haar um ihr altes Gesicht. Sie schien es gar nicht zu bemerken.

„Ich habe Ihnen nie erzählt, wie meine Familie überhaupt in den Besitz des Tagebuches gelangt ist", sagte sie und wandte den Kopf so, dass ihr der Wind ins Gesicht blies und die Haare wieder dorthin geweht wurden, wohin sie gehörten.

Ich wartete.

„John Peter Collier bekam wirklich ein paar Wochen nach Mercys Tod das Tagebuch von Benevolence, die mit ihr in der Zelle gesessen hatte. Ich weiß nicht, wie sie es ihm überbracht hat, aber auf jeden Fall hat sie es getan, und John Peter hat es viele Jahre lang behalten. Irgendwann muss er dann aber das Gefühl gehabt haben, dass Mercys Familie es bekommen sollte. Er fuhr nach Wells und gab das Tagebuch Mercys Cousin Samuel, der nie wieder in Salem gewesen war, nachdem Mercy tot und ihr Land konfisziert worden war. Er war mit seiner jungen Frau in Maine geblieben und hat offenbar nie jemandem erzählt, dass er im Besitz von Mercys Tagebuch war."

„Und warum nicht?", fragte ich.

Abigail strich sich abwesend über eine Augenbraue. „Die Familie war zwar von Mercys Unschuld überzeugt, aber

Mercy hatte Selbstmord begangen, und das war nach Auffassung der Puritaner eine Todsünde. Ich glaube nicht, dass Samuel stolz war auf das, was seine Cousine getan hatte."

„Aber Samuel hat doch sicher das Tagebuch gelesen, nachdem John Peter es ihm gegeben hatte. Er wusste, warum Mercy so gehandelt hatte."

Abigail schüttelte den Kopf. „Offenbar war das für Samuel noch nicht Grund genug. In Anbetracht dessen finde ich es sogar erstaunlich, dass er das Tagebuch nicht vernichtet hat."

Sie trank einen Schluck Tee, stellte die Tasse dann wieder ab und fuhr fort. „Samuels Tochter Elizabeth hat das Tagebuch gefunden, nachdem er gestorben war. Als sie es gelesen hatte, schrieb sie an John Peter Collier in Salem, sie sei völlig fasziniert von dem, was die Cousine, über die sie nie hatte reden dürfen, geschrieben hätte. Aber John Peter war bereits einige Jahre zuvor gestorben, und zwar ohne je geheiratet zu haben. Elizabeths Brief wurde seiner Schwester Anna zugestellt. Anna und Elizabeth beschlossen, sich zu treffen, und als das Treffen stattfand, gab Anna Elizabeth etwas, das sie in den Sachen ihres Bruders gefunden hatte, nachdem dieser verstorben war. Es war ein Brief."

Abigail machte eine Pause und ich nahm den Faden auf. „Mercy hat in der Nacht, als sie starb, einen Brief an John Peter geschrieben und nicht an Prudence Dawes."

Abigail hob den Kopf und blickte über das unendlich weite blaue Meer. „Sie hat beiden einen Brief geschrieben. Ihr Brief an Prudence war sehr kurz. Sie hat ihr lediglich mitgeteilt, dass sie ihr vergeben hätte. Anne wusste von dem Brief an Prudence. John Peter hatte ihn ihr gezeigt und sie gebeten, ihn Prudence zu geben, weil er selbst es nicht konnte. Mercys Brief an John Peter war länger und ihr war beim Schreiben die Tinte ausgegangen. Er war nicht einmal unterzeichnet."

„Sind Sie im Besitz des Briefes?", fragte ich und wünschte mir so sehr, dass Abigail meine Frage bejahen würde.

Aber sie schüttelte den Kopf.

„Nein. Ich habe ihn leider nicht. Niemand aus der Familie hat ihn. Offenbar hat er viele Jahre lang in dem Tagebuch gesteckt, aber um 1800 ist dann anscheinend irgendetwas damit passiert. Danach wusste niemand mehr, wo er war. Von da an wurde jedoch immer mündlich an die nächste Generation weitergegeben, was in dem Brief gestanden haben soll. Ich habe es von meiner Mutter erfahren, aber ich kann natürlich nicht beweisen, dass es stimmt, ja, ich habe nicht einmal einen Beweis dafür, dass ein solcher Brief überhaupt je existiert hat."

„Erzählen Sie es mir", sagte ich und beugte mich gespannt vor.

„Mercy hat John Peter geschrieben, dass sie ihn liebe und dass sie sich wünsche, er möge glücklich werden, ein erfülltes Leben führen und in Frieden leben. Sie wünsche sich, dass er sich an den Moment erinnere, als sie einander ein letztes Mal mit berührt hätten. Sie wolle ihn nicht mit dem Anblick ihrer Hinrichtung belasten und auch sein Leben nicht in Gefahr bringen, denn das würde unausweichlich geschehen, falls er der Hinrichtung beiwohne und laut seinen Protest herausschreien würde. Sie schrieb ihm, dass sie hängen werde, dass dies Gottes Vorsehung und der Wille der Menschen sei und dass er dagegen nichts ausrichten könne. Das könne niemand. Sie werde also das Unausweichliche beschleunigen und ihm nur schöne Erinnerungen an sie hinterlassen. Sie bat ihn, für ihre unsterbliche Seele zu beten, und sie hätte die Hoffnung, dass Gott ihr ihren letzten Akt der Gnade anrechnen möge und ihren Geist sicher auch ein paar Stunden früher als geplant bei sich aufnehmen werde."

Abigail berührte ihre Augenwinkel, und als sie die Hand wieder wegnahm, waren ihre Fingerspitzen tränennass.

Eine Weile sagten wir beide nichts. Wir waren versunken in die verschwenderische Liebe von Mercy zu dem Mann, den sie geheiratet hätte, wenn sie am Leben geblieben wäre.

„Möchten Sie denn nicht, dass das Tagebuch veröffentlicht wird, Abigail?", fragte ich, als ich wieder in der Lage war zu sprechen.

„Ich weiß, dass ich Ihnen am Anfang gesagt habe, es sei mein Wunsch, dass sie nicht vergessen wird, aber jetzt habe ich Angst."

„Angst wovor?"

„Ich wünschte, ich besäße den Brief." Abigail schloss ganz langsam die Augen, als ob sie Schmerzen hätte. „Ich möchte nicht, dass irgendjemand Mercy für einen Feigling hält, weil sie sich das Leben genommen hat. Mercy war nicht feige."

Ich griff nach Abigails Hand und nahm sie in meine. „Das wird niemand denken. Selbst ohne den Brief wird das niemand glauben. Sie und ich, wir können doch den Brief rekonstruieren und ihn als Epilog ans Ende des Tagebuches stellen."

„Aber wir haben doch nicht einmal einen Beweis dafür, dass es einen solchen Brief überhaupt gegeben hat. Würde jemand das denn glauben?" Abigail öffnete die Augen und sah mich an.

„Jeder wird es glauben. Die Leser werden glauben *wollen*, dass Mercy genau so gehandelt hat."

Abigail sah mich eine ganze Weile schweigend an.

„Ich möchte nicht länger etwas vortäuschen", wandte sie erneut ein.

„Dann hören Sie doch auf damit."

Abigail stützte ihr Kinn auf die eine Hand und den Ellbogen auf der Tischplatte ab. „Was soll ich bloß tun, Lauren?"

„Kommen Sie mit nach Hause. Veröffentlichen Sie das Tagebuch. Laden Sie junge Leute zu sich nach Hause ein. Adoptieren Sie die streunende Katze. Besorgen Sie mehr Regale für Ihre Bücher. Machen Sie den Führerschein. Lassen Sie sich einen Internetanschluss legen. Veranstalten Sie eine Gartenparty."

Ihre Mundwinkel verzogen sich nach oben. „Und was ist mit Graham? Auf unerklärliche Weise gehört er doch zu mir. Was soll ich nur mit ihm anstellen?"

Ich zuckte mit den Achseln. „Alles, was ich weiß, ist, dass er spielt. Er hat ein Problem mit Geld."

„Ja."

„Das ist alles, was ich weiß, und das ist nicht genug. Ich weiß, dass Esperanza glaubt, er wäre hinter Ihrem Besitz her. Aber ich kenne ihn gar nicht. Was ist denn, wenn er hergekommen ist, weil er sich Sorgen um Sie macht? Was ist, wenn er gekommen ist, weil er verzweifelt ist und Hilfe braucht?"

„Ich habe doch versucht, ihm zu helfen."

„Sie bezahlen seine Schulden. Aber das führt nur dazu, dass er weiterspielen kann."

Abigail runzelte die Stirn und legte die Hände in ihren Schoß. „Was kann ich denn sonst noch tun? Ich weiß nicht, was ich tun soll."

„Ich auch nicht. Aber Sie können doch weiterleben, um es herauszufinden."

Abigails Blick schweifte zum Haus. „Und Sie glauben wirklich, dass wir das Tagebuch veröffentlichen sollten?"

Mir gefiel, dass sie „wir" sagte.

„Ja, das glaube ich", antwortete ich.

„Sie war schon eine erstaunliche Person. Ich habe nie jemanden kennengelernt, der so geliebt hat, wie Mercy es tat – ohne einen Gedanken an sich selbst zu verschwenden. Das ist eine ganz besondere Art von Liebe."

Eine Weile schwiegen wir beide.

„Haben Sie deshalb aufgehört, das Tagebuch zu lesen, Abigail?", wollte ich schließlich wissen.

Es dauerte eine Weile, bis sie mir antwortete. „Es hat mich innerlich beinahe umgebracht, es zu lesen, also habe ich damit aufgehört. Schon vor langer Zeit. Aber als ich dann wirklich sterben wollte, wünschte ich mir, dass das Buch mich endlich umbrächte. Ich habe es in den vergangenen Tagen wohl ein paar Dutzend Mal gelesen. Ich habe kaum geschlafen oder gegessen. Ich wollte, dass es mich umbringt. Dann sind Sie gekommen, und einen Moment lang dachte ich, Sie wären Mercy und wären gekommen, um es mir wegzunehmen."

Abigail holte tief Luft.

„Ich habe in meinem Leben ein solches Chaos angerichtet, Lauren. Ich habe Tom von mir gestoßen. Ich konnte Dorothea nicht aus ihren Depressionen herausholen, und ich habe nichts dagegen unternommen, dass ihre Eltern ihr das Kind weggenommen haben. Ich habe versucht, es wiedergutzumachen, indem ich Edward geheiratet und Graham adoptiert habe. Ich dachte, ich könnte meine schlechten Entscheidungen irgendwie dadurch wettmachen, dass ich eine gute Ehefrau war, aber Edward hat mich nicht geliebt, und Graham wusste, dass ich im Grunde gar nicht seine Mutter sein wollte. Ich hätte mir mehr Mühe geben können, aber das habe ich nicht getan. Daher ist es kein Wunder, dass er heute so ist, wie er eben ist."

Abigail sah auf ihre Hände hinunter. „Nachdem Edward und Graham mich verlassen hatten, erkrankte mein Vater an Demenz, und als er dann fünf Jahre später starb, hatte er keine Ahnung mehr, wer er war. Er wusste nur eines: dass er die Person, mit der er zusammenleben musste, nicht leiden konnte – mich. Jeden Tag musste ich ihm meinen Namen sagen, und jeden Tag sagte er mir wieder, dass er mich nicht leiden könne."

„Abigail …", begann ich, aber sie bedeutete mir, dass sie noch nicht fertig war.

„Auch Mercy sind schreckliche Dinge widerfahren, aber irgendwie hat sie etwas anderes daraus gemacht als ich. Das war es, was ich so bemerkenswert fand. Das ist einer der vielen Gründe, weshalb ich Sie eingestellt habe: Ich dachte, dass wir von Mercy so viel lernen können. Aber dann befürchtete ich plötzlich, dass auch Sie ihren Selbstmord als Schwäche auslegen könnten. Dass Sie glauben könnten, sie hätte dabei nur an sich selbst gedacht. Sie war jung und naiv, und mein Verstand sagt mir, dass sie sich nicht das Leben hätte nehmen sollen, aber wie viel Kraft muss es sie gekostet haben, ein solches Opfer zu bringen! Ich möchte, dass die Menschen das verstehen! Ich möchte nicht, dass Mercy als die junge Frau im Gedächtnis bleibt, die im Gefängnis in Salem Selbstmord begangen hat. Sie war ein unglaublich tapferes Mädchen, das bereitwillig sein Leben gab, um dadurch ein anderes zu retten. Sie war alles, was ich nicht war. Alles."

Ich legte meine Hand auf die ihre. „Nicht alles. Wenn Sie nicht ebenfalls tief empfinden und mitfühlen könnten, dann würde all das Sie gar nicht berühren."

Ihre Hand zitterte unter meiner.

„Tom hatte eine Nachricht für Sie, Abigail. Es gibt noch etwas außer dem Gedicht."

Sie blickte auf und Bangen und Erwartung spiegelten sich auf ihrem Gesicht wider.

„Er hat sich daran erinnert, dass Sie Schlüsselblumen so mögen", fuhr ich fort. „Er hat mir gesagt, ich solle Sie daran erinnern, dass die Schlüsselblumen immer wiederkommen. Sogar nach einem harten Winter finden sie einen Weg zu überleben. Sie kommen jedes Frühjahr wieder."

Abigail schluckte, und ihr Blick senkte sich zu dem roten Tagebuch auf dem Tisch, so als hätte es und nicht ich die Worte zu ihr gesagt.

„Lassen Sie uns nach Hause fahren", flüsterte ich.

Abigail war einen Moment lang still. Dann schaute sie aufs Meer hinaus. „Ich würde den Platz hier gern behalten."

„Okay."

„Hier bin ich glücklich gewesen."

„Ja, ich weiß."

Sie wandte sich mir wieder zu. „Finden Sie wirklich, dass ich die Katze aufnehmen sollte?"

Ich lächelte sie an. „Auf jeden Fall."

Ich erhob mich und half ihr ebenfalls auf die Beine. Sie nahm das Buch mit den Gedichten und klemmte es sich unter den Arm. „Graham ist also in Santa Barbara?"

„Ja."

„Könnten Sie mir auf dem Rückweg mal Ihr Handy ausleihen? Ich muss mit ihm reden."

„Ja, klar."

Wir gingen zwei Schritte und dann blieb sie wieder stehen.

„Danke. Für das hier." Sie tätschelte das Buch.

Ich lächelte wortlos.

Als wir zum Haus zurückgingen – und uns dann auf den Weg machten zu dem, was uns beide in Santa Barbara erwartete –, fragte ich mich, ob ich wohl auch jetzt noch von Mercy träumen würde, nachdem ich mit der Abschrift fertig war. Würde sie immer noch in meinen Schlaf eindringen, falls wir das Tagebuch veröffentlichten und Mercy nicht mehr ausschließlich Abigail und mir gehörte?

Doch als wir zur Veranda gingen, erkannte ich, dass es kein „falls" gab. Das Tagebuch *würde* veröffentlicht werden und Mercy *würde* geliebt werden für das, was sie die ganze Zeit gewesen war – ein Echo aus der Vergangenheit, eine Verbindung zu unseren Ursprüngen und eine Beobachterin des menschlichen Wesens, das sich offenbar nie änderte.

Ich hatte immer gedacht, der Begriff „Barmherzigkeit" – was „Mercy" ja heißt – bedeute wörtlich übersetzt, dass man jemandem mit Freundlichkeit begegnet, der es eigentlich nicht verdient hat. Dass es sich um einen Akt handelt, der nur durch den Empfänger definiert wird. Doch das „Bindeglied" zwischen Mercy und Abigail – nämlich ich – hat gelernt, dass Barmherzigkeit durch denjenigen definiert wird, der sie gewährt. Unsere Mängel und Fehler sind offensichtlich, und dennoch werden wir geliebt und sind fähig zu lieben, wenn wir uns dafür entscheiden, weil immer noch ein Fünkchen des Göttlichen in uns glimmt.

Mercy hat uns unser wahres Ich gezeigt – die schönen und auch die schrecklichen Seiten daran. Das Tiefe und das Seichte, das Großartige und das Sterbliche.

Sie hat alles festgehalten und uns gebeten, darauf aufzupassen.

Als ich dies erkannte, musste ich an Raul denken. Und in dem Augenblick, als Abigail die Tür öffnen wollte, muss ich gelächelt haben.

Abigail zögerte. Ihre Hand blieb auf dem Türknauf liegen und sie neigte leicht den Kopf.

„Etwas ist mit Ihnen passiert. Sie sind irgendwie anders", meinte sie. Dann umfasste sie mit der anderen Hand meinen Arm fester und blickte mich überrascht und begeistert zugleich an. „Sie haben jemanden kennengelernt", hauchte sie.

Ja.

Hinter uns donnerte das Meer gegen die Felsen, so wie es das schon seit zehntausend Jahren tat.

Anmerkung der Autorin

Die Hexenprozesse von Salem sind ein trauriges Kapitel in der amerikanischen Geschichte. Diese Ereignisse machen deutlich, was passieren kann, wenn man ein Urteil fällt, ohne die Hintergründe zu kennen. Auch wenn sie eine passende Kulisse für „Nie habe ich dich vergessen“ bilden, so ist dieses Buch doch in erster Linie eine Geschichte und kein Kommentar der Ereignisse. Es ist eine Geschichte über drei Frauen – alle ein Produkt meiner Fantasie –, die sich damit auseinandersetzen müssen, dass wir dazu neigen, über Menschen zu urteilen, und zwar auf der Grundlage von Meinungen und Annahmen und nicht auf der der Wahrheit. Und das tun wir, ohne einen Augenblick innezuhalten und zu überlegen, ob wir überhaupt das Recht haben, sie zu beurteilen.

Ich habe mir bei der Schilderung der Ereignisse um die Hexenprozesse nur ein paar kleine Freiheiten herausgenommen, und das diente auch ausschließlich dem Zweck, die Geschichte von Mercy Hayworth zu erzählen.

Ich höre sehr gern von meinen Lesern und würde mich freuen, von Ihnen zu erfahren, was Sie von diesem Buch halten. Sie sind der Grund, weshalb ich schreibe.

Susan Meissner
www.susanmeissner.com

Danksagung

Zutiefst dankbar bin ich …

- meinen schreibenden Kolleginnen Susie Larson und Sharon Hinck dafür, dass sie mir zur Seite eilten, um mich anzufeuern, während die Figur und die Geschichte von Mercy immer mehr Gestalt annahmen, und auch Brandilyn Collins und James Scott Bell für ihren Rat, die Orientierungshilfen und neue Blickwinkel.
- einem erstaunlich begabten Lektorenteam bei *Water-Brook Multnomah*, insbesondere Shannon Hill, Jessica Barmes, Laura Wright und Mick Silva. Ihre Erkenntnisse haben jeder Seite dieser Geschichte mehr Tiefe und Schärfe verliehen.
- meiner Familie, besonders meinem Mann Bob und meinen Eltern, Bill und Judy Horning, für die unermüdliche Ermutigung.
- Chip MacGregor von *MacGregor Literary* dafür, dass er mir immer wieder den Rücken gestärkt hat.
- meinen Seelenverwandten Kathy Sanders Zufelt, Linda Emmert und Tanya Siebert für die lebensrettende Unterstützung während des hektischen Umzugs.
- Gott, der das wahre Wesen all dessen ist, was wunderbar und gut ist.

Quellen

- Carlson, Laurie Winn: *A Fever in Salem – A New Interpretation of the New England Witch Trials*. Chicago: Ivan R. Dee, 1999.
- Francis, Richard: *Judge Sewalls Apology – The Salem Witch Trials and the Forming of an American Conscience*. New York: Harper Collins, 2005.
- Fraustino, Lisa Rowe: *I Walk in Dread: The Diary of Deliverance Trembley, Witness to the Salem Witch Trials*. New York: Scholastic, 2004.
- Gaskill, Malcolm: *Witchfinders*. Cambridge, MA: Harvard University Press, 2005.
- Hill, Frances: *The Salem Witch Trials Reader*. New York: Da Capo, 2000.
- Karlsen, Carol F.: *The Devil in the Shape of a Woman*. New York: W. W. Norton, 1998.
- Warner, John F.: *Colonial American Homelife*. New York: Franklin Watts, 1993.

⇢ Ein Roman über Gottes unfehlbare Pläne.

Susan Meissner:

Ein Garten voller Träume

Roman.

Gebunden, 352 Seiten
Bestell-Nr. 816 489

Rose Muriens Hochzeitsträume platzen jäh, als sie kurz vor der Trauung von ihrem Auserwählten sitzengelassen wird. Als Medizin für ihr gebrochenes Herz eröffnet sie einen Laden für gebrauchte Hochzeitskleider. Laurent, ein Geistlicher, steht Rose dabei zur Seite.

Doch als der alte Mann schwer erkrankt, will ihn sein Sohn Ramsey aus der gewohnten Umgebung herausreißen, damit er sich um ihn kümmern kann. Rose setzt alles daran, dies zu verhindern. Inmitten der Auseinandersetzung mit Ramsey wird ihr immer deutlicher, dass sie ihren Traum nicht aufgeben will – die große Liebe ihres Lebens zu finden.